KELLY CREAGH

Przekład: ALEKSANDRA KRAKOWSKA

NEVERMORE
CIENIE

Jaguar

Mamie,
mojej najlepszej przyjaciółce

Tytuł oryginału: *NEVERMORE. ENSHADOWED*

Projekt okładki: Magdalena Zawadzka/Aureusart
Fotografie wykorzystane na okładce: © KHIUS/Shutterstock.com,
© andreiuc88/Shutterstock.com

REDAKCJA: Anna Pawłowicz
KOREKTA: Aneta Szeliga, Agnieszka Zygmunt
SKŁAD I ŁAMANIE: Arkadiusz Zawadzki/Aureusart

Fragmenty wiersza *Kruk* Edgara Alla Poego w tłumaczeniu Jolanty Kozak.
Fragmenty *Zagłady Domu Usherów* w tłumaczeniu Stanisława Wyrzkowskiego.

ISBN 978-83-8266-245-0

Wydanie pierwsze, Wydawnictwo Jaguar, Warszawa 2023

Adres do korespondencji:
Wydawnictwo Jaguar Sp. z o.o.
ul. Ludwika Mierosławskiego 11a
01-527 Warszawa

www.wydawnictwo-jaguar.pl
instagram.com/wydawnictwojaguar
facebook.com/wydawnictwojaguar
tiktok.com/@wydawnictwojaguar
twitter.com/WydJaguar

Druk i oprawa: GRAFARTI
Wydrukowano na papierze CHB 60/2,4, dostarczonym przez ZiNG Sp. z o.o.

Zjawiska rzeczywistości potrącały o mnie jako sny, i tylko jako sny, podczas gdy szaleńcze pomysły z krainy snów stały się w zamian nie tylko strawą mego codziennego istnienia, lecz stanowczo jedynem i całkowitem istnieniem w samem sobie.

– Edgar Allan Poe, „Berenice", przełożył Bolesław Leśmian

O pani, jakaż tobie moc
Otwierać każe okno w noc?
Swawolne wiatry z drzew i krzaków
Lecą tu – niby stada ptaków;
Magiczny, bezcielesny rój
Napełnia szmerem pokój twój
I strasznie wokół ciebie pląsa,
I białą twą kotarą wstrząsa,
Gdzie pod zwartymi już powieki
Twa dusza śpi – ach! śpi na wieki...
Patrz – cienie drżą jak sen cmentarza!
Nic cię to, pani, nie przeraża?

– Edgar Allan Poe, „Uśpiona", przełożył Antoni Lange

PROLOG

WASZYNGTOŃSKI SZPITAL UNIWERSYTECKI, BALTIMORE, 7 PAŹDZIERNIKA 1849

Edgarze?

Przemawiając łagodnie, doktor Moran pochylił się nad pacjentem. Jego oczy spoczęły na bladej i wymizerowanej twarzy słynnego poety, Edgara Poego. Tyle że człowiek leżący teraz przed nim na szpitalnym łóżku w przyćmionym, żółtawym świetle lampy nie bardzo przypominał siebie samego z dostojnych portretów. Z zapadniętymi policzkami i woskową skórą, zbliżoną w odcieniu do okrywającej go pościeli, wyglądał raczej jak swój własny duch, pusta skorupa, udręczona imitacja. Ciemne rzęsy u sinych powiek jeszcze pogłębiały czerń obwódek pod jego podkrążonymi oczami. Szerokie czoło lśniło od potu spowodowanego nie tyle – jak wiedział doktor – gorączką, ile wysiłkiem.

Deszcz uderzał o szyby łukowych, gotyckich okien, przywierając do nich kryształowymi kroplami, które łączyły się w lśniące nitki połyskujące na tle ciemności.

Choć zbliżał się ranek, nocne cienie wciąż zalegały pustą, poza jednym szpitalnym łóżkiem, salę.

Na zewnątrz wył wiatr, z ulicy w dole dobiegały od czasu do czasu odgłosy końskich kopyt i rozklekotanych powozów.

– Edgarze – powtórzył Moran. – Słyszy mnie pan?

Oczy Poego uchyliły się powoli, szkliste i odległe, puste jak oczy lalki, czarne jak atrament. Zapatrzyły się w sufit.

Moran zmierzył pacjentowi puls, zaciskając kciuk i palec wskazujący na lepkim nadgarstku poety. No tak, serce biło jak szalone.

Zawahał się. Nie chciał, by jego podopieczny znów wpadł w amok, a jednak zależało mu na jeszcze paru minutach przytomnej rozmowy, na choćby chwilowym kontakcie z tym zamkniętym w swoim szaleństwie człowiekiem. Na dodatkowym elemencie układanki, która, w gotowej postaci, dałaby odpowiedź na pytanie, co takiego wydarzyło się cztery dni wcześniej, zanim Poe trafił do szpitala, nieprzytomny, pogrążony w majakach, od stóp do głów pokryty przypominającym popiół pyłem, w cudzym ubraniu, niezdolny udzielić jakichkolwiek składnych wyjaśnień na temat tego, gdzie – albo chociaż, z kim – spędził poprzednie godziny.

– Pamięta pan, gdzie jesteśmy? – spytał Moran, poprawiając się na starym drewnianym krześle, które ostro zaskrzypiało.

Ręka Poego niespodziewanie wystrzeliła w powietrze. Jej palce zacisnęły się na dłoni doktora z siłą właściwą przedśmiertnym drgawkom.

– Kto…? – wydyszał Edgar, rzężąc, a jego głos zabrzmiał ochryple, zdarty od wielogodzinnego krzyku. – Kto tu jest?

– Spokojnie – poprosił doktor, nie próbując wyzwalać dłoni, w nadziei, że dotyk dobrze wpłynie na poetę, przywoła go z powrotem, choć na moment zakorzeni w rzeczywistości.

– Reynolds? – szepnął Poe. Jego niewiarygodnie mocny chwyt jeszcze się zacieśnił, całe ramię drżało z napięcia. – Reynolds... Powiedz, że wreszcie się zjawiłeś.

Doktor przełknął ślinę. Oblizał wargi, które rwały się do artykułowania słów, zanim jeszcze wymyślił, co odpowiedzieć.

– Jestem doktor Moran, Edgarze. Pański lekarz. Na pewno pan pamięta.

Twarz Poego wykrzywiła się nagle, jego powieki się zacisnęły, wargi otworzyły, nabierając wyrazu niemego cierpienia. Uścisk zelżał.

– Powinienem był wiedzieć... – jęknął poeta, a każda sylaba składająca się na te słowa ociekała najczarniejszą rozpaczą. – Powinienem był wiedzieć, że mnie tak zostawisz... Tutaj.

– Edgarze – szepnął Moran. – Pragnę jedynie pomóc. Powie mi pan, co się stało? Powie mi pan, jak się pan znalazł w Baltimore?

– Ale ja nie jestem w Baltimore! – krzyknął Poe, rzucając głową na mokrej od potu poduszce. Potem jego oddech stał się płytki i jeszcze szybszy. Przez ciało chorego przebiegł dreszcz tak silny, że całe łóżko zadrżało.

Moran zmarszczył brwi, szukając wyrazów zdolnych utrzymać poetę na powierzchni świadomości, odwrócić jego uwagę od majaków, od tych istot, które podobno widział, jak przenikają przez ściany w kłębach czarnego dymu.

– Panie Poe, wspomniał pan wczoraj, że miał pan żonę. W Richmond. Czy powie mi pan...

– Prawie – wyszeptał Poe. – Prawie. Ale właściwie, Reynolds, ja mam żonę. – Przy tych słowach przesunął palcami po klatce piersiowej, ku miejscu, gdzie koszula była rozchylona. – Tutaj. Przez cały czas – zaszemrał. – Zamkniętą w tym rozgorączkowanym sercu. Przez cały czas.

– Kim jest ten Reynolds, o którym pan mówi? – spytał Moran. Może przyjacielem?

Może – odparł Poe. Jego dłoń zsunęła się na bok, spojrzenie znów wbił w sufit. – Zobaczymy. Cienie się gromadzą. Słyszy pan, jak szepczą? Ona się zbliża. Więc zobaczymy.

A potem źrenice mu się rozszerzyły, wypełniając się smolistą czernią.

Moran przyglądał się temu zafascynowany. Z delirium miał już do czynienia wielokrotnie, więc co takiego było w tym człowieku, że sam doktor ledwie powstrzymywał się od zerkania na gołe mury, by się upewnić, że wciąż są w pokoju sami?

Edgar jęknął. Jego ciało się naprężyło. Wygiąwszy kręgosłup, odrzucił głowę do tyłu i zawył. Wijąc się, szarpnął splątane prześcieradła i zapłakał:

– REYNOLDS! Moran zerwał się na nogi.

– REYNOLDS! – krzyknął znowu Poe, tak jak to robił wcześniej całymi godzinami, zdzierając sobie do cna gardło.

– Edgarze! – zawołał doktor, łapiąc pacjenta za rękę. – Edgarze, tu jesteś bezpieczny.

– REYNOLDS!

– Nic ci tutaj nie grozi. Edgarze, posłuchaj! Już po wszystkim. Słyszysz? Cokolwiek się stało, już po wszystkim!

Wtedy Poe zastygł w bezruchu, z zaciśniętymi zębami i skurczoną w męce twarzą, po której spływały krople potu.

A potem coś się w nim zmieniło. Jak gdyby niespodziewanie się uspokoił, niby rozchybotany płomień świecy, osłonięty znienacka od lodowatego wiatru. Jego ciało rozluźniło się powoli i w końcu opadł na łóżko.

Po raz pierwszy poszukał wzrokiem Morana.

Doktor patrzył wstrząśnięty, nawet nie mrugając, jak czarne źre-nice Poego się kurczą, odsłaniając – niczym burzowe chmury cofające się znad morza – jasne, niebiesko-szare tęczówki.

Poeta, całkiem teraz przytomny, spoglądał na niego uporczywie i rozumnie.

– Czy to już? – spytał.

Westchnął, a jego ręka w dłoni doktora zwiotczała.

– Boże, zlituj się nad moją biedną duszą – powiedział jeszcze, a blask w jego oczach zgasł tak szybko, jak się pojawił.

– Edgarze! – krzyknął Moran.

Ale było za późno: w pustych źrenicach poety nie został nawet ślad dziwnego światła.

1

MARTWA CISZA

No dobra, Jastrzębie – rzuciła Ann, trenerka. – Udało się. Możemy oficjalnie zakończyć ostatnią próbę przed rozgrywkami krajowymi. To znaczy ostatnią do czasu, aż znajdziemy się w Dallas.

Isobel odetchnęła, z ulgą opuszczając ramiona.

Dookoła rozległy się zmęczone pohukiwania i oklaski, wszyscy rzucili się po swoje butelki z wodą i ręczniki.

Tępy ból powoli rozpełzł się po ciele dziewczyny, w miarę jak rozluźniała kolejne mięśnie. Czuła się niby puszczona swobodnie, a wcześniej skręcona do granic wytrzymałości lina.

Powtórzyli układ co najmniej dwadzieścia razy i nawet gdyby trenerka chciała, żeby zrobili to znowu, to ona, Isobel, wątpiła, by starczyło jej sił na jeszcze jeden obrót w powietrzu, nie wspominając już o zgrabnym lądowaniu.

Czuła, że cały zespół powoli traci energię, jak urządzenie chodzące na pojedynczej, wyczerpującej się baterii.

Trenerka musiała też to zauważyć. Isobel była pewna, że trzymałaby je w sali gimnastycznej do północy, gdyby nie wyraźnie narastający w zespole bunt.

Przy tym wielokrotnie już urządzała im takie szkoły przetrwania, maratony pod hasłem: „Dopinguj, aż padniesz" – zwłaszcza jeśli w grę wchodziły ważne zawody. A teraz w grę wchodziły te najważniejsze. Isobel domyślała się jednak, że celem tak wyczerpującego treningu było nie tyle dopracowanie ostatnich szczegółów układu, ile zmęczenie wszystkich do tego stopnia, by po powrocie do domu mogli tylko przewrócić się na łóżko.

– Dzisiaj w nocy macie się wyspać – zawołała trenerka, jakby dla potwierdzenia tych domysłów, przekrzykując gwar śmiechów i rozmów. – Czyli żadnego Facebooka, żadnych nocnych esemesów, żadnych telefonów o drugiej w nocy, żeby zamienić jeszcze słówko z Królem albo Królową Tygodnia, żadnego odgrywania w salonie scen kaskaderskich. Tak, mówiłam do ciebie, Dorbon. Chcę was tu widzieć jutro, punktualnie o piątej rano, niepołamanych, zwartych i gotowych. Jasne? – Uniosła masywne ramię wysoko ponad szopę brązowych, kręconych włosów i wskazała na zegarek. – Autobus odjeżdża dokładnie o szóstej, więc nastawcie budziki. Żadnych czterdziestokrotnych drzemek. Żadnego: „A bo ja zapomniałam stroju". Żadnych wymówek. Nie muszę wam chyba przypominać, że na spóźnialskich nie czekamy.

Skoro już była mowa o spóźnieniach, Isobel zaczęła się zastanawiać, która to godzina. Odnosiła wrażenie, że trening trwał naprawdę bardzo długo.

Zerknęła na wiszący ponad wejściem do sali biały zegar, osłonięty przed piłkami metalową siatką.

Tyle że na widok stojącej w drzwiach ciemnej, znajomej postaci opuściły ją wszelkie myśli na temat upływu czasu.

Z rękami w kieszeniach czarnych dżinsów patrzył na nią zza ciemnych, odblaskowych okularów, a twarz miał spokojną, pozbawioną wyrazu.

Natychmiast ogarnęła ją panika, której towarzyszyło dziwne, uporczywe mrowienie gdzieś w głębi umysłu, sprawiające, że czuła się jak matka raz po raz ciągnięta przez dziecko za skraj sukienki. Zupełnie jakby jakaś utajona część jej samej próbowała zwrócić na siebie jej uwagę.

Z tyłu dobiegał głos trenerki Ann, ciągnącej swoją przemowę na temat strojów oraz odpowiednich wkładek do obuwia. Wstążki do włosów miały tym razem być niebieskie, a nie żółte, grzmiała. Spódnice gładkie, nie plisowane.

Jej głos wszakże stawał się tym odleglejszy, im dłużej Isobel patrzyła na postać w progu. Ściany sali gimnastycznej, reszta zespołu, parkiet – wszystko powoli się rozmywało, aż w końcu został tylko on.

Ruszyła ku niemu i wyciągnęła rękę ku jego okularom, czując przemożną chęć, by mu je zdjąć i spojrzeć w oczy.

Powstrzymał jej dłoń. Jego dotyk sprawił, że się zatrzymała, a narastający w niej nieokreślony lęk zniknął, gdy tylko splotły się ich palce.

Jego ręka była taka ciepła.

– Gotowa? – spytał.

Jego głos przetoczył się przez nią – niski, miękki i trochę zachrypnięty, kojarzący się ze stłumionym szemraniem winylowej płyty tuż przed początkiem piosenki. Natychmiast uspokoił jej rozszalałe myśli, znieczulając ją jak narkotyk.

Jej oczy ześlizgnęły się z jego okularów na usta, których jeden kącik drgał w lekkim uśmiechu. Światło padło na kolczyk w wardze, sprawiając, że zamigotał.

Nagle poczuła, że brak jej tchu. Zapragnęła, by ten kawałek metalu dotknął jej własnych ust. Zupełnie jakby pocałunek mógł przywrócić jej oddech.

Jednakże nie potrafiła pozbyć się wrażenia, że czegoś w tym spotkaniu, w samej jego obecności nie rozumie. Że jej umysł zawieruszył gdzieś jakąś istotną informację. Albo wręcz bezpowrotnie ją utracił.

– Co… Co ty tutaj robisz? – rzuciła, bo to jedno pytanie wysforowało się przed wszystkie pozostałe.

Jedna z jego brwi uniosła się ponad krawędź okularów. Jego półuśmiech pozostał na miejscu.

– Przyszedłem po ciebie. Jesteś moją dziewczyną. Więc teraz mam taki zwyczaj, pamiętasz?

Jego dziewczyną.

Te słowa wbiły się w jej serce jak nóż sprężynowy. Ale ból, jaki wywołały, był raczej łagodny, zbliżony do melancholii, jaką odczuwamy, żegnając przyjaciela, którego, jak wiemy, mamy nigdy więcej nie zobaczyć.

– No, chodź – usłyszała, zanim zdążyła jeszcze o coś zapytać. Odwrócił się powoli, zaciskając dłoń na jej dłoni i ciągnąc ją za sobą. – Musimy iść.

I oto już za nim szła, dostosowując się do jego tempa.

Chciała się obejrzeć, sprawdzić, kto to wszystko zauważył. Trenerka zauważyła z pewnością. Trudno było zrozumieć, dlaczego jeszcze za nią nie wrzeszczy, żeby wracała, że przecież trening kończy się dopiero po końcowej serii ćwiczeń. Nie zdążyła się jednak obejrzeć. Razem z Varenem dotarli już do podwójnych drzwi wiodących na parking za szkołą.

Przedarli się przez padający gęsto śnieg; szaro-purpurowe chmury zasłaniały niebo, nie zostawiając miejsca zimowemu słońcu.

Czarny cougar – rocznik 1967 – stał samotnie na pustym parkingu, podobny do kleksa na nieskalanej poza tym, białej powierzchni.

Isobel zmarszczyła brwi. Gdzie się podziały inne auta? Gdzie były te wszystkie minivany i SUV-y, które powinny tu czekać na resztę zespołu? Gdzie znikł przyciężkawy, rdzawoczerwony suburban trenerki?

– Muszę ci coś pokazać – powiedział Varen, nie odwracając się w jej kierunku. Skupiła się teraz na jego karku, gdzie czarne, jedwabiste, nierówne jak skrzydło kruka włosy ocierały się o krawędź koszulki.

Czy naprawdę dopiero w tym momencie zauważyła, jak urosły? Smagnięta zimnym wiatrem spojrzała na nagie ręce Varena, zastanawiając się, dlaczego on nie ma na sobie swojej kurtki.

– Varen, dokąd idziemy?

– Zobaczysz – rzucił tylko, pospiesznie przemierzając parking. Na świeżym, sypkim śniegu w ogóle nie było słychać kroków.

Gdy stanęli obok cougara, Varen otworzył przed nią drzwi, a znajome wnętrze w kolorze burgunda rozjaśniło się światłem znad kierownicy.

Isobel zawahała się i zerknęła na niego. Przestępując z nogi na nogę, skinął w stronę tapicerki na siedzeniach.

– Tak – powiedział. – Przepraszam. Wciąż czekam na te pokrowce z norek.

Isobel posłała mu krzywy uśmiech. Zanim jednak zdążyła odpowiedzieć na jego firmową ironię jakąś własną ciętą uwagą, zastanowiło ją coś w jego wyglądzie.

Czegoś brakowało. Coś było nie w porządku…

Nagle zdała sobie sprawę, że choć stoi tuż przed nim, nie widzi swojego odbicia w lustrzanych szkłach jego okularów; dostrzegała w nich jedynie rzędy czarnych drzew o cienkich, podobnych do krat pniach widocznych poprzez gęstniejącą kurtynę śnieżycy.

Zobaczyła tam też wielkiego, hebanowego ptaka, który uniósł się znad jednej z powykrzywianych gałęzi, a odgłos jego młócących powietrze skrzydeł spowodował, że wzdrygnęła się i spojrzała za siebie. Żadnych drzew tam nie było. Ani żadnego ptaka. W oddali wznosiła się jedynie surowa, neogotycka fasada trentońskiego liceum.

Ze swojego miejsca Isobel widziała tylko sterczące ponad dachem cztery iglice wieży, która stanowiła główne wejście do szkoły. W przyćmionym świetle niezliczone okna lśniły bielą jak tysiąc ślepych oczu. Choć przed chwilą rozstała się w sali gimnastycznej z całym zespołem czirliderek, Isobel miała wrażenie, że budynek stoi całkowicie opustoszały – poza ostatnim piętrem, gdzie chyba zauważyła kogoś, kto spoglądał na nich z jednego z okien.

– Wsiadaj – ponaglił Varen. – No już.

Pod wpływem tych słów odwróciła się i opadła na fotel.

Zatrzasnęła drzwi, a gdy spojrzała na siedzenie kierowcy, ku swojemu zaskoczeniu odkryła, że Varen już tam jest, jedną ręką trzyma kierownicę, drugą zaś zaciska na dźwigni zmiany biegów. Masywny onyks w jego szkolnym pierścieniu oleiście połyskiwał w ostrym świetle.

Samochód zamruczał. Isobel poczuła, jak jej fotel wibruje do taktu silnikowi, choć nie zauważyła, by Varen przekręcał kluczyk w stacyjce. W aucie rozszedł się zapach spalin, podczas gdy wycieraczki na przedniej szybie zaczęły odgarniać zbierający się tam śnieg. Tymczasem śnieżyca zgęstniała tak bardzo, że świat na zewnątrz całkowicie znikł.

Leżący obok na fotelu stary discman Varena, podłączony teraz przez niego do samochodowego radia, nagle ożył. Przez okienko w pokrywie Isobel widziała wirującą w środku płytę. Łagodny kobiecy głos przedarł się przez syk zakłóceń. Jej nucenie *a cappella* wypełniło całe wnętrze. Tej nagiej melodii, delikatnej i słodkiej, smutnej, lecz pięknej, Isobel nigdy wcześniej nie słyszała. Głos również brzmiał nieznajomo: był wysoki, niepewny, jakby nieśmiały.

Varen bez uprzedzenia chwycił discmana i wyrwał kable łączące go z radiem, niespodziewanie uciszając zarówno szum zakłóceń, jak i nucenie. Z odpychającą miną rzucił odtwarzacz na tylne siedzenie. Później z powrotem złapał dźwignię i wrzucił bieg.

Jego stopa wcisnęła pedał gazu i ruszyli, błyskawicznie nabierając prędkości. Isobel otworzyła usta, chcąc coś powiedzieć, ale nie dał jej dojść do słowa, ostro wchodząc w zakręt.

Wbita w drzwi po stronie pasażera, szukając na ślepo czegoś, czego mogłaby się złapać, przypomniała sobie natychmiast ten wieczór, kiedy odwoził ją do domu i pędził na złamanie karku, głuchy na jej rozpaczliwe prośby, by się zatrzymał. Strach zapłonął w niej jak potarta nagle zapałka. Isobel zacisnęła palce na fotelu, nie dostrzegając za oknem niczego poza niekończącą się bielą.

– Varen! Przecież nic nie widać!

– Nie szkodzi – odparł.

Poczuła, jak jej mięśnie znów się spinają, twardnieją w przeczuciu uderzenia, które z pewnością zabiłoby ich oboje.

– Varen! Pro… – urwała, bo słowa wyparowały jej z ust, gdy przez przypadek trafiła spojrzeniem na niewielki, wmontowany w deskę rozdzielczą zegarek.

Jego wskazówki poruszały się w przeciwnych kierunkach, kręcąc się leniwie, ale bez przerwy. Strzałka prędkościomierza kołysała się tam i z powrotem jak wahadło metronomu.

Wskaźnik paliwa pokazywał, że bak jest pusty, a jednak Isobel słyszała pomruk silnika pijącego paliwo.

– Czekaj – szepnęła, bardziej do siebie niż do Varena. – To nie... To s...

– Przestań – syknął. – Jeszcze nie teraz.

Jego stopa znienacka opadła na hamulec. Isobel poleciała do przodu, podczas gdy samochód z piskiem opon wpadał w poślizg. Śnieg zalegający na przedniej szybie zaczął znikać – zupełnie jak piasek zdmuchiwany ze starożytnego grobowca. Choć właściwie, pomyślała Isobel, nie był to śnieg, tylko popiół. Maleńkie skrawki jaskrawej purpury trzepotliwie opadały wszędzie wokół, podświetlając szyby.

Samochód zatrzymał się gwałtownie, aż Isobel odrzuciło do tyłu. Roztrzęsiona zwróciła się ku kierowcy, by odkryć, że już go nie ma na miejscu, a drzwi po jego stronie są szeroko otwarte.

Na zewnątrz spadały z nieba setki czerwonych róż; ich woskowate listki szeleściły w nagłych powiewach wiatru, który powodował, że na dach auta sypało się coraz więcej płatków koloru krwi.

W powietrzu wisiał gęsty, oszałamiający zapach kwiatów.

Isobel sięgnęła ku klamce, ale drzwi otworzyły się, zanim zdążyła za nią pociągnąć. Szarpnięta niespodziewanie za rękę, znalazła się nad poszarpaną krawędzią czarnego urwiska.

Daleko w dole mleczne wody miesiły się pośród spiczastych skał: fale waliły jedna za drugą, atakując niby białe wilki i roztrzaskując się o gładką, pionową ścianę.

Isobel pisnęła cicho. Szybko cofnęła się ku siedzeniu kierowcy. Wygięta, złapała się kierownicy, chcąc wydostać się z auta drugą stroną.

Twardo upadła na ziemię. Leżąc na plecach, zgięła nogę i kopniakiem zatrzasnęła drzwi cougara.

Pod wpływem niosącego się echem uderzenia samochód rozsypał się w proch.

Uniosła ramiona, by osłonić twarz przed opadającym pyłem. Przez jego rzednącą zasłonę ujrzała, że urwisko znikło i że teraz otaczają ją ze wszystkich stron ściany czerwonych płatków.

Potem spomiędzy nich wyłonił się znajomy kształt.

Była to fontanna z dzielnicy Varena. Stała teraz pośrodku kolistej, sklepionej, zamkniętej płatkami przestrzeni.

Pozbawiona przezroczystej wodnej zasłony, spływającej z krawędzi okrągłego, zielonkawego basenu, wydawała się milcząca i groźna.

Isobel dźwignęła się na nogi. Jej treningowe tenisówki, oblepione pyłem, odcinały się kredową bielą od czerwonego dywanu płatków.

Utkwiła oczy w stojącym na szczycie fontanny posągu kobiety, która zaciskała dłonie na sztywnym, kamiennym szalu, układającym się wokół jej niemal nagiej sylwetki w przekręcone „C".

Isobel obróciła się dookoła. Wszędzie widać było zwisające z kratownic pąki w różnych stadiach rozwoju. Wysoko ponad głową posągu, w sklepieniu z gęstych gałązek, ział okrągły otwór. Isobel dostrzegała przez niego plątaninę czarnych konarów.

Gdzie się znajdowała?

I gdzie się podział…?

– Varen!

– Jestem tutaj.

Wzdrygnęła się, prawie krzyknęła, gdy ujrzała go tuż przed sobą. Popatrzyła mu w oczy, nieosłonięte już ciemnymi okularami.

Czarne, rozszerzone źrenice nie pozostawiły tam ani odrobiny koloru czy światła.

Spoglądała w tę ciemność, desperacko pragnąć odnaleźć w niej niepodważalny dowód, że to jednak Varen.

– Czy... Czy cokolwiek z tego jest rzeczywiste? – spytała. – Czy ty jesteś rzeczywisty?

Podniósł dłoń do jej policzka, jego palce musnęły jej skórę.

– Nawet jeśli to wszystko jest snem – szepnął – to ja nim nie jestem.

Isobel wytrzeszczyła oczy, rozpoznając słowa, które sama kiedyś do niego wypowiedziała. Wyciągnęła ręce, objęła go za szyję, przyciągnęła tak blisko, że ogarnął ją jego zapach – ta mieszanka kadzidełek, cytrusów i zeschłych liści, tłumiąca żałobną woń niezliczonych kwiatów.

Pochylił się ku niej, jego włosy osłoniły ich twarze, łaskocząc ją delikatnymi pasmami.

– Nie odchodź – westchnęła.

– Jestem tu – szepnął. – Obok. Czekam.

I pochylił się jeszcze niżej. Isobel uniosła głowę, gotowa na dotyk jego ust.

Chciała przymknąć powieki, ale coś – jakby uczucie, że ktoś ich obserwuje – ostatecznie ją powstrzymało. Zerknęła ponad ramieniem Varena, znowu w kierunku kamiennej kobiety na szczycie fontanny.

Przez atramentową zasłonę włosów ujrzała, że oczy posągu się otwierają, i struchlała patrzyła, jak kamienna głowa odwraca się w ich stronę, a wypełnione ciemnością oczodoły celują wprost w nią.

2

ŻAL PO UTRACONYCH

Obudziła się przestraszona. Gwałtownie wciągnęła powietrze, a jej wzrok natrafił na gładką powierzchnię sufitu w sypialni.

Zamrugała, gdy kolejne obrazy zaczęły migać jej przed oczami niczym urywki filmu puszczanego z zepsutego projektora. Przymknąwszy powieki, usiłowała się czegoś uchwycić, zatrzymać choćby jeden z tych ulotnych znaków i cieni, cokolwiek, co pomogłoby jej przypomnieć sobie, o czym właściwie śniła.

Jednakże wizje umykały zbyt szybko, tym słabsze i mniej wyraźne, im bardziej świadomość powracała do rzeczywistości.

Isobel jęknęła. Nie chciała się budzić. Chciała zaszyć się w pościeli. Chciała wracać.

Przewróciła się na bok i na wpół przytomnie wyjrzała przez wąski pasek okna widoczny między bliźniaczymi, obszytymi białą koronką zasłonkami.

Było jeszcze ciemno. Nadal bardzo wcześnie.

Zastanawiała się, czy gdyby nakryła głowę kołdrą i spróbowała znowu zasnąć, to wróciłaby do poprzedniego snu. Mimo że nie pamiętała, gdzie w nim była ani co się działo, miała pewność, że wizja nie skończyła się w tym momencie, w którym powinna. Coś pozostało niedopowiedziane. Nie, pomyślała, raczej niezrobione. Co takiego?

Westchnęła. Przepadło. Nić się zerwała.

Popatrzyła na wyświetlacz zegarka.

Zimne, niebieskie cyferki układały się w napis: 6:30.

Zastygła.

O, mój Boże! Jak to: szósta trzydzieści?

Lodowata bomba wybuchła gdzieś w głębi jej żołądka, zdetonowana nagłą świadomością, że ona, Isobel, dokładnie w tym momencie powinna się znajdować w autobusie, który tymczasem przekroczył już zapewne granicę hrabstwa, wioząc całą ich reprezentacyjną ekipę. Całą – z wyjątkiem niej.

– Tato…!!! – Głos zaskrzypiał jej w gardle.

Odrzuciła kołdrę i, czując jak nogi pokrywa jej gęsia skórka, wygramoliła się z łóżka, by rzucić się ku drzwiom. Pchnęła je i wypadła na korytarz, z którego widać było przedpokój na dole.

Dom tonął w ciemności, wszędzie panował spokój.

Znajdujące się na końcu korytarza drzwi do sypialni Danny'ego stały otworem, słyszała dochodzące stamtąd chrapanie młodszego brata.

Zbiegła po schodach, nie dbając, czy go obudzi dudnieniem bosych stóp po wyłożonych chodnikiem stopniach.

– Ta…

W połowie drogi stanęła jak wryta, zaskoczona widokiem ojca, który pojawił się w holu, zwracając ku niej świeżo ogoloną twarz o pytającym wyrazie. W jednej ręce trzymał teczkę, w drugiej – samochodowy kubek z kawą. Miał na sobie czarne spodnie, białą, zapiętą na wszystkie guziki koszulę oraz srebrny prążkowany krawat, który podarowała mu z okazji Dnia Ojca.

Uniósł brwi.

– Znowu jakiś problem z autobusem, mała? – spytał, lekko zdziwiony.

Isobel stała bez ruchu na schodach, myśląc gorączkowo. Gdy tylko białe plamy w jej pamięci zaczęły wypełniać się treścią, rozszalałe serce nieco zwolniło. Obecność ciemnej choinki w salonie napełniła ją nagłą ulgą.

Rozgrywki krajowe. Zawody. To już było. Wrócili z Dallas przed tygodniem. Nie spóźniła się na autobus. Ba, musiała na niego czekać.

No i wygrali. Dopingująca ekipa z Trenton po raz trzeci z rzędu – co niespotykane – okazała się najlepsza w kraju.

Isobel wciąż słyszała tamte przenikliwe okrzyki triumfu. Przypomniała sobie, jak się ściskali – piszcząca, zalana łzami kula niebiesko-żółtych kostiumów, najeżona rękami wyciągniętymi ku błyszczącemu, złotemu trofeum.

– Po raz trzeci w tym tygodniu – rzucił ojciec, znów zwracając na siebie jej uwagę.

Szklistymi oczyma śledziła jego ruchy, gdy odstawiał teczkę na podłogę przy stojaku na parasole. Zbliżył się ku schodom i sięgnął po szarą wełnianą marynarkę, którą wcześniej powiesił na poręczy. Przekładając kubek z kawą z ręki do ręki, wpatrywał się w córkę i jednocześnie powoli się ubierał.

– Chyba muszę porozmawiać z waszą trenerką – oświadczył. – Powiedz jej, żeby trochę zluzowała z tymi dodatkowymi treningami. Lada dzień zaczniesz mieć koszmary, że przegraliście.

Isobel chwyciła się poręczy. Mocno zacisnęła palce na gładkim, wiśniowym drewnie, wbijając w nie paznokcie. Fragmenty snu wypływały teraz na powierzchnię jej świadomości niczym odłamki rozbitego statku na powierzchnię morza. Spośród plątaniny znanych i nieznanych obrazów, czasem zwykłych, a czasem strasznych, stopniowo wybijała się coraz wyraźniej pewna spokojna twarz.

Isobel zaczynała się zastanawiać, czy kiedyś jeszcze zdoła wyobrazić sobie jego oczy takimi, jakie były, zanim… Zanim…

– Ej, spokojnie, Izzy – rzucił tata, nachylając się, by szturchnąć ją w kolano. – Jesteście najlepsi, mistrzuniu.

Ten sen… Zawsze zaczynał się od ostatniego treningu przed zawodami. Śniła o tym samym już kilka razy, ale nigdy nie dotarła we śnie tak daleko. Przy każdej poprzedniej okazji – naprawdę każdej – budziła się, gdy tylko widziała Varena, gdy tylko uświadamiała sobie, że jego obecność jest niemożliwa, więc to musi być sen. Innymi słowy – gdy tylko wracała jej świadomość.

Teraz wyglądało to inaczej. W jakiś sposób udało jej się zapomnieć o rzeczywistości na tyle skutecznie, by pozostać w obrębie snu. I by zobaczyć to, co Varen chciał jej pokazać.

Tylko co takiego to było?

– Więęęc… – podjął tata. – Wiem, że dziś Wigilia, ale, jak się pewnie domyślasz, muszę na parę godzin skoczyć do biura. Zupełnie jak jakiś dickensowski Bob Cratchit. – Zerknął na zegarek. – Tak czy owak wrócę wcześnie. Najpóźniej koło południa. Nadal wybieramy się we dwoje na ostatnie przedświąteczne zakupy, prawda? Bo muszę odebrać prezent dla mamy od jubilera. Potem Orange Julius? Ja stawiam.

Skinęła głową. W tym momencie zgodziłaby się na wszystko, byle tylko już sobie poszedł, byle tylko mogła zostać sama i skupić się na tych okruchach wspomnień o czasie spędzonym z Varenem. Nawet jeśli nie miała stuprocentowej pewności, czy spędzili go razem naprawdę.

Ale to musiało być naprawdę. Przecież bez wątpienia szukałby jej tą drogą. Wydawał się taki realny, taki obecny. Nadal czuła mrowienie w miejscach, gdzie jej dotykał, jej skóra wciąż pamiętała jego ciepło.

– Oookej – odezwał się znowu ojciec. – To zadzwonię, jak będę po ciebie jechał. A tymczasem, Izzy, może spróbuj się jeszcze zdrzemnąć? Mam wrażenie, że nie odpoczęłaś po tych całych zawodach. Ostatecznie to się nazywa „zimowe wakacje".

Znów pokiwała głową. Tak, tak, tak. To jej ostatnio najlepiej wychodziło. Przez uśmiechniętą wcześniej twarz taty przemknął niepokój. Isobel szybko się pozbierała.

– Chyba masz rację – oświadczyła.

Patrzył na nią ze zmarszczonymi brwiami, jakby zamierzał coś dodać. Zamiast tego jednak ponownie przywołał na usta uśmiech. Potem odwrócił się i otworzył drzwi wejściowe, wpuszczając do środka zimowe powietrze.

Ten nagły lodowaty powiew powinien przejąć ją dreszczem. Ale nie przejął. Na dworze zdążyło się już trochę przejaśnić – świt najwyraźniej robił, co mógł, żeby przegonić nocne cienie. Tata zawahał się jeszcze, zanim wreszcie sięgnął po teczkę.

– Zadzwonię, okej? – rzucił. Uniósł przy tym kubek z kawą do ucha, udając, że to telefon, jak gdyby ona, Isobel, potrzebowała tłumaczenia na język migowy.

– Okej – odrzekła. – W porządku.

Wyszedł, by po chwili wetknąć głowę z powrotem do środka.

– Zamknij za mną, co?

Isobel zwlokła się ze schodów.

Spełniła jego prośbę i przytknęła czoło do drewna, słuchając, jak kroki ojca na podjeździe stopniowo się oddalają.

Wciąż trzymając dłoń na klamce, złapała się na myśli, żeby pobiec za nim i go zawołać. Od czasu do czasu musiała zwalczać w sobie chęć, by mu o wszystkim opowiedzieć, nawet jeśli wiedziała, że nigdy by jej nie uwierzył.

Bo przecież mało brakowało, a wyznałaby mu, że koszmary o przegranej już miewa. Tyle że – choć zaczynały się od treningu – bynajmniej nie dotyczyły rozgrywek krajowych. Dotyczyły wszystkiego innego. Czy raczej jedynej rzeczy, która się liczyła.

No i nie były wcale sennymi majakami.

Zresztą ostatnio rozróżnianie snu od jawy przychodziło jej z trudem.

Odwróciła się, opierając o drzwi plecami i słysząc szum auta, które tata wyprowadzał z podjazdu na drogę.

Światła auta wpadły przez okno do salonu, wywołując na jego ścianach i podłodze orszak zniekształconych cieni, przez co Isobel odniosła nagle wrażenie, że nie jest sama.

Poczuła dreszcz, który ustąpił dopiero, gdy w domu ponownie zapanowały cisza i półmrok.

Popatrzyła w górę, ku ciemnym drzwiom swojej sypialni.

Tata kazał jej spróbować się zdrzemnąć. Tyle że teraz, w pełni przebudzona, zaczynała żywić wątpliwości, czy kiedykolwiek jeszcze zdoła naprawdę odpocząć.

3

POSĘPNY GRUDZIEŃ

Telefon, zapowiedziany przez tatę na „koło południa", zadzwonił przed czwartą. Coś tam się znowu stało – coś, co zmieniło krótką, wigilijną wizytę w biurze w kolejny, zwykły dzień pracy. Dlatego dopiero w okolicach piątej zaczęli przedzierać się przez korki w stronę centrum handlowego. Jakimś zadziwiającym sposobem udało im się – wraz ze wszystkimi torbami i torebkami – wydostać ze sklepowego kotła przed siódmą. Zdołali nawet odnaleźć swojego sedana, zanim pierwsze na wpół zamarznięte kropelki zapowiedzianego w prognozie pogody „zimowego miksu" zaczęły spadać na chodnik.

Isobel gapiła się przez okno, podczas gdy jej ojciec lawirował po zapchanym parkingu. Deszcz ze śniegiem zamazywał szyby auta.

Świąteczne lampki wyglądały jak jaśniejące smugi, bożonarodzeniowe wystawy rozlewały się w kolorowe, bezkształtne plamy.

Gdy sedan wyjechał wreszcie na główną drogę, z nieba sypnął prawdziwy śnieg. Zbierał się w miękkie stożki na przedniej szybie, po raz kolejny zwracając myśli Isobel ku niedawnemu snowi.

– Strasznie cicho – stwierdził tata. – Może posłuchamy muzyki?

Nie czekał na odpowiedź. Natychmiast włączył radio i przez ostre zgrzyty, od których Isobel aż się wzdrygnęła, przebił się po chwili głos Binga Crosby'ego, zawodzący o białym Bożym Narodzeniu.

Skręcili, wydostając się z korka i włączając w strumień sunących wolno samochodów. Po lewej ciągnęły się drzewa, z gołych gałęzi zwisała dzika jemioła, podobna do kołtunów w skamieniałych włosach.

Mimo wysiłków taty próbującego zagaić konwersację, Isobel myślami wciąż przebywała w świecie, który istniał między „tu i teraz" a „zawsze". W świecie, w którym utknął on.

Przez cały dzień nie potrafiła się skupić na niczym poza przebłyskami twarzy Varena – dręczącymi i zarazem dającymi nadzieję.

Snu wciąż nie potrafiła sobie przypomnieć, umykał jej jak najdalsze wspomnienia z dzieciństwa.

Najwyraźniej pamiętała bliskość Varena. Nie umiała tylko powiedzieć, gdzie razem byli i o czym rozmawiali.

W miarę jak wlokły się kolejne godziny, coraz częściej nachodziła ją myśl, że kto wie, czy to nie jej własna podświadomość ponosi winę za te powtarzające się wizje, gdyż usiłuje dostarczyć jej, bez czego – albo raczej bez kogo – nie dawało się żyć.

– Jak tak dalej pójdzie – odezwał się tata, włączając kierunkowskaz – to może wreszcie się doczekamy.

Isobel z trudem wróciła do rzeczywistości.

– Doczekamy się czego?

– Białych świąt, Iz – odrzekł, ani na moment nie odrywając oczu od drogi. – O czym ty tak zawzięcie rozmyślasz, co?

Zmieniając pas, tata pomachał na znak podzięki w stronę pani w wypakowanym dziećmi SUV-ie – bo ich przepuściła. Isobel spuściła oczy.

– Och... – Przywołała na twarz swój najlepszy uśmiech. – Myślałam o... rozgrywkach krajowych – skłamała, dotykając cienkiej złotej obrączki na serdecznym placu prawej dłoni.

Kilka razy przekręciła osadzony na niej kamień: był niebieski, w barwach Trenton, i połyskiwał gładko w obejmie z drukowanych liter układających się w napis: MISTRZOWIE KRAJU.

– Odnoszę wrażenie, że sporo o nich ostatnio myślisz – mruknął tata. – Czy też raczej się nimi gryziesz. Aż ci się śni, że ich w ogóle nie było. – Umilkł i obrzucił ją krótkim spojrzeniem. Wiedziała, że czeka na jej odpowiedź, ale nie miała pojęcia, co właściwie powiedzieć. Nie miała pojęcia, jakiej odpowiedzi oczekiwał. Już lepiej, pomyślała, milczeć i pozwolić mu wyciągnąć własne wnioski. W ten sposób łatwiej ukryć prawdę.

– Wiesz, Izzy – podjął, patrząc znowu na drogę – w tym roku byliście naprawdę świetni. To znaczy jeszcze lepsi niż zwykle. Serio. Muszę przyznać, że trochę się zaniepokoiłem, jak ci z Heywood wykonali swój układ, no, ale potem wy naprawdę daliście czadu. Zdajesz sobie z tego sprawę, prawda? To znaczy... Bo ciągle mi się wydaje, że z jakiegoś powodu nieustannie się zastanawiasz, czy faktycznie zasłużyliście na wygraną. Zupełnie jakbyś się o coś obwiniała, a przecież chyba nigdy nie widziałem cię bardziej skoncentrowanej. Cały zespół się popisał, ale ty, Izzy, byłaś zupełnie niewiarygodna. No, całkiem nie z tego świata. Powinnaś pękać z dumy.

– I pękam – odparła, po raz ostatni obróciwszy na palcu pierścionek, gdy tymczasem sedan wjeżdżał na ich osiedle i mijał trzypoziomową fontannę, która stała teraz cicha i nieruchoma jak nagrobek, zbierając do swoich basenów śnieg.

Isobel poczuła, że tata znowu na nią zerka, więc odwzajemniła jego spojrzenie, zmuszając usta do jeszcze jednego nieszczerego uśmiechu. Robiła, co mogła, by utrzymać miły wyraz twarzy nawet po tym, jak ojciec odwrócił wzrok, jednakże całe to udawanie zaczynało się stawać męczące.

Tak czy owak w ostatnim czasie naprawdę próbowała sprawiać wrażenie, że rozgrywki krajowe wciąż obchodzą ją jak kiedyś, zanim przydzielono ją do pracy nad szkolnym projektem razem z zielonookim gotem, który nazywał się Varen Nethers. Zanim w ogóle dowiedziała się czegokolwiek o nim samym czy o ponurej postaci, którą wybrał na bohatera ich prezentacji – o Edgarze Allanie Poem.

Tyle że była kiepską aktorką. Jeśli akurat nie ćwiczyła jakiegoś układu, nie machała nogami i nie wykrzykiwała dopingujących haseł, żeby jakoś podeprzeć tę nową, jakby wyciętą z kartonu wersję siebie, przyparta do muru potrafiła jedynie powiedzieć uśmiechnięte: „Wszystko w porządku, serio". Jeśli akurat nie mogła się zapamiętać w czynności angażującej jej ciało i umysł, z wielkim trudem ukrywała fakt, że w środku jest całkiem pusta. I że w czasie Halloween zdarzyło się dużo więcej niż to, co opowiadała rodzicom.

Wspomnienia z tamtej nocy wracały do niej w formie urywków. Ponura Fasada. Oniryczny bal. Opadający popiół. Las. Niebo rozrywane na strzępy przez krwawo-fioletowe smugi. I jego oczy. Raz po raz te oczy. Wciąż na nowo zajmowane przez ciemność. Widziała, jak odpływają, połknąwszy jej odbicie, i jak na miejscu Varena zostaje ktoś obcy.

– Sądzisz, że mamie spodoba się ten naszyjnik?

– Co? – Zamrugała. – A, tak – dorzuciła zaraz, uświadamiając sobie, że musi chodzić o prezent, który tata odebrał tego popołudnia; ten sam, który sprzedawca wyjął z zamykanej na kluczyk szuflady ze specjalnymi zamówieniami. – Oczywiście, że tak.

Sedan zwolnił przed znakiem stopu ustawionym tuż przed skrętem w ich ulicę. Isobel podniosła do ust palec i zaczęła gryźć paznokieć.

– Tato? – zagaiła z kciukiem przy ustach. – Czy myślałeś o naszej ewentualnej wyprawie na Uniwersytet Marylandzki?

Zamiast normalnie minąć znak, ojciec zbyt gwałtownie wcisnął hamulec. Jednocześnie Isobel ujrzała, jak jego wargi zaciskają się w cienką kreskę.

– Myślałem – odrzekł głosem, w którym dało się wyczuć tę napiętą stanowczość, do jakiej zdążyła przez ostatnie dwa miesiące przywyknąć.

Od czasu Halloween stawał się, podobnie jak pogoda, coraz bardziej surowy, a lont jego cierpliwości skracał się nawet szybciej niż jesienno-zimowe dni.

Isobel tak się przyzwyczaiła do krążenia wokół niego na paluszkach, starannego dobierania słów i ważenia próśb, że już prawie nie pamiętała, jak to było, gdy stosunki między nimi układały się prościej, naturalniej.

Czasami zadawała sobie pytanie, czy w ogóle kiedykolwiek jej wybaczy, że go okłamała. Że próbowała omijać jego zakazy. Że zakochała się w nieodpowiednim chłopaku.

– I? – ponagliła.

Westchnął. Rozluźniając dłonie na kierownicy, wszedł w zakręt.

– I bardzo się cieszę, że zastanawiasz się nad studiami, Izzy, naprawdę. Ale przecież nie musimy jechać i oglądać tego uniwersytetu od razu. Masz jeszcze dużo czasu. Ponad rok. Może wybierzemy się latem, jeśli wciąż będziesz się upierać przy Marylandzie. Dallas i rozgrywki krajowe trochę nadszarpnęły nasz budżet przeznaczony na podróże, mała. Obawiam się, że w tej chwili taka wycieczka jest niemożliwa. Poza tym chyba nie chcesz nigdzie jeździć w styczniu, co?

– Ale… – zaczęła. Zacisnęła dłoń na drzwiach, usiłując zachować spokój. Nie mogła się zdradzić ze swoją niecierpliwością. Nie mogła się zdradzić ze swoją desperacją. W przeciwnym razie natychmiast przejrzałby ją na wylot.

Odetchnąwszy głęboko, podeszła go z innej strony.

– Tato, długi weekend z okazji dnia Martina Luthera Kinga to jedyny moment, kiedy nie mamy żadnych treningów ani rozgrywek. A latem nie chcę stracić ostatniej szansy na obóz czirliderski.

Znów skręcił kierownicę, wprowadzając auto na podjazd. Płynnym gestem sięgnął do daszka przeciwsłonecznego i pilotem uruchomił bramę garażu. Śnieg sypał wielkimi płatkami, rozsnuwając ruchomą zasłonę między maską samochodu a otwierającą się coraz szerzej bramą, która wydawała niskie, zgrzytliwe dźwięki. Gdy wjechali do słabo oświetlonego wnętrza, ogarnął ich szary cień.

– Jest jeszcze przerwa wiosenna, Izzy. Może wybierzemy się w twoje urodziny. W ten sposób moglibyśmy spędzić na miejscu trochę czasu, pozwiedzać… Słyszałem, że mają tam świetne oceanarium… – Zaparkował i odchylił się na fotelu, z obiema rękami wspartymi o kierownicę i wyprostowanymi ramionami. – Ale wiesz, rozmawialiśmy o tym z mamą i pomysł, żebyś wyjeżdżała na uniwersytet tak daleko, nie bardzo jej się podoba.

– Przez to, co się wydarzyło w Halloween?

Natychmiast pożałowała tych słów. Leżące na kolanach ręce zacisnęły się jej w pięści. Spoglądając w dół, patrzyła na pierścionek z napisem „MISTRZOWIE KRAJU", który w jej zamyśle miał rozwiać wątpliwości rodziców, i czekała na kontratak.

Tata wyłączył silnik, uciszając świąteczną muzykę. Wyjął kluczyk ze stacyjki i od razu zapaliło się światło przy przednim lusterku. Isobel ukradkiem zerknęła w stronę sąsiedniego fotela. W ostrym blasku rysy ojca wyglądały na twardsze niż kilka miesięcy wcześniej. Bruzdy wokół ust jakby mu się znienacka pogłębiły, choć może nie stało się to znienacka – tyle że Isobel w ostatnim czasie starannie unikała patrzenia któremukolwiek z rodziców w twarz. Nie tylko dlatego, że czuła się winna kłamstwa i obchodzenia zakazów, i stresu, którego wszystkim przydała tamtej nocy, ale przede wszystkim z obawy, że ją przejrzą, że domyślą się prawdy. Zwłaszcza tata.

Zanim odpowiedział, zwlekał dłuższą chwilę.

– Częściowo przez to, co się wydarzyło w Halloween – rzekł wreszcie, a spomiędzy jego warg wydobyła się strużka pary. – I nie możesz mieć do mamy pretensji, Izzy. Nie możesz mieć pretensji do żadnego z nas.

Isobel aż się zapadła w sobie.

Odwróciła się do ojca plecami, rozpięła pas, otworzyła drzwi i wyślizgnęła się z auta. Zimowe powietrze zamknęło się wokół niej jak lodowata kapsuła, teraz każdy oddech wypływał z ust w postaci białych obłoczków. Poczuła wdzięczność, że jest tak zimno. Chłód pomógł jej się opanować. Powstrzymał ją przed załamaniem.

– Weź torby z tyłu, dobrze, Iz?

Usłuchała, działając na autopilocie i usiłując odzyskać obojętną minę. Otworzyła tylne drzwi i wyciągnęła sklepowe torby pełne pudełek i pudełeczek – gwiazdkowych prezentów pospiesznie opakowanych w kolorowy papier przez zmęczonych sprzedawców próbujących poradzić sobie z natłokiem klientów.

Zatrzasnęła drzwi, nie mając odwagi wrócić do kwestii Marylandu. Co jeszcze mogła powiedzieć? Doskonale wiedziała, że lepiej nie posuwać się za daleko. Nie wolno jej było ryzykować. Gdyby którekolwiek z rodziców nabrało choćby odrobiny podejrzeń co do motywów, które nią kierowały, a wbrew pozorom nie łączyły się w żaden sposób z marylandzkim zespołem czirliderskim, cały plan – jeśli na tym etapie można było mówić o planie – natychmiast wziąłby w łeb. Nałożony na nią i jak dotąd niezbyt restrykcyjny szlaban błyskawicznie przybrałby formę całodobowego aresztu domowego pod ścisłym nadzorem.

Świadoma tego niebezpieczeństwa, uroczyście przysięgła sobie nie wspominać o Marylandzie ani słowem. Pojutrze, gdy skończą się święta, trzeba będzie oszacować straty i opracować awaryjny plan samodzielnej wyprawy.

Dziwne uczucie, przywodzące na myśl odwijającego się z gałęzi pytona, wypełniło jej wnętrze. Pomysł samotnej podróży do tak wielkiego miasta wyzwolił w niej nagłą panikę. Poza tym nieprzyjemna była świadomość, że przyjdzie jej okraść żeby móc pozwolić sobie na bilet lotniczy albo chociaż autobusowy. własnych rodziców, Nie wspominając już o tym, że taka operacja wiązała się z koniecznością kłamania i omijania zakazów. Znowu.

Tyle że Baltimore stanowiło jej ostatnią nadzieję. Jej jedyną nadzieję. Tam, na cmentarzu, rankiem dziewiętnastego stycznia, w dzień urodzin Edgara Allana Poego, co roku pokazywał się pewien mężczyzna. Mężczyzna w pelerynie i kapeluszu. Mężczyzna kryjący twarz za białym szalem.

Ten tchórz, pomyślała, zaciskając dłonie na uchwytach toreb.

Znany szerszej publiczności jako „Czciciel Poego", odwiedzał grób poety od dziesięcioleci. Zjawiał się nie wiadomo skąd, składał na nagrobku trzy czerwone róże i znikał.

Istniała tylko jedna przedstawiająca go fotografia. Zrobiona w latach dziewięćdziesiątych dla magazynu *Life*, czarno-biała i niezbyt wyraźna.

Szczęście lub przeznaczenie chciało, by zdjęcie to trafiło w ręce Isobel.

Wystawiwszy jej i Varenowi ocenę z prezentacji o Poem, nauczyciel angielskiego, pan Swanson, oddał Isobel wypracowanie z dołączonym artykułem opisującym poczynania Czciciela. Ilustrację dla owego artykułu stanowiło właśnie tamto zdjęcie.

Ujrzawszy je, Isobel przeżyła prawdziwy wstrząs. Natychmiast rozpoznała klęczącego przy grobie mężczyznę. Był to ten sam człowiek, który kiedyś ukazywał się jej w snach, nazywając samego siebie Reynoldsem. Ten sam, który od początku ją ostrzegał, walczył u jej boku, a nawet uratował jej życie.

Ten sam, który ją w końcu okłamał.

Poczuła gorzki chłód na wspomnienie tej zdrady, tak podstępnie wykorzystującej jej uczucia.

Zanim odkryła, że Reynolds z rozmysłem pozwolił jej się łudzić, jakoby Varen, podobnie jak ona, bezpiecznie wrócił do prawdziwego świata, zamaskowany zdrajca przysiągł, że on i ona nigdy więcej się nie spotkają. Nie przyszło mu wszakże do głowy, że kiedykolwiek zostanie przez nią rozpoznany jako Czciciel Poego.

Jak miałby coś takiego zakładać, skoro uważał ją za kukiełkę ślepo posłuszną jego poleceniom.

Czując, że jej decyzja nabiera mocy, Isobel skierowała się ku drzwiom do kuchni, które otworzyła sobie ramieniem. Tata szedł tuż za nią.

Za progiem ogarnął ją zapach pieczonego indyka i ziemniaczanego purée – cudowna woń, której towarzyszyło miłe domowe ciepło.

Mama stała przy kuchence ubrana w sprane dżinsy i zbyt duży szary podkoszulek. Jedną ręką mieszała w rondlu sos, w drugiej trzymała jakąś powieść. Isobel stwierdziła, że to któryś ze szmatławych kryminałów, jakie sama lubiła czytać między lekturowymi cegłami.

Na odgłos otwierających się drzwi mama odwróciła głowę, choć jej oczy z trudem oderwały się od książki. W każdym razie opuściła ją i posłała Isobel jeden ze swoich roztargnionych uśmiechów pod tytułem: „Jestem gdzieś indziej".

– Już? – spytała. – Szybko jak na wigilijną wyprawę do centrum handlowego.

Isobel ściągnęła z głowy białą wełnianą czapkę. W jej brzuchu rozległo się głośnie burczenie, choć wcześniej wcale nie czuła wywołującego je głodu.

Odstawiła torby i zdjęła rękawiczki. Zrzuciwszy kurtkę, powiesiła ją na jednym z wieszaków koło drzwi.

Z salonu dobiegał znajomy podkład muzyczny do gier komputerowych, zakłócany od czasu do czasu brzękiem mieczy albo przerażonym krzykiem ponoszących klęskę nieumarłych. Danny. Wciąż przed ekranem. Zawsze przed ekranem.

Mama odłożyła otwartą powieść na blat grzbietem do góry.

– Zbyt późno zabrałam się do robienia obiadu, bo spodziewałam się was dopiero za jakieś pół godziny – oświadczyła.

– Znasz mnie przecież – wtrącił się do rozmowy tata, zatrzaskując za sobą drzwi. Zdjął kurtkę i powiesił ją obok kurtki Isobel. – Szybko i bez problemu. Taki ze mnie gość, co, Izzy?

Isobel rzuciła mu niedowierzające spojrzenie. Czy on rzeczywiście powiedział o sobie „gość"?

Znowu zgarnęła torby i ruszyła z nimi w głąb domu, jednakże zatrzymała się, czując, że dwie pary oczu wypalają jej kark. Gdy obejrzała się przez ramię, jej podejrzenia się potwierdziły.

– Co? – spytała.

Sos w rondlu zaczął bulgotać i pryskać. Mama, jak gdyby wyrwana z transu, rzuciła się wyłączać kuchenkę.

Tata z kolei, z rękami w kieszeniach, nadal się gapił.

Doskonale wiedziała, co sobie myśli. Zastanawiał się, czy ich życie kiedykolwiek wróci do normy. Czy on sam kiedykolwiek będzie taki jak dawniej. Czy oni wszyscy będą. Isobel natomiast zastanawiało, ile czasu zajmie mu udzielenie sobie oczywistej odpowiedzi na to pytanie. Potrząsnęła torbami.

– Chyba pójdę to gdzieś odstawić.

I, nie czekając na reakcję, znikła w holu.

– Tak – usłyszała jeszcze za sobą głos taty. – Słusznie.

Oddalając się, odniosła wrażenie, że słyszy też, jak mama szeptem pyta:

– Co się stało?

Nie ulegało wątpliwości, że tata nie wytrzyma i powie jej, iż ona, Isobel, poruszyła kwestię Marylandu. Po raz kolejny.

Wzdrygnęła się. Przełożyła wszystkie torby do jednej dłoni, drugą zaś zdarła z szyi gryzący szalik. Skradając się przez korytarz, zawędrowała do salonu, gdzie telewizor i choinka połyskiwały łagodnym srebrnym światłem. Zatrzymała się na chwilę i kątem oka zauważyła, że na ekranie wyświetlają się statystyki, listy broni oraz ikonki sygnalizujące poziom funkcji życiowych poszczególnych bohaterów.

Fakt, że gra została przerwana w trakcie, mógł oznaczać tylko dwie rzeczy. Jej młodszy brat albo musiał się koniecznie wysikać, albo został porwany przez kosmitów.

Isobel prychnęła na widok porzuconego niedbale pilota, absolutnie pewna, że ona w wieku lat dwunastu nie mogła być aż tak leniwa.

Gdy jednak dotarła do schodów prowadzących na piętro, aż podskoczyła, przestraszona.

Danny, który najwyraźniej nie trafił na żaden statek kosmiczny, stał na najwyższym stopniu z szeroko rozłożonymi pulchnymi ramionami, blokując przejście: jedną dłoń zaciskał na poręczy, a drugą wspierał o ścianę, tworząc w ten sposób żywą zaporę.

– Z harcerskim pozdrowieniem, siostra – rzucił.

Isobel zmierzyła go podejrzliwym spojrzeniem. Zawsze stawała się nieufna, jeśli witał ją inaczej niż zwykłym: „Co tam, trollico" albo: „Cześć, Chewbacca".

– Czego chcesz?

Odrzucił głowę na bok, żeby strząsnąć z błękitnych, przenikliwych oczu przydługie kudły w kolorze błota. Jeden kącik ust brata wygiął się w kpiącym uśmiechu, nadając mu swawolny wygląd.

– Zamierzam cię po prostu poinformować o świeżo zawartej transakcji, której jesteś istotnym elementem – odrzekł, zadzierając wysoko nos.

Isobel poczuła, że nerwowo drga jej lewa powieka.

– Danny, gadaj, o co chodzi.

– Jeśli łatwiej ci będzie w ten sposób zrozumieć – westchnął, przybierając ton, jakiego bohaterowie jego gier używali zapewne wobec enpeców – ograniczę się od tej pory do wyrazów krótkich, a więc bardziej strawnych dla twojego ograniczonego, barbarzyńskiego, śmiertelnego podniebienia.

– Pijesz mleko prosto z kartonu i nazywasz mnie barbarzynką? Danny, mów, czego chcesz, i zejdź mi z drogi. Nie jestem w nastroju.

– Okej – odparł i zrobił się nagle śmiertelnie poważny. – Pamiętasz tę dziwną dziewczynę z twojej szkoły? Tę, której tata nie znosi? Nosi bransoletki. Śmiesznie mówi. Ma za dużo włosów...

– Gwen? – spytała Isobel i oczy jej się zwęziły.

Wiedziała, że jej brat nie mógł mieć na myśli nikogo innego. Gwen, poza tym, że ostatnio była jej jedyną przyjaciółką, to pomogła jej w dodatku wymknąć się na imprezę z okazji Halloween. I tata nigdy jej nie wybaczył, że bezwstydnie go okłamała, utrzymując, że razem z Isobel wybierają się na odbywające się pod okiem rodziców całonocne karaoke w żeńskim gronie, podczas gdy tak naprawdę chodziło o undergroundową imprezę w towarzystwie Varena.

– Jest w twoim pokoju – oznajmił Danny i skinął głową w odpowiednią stronę. Isobel wytrzeszczyła oczy.

– Gwen jest tutaj?

– Dała mi dziesięć dolców, żebym ją wpuścił.

– Co? – Isobel popatrzyła w kierunku swoich lekko uchylonych drzwi. W pokoju przesunął się jakiś cień, na chwilę przysłaniając światło. Ruszyła po schodach, lecz Danny dalej tarasował przejście, znowu szeroko rozkładając ramiona. Przystanęła, rzucając mu lodowate, ostrzegawcze spojrzenie.

– Dziesięć dolców, żebym ją wpuścił – powtórzył młodszy brat. – Ale – dodał, wcelowując w nią palec i unosząc brwi tak, że znikły pod brunatną grzywką – ty i ja, oboje wiemy, że taka opłata nie pokrywa kosztów mojego milczenia. – Po tych słowach wyciągnął przed siebie jedną z pulchnych rąk dłonią do góry. Isobel gapiła się na niego zdumiona.

– Nie będę ci płacić – niemal krzyknęła, odpychając jego rękę. Rzuciła się naprzód, przepychając się obok, razem ze wszystkimi torbami.

Ku jej zaskoczeniu Danny po prostu się odsunął, opierając się ze skrzyżowanymi ramionami o ścianę.

– Myślisz, że tata pozwoli ci jeszcze wyjść w święta? – zawołał.

Isobel przystanęła w pół drogi. Obejrzała się.

Jej młodszy brat promiennie się uśmiechał.

Wyobraziła sobie, jak przyjemnie by było wyrwać mu garść tych potarganych kudłów. Burcząc, odstawiła torby na podłogę.

Nie chodziło nawet o to, że bała się szlabanu. Zwłaszcza że nikt oficjalnie nie zniósł poprzedniego. Ani nawet, dla ścisłości, nie zapowiedział, że kiedykolwiek zniesie. Ale tak czy owak nie chciała, by rodzice dowiedzieli się o wizycie Gwen. Ostatecznie Gwen była jedyną poza nią samą osobą, która wiedziała, co się naprawdę stało w Halloween.

Bo tam była.

To ona powiedziała Isobel, że nic jej się nie przywidziało. To ona, w przeciwieństwie do wszystkich innych, łącznie z policją, odmawiała przyjęcia do wiadomości, że Varen zwyczajnie uciekł z domu.

Isobel zdjęła z ramienia torebkę i poszperała w środkowej przegródce.

– Straszny z ciebie potwór – warknęła. Znalazłszy dziesiątkę, resztkę bożonarodzeniowego kieszonkowego, zmięła ją i cisnęła w kierunku brata. Danny, z miną lorda, schylił się po pieniądze. Wygładził pognieciony banknot o balustradę schodów. Potem spojrzał na niego pod światło, jakby sprawdzał jego autentyczność. W końcu schował go do kieszeni i wykonał w stronę schodów serię gestów w stylu Vanny White.

– Koleżanka czeka na górze w pokoju po lewej. Wchodząc po schodach, należy pamiętać, by wszystkie ręce, ramiona, macki, szczypce i żuchwy trzymać przy sobie i…

– Tak do twojej wiadomości – nie wytrzymała Isobel, wbiegając już wraz z pakunkami po ostatnich stopniach. – Wyciszyłam telewizor i puściłam tę twoją głupią grę, żeby sobie leciała.

Danny natychmiast zrezygnował ze swojej pozy, jakby odrzucał od siebie gorący talerz. Pognał po schodach w dół, z falującym brzuszkiem, dudniąc po stopniach stopami w skarpetkach. Isobel właściwie słyszała, jak jej młodszy brat opada na swoje zwykłe miejsce przed ekranem, gdzie na beżowym dywanie – mogła przysiąc – jego pośladki zdążyły się już odcisnąć na trwałe.

Mamrocząc pod nosem, znowu ruszyła ku lekko uchylonym drzwiom swojego pokoju.

Cienka jak ostrze noża strużka zimnego światła, sącząca się przez nie na korytarz, zamrugała nagle, jakby ktoś wewnątrz gwałtownie rzucił się do przodu.

– Gwen? – szepnęła Isobel. Położyła dłoń płasko na drzwiach i popchnęła.

4

W NOC

Wsunęła głowę do pokoju i zdziwiła się, widząc, że Gwen leży na jej dużym łóżku, wsparta o pełniący rolę szafki zagłówek i, dodatkowo, o stertę poduszek. W jednej ręce trzymała kolorowy magazyn: zza nabłyszczonego zdjęcia nadąsanej, umalowanej modelki Maybelline wystawał jej tylko czubek głowy. Kościste nogi wyciągnęła przed siebie, stopy w skarpetkach w niebiesko-białe paski wysuwały się spod długiej i szerokiej niebieskawo-zielonej spódnicy.

Isobel aż się uśmiechnęła. Wyglądało na to, że nawet zimą Gwen nie zamierzała zrezygnować ze swojego zwykłego wizerunku bazującego na spódnicach i noszonych pod spód spandeksowych legginsach na rzecz bardziej praktycznych – nie wspominając o tym, że cieplejszych – dżinsów czy sztruksów.

Przez jedno ramię przerzucony miała długi, podobny do marynarskiej liny warkocz w kolorze mysiego brązu. Wolną ręką grzebała w należącej do Isobel torebce chomikowanych na czarną godzinę, pokrytych czekoladą precelków. Jak gdyby nieświadoma obecności gospodyni, nie oderwała wzroku od gazety, wciąż głośno zza niej chrupiąc.

– Heeej – rzuciła Isobel, wślizgując się do środka. Przystanęła zaraz za progiem i popatrzyła najpierw w lewo, a potem w prawo, próbując ustalić, skąd wziął się cień, który chyba widziała chwilę wcześniej. Skonsternowana zamknęła za sobą drzwi z cichym trzaskiem, lecz Gwen nadal nie podnosiła oczu. Isobel zmarszczyła brwi. Odstawiła torby, podeszła do łóżka i pociągnęła za magazyn. Gwen natychmiast popatrzyła do góry, z precelkiem w ustach i uniesionymi w zaskoczeniu brwiami. Potem zamrugała orzechowymi oczyma zza owalnych okularów i, wyraźnie uspokojona, rozluźniła się, odłożyła gazetę na kolana, przełknęła i wyciągnęła z uszu parę białych słuchawek.

– O której to się wraca? – zażartowała ze swoim suchym, brooklyńskim akcentem. – Gdybym wiedziała, że cię wypuszczają z domu, przyniosłabym sobie książkę. No, naprawdę, jak możesz czytać takie bzdety? – Wskazała na magazyn. – Bo kogo obchodzi, czy lepiej depilować brwi woskiem, czy regulować je pęsetą? Przynajmniej dopóki nie zaczynasz ich sobie golić, a potem domalowywać brązowym markerem, jak moja ciotka Clarice. A tak swoją drogą, następnym razem uprzedź mnie, proszę, że tu się płaci za wstęp, dobrze?

Isobel skrzywiła się boleśnie.

– Przepraszam za brata. Oddam ci. Gwen machnęła ręką, pobrzękując bransoletkami.

– Zadowolę się podtopieniem go w kiblu. – Sprawnie owinęła słuchawki wokół swojego limonkowego iPoda, którego następnie wsunęła do leżącej obok, ręcznie uszytej patchworkowej torby. – Wierz mi – dodała, unosząc dłonie – zazwyczaj wolę unikać rozwiązań siłowych, ale jeśli zdecydowałabyś się na taką formę zemsty i poprosiłabyś mnie o pomoc, na pewno bym nie odmówiła. Pod warunkiem, że dźwiganie weźmiesz na siebie, a mnie zostawisz naciśnięcie spłuczki.

Isobel wbrew sobie parsknęła śmiechem. Nie widziała Gwen od zeszłego tygodnia, kiedy skończyła się szkoła. A i wcześniej, przy codziennych treningach przed rozgrywkami krajowymi, mogły tylko czasem zamienić słowo na przerwie, przy lunchu czy na Facebooku. Bo ze względu na tatę, który nie potrafił darować Gwen jej udziału w wypadkach z halloweenowej nocy, zgodnie postanowiły darować sobie chwilowo telefony i esemesy. Tym bardziej że tata sprawdzał komórkę Isobel z częstotliwością pielęgniarki zaniepokojonej o funkcje życiowe podłączonego do monitorów pacjenta.

– Widzę, że znalazłaś moje precelki – mruknęła Isobel, rzucając na łóżko także własną torbę. Gwen usiadła. Otrzepała ręce, rozsiewając okruszki po różowej narzucie.

– Wzywały mnie rozpaczliwie z górnej szuflady twojej komody. Rozumiesz. Zgłodniałam od tych zapachów dolatujących z kuchni – paplała dalej. – Poza tym nie wiedziałam, jak długo cię nie będzie, więc co miałam zrobić? Umrzeć z głodu? Chociaż trochę są zleżałe... Wow! – urwała, wytrzeszczając oczy. Bez ostrzeżenia złapała Isobel za rękę i przysunęła ją sobie pod sam nos. – Ale ekstra! – Rzuciła, oglądając mistrzowski pierścień. – To tym się zajmowałaś przez całym ten czas? Wyławianiem skarbów z Titanica?

Isobel delikatnie oswobodziła dłoń. Wzruszając ramionami, założyła kosmyk włosów za ucho, po czym opadła na łóżko obok Gwen. Ręce wsunęła między kolana, żeby schować pierścień.

– To pomysł trenerki – wyjaśniła. – Zespół zagłosował, żeby je zamówić, bo to nasze trzecie zwycięstwo z rzędu. Ja nie chciałam, ale gdy tata się dowiedział, zaczął nalegać.

Gwen chrząknęła. Odchylając się do tyłu, założyła ręce za głowę i skrzyżowała nogi w kostkach.

– A jak się w ogóle miewa twój strażnik? To z nim teraz wychodziłaś?

– Byliśmy na ostatnich przedświątecznych zakupach.

Na dźwięk słowa „zakupy" Gwen się ożywiła. Zeskoczyła z łóżka, jakby dopiero teraz dostrzegła torby.

– Nie trzeba było... – powiedziała, siadając po turecku na różowej wykładzinie i podwijając spódnicę, pod którą znajdowały się ciemnobrązowe legginsy z gumkami na pięty. Sięgnęła do złotej torby w bożonarodzeniowe, czerwono-zielone wzory. – Szczególnie że jestem żydówką.

Isobel się uśmiechnęła.

– To dla taty – oświadczyła, obserwując, jak Gwen wyjmuje z torby lśniące prostokątne pudełko opakowane w zielono-złoty papier i energicznie nim potrząsa. Znajdujący się w środku przedmiot ciężko uderzył w kartonową ściankę.

– Niech zgadnę – rzekła Gwen. – Kłódka do jego bogatej kolekcji?

Isobel przewróciła oczami.

– Woda kolońska.

– Miejmy nadzieję, że pomoże – mruknęła Gwen i wróciła do plądrowania toreb. Papier zaszeleścił, gdy wyciągała małą, płaską, czerwoną paczuszkę. – O... – rzuciła, skubiąc zieloną, przezroczystą wstążkę. – To mi wygląda elegancko. – Zważyła paczuszkę w dłoni i machając nią na boki, przyłożyła ją do ucha. Ze środka dał się słyszeć cichy szmer. – Bransoletka tenisowa?

Blisko. Diamentowy wisiorek w kształcie śnieżynki. Od taty dla mamy.

– Hm. – Gwen odłożyła paczuszkę na podłogę. – Co tu jeszcze mamy?

Isobel zerknęła w okno: jej uwagę przyciągnęły osiadające na parapecie białe płatki wielkości płatków śniadaniowych. Zsunęła się z łóżka i poszła szerzej rozsunąć zasłony.

– Chryste – szepnęła. – Teraz to naprawdę sypie.

– Co? A... – prychnęła wzgardliwie Gwen. – To taka śniegowa wata cukrowa. Dmuchane puste kalorie. Do rana wszystko stopnieje, zobaczysz.

Spoglądając na krzywiznę daszku pod oknem, Isobel dostrzegła znajdującą się mniej więcej na środku przekrzywioną dachówkę, sterczącą niby przyzywający palec.

Przypomniała sobie, jak pewnego wieczoru Varen wspiął się na ten daszek. Próbując ją przeprosić za pomocą przyniesionych w torbie termicznej lodów, w pewnym momencie stracił równowagę. Pamiętała tę całkowitą bezsilność, którą poczuła, patrząc, jak leci w dół, już niemal spada na ziemię, by dopiero w ostatniej chwili uczepić się krawędzi dachu.

Wtedy ten jeden jedyny raz widziała go w chwili słabości.

Przedtem zawsze tak pewnie trzymał się na nogach, był taki stabilny. W sensie nie tylko dosłownym, ale i przenośnym. Każde słowo, które wypowiadał, czemuś służyło. Każde spojrzenie, które na kogoś kierował, miało ukryte znaczenie, przekazywało jakąś wiadomość. Zupełnie jakby posługiwał się własnym, osobnym językiem, który ona dopiero zaczynała rozumieć.

– Ej, a co to?

– Że co? – Odwróciła się dokładnie w chwili, gdy Gwen rozwinęła brązowo-kremowy szalik wyciągnięty z zielonej, papierowej, ekologicznej torby. Z jednego jego końca zwisały rękawiczki bez palców, wydziergane z tej samej wełny i ozdobione wielkookimi sówkami. – A. To dla ciebie. Wiem, że trochę się spóźniłam, ale szczęśliwej Chanuki.

– Dla mnie? – Uśmiechając się szeroko, Gwen schyliła głowę, by okręcić szyję szalikiem. Potem naciągnęła rękawiczki, z zadowoleniem przebierając palcami. – Śliczne sowy. O, jak ciepło!

Zadarła podbródek i zarzuciła koniec swojego nowego szalika na ramię, stylizując się na dzielnego pilota. Potem zebrała resztę toreb i wróciła na łóżko.

– Proszę, proszę – mruknęła, wyjmując nieopakowany prezent od Isobel dla Danny'ego. – Masywne czarne słuchawki ozdobione zielonymi czaszkami. – Chyba dostanie je ten mały *ganef*, prawda? Śmiało mogę, jak mi się zdaje, powiedzieć, że mam w nich swoje udziały, czyż nie? Proponuję, żebyśmy pozwoliły mu je założyć i podłączyć, a dopiero później przystąpiły do podtapiania.

– Ja marzę tylko o tym, żeby zechciał je zakładać – wyznała Isobel, znów spoglądając w stronę okna. – Bo wtedy nie musiałabym dłużej wysłuchiwać, jak zarzyna te swoje wirtualne potwory. Od kiedy skończyła się szkoła, przesiaduje przed komputerem całymi nocami. Nie mogę przez to spać. – Spośród widocznej w ciemnym oknie powodzi białych płatków wyjrzała ku niej własna, odbita w szybie twarz. Z założonymi rękami Isobel przypatrywała się swoim prostym jasnym włosom i bladym policzkom. Pod każdym okiem widać było ciemniejsze obwódki.

Przez moment do niej nie docierało, że to ona. Raczej ktoś obcy, zbyt chudy i blady, przywiędły jak spragniona słońca roślina.

Dobiegające z tyłu szelesty nagle umilkły.

– Przecież obie wiemy, że wcale nie przez to – powiedziała Gwen.

Isobel przeniosła wzrok na jej odbicie.

Zaległo rozwibrowane milczenie.

Isobel znów się uśmiechnęła, ale tym razem smutno. Wiedziała, że Gwen zamyka w ten sposób wstępną pogawędkę, by przejść do rzeczy, czyli do prawdziwego powodu swojej wizyty. Wciąż z założonymi rękoma obróciła się ku koleżance, nie patrząc jej jednak w oczy. Naszła ją ochota, by opowiedzieć Gwen o śnie z ostatniej nocy. Przezwyciężenie tego impulsu okazało się niełatwe. Tyle że nadal było w tym śnie coś nieuchwytnego. I ubranie go w słowa zdawało się grozić zaprzepaszczeniem szansy na odkrycie, co to takiego. Poza tym chciała wierzyć, że to wszystko stało się naprawdę, a gdyby zwierzyła się komuś – choćby i najlepszej przyjaciółce – jej własne wątpliwości mogłyby znaleźć potwierdzenie.

– Nie – rzekła w końcu. – Raczej nie przez to.

Gwen obróciła się w jej stronę całym ciałem.

– Tak czy owak: jaki zapadł wyrok w sprawie Baltimore? – spytała. – Jedziesz?

Tak, wstępna pogawędka zdecydowanie dobiegła końca. Isobel nerwowo westchnęła.

– Tata się nie zgadza.

Gwen lekko wykrzywiła usta, jakby sama nie miała pewności co do właściwej reakcji. Tak czy owak odpowiedź Isobel chyba jej nie zaskoczyła.

– Powiedziałaś, że chcesz sobie obejrzeć tamtejszy uniwersytet, tak jak ci radziłam?

Isobel skinęła głową.

– I nie zadziałało? – Gwen trochę się jakby zacukała. – Dżizas. A wydawałoby się, że twoi rodzice powinni skakać z radości.

Isobel rzuciła jej szybkie spojrzenie.

– To znaczy… Przecież w Baltimore mają świetną ekipę czirliderską! – Gwen zamachała rękami, zupełnie jakby trzymała w nich niewidzialne pompony. – Podobno na studiach dają zwycięzcom większe statuetki – dorzuciła kpiąco.

Tym razem Isobel nie odpowiedziała uśmiechem. Skończyła jej się ochota na żarty.

– Będę musiała znaleźć jakiś sposób – oświadczyła, klękając przy torbach pozostawionych przez Gwen na podłodze. Powoli zaczęła z powrotem pakować do nich prezenty.

– Isobel… – odezwała się Gwen. Potem na dłuższą chwilę zamilkła, co było dość niepokojące, jako że dobieranie słów nie należało do jej największych talentów. – Dużo nad tym myślałam – oznajmiła wreszcie. – Skąd w ogóle pewność, że ten cały Czciciel Poego znowu się pojawi? Isobel zmarszczyła brwi.

– Musi się pojawić – warknęła. – W tamtym artykule napisali, że pojawia się co roku. Czemu w tym miałoby być inaczej?

Kątem oka dostrzegła, że Gwen wstała i powoli się zbliża. Nie podniosła jednak wzroku, nawet kiedy wystające spod długiej sukienki pasiaste skarpetki zatrzymały się tuż koło miejsca, gdzie klęczała.

– Napisali też, że nikt nie wie, skąd on się na tym cmentarzu bierze – uzupełniła Gwen. – Ani jak się z niego wydostaje. Isobel milczała.

– Tak czy owak nie bardzo rozumiem – podjęła Gwen – co dalej. Bo załóżmy, że uda nam się przemycić cię do Baltimore. Załóżmy nawet, że zdołasz się zakraść na ten zamknięty cmentarz i nie zostaniesz aresztowana, zgarnięta z ulicy, wsadzona do radiowozu ani postrzelona. Potem pojawi się ten facet i co?

– I to, że on wie, gdzie jest Varen. Nie wystarczy? Bransoletki Gwen ostro zabrzęczały, gdy klękała obok.

– Czyli... Czy to znaczy, że ty nie wiesz, gdzie on jest? – spytała.

Isobel przerwała chowanie prezentów, czując na sobie jej pytający wzrok.

Do tej pory udawało jej się zbywać delikatne zaczepki, przy pomocy których Gwen usiłowała wydobyć z niej jakieś szczegóły na temat tamtej pamiętnej nocy. Zresztą przyjaciółka powstrzymywała się od zadawania zbyt wielu pytań podczas ich krótkich spotkań w szkole. Isobel nie wątpiła, że sporo ją to kosztowało. Teraz zaś jej samej skończyły się możliwości dokonywania uników, Gwen natomiast – zapasy cierpliwości.

– Powiesz mi w końcu, co się wtedy stało? Co się naprawdę stało? Jeśli zamierzasz to zrobić, jeśli zamierzasz jechać do Baltimore, będziesz potrzebowała pomocy. Oraz planu.

Isobel wiedziała, że Gwen ma słuszność. Bez względu na to, jak bardzo pragnęła poradzić sobie sama, doskonale rozumiała, że nie zdoła. Przyparta do muru, podniosła wreszcie oczy.

– Tego jest tyle... Sama nie wszystko ogarniam. Nie mam pojęcia, od czego zacząć.

– Najlepiej od początku – przynagliła ją Gwen.

Od początku? Nagle zachciało jej się śmiać: to brzmiało tak logicznie, a przecież w całej tej sprawie trudno się było dopatrzyć choćby cienia logiki.

Pomyślała o dniu, w którym po raz pierwszy rozmawiała z Varenem, kiedy pan Swanson wyznaczył ich do wspólnej pracy nad prezentacją. Pamiętała, jak Varen wyglądał: przygarbiony na swoim krześle, cały ciemny, pogrążony w posępnym milczeniu, z czarnym notesem przygniecionym łokciem do biurka.

– Wszystko zaczęło się od jego pisania – szepnęła, świadoma, że po raz pierwszy dzieli się tym z kimkolwiek. – Pisał o... innym świecie.

– Innym świecie? – Gwen skrzywiła się, jakby te słowa niezbyt jej smakowały.

A przecież widziała Reynoldsa walczącego tamtej nocy w Ponurej Fasadzie, zdawała sobie sprawę, że jego przeciwnik – krwawe widmo w purpurowej szacie – nie był bynajmniej przywidzeniem. Wiedziała, w przeciwieństwie do reszty uczestników imprezy, że starcie ze Śmiercią Szkarłatną nie stanowiło kolejnego numeru w programie.

– Czy... Czy należałoby w takim razie założyć, że Varen właśnie tam teraz przebywa? W tym innym świecie? – spytała, wypowiadając te wyrazy tak, jakby każdy z nich oznaczał nieśmiały krok w głąb smoliście ciemnego pokoju.

Isobel powoli skinęła głową, zadowolona, że przyjaciółka sama połączyła kropki. Dzięki temu nie musiała osobiście ubierać wszystkiego w słowa.

Słowa.

Czyż Reynolds nie przestrzegał jej kiedyś przed ich mocą? Co dokładnie powiedział? Że miały siłę sprawczą, że mogły powoływać rzeczy do istnienia.

– Zanim cokolwiek się wydarzyło – podjęła, zaczerpnąwszy głęboko powietrza – zanim sprawy poszły w ruch, zanim zaczęłam różne rzeczy widzieć i słyszeć, Varen po prostu sobie pisał. Pamiętasz ten czarny notes, który zawsze ze sobą nosił? No i wszystko to wiązało się z Poem. Pewnie dlatego wybrał go jako temat projektu. Ciągle go czytał.

– A ty czytałaś te jego notatki?

Isobel przytaknęła.

– Raz. A potem… znowu.

– I?

Isobel potrząsnęła głową.

– Bez przerwy pisał o tym samym – szepnęła. – O kobiecie. Przychodziła do niego we śnie każdej nocy. Czegoś od niego chciała.

– Więc chodziło o dziennik snów? – Oczy Gwen się zwęziły.

– Nie – mruknęła Isobel, po czym zaraz się poprawiła: – To znaczy, o coś w rodzaju dziennika snów. Tyle że to była też opowieść. Ona… Ta kobieta… Ona chciała, żeby on pisał. To… To chyba dawało jej siłę.

– Nadal go masz?

– Notes Varena? – Isobel znowu potrząsnęła głową. – Nie. Spaliłam go. Musiałam. To był jedyny sposób, żeby… Zamknąć przejście.

– Przejście? – spytała Gwen.

– Varen stworzył je, pisząc – wyjaśniła Isobel. – Przejście między naszym światem a… krainą snów. Tyle że potem wszystko zaczęło się mieszać. Jak wtedy, w Ponurej Fasadzie. Kiedy zniszczyłam notes, przejście znikło. Zrobiłam to, bo myślałam, że Varen już wrócił. Że jest z powrotem w tym świecie. Naszym świecie. Bezpieczny. Ale…

Gwen patrzyła na nią z wahaniem. Wcześniej aż się paliła, żeby poznać szczegóły tamtej nocy, żeby usłyszeć wreszcie o dziwnych i na pozór niewytłumaczalnych zdarzeniach, które poprzedziły zniknięcie Varena. Teraz wszakże, przygryzając w zakłopotaniu wargi, sprawiała wrażenie, jakby naszły ją wątpliwości, czy powinna w to wszystko wierzyć.

– Gwen, wiem, że pewnie uważasz, że zwariowałam, że zmyślam. Ale ja tam byłam.

– Ja też, pamiętasz?

– Nie, Gwen, ja byłam tam. Po drugiej stronie. W krainie snów. Szukałam Varena. Dlatego nie mogłaś mnie znaleźć.

Gwen zmarszczyła brwi, patrząc gdzieś w bok.

– A ta kobieta... Ta, o której podobno pisał Varen... – zaczęła. Isobel wyczuwała rosnącą obawę przyjaciółki, bijące od niej nerwowe napięcie, tak fizyczne jak prąd. – Jak ona wyglądała?

Prostota tego pytania trochę zbijała z tropu. Isobel zastanowiła się, przywołując obraz kobiety, która ukazała jej się w zniekształconym przez senną wizję pokoiku nad księgarnią, cała świetlista, spowita w przezroczyste białe szaty i zwiewne woale.

– Była... Cóż, była piękna – przyznała. – Na początku tylko tyle pomyślałam. Miała białą, przypominającą marmur skórę. I długie, gęste, czarne włosy. Całą masę. – Mówiąc to, Isobel przesunęła dłońmi wzdłuż własnych włosów, ku ramionom i, nieświadomie, dalej aż do ziemi. – Ubrana była w białe, lejące się szaty. A jej oczy... – Potrząsnęła głową. Nie wyobrażała sobie, by kiedykolwiek umiała zapomnieć te oczy. – Były czarne. Całkiem czarne.

Podniosła wzrok, uświadamiając sobie, że zanadto odpłynęła myślami, i zobaczyła, że na twarzy Gwen odmalowało się przerażenie. Na widok tej tak niezwykłej u przyjaciółki miny powtórzyła sobie w myśli swoje ostatnie słowa, zastanawiając się, co takiego powiedziała. Bo Gwen miała przecież za sobą okropne doświadczenia w Ponurej Fasadzie – widziała Pinfeathersa i Noków – te puste w środku demony, zmiennokształtne potwory z okaleczonymi twarzami i ostrymi szponami, ścigające Isobel z jednego świata do drugiego.

Może po prostu Gwen wciąż nie radziła sobie z informacją o istnieniu równoległego świata. Chociaż, w obliczu tego, co się stało, nie pozostawało jej nic innego niż w to uwierzyć.

– Podała ci swoje imię? – Te wypowiedziane bardzo powoli słowa zabrzmiały tak poważnie, że Isobel odezwała dopiero po dłuższej chwili.

– Varen, o ile się nie mylę, mówił na nią Bess – oświadczyła, nadal próbując ustalić źródła przestrachu przyjaciółki. – Ale gdy ją spytałam, to odparła, że ma na imię Ligeia. Co było dość dziwne, bo to przecież jedna z bohaterek Poego. Jeszcze później powiedziała, że ludzie różnie ją nazywają, a ona sama najchętniej przedstawia się jako...

– Lilith – wyszeptała Gwen z pobielałą twarzą.

Isobel rozdziawiła w zdumieniu usta.

Gwen zerwała się na nogi. Jednym susem dopadła łóżka i chwyciła swoją torbę oraz płaszcz. Potem, schylając się w biegu po buty i ściskając swoje rzeczy pod pachą, otworzyła drzwi i wyskoczyła na korytarz.

– Gwen! – Isobel podniosła się z klęczek i ruszyła za nią, by stwierdzić, że przyjaciółka pokonała już połowę schodów wiodących na parter. Nie chcąc alarmować rodziców, którzy wciąż siedzieli w kuchni, stłumiła ochotę, by zawołać znowu, i pospieszyła na dół. Gwen nie zatrzymała się w przedpokoju. Szarpnęła drzwi wejściowe i już po chwili z furkotem spódnicy rozpłynęła się w mroku. Isobel dopadła drzwi akurat wtedy, gdy się zamknęły.

– O, nie – mruknęła i zaczęła po omacku szukać klamki. Przez szybkę dostrzegła, jak Gwen pędzi przez zawieję w kierunku zaparkowanego po drugiej stronie ulicy granatowego cadillaca z lat dziewięćdziesiątych.

Odnalazłszy wreszcie klamkę, wypadła na zewnątrz. Dopiero gdy w przenikliwym zimnie pokonała ganek i ciemne podwórze, przemoknięte skarpetki uświadomiły jej, że nie ma na nogach butów. Ale mimo tego biegła dalej.

– Gwen! – wołała, nie przejmując się już, czy ktoś usłyszy. – Stój! – Jej głos niósł się daleko po cichej okolicy.

Już przy samochodzie Gwen potknęła się o skraj utytłanej w śniegu spódnicy.

Isobel usłyszała brzęk wyciąganych kluczyków. Przyspieszyła.

– Gwen!

– Nie mogę z tobą rozmawiać! – krzyknęła tamta, chowając się w samochodzie. Rzeczy cisnęła z rozmachem na siedzenie pasażera.

Isobel zdołała przytrzymać drzwi.

– Czemu tak się zachowujesz? – spytała. – Skąd wiedziałaś…?

Gwen wetknęła kluczyk do stacyjki i przekręciła. Cadillac ożył, jego światła padły na kurtynę śniegu.

– Niech Bóg ma cię w swojej opiece – rzuciła Gwen, wyrywając drzwi z uchwytu Isobel. Potem natychmiast je zatrzasnęła.

– Poczekaj! – wrzasnęła Isobel, wpatrując się w przednią szybę i poprzez własne przestraszone odbicie dostrzegając Gwen, która właśnie wrzucała bieg. – Otwórz drzwi! – Plasnęła dłonią w okno. Gwen, jeśli coś wiesz, to musisz mi powiedzieć! Gwen! – Rozległo się warczenie silnika. Tylne koła zabuksowały, zanim złapały przyczepność.

– Nie możesz tak sobie odjechać! – jęknęła Isobel. Sięgnęła do klamki w drzwiach po stronie kierowcy i pociągnęła, jedynie po to, by się przekonać, że są zablokowane. – Gwen! Mam tylko ciebie! Tylko ty znasz prawdę! Proszę!

Samochód skoczył do przodu, zgniatany śnieg zaskrzypiał pod kołami, zimna klamka wymknęła się Isobel z palców.

– Gwen!

Cadillac zapiszczał przenikliwie, omijając ją szerokim łukiem. Isobel odwróciła się za nim, a włosy jej zafurkotały, gdy mijał ją w pędzie, przebijając reflektorami ciemność.

Stała więc i patrzyła na jego tylne, czerwone światła, podczas gdy Gwen skręcała przy sygnalizującym koniec ulicy znaku stopu i znikała z jej pola widzenia.

5

CIEŃ CIENIA

Wiatr szarpał rękawami jej T-shirtu. Ciągnął ją za włosy i czepiał się nagich rąk. Ona jednak nie czuła już zimna. Czuła tylko drobne ukłucia śniegu, który drażnił jej spierzchniętą twarz niczym piasek.

Stała całkiem nieruchomo w rozproszonym świetle latarni, wpatrzona w podwójny ślad samochodowych opon, wijący się po grubej na cal warstwie białego puchu.

Gardło miała zaciśnięte, zapchane masą niewypowiedzianych pytań.

Zmusiła się, by je przełknąć, cały czas licząc na to, że światła cadillaca pojawią się znowu, że samochód lada chwila wyłoni się zza zakrętu. Że Gwen wróci.

Nic takiego się jednak nie stało.

Ostre jak nóż zimno stopniowo rozcięło błonę jej nieświadomości i całym jej ciałem wstrząsnął dreszcz.

Jak długo mogła tak czekać?

Nieważne, jak długo, pomyślała, bo przecież Gwen i tak nie zamierzała wracać.

Spojrzała w górę. Gapiła się na niezliczone drobinki unoszące się wszędzie wokół, lśniąco białe na tle nocy, podobne do tysiąca gwiazd spadających z martwego nieba.

Nie potrafiła nie zadać sobie pytania, czy to poczucie rozbicia i porzucenia w jakimkolwiek stopniu odpowiadało temu, co musiał czuć on, kiedy zdał sobie sprawę, że ona po niego nie wróci. Że jest sam. Absolutnie i bezwzględnie sam.

– Ej! – Obejrzała się przez ramię w stronę domu. W drzwiach, skąpany w ciepłym świetle, objawił się jej brat. Tak wychylony przypominał okrągłą kukułkę wyglądającą z zegara. – Co ty wyprawiasz? – zawołał.

Isobel ściśle objęła się ramionami, osłaniając się przed nagłym porywem lodowatego wiatru, po czym, skulona, zmusiła się do powrotu w stronę domu. Zanim dotarła na ganek, jej stopy całkowicie zdrętwiały, tak, że nie czuła ani wilgotnej miękkości śniegu, ani zamarzniętych źdźbeł trawy pękających przy każdym jej kroku.

Danny cofnął się do wnętrza. Gapił się na nią, ale jednocześnie przytrzymywał jej drzwi. Gdy weszła do środka, jeszcze bardziej wytrzeszczył oczy.

– Łaziłaś po dworze bez butów? – spytał. – Zwariowałaś?

Nie odpowiedziała. W ciepłym powietrzu jej skóra zdawała się płonąć. W stopach odezwało się kłucie: odrętwienie szybko ustępowało, zamiast niego pojawiło się wrażenie, że pokrywający podłogę orientalny dywan zamienił się w warstwę rozżarzonych węgli.

– Mama cię wołała – poinformował Danny. Spoglądał na siostrę podejrzliwie, jakby niepewny, czy go w ogóle słucha. – Pora... na kolację.

– Powiedz im, że nie jestem głodna.

– Eee... Jest Wigilia.

Spiorunowała go wzrokiem.

– To powiedz im, że się rozchorowałam.

Przepchnęła się obok niego, prąc w kierunku schodów. Na jego korzyść świadczyło to, że nie próbował jej zatrzymywać, a z faktu, że milczał, można było wnioskować, że spełni polecenie.

Dotarłszy na piętro, wślizgnęła się do łazienki.

Starannie zamknęła drzwi na kluczyk.

Wkrótce po tym, jak zanurzyła się w parującej kąpieli, rozległo się pukanie. Po tym, że odezwało się trzy razy i było delikatne, poznała, że za drzwiami stoi mama.

Mocząc się w gorącej wodzie, z kolanami przyciągniętymi do piersi, wyobraziła sobie tatę i Danny'ego siedzących przy stole w salonie nad pustymi, świątecznymi nakryciami i stygnącym na półmisku indykiem.

W tym domu niestawienie się na rodzinny posiłek – nie wspominając już o wigilijnej kolacji – równało się zignorowaniu wezwania na wojskowy apel. Jeśli akurat nie przebywało się gdzieś daleko na przepustce, można było mieć pewność, że natychmiast zostanie wysłany specjalny oddział zwiadowczy.

– Isobel? – Głos mamy dobiegał zza drzwi stłumiony. – Wszystko w porządku?

Oparła brodę na kolanach.

– Tak... Tylko mam problemy z żołądkiem – skłamała.

– Izzy – spróbowała raz jeszcze mama. – Danny powiedział, że przed chwilą widział cię na ulicy. Wszystko dobrze? Coś się stało?

Isobel zmrużyła zapuchnięte oczy, patrząc na swoje zniekształcone odbicie w kranie. Jej twarz była w nim wykrzywiona i niewyraźna jak w krzywym zwierciadle.

– Izzy?

– Ja po prostu... chciałam zobaczyć śnieg.

– W samych skarpetkach, kochanie?

Isobel zirytowała się na brata. Czy chociaż raz nie mógł trzymać buzi na kłódkę? Miała nadzieję, że wręczone mu dziesięć dolarów powstrzymało go przynajmniej przed wypaplaniem całej prawdy o wizycie Gwen. Raczej tak, bo trudno by mu było zataić swój udział w tym przedsięwzięciu. Poza tym mama na pewno wspomniałaby o tym w pierwszej kolejności. Zwłaszcza że chodziło o tę zdemoralizowaną Gwen Daniels, wyjątkowo niepożądaną jako towarzystwo.

Przede wszystkim wyjątkowo tchórzliwą, pomyślała Isobel.

Do tego momentu nie pozwalała sobie na złość względem Gwen. Była zbyt skołowana, zbyt wstrząśnięta. Jej mózg nie radził sobie nawet z uporządkowaniem wydarzeń wieczoru, nie wspominając już o próbach ich zrozumienia.

No i – co gorsza – wciąż sobie wmawiała, że Gwen nie zachowała się tak na poważnie. Że to nie koniec, że po wyjściu z łazienki znajdzie w komórce dziesięć esemesów albo przynajmniej trzy wiadomości głosowe.

Choć w głębi duszy nie miała złudzeń.

Przerażenie Gwen było zbyt prawdziwe, jej słowa brzmiały zbyt ostatecznie. W dodatku skądś znała imię Lilith. Skąd? I dlaczego tak ją przestraszyło?

– On się o ciebie martwi, wiesz przecież.

Oczy Isobel znów powędrowały w kierunku drzwi. Niemal zapomniała, że mama ciągle tam stoi.

Wiedziała, że wspomniany przez mamę „on" to zapewne Danny, chociaż było zupełnie niemożliwe, by faktycznie się o nią martwił. Niewykluczone jednak, że udawał, gdyż zwiększało to szanse, iż rodzice tak się zajmą nią, że zapomną o nim, on zaś bez przeszkód wróci przed monitor.

– Wszyscy się o ciebie martwimy – podjęła mama. – Jesteś ostatnio taka nieobecna. Jakby obca. To nas przeraża, Izzy.

Słysząc to, Isobel poczuła, że coś w niej lekko drgnęło, jakby zaszła drobna zmiana w położeniu ramion jakiejś wewnętrznej wagi. Złagodniała, przypominając sobie niepokój, który odmalował się na twarzy jej młodszego brata, gdy ten wyjrzał na mróz, by zawołać ją z powrotem do domu. Oraz liczne próby, które podejmował jej tata, chcąc przeprowadzić z nią jakąkolwiek sensowną rozmowę. No a teraz mama stała tuż za drzwiami, z całych sił próbując odciągnąć ją od krawędzi, nad którą – zdaniem wszystkich – musiała balansować.

Głos mamy zabrzmiał silniej, jak gdyby przyciskała usta do framugi.

– Tak jest cały czas, od kiedy… – Słyszalne w tym zdaniu wahanie sprawiło, że Isobel znów się spięła. – Choć bardzo się starasz z tym kryć, Izzy – ciągnęła mama – ja i tak wiem, o co chodzi. O tamtego chłopca, prawda?

Nawet taka wzmianka o Varenie sprawiła, że przyczajony w Isobel strach wybuchł z całą siłą.

– Nie – warknęła, zanim zdążyła się powstrzymać. – Absolutnie nie chodzi o niego.

Nie wypadło to zbyt przekonująco.

– Isobel… Przecież ja wiem…

– Nie wiesz. – Do oczu napłynęły jej łzy i cała łazienka zafalowała. Isobel mrugnęła, czując wilgoć na i tak już szczypiących policzkach. Tyle wysiłku, żeby ukryć prawdę, a mama i tak się domyśliła. Podobnie jak reszta rodziny. I teraz, gdy Gwen zwiała, rodzice zaś zyskali dar jasnowidzenia – w jaki sposób miała się dostać do Baltimore?

Dygocąc, głęboko wciągnęła powietrze. Przypuszczenie, że mogłaby stracić jedyną szansę, by odnaleźć Varena, by sprowadzić go z powrotem do domu, okazało się całkowicie nie do zniesienia. Mocno zacisnęła powieki, próbując okiełznać wzbierającą falę rozpaczy. Bez skutku – przyszło jej nawet do głowy, że może walka o Varena, o jego duszę, była nie do wygrania z tej prostej przyczyny, że została przegrana już dawno.

– Izzy… – Klamka w drzwiach poruszyła się. Głos mamy, głośniejszy i bardziej natarczywy, przebił się przez natłok atakujących Isobel myśli. – Ubierz się, dobrze? I zejdź na kolację. Potem zaparzę nam herbaty i porozmawiamy. We dwie.

Isobel potrząsnęła głową, usiłując się opanować.

– To nie tak, jak myślisz…

– Isobel, nie powiesz mi, że… Od chwili, gdy razem z nim…

– Nieprawda! – Nie wytrzymała i oto już przekrzykiwała mamę. – Tu nie idzie o niego. On mnie nie obchodzi, okej? Szkoda, że go w ogóle spotkałam. Więc zamknijmy ten temat!

Zaraz potem zatkała sobie drżącymi rękami usta.

Gdzieś w głębi niej narosło łkanie, ale stłumiła je, zanim zdążyło wydostać się na zewnątrz. Z trudem przełknęła ślinę, spychając szloch z powrotem.

Było zupełnie tak, jakby tonęła.

Rozdarta między chęcią, by mama sobie poszła, a równie silnym pragnieniem, by zapukała znowu, zastygła bez ruchu, nasłuchując.

Dobiegło ją tylko ciche westchnienie, a później odgłos kroków na dywanie.

Po chwili zaskrzypiały stopnie schodów i wreszcie odezwał się głos mamy wołającej ojca.

– Sam? Sam...

Woda jeszcze nie wystygła, lecz Isobel nie mogła się przecież w niej moczyć, podczas gdy rodzice zmieniali się na posterunku, usiłując na bieżąco kontrolować sytuację.

Wyszła z wanny, ocierając wysychające już łzy obiema rękami. Owinęła się w różowy szlafrok i przechylając głowę, uwolniła włosy z gumki spinającej koński ogon. W tym samym momencie przystanęła jednak jak wryta, dostrzegając widoczny w szparze pod drzwiami cień.

Czyżby mama tylko udawała, że sobie idzie?

– Mamo?

Żadnej odpowiedzi. Wpatrywała się w cień, czekając, aż się ruszy czy przesunie, ale ani drgnął. Trwał tak nieruchomo, jakby był cieniem posągu raczej niż żywego człowieka.

– Tato?

Znowu brak odpowiedzi. Pozostawała więc tylko jedna możliwość. Tyle że Danny'ego zazwyczaj już z daleka zdradzały niezgrabny tupot i głośne dyszenie. Mimo upodobania do wojowników ninja oraz skautowskich „treningów", jej młodszy brat nigdy nie umiał się skradać.

– O co chodzi, Danny? Czego chcesz?

Cisza.

Isobel nie odrywała wzroku od szpary pod drzwiami. Cień wreszcie drgnął, powoli się wycofał i znikł.

Rozwścieczona Isobel rzuciła się do drzwi.

Powiew powietrza schłodził jej wilgotną skórę.

Na korytarzu ogarnęło ją zimno zbyt zastałe, by mogło stanowić efekt przeciągu. Na podeście ani na schodach nikogo nie było. Ani nigdzie indziej w polu widzenia.

Po lewej drzwi do pokoju Danny'ego stały otworem, ukazując ciemne wnętrze.

Isobel spojrzała ponad poręczą na dół. Przeczesała spojrzeniem pusty hol. Ulicą sunęła odśnieżarka, jej blade światła, wpadając do domu przez okna, rzucały na ściany szare, ruchliwe cienie.

– Pozwólmy jej trochę ochłonąć, dobrze? – Isobel usłyszała dobiegający z kuchni głos taty. – Prawdopodobnie potrzebuje po prostu nieco więcej przestrzeni.

Z salonu dała się słyszeć agresywna sekwencja elektronicznych dźwięków i odpowiedź mamy zagłuszyły krzyki zwalczanych przez Danny'ego zombie.

Isobel odsunęła się od balustrady, zaskoczona słowami taty, ale zarazem mu wdzięczna.

Nie sądziła, by tego wieczoru mogła znieść kolejną dawkę pytań.

Chłód szczypał ją przez szlafrok, więc odwróciła się i ruszyła w stronę swojej sypialni.

Zatrzymała się jednak przed drzwiami, zdumiona dochodzącą ze środka łagodną fortepianową muzyką. Powolna i smutna melodia płynęła ku niej poprzez szmer radiowych zakłóceń.

Isobel ostrożnie popchnęła drzwi.

Snop lodowatego księżycowego światła przedzierał się między

zasłonami, odwzorowując kwiecistą koronkę na wykładzinie i malując wszystko w różne odcienie chłodnego błękitu.

Isobel wślizgnęła się do pokoju, a jej uwaga natychmiast skupiła się na cyfrowym radiu pełniącym też funkcję budzika.

Niebieskie cyferki na wyświetlaczu pokazywały 8:49, a z malutkich głośników sączyła się piosenka złożona z powtarzających się, przeciągłych dźwięków. W tle słychać było chyba nucący coś kobiecy głos, ale zakłócenia nie pozwalały stwierdzić tego z całą pewnością.

Isobel odnosiła przez moment wrażenie, że rozpoznaje ten utwór. Wsłuchiwała się w niego uważnie, tak bardzo pragnąc przypomnieć sobie, skąd go zna, że aż zapomniała o podstawowym pytaniu: kto właściwie włączył jej radio?

Delikatnie zamknęła za sobą drzwi. Szybko podeszła do stolika, na którym stał budzik, licząc na to, że gdy piosenka się skończy, spiker w radiu poda tytuł. Gdy się jednak zbliżyła, muzyka ścichła, a w głośnikach wzmogły się szumy, spośród których wyłowiła fragmenty zupełnie innej audycji.

Nic nie dało majstrowanie przy pokrętle: melodia znikła. A potem nagle poprzez trzaski przebiła się szybka popowa piosenka nadawana przez jedną ze stacji, których Isobel słuchała najczęściej. Teraz aż podskoczyła.

Wyłączyła radio. Wpatrzona w cichy aparat, usiłowała ustalić, gdzie i kiedy zetknęła się z tamtym utworem.

Może chodziło o jakiś instrumentalny kawałek z któregoś ze staroświeckich musicali, jakimi mama uprzyjemniała sobie sprzątanie?

Czy to znaczyło, że zaglądała do jej pokoju po drodze do albo z łazienki?

Jedno spojrzenie na drzwi szafy uprzytomniło Isobel, że tak się właśnie stało.

Zielona kurtka Varena wisiała całkiem jawnie po zewnętrznej stronie rozsuwanych drzwi z białych listewek, zahaczona za kołnierz o małą gałkę.

Ten widok sprawił, że serce Isobel gwałtownie przyspieszyło. Nie wyjmowała tej kurtki od czasu, gdy ukryła ją w szafie dwa miesiące wcześniej, tamtej nocy, kiedy znalazła w jednej z kieszeni wiadomość od Varena.

O, nie. Ta wiadomość.

Rzuciła się ku szafie i, przesuwając drżącymi rękoma po szorstkim materiale, odszukała kieszeń. Sięgnąwszy do środka, natrafiła palcami na sztywny papier i odetchnęła z ulgą.

Wiedziała, że gdyby mama znalazła liścik, dołączyłaby go natychmiast do reszty materiału dowodowego. Ba, niewykluczone, że pokazałaby go ojcu.

Nie ulegało wszakże wątpliwości, że włączenie radia i wywieszenie kurtki stanowiło ze strony mamy coś w rodzaju deklaracji.

Niezdolna oprzeć się pokusie, Isobel wtuliła się w kurtkę i w nagrodę poczuła zapach, od którego jej serce ścisnęło się jak pięść.

Jego zapach. Boże. Wciąż tam był.

Zaniosła kurtkę do łóżka i rozłożyła na narzucie. Przez chwilę przyglądała się martwemu czarnemu krukowi na białym tle, przypiętemu agrafką do pleców. Pogłaskała jeden z rękawów, a następnie podeszła do komody i otworzyła szufladę. Wyjęła sprane szorty i luźny T-shirt, zrzuciła szlafrok na podłogę i po ciemku przebrała się w piżamę.

Znów podniosła kurtkę i ostrożnie wsunęła ramiona w rękawy: materiał bezszelestnie dopasował się do kształtu jej ciała.

Twardość i ciężar tkaniny w jakiś sposób jej pomogły: przyszła do siebie, ledwie sobie uświadamiając, jak bardzo zdążyła się oddalić.

Nie zadając sobie trudu, by odgarnąć narzutę, wspięła się na łóżko. Położyła się na boku, twarzą do okna, czując, że list od Varena szeleści w prawej kieszeni.

Zacisnęła kołnierz pod brodą. Nie musiała czytać tej wiadomości: i tak wiedziała, co zawiera, znała ją przecież na pamięć.

Raz po raz powtarzała sobie jej ostatnie słowa.

Znowu Cię zobaczę.

Zdawała sobie sprawę, że musi w to wierzyć, jeśli nie chce zwariować.

A skoro zamierzała wyprawić się na własną rękę do Baltimore, skoro zamierzała opracować plan, nowy plan, potrzebowała przytomności umysłu.

Na dole rozległo się trzaśnięcie drzwiczek piekarnika, a potem zapadła jeszcze gęstsza cisza.

Isobel przymknęła powieki, chociaż nic była śpiąca.

Jej myśli wciąż krążyły wokół snu z poprzedniej nocy. Pod pokładami zapomnienia i nierealnych domysłów ostała się z niego jedna jedyna rzecz: najgłębsze towarzyszące mu uczucie, które trwało teraz w duszy Isobel niczym przemienione w perłę ziarno piasku.

Tylko jego potrzebowała, by się nie poddać.

Nadziei.

6
NOCNY GOŚĆ

Nagle ogarnął ją zimny powiew. Wzdrygnęła się. Luźne kosmyki włosów załaskotały ją w policzek jak nici pajęczyny. Szczelniej otuliła się kurtką.

Mimo że przeciąg zamarł, rozpraszając się niczym westchnienie, pozostawił po sobie w pokoju przenikliwy chłód. Ostre powietrze kłuło w nos.

Isobel poruszyła się nerwowo. Spod uchylonych powiek widziała swój oddech parujący w przygaszonej księżycowej poświacie, która wciąż sączyła się przez okno.

Otwarte okno. Isobel zmarszczyła brwi, patrząc na szparę szerokości stopy, gdy kolejny powiew, silniejszy niż poprzedni, zafalował zasłonkami.

Wsparła się na łokciu, by przygładzić włosy, zachodząc w głowę, kto otworzył okno. I – co ważniejsze – dlaczego?

Kiedy lodowaty wiatr zaczął sypać do środka śniegiem, usiadła. Dygocąc i szczękając zębami, przezwyciężyła zdumienie i przesunęła się ku krawędzi łóżka.

Zastygła jednak, bo kątem oka dostrzegła coś, co uruchomiło w niej niesłyszalny z zewnątrz alarm. U stóp łóżka stała ciemna postać.

Isobel zacisnęła dłonie na narzucie. Powoli obróciła głowę.

Tkwił tam bez ruchu, a jego chuda, kanciasta sylwetka ledwie odcinała się od dookolnej ciemności.

Kiedy w końcu oparł jedno odziane w czerń kolano na brzegu łóżka, rozległo się delikatne podzwanianie łańcuszków.

Spojrzała ku miejscu, gdzie materac ugiął się pod jego ciężarem i gdzie smukła dłoń przylgnęła do jasnej kołdry, połyskując onyksem szkolnego pierścienia z umieszczonym w środku srebrnym „V".

Isobel zastygła, nie przysuwając się ani nie odsuwając.

Była w stanie tylko obserwować, jak tyczkowata postać powoli kładzie się przy niej. Na niej.

Poczuła, że przygnieciona przez niego opada na plecy. Patrząc w górę, widziała skąpane w cieniu rysy i przez ciemną zasłonę włosów próbowała odnaleźć jego oczy, bo tylko one mogły jej powiedzieć, czy to kolejny sen.

Ale w sumie co innego?

Jego twarz zawisła tuż nad nią. Jego oddech muskał jej policzek.

Rozchyliła wargi, by się odezwać, lecz przeszkodziły jej jego usta.

Przymknęła roztrzepotane powieki. Pocałunek, delikatny i miękki, sprawił, że w środku niej wszystko zapłonęło, zdjęte ognistym dreszczem, który stłumił wszelkie racjonalne pytania czy wątpliwości.

Nieświadomie jęknęła, gdy cienki krążek kolczyka w jego wardze, zimny od mrozu, przycisnął się do jej skóry. Objęła go ustami, ogrzewając.

Zarzuciła ręce na pochyloną nad nią szyję i pociągnęła ją ku sobie, wplatając palce w ciemne, miękkie włosy.

Ta chwila wydawała się tak rzeczywista. On wydawał się tak rzeczywisty.

Przyciągnęła go jeszcze bliżej, nagle przestraszona, że wyślizgnie się z jej uścisku albo że ona sama lada chwila się obudzi, by już go przy sobie nie znaleźć.

Poczuła, że jego dłonie przesuwają się wzdłuż jej boków, wślizgują pod kurtkę i pokonują cienką barierę podkoszulka. Ruszyły w górę, odgarniając materiał, odsłaniając jej brzuch.

Jej oddech stał się jeszcze szybszy, myśli całkowicie się rozpierzchły.

Wtedy znowu powiało chłodem.

Wygięła się, próbując włożyć ręce pod T-shirt tego, który na niej leżał.

Ale nie znalazła na jego skórze ciepła.

Zmarszczyła brwi, wyczuwając twarde sploty mięśni.

Coś było nie tak. Jego skóra sprawiała wrażenie zbyt gładkiej, jego ciało wydawało się zbyt lekkie.

Odchylił się, żeby ściągnąć T-shirt, co pozwoliło jej przelotnie dostrzec nierówną białą bliznę ciągnącą się niby wściekle zakrzywiona błyskawica z jednej strony jego klatki piersiowej.

– Varen?

Znowu się pochylił, przytykając wargi do jej ust, uciszając ją.

Pocałunek był gwałtowny, wręcz dziki. Próbowała sobie jakoś poradzić, złapać oddech. Zaparła się dłońmi o jego nagą pierś i nie wyczuła bicia serca.

Jego uścisk stał się mocniejszy.

Jęknęła, usiłując się wyswobodzić. Chciała, żeby zwolnił, żeby przestał. Musiała zrozumieć, co się właściwie dzieje.

Obiema rękami sięgnęła ku jego twarzy, odpychając ją. Jednakże palce jednej z dłoni jakby się zapadły, natrafiając na poszarpaną wyrwę w ciele.

Isobel zesztywniała.

Dotykające jej warg usta powoli wykrzywiły się w uśmiechu.

Cofnął się, ukazując dwa rzędy ostrych czerwonych zębów, widocznych przez dziurę w policzku.

– Też za tobą tęskniłem, czirliderko – wysyczał znajomym głosem.

7

NIEPOKOJE

Nieeee! – krzyknęła Isobel. Jej wycie, pierwotne i dzikie, przeszyło nocną ciszę.

Zapierając się o łóżko, machała głową tak, że włosy uderzały ją po twarzy. Wijąc się i szarpiąc, zdołała w końcu wyrwać się dłoniom, które unieruchamiały jej nadgarstki. Rzuciła się do tyłu i rąbnęła głową o drewniany zagłówek.

– ...sobel!

Otworzyła oczy. Pokój zawirował i odzyskał ostrość. Zamrugała szybko w sztucznym świetle lejącym się spod sufitu. Serce tłukło się w jej piersi, oszalałe jak schwytany ptak.

– Isobel, obudź się! Obudź się, dziecinko!

Krztusiła się i dyszała, gwałtownie chwytając powietrze.

Ktoś poklepał ją po policzku. Złapała dużą, ciepłą dłoń w swoje ręce, skupiając uwagę na grubej złotej obrączce na jednym z palców oraz na delikatnych czarnych włoskach wystających spod opadającego na nadgarstek rękawa znajomego granatowego szlafroka.

Podniósłszy wzrok, zobaczyła przed sobą twarz ojca. Patrzył na nią uważnie, pytająco, a jego ciemne brwi były zmarszczone.

Przeniosła spojrzenie na okno – zamknięte. Na tle usianej płatkami śniegu nocy obszyte koronką zasłony wisiały całkiem nieruchomo.

Znów poczuła dotyk na policzku i aż się wzdrygnęła. Odwróciła się od ojca, który wciąż próbował popatrzeć jej w oczy.

– Isobel, spójrz na mnie. To był sen, mała. Tylko sen.

Próbując usiąść, jęknęła. Pusty żołądek wariował; przełknęła ślinę, usiłując opanować mdłości.

Gdy tata chwycił ją za ramiona, natychmiast się do niego przytuliła. Przycisnęła twarz do jego szyi i wydała z siebie długi, duszący szloch.

– Ćśśś… – szepnął tata. – To tylko zły sen. Nic więcej.

Ponad jego ramieniem dostrzegła czającą się w pobliżu, wyraźnie zatroskaną mamę, która natychmiast podeszła i usiadła koło nich na łóżku, przykładając jej do czoła chłodną dłoń. Wtedy Isobel dostrzegła też stojącego w drzwiach brata.

Rozczochrany i niezbyt przytomny, miał na sobie rozciągnięte spodnie od dresu. Wydatny brzuszek rozpychał się pod zbyt ciasną koszulką z Batmanem, włosy sterczały dookoła głowy w ciemnych kępkach. Badawczo rozejrzał się po pokoju.

– Dżizas… – mruknął, powoli obchodząc pomieszczenie dookoła, jakby spodziewał się znaleźć pod ścianą morderczą siekierę. – To znaczy… Próbowałaś złamać barierę dźwięku czy co?

Isobel trzęsła się w ramionach taty, napędzana resztkami adrenaliny. Drżące palce wczepiła w kołnierz jego szlafroka.

– Już dobrze – powtarzał tata, łagodnie ją kołysząc, a jego głos brzmiał stanowczo i rozkazująco, jakby te słowa miały moc sprawczą. Poklepał ją po plecach, aż poczuła, jak jego palce natrafiają na agrafkę na kurtce Varena.

Udając, że nie dostrzegła porozumiewawczego spojrzenia, jakie wymienili rodzice, przymknęła powieki i spróbowała spowolnić oddech, zmusić serce do normalniejszej pracy, a umysł do ogarnięcia rzeczywistości.

Podczas gdy tata masował ją po plecach, mama poprawiała jej włosy, delikatnymi palcami zakładając niepokorne kosmyki za ucho. Cała ta troska sprawiła, że Isobel poczuła się tak malutka i bezsilna, jak gdyby jakimś sposobem znowu miała pięć lat. Tylko teraz rodzice nie mogli jej powiedzieć, że koszmarami nie należy się przejmować. Bo doskonale wiedziała, że należy.

Następnego poranka przy odpakowywaniu prezentów nikt nie wrócił do kwestii poprzedniego wieczoru. Nawet Danny, którego Isobel podejrzewała raczej o to, że zaatakuje ją masą pytań, żądny sensacji na temat krwi i trupów.

Być może, pomyślała, siedząc na kanapie w różowym szlafroku i puchatych kapciach, nikt nic nie mówił z powodu świąt.

Nie dało się też wykluczyć, że rodzice grają na zwłokę, czekając na odpowiedni moment, by przesłuchać nieposłuszną córkę w sprawie kurtki Varena i oficjalnie obwieścić, że zarezerwowali już termin u psychiatry.

Co do samego snu – Isobel doskonale wiedziała, że nie chodziło o żaden sen. Był zbyt rzeczywisty. Był po prostu rzeczywisty. Pozostawało natomiast pytanie, czy Pinfeathers odwiedził ją w tym czy też w tamtym świecie.

Niestety, w przeciwieństwie do snu z udziałem Varena, ten zapisał się w jej pamięci ze wszystkimi szczegółami. Ciągle wstrząsał nią dreszcz na wspomnienie ust potwora rozgniatających jej wargi. I na wspomnienie tamtego uśmiechu. Strasznego, okaleczonego uśmiechu.

Wizyta Noka kazała jej się też zastanowić nad cieniem widzianym dwa dni wcześniej w sypialni.

– Ej – rzucił Danny ze swojego miejsca na podłodze przy świątecznym drzewku, gdzie siedział wśród poskręcanych kolorowych wstążek i ozdobnych papierów, zachowujących jeszcze kształt pudełek z prezentami. – Więcej życia, ty emotikonie.

To mówiąc, rzucił coś w jej stronę. Isobel aż podskoczyła i złapała niewielką paczkę w kształcie cegły tuż przed tym, zanim ta zdążyła wyrżnąć ją w nos. Owinięta w lśniący czerwony papier i zbyt dużą ilość taśmy klejącej wyglądała, jakby została opakowana przez posługującego się tylko jedną ręką przedszkolaka.

Była lekka, zupełnie jakby zwierała wyłącznie pogniecione gazety. Isobel znów podejrzliwie zerknęła na brata, on jednak wrócił już do przeglądania swojego świeżego zapasu zafoliowanych jeszcze gier i komputerowych akcesoriów. W stojącym za jego plecami, przyciszonym telewizorze leciała *Opowieść wigilijna.*

Tata siedział po drugiej stronie pokoju i gapił się w ekran, a oczy miał mocno podkrążone. Na jego nadgarstku połyskiwał srebrny zegarek, na stopach zaś pyszniły się niebieskie kapcie z logo Uniwersytetu w Kentucky, podarowane mu przez Danny'ego.

Obok taty na dwuosobowej kanapie usadowiła się mama, zajęta kartkowaniem zestawu powieści detektywistycznych. Od czasu do czasu unosiła dłoń do szyi, by dotknąć swego nowego naszyjnika.

Isobel spojrzała na paczuszkę. Ostrożnie odwinęła taśmę klejącą i odgięła rogi opakowania: pod spodem znajdowało się stare pudełko po chusteczkach higienicznych wypchane papierem do kserokopiarki. Gdy odrzuciła opakowanie na ziemię, usłyszała, że w pudełku grzechocze coś jeszcze. Jej uwagę przyciągnęły też widoczne na pogniecionym arkuszu niebieskie litery. Rozprostowawszy go, poznała nieporadne pismo Danny'ego: „Masz u mnie kolejny dług. Patrz i ucz się".

Zmarszczyła brwi. Skonsternowana, przez obciągnięty folią otwór wsunęła dłoń do pudełka po chusteczkach, wyczuwając w środku coś chłodnego i metalowego. Wyciągając to, usłyszała nagle głos brata wybijający się ponad dźwięki z telewizora:

– Mamo, jest gorąca czekolada?

Jak się okazało, chodziło o niewielki, srebrno-różowy breloczek do kluczy – w kształcie motyla. Był ciężki, zawieszony nie na typowym kółeczku, lecz na odczepianym klipsie. Gdy Isobel wsunęła kciuk pod skrzydełka motyla, te uniosły się i rozsunęły z cichym kliknięciem, odsłaniając okrągłą tarczę klasycznego zegarka. Podarunek wyraźnie nawiązywał do poprzedniego, jaki nosiła – wiszącego na łańcuszku, wypełnionego brokatem serca; tego, który zbił jej się w październiku.

Obróciła prezent w dłoniach, niezdolna uwierzyć, że Danny o czymś takim pamiętał. Zazwyczaj próba zestawiania jego imienia z przymiotnikiem „troskliwy" pod względem absurdalności dorównywała wysiłkom, by za pomocą genetycznych manipulacji zamienić meduzę w muchę. Poza tym nie było jasne, co zegarek miał wspólnego z tajemniczym liścikiem.

– Chyba mamy taką w proszku gdzieś w szafce – rozległa się odpowiedź mamy. – Zrobić?

– O, to w sumie świetny pomysł – oświadczył tata.

Wszyscy spojrzeli w jego stronę: od chwili rozdania prezentów nie odezwał się ani nie oderwał od telewizora ani razu.

– Izzy? Masz ochotę na czekoladę?

Isobel zerknęła na brata, wciąż nie bardzo jarząc, co się dzieje, on jednak zdążył już założyć otrzymane od niej słuchawki, które podłączył do swojej konsoli.

– Tak – rzuciła. – Czemu nie.

Mama uśmiechnęła się ostrożnie, choć – jak się Isobel wydało – również z pewną ulgą, po czym wstała z podwójnej kanapy i ruszyła w stronę kuchni. Zmiąwszy liścik od Danny'ego, Isobel wepchnęła go z powrotem do pudełka po chusteczkach.

– Isobel? – Tata oderwał wzrok od ekranu i dla odmiany wpatrywał się teraz w nią. – Jest jeszcze coś.

Isobel odłożyła pudełko. Jak to „jeszcze coś"? Znowu popatrzyła na brata, ale on zdawał się całkowicie pochłonięty swoimi sprawami, nisko pochylony nad Nintendo DS, z nosem niemal wbitym w monitor.

– To znaczy masz jeszcze jeden prezent.

Unosząc brwi, spojrzała na i tak już pokaźną stertę podarunków piętrzącą się obok na kanapie. Oprócz nowego stroju czirliderki i sportowej torby rodzice kupili jej lawendowy balsam do ciała, dwa sweterki oraz dżinsy. Wziąwszy pod uwagę koszty niedawnej wyprawy na rozgrywki krajowe oraz mistrzowskiego pierścienia, Isobel nie spodziewała się tak wiele.

– Jaki prezent? – spytała, dziwnie spięta.

– Obwarowany pewnymi zastrzeżeniami – odparł tata. Potem wstał, podszedł do choinki, pochylił się i wyjął spod niej ciemnozielony folder. Obchodząc dookoła Danny'ego, skierował się ku kanapie, na której siedziała Isobel. Miał dziwny, zestresowany wyraz twarzy – jak agent FBI wręczający komuś ściśle tajne dokumenty.

– Podziękuj bratu. Namówił mnie na to z rana, po tym, jak ty... – Urwał. – Cóż, po tym, jak mama się położyła. Ona... Hm... Ona jeszcze o tym nie wie, tak swoją drogą. Mama, znaczy. Więc... Będziesz musiała mnie trochę wesprzeć.

Isobel ujęła folder w obie ręce. Gdy go otworzyła, tata opadł na kanapę obok niej. Przy czym, ze względu na stertę prezentów, musiał przycupnąć na samym brzeżku.

Patrzyła na wydruk wsunięty miedzy strony folderu.

U góry widniało logo w kształcie niebieskiego samolotu, a niżej – drukowane litery układały się w nazwisko i imię taty oraz jej własne.

Potrzebowała pełnych pięciu sekund, by zrozumieć, że trzyma w dłoni bilet lotniczy. Na widok destynacji aż rozdziawiła usta: „Baltimore/Washington International Airport". Skoczyła na równe nogi.

– To... – rzuciła bez tchu. – To jest... To jest...?

Szybko zerknęła na daty. Wylot z Louisville przewidziany był na piątą czterdzieści pięć rano, w sobotę, osiemnastego stycznia. To znaczyło, że tego samego poranka znajdą się w Baltimore. Tata zaplanował wyjazd na długi weekend z okazji dnia Martina Luthera Kinga, tak jak prosiła.

Wiedziała, że Czciciel Poego odwiedza cmentarz po północy, we wczesnych godzinach rannych dziewiętnastego stycznia. Na myśl, że ona sama też tam będzie, że spotkanie z Reynoldsem jest teraz niemal pewne, zaczęła lekko dygotać.

Odwróciła się ku ojcu.

– Naprawdę? – spytała. – Naprawdę mnie tam zabierzesz?

Tata wstał. Przyciskając palec do ust, z lękiem zerknął w kierunku kuchni.

– Nie emocjonuj się tak jeszcze – powiedział przyciszonym głosem. – Muszę nas poumawiać na uniwersytecie. Wątpię, żeby byli otwarci w poniedziałek, z powodu święta, dlatego zostaniemy dzień dłużej. A to znaczy, że musisz…

Isobel upuściła folder i rzuciła się ojcu na szyję.

– Dziękuję – wyszeptała. – Dziękuję – powtarzała raz za razem. – Dziękuję, tato. Dziękuję. Nawet nie wiesz, co to oznacza.

I faktycznie nie wiedział. W najmniejszym nawet stopniu. Choć właściwie ona też nie wiedziała. Nie do końca. Zdawała sobie jedynie sprawę, że oto wykonała pierwszy z kroków, które zaprowadzić ją miały z powrotem do świata strachu i chaosu.

I, jednocześnie, przybliżyć do Varena. A to chwilowo wystarczało, by ją uszczęśliwić.

Łzy znów napłynęły jej do oczu. Przycisnęła twarz do rękawa ojcowskiego szlafroka i głęboko odetchnęła. Lubiła ten zapach: Old Spice, węgle z kominka i mocna kawa – wszystko to kojarzyło jej się z tysiącem wspomnień.

Odsunąwszy się od taty, zwróciła się ku Danny'emu, który zdawał się całkiem nieświadomy rozgrywających się wokół wydarzeń. Podeszła do niego, gołymi stopami depcząc zwały kolorowego papieru, i uklękła obok.

– Ani mi się waż…

Objęła go mocno, aż konsola wypadła mu z rąk i grzmotnęła o podłogę.

– Uważaj! – wrzasnął i zerwał z głowy słuchawki. – Czemu mnie dotykasz?

Próbował ją odepchnąć, ale zdążyła jeszcze pocałować go w głowę.

– Wariatka! – ryknął, szarpiąc się w jej uścisku. – Puszczaj!

Niezdolna powstrzymać śmiech, Isobel przewróciła się na plecy, lądując na stercie podartych opakowań, podczas gdy Danny rzucił się ratować Nintendo.

– O nie! – zawył. – To był poziom mistrzowski! Teraz muszę zaczynać od początku!

– Isobel?

Wszyscy troje jednocześnie podnieśli wzrok. Mama stała w łukowatym przejściu do salonu z torebką mini-pianek w dłoni. Wyglądała na zdumioną.

– Co... się tutaj dzieje? – spytała, zwracając się do taty. – Co was tak ucieszyło?

– Tata kupił sobie i Isobel bilety do tego głupiego Marylandu – wypalił Danny. Ojciec spiorunował go wzrokiem, ale Danny tylko rozłożył ramiona. – No co? – warknął. – Mogła uważać i nie psuć mi gry. – Po tych słowach złapał konsolę i słuchawki, by pospiesznie unieść je ku schodom.

Spojrzenie mamy spoczęło na ojcu. Wściekły, przestraszony wyraz jej oczu sprawił, że radość Isobel natychmiast wyparowała.

– Mamo... Nie złość się...

Ignorując ją, mama podeszła do miejsca, gdzie leżał zielony folder, i podniosła go z podłogi. Odrzuciła torebkę z piankami na kanapę, przekartkowała folder i ze zmarszczonymi brwiami wpatrzyła się w bilet, a twarz jej twardniała z każdą sekundą.

– Przecież bym ci powiedział – rzucił tata.

Mama zatrzasnęła folder i uniosła podbródek w sposób, który oznaczał: „Od tej chwili żadnych wymówek".

– Sądziłam, że omówiliśmy to wczoraj wieczorem.

– Proszę, nie kłóćcie się – wtrąciła Isobel. Stanęła między nimi, przyjmując na siebie cały wściekły żar maminego spojrzenia. Nie przeze mnie. Nie dzisiaj.

– Wcale się nie kłócimy – oświadczyła mama. – Po prostu rozmawiamy. A właściwie dopiero zamierzamy. Sam, możemy przejść do kuchni? – I, nie czekając na odpowiedź, obróciła się na pięcie i pomaszerowała z powrotem. Isobel zobaczyła, jak ciska folder na kuchenny blat. Nie obejrzała się na nich, zamiast tego, z rękami na biodrach i zaciśniętymi ustami, utkwiła wzrok w szafkach.

Tata westchnął. Potarł twarz dłonią, podrapał się po nieogolonym podbródku. Wetknął pięści do kieszeni szlafroka. Posyłając Isobel słaby uśmiech, powiedział:

– Idź na chwilę do siebie. Spróbuję jakoś uratować sytuację.

„Co będzie, jeśli ona się nie zgodzi?". Bojąc się, że mama usłyszy, Isobel bezgłośnie poruszała ustami.

– A dlaczego, twoim zdaniem, tak się spieszyłem, żeby kupić te bilety dziś rano? – odszepnął tata, puszczając do niej oko. – Już lepiej błagać o wybaczenie niż o zgodę, co?

Ruszył w stronę kuchni, ale po drodze zatrzymał się i zaczekał, aż Isobel wyjdzie z salonu. Zrobiła to, lecz w połowie schodów przystanęła. Zerknęła do tyłu i ujrzała, jak tata znika w kuchni. Nie tracąc czasu, wróciła na dół i znów wślizgnęła się do salonu. Ostrożnie przyczaiła się tuż przy łukowatym przejściu do kuchni.

– …żeby wyjeżdżała z domu. Nie w takim stanie jak ostatnio – mówiła mama. – Myślałam, że się co do tego zgadzamy.

– I się zgadzamy. To znaczy zgadzaliśmy. Bo, Jeannine, widziałaś ją dziś rano. Cokolwiek się dzieje, jest coraz gorzej. Może ten wyjazd dobrze jej zrobi. Może ona potrzebuje się stąd wyrwać na dzień albo dwa. Może tylko o to chodzi.

– Przecież dopiero co wróciła z Dallas.

– To nie był wyjazd. To były zawody. I zaczyna mi się wydawać, że ich akurat wcale nie potrzebowała.

– Chcesz przez to powiedzieć, że ona chce się wycofać?

– Chcę przez to powiedzieć, że, moim zdaniem, musi odpocząć. Naprawdę odpocząć.

– Nie podoba mi się to, Sam. Skąd wiesz, że faktycznie chodzi o wizytę na uniwersytecie i o tamtejszy zespół czirliderski?

– A jeśli nawet nie, to co?

Isobel wytrzeszczyła oczy. Czy to naprawdę był głos jej ojca? Sportowego guru i surowego kaprala? Nieprzejednanego strażnika?

– To co? – syknęła mama. – Sam, a jeśli to wszystko wiąże się jakoś z tamtym chłopakiem? Zapomniałeś o nim? Widziałeś ją dziś rano w jego kurtce. Nawet nie wiedziałam, że ją ma.

Przy tych słowach Isobel zbladła. Jej myśli poszybowały ku poprzedniemu wieczorowi, gdy znalazła kurtkę Varena wiszącą na drzwiach szafy.

Skoro nie mama ją tam powiesiła, to kto?

Cień, pomyślała Isobel, przypominając sobie kałużę ciemności pod drzwiami łazienki.

Pinfeathers. Ten koszmar… To się działo naprawdę. Nie śniła.

Nie było innego wytłumaczenia.

Poczuła w brzuchu tępe ukłucie strachu.

W takim razie Pinfeathers mógł się czaić gdzieś w pobliżu. Mógł ją właśnie obserwować.

Spojrzała w okno salonu, wypatrując kruków na ośnieżonych gałęziach i zastanawiając się, jak to wszystko może się dziać, skoro przerwała połączenie.

Teoretycznie od tego czasu żaden element krainy snów nie powinien się przedostawać do rzeczywistości. Sama o to zadbała, paląc notatnik Varena. O tym, że tak było, świadczył choćby fakt, że pozostawał uwięziony po drugiej stronie.

Ale – czy sam Reynolds, co roku odwiedzając grób Poego, nie udowodnił, że istnieją inne sposoby na przekraczanie granicy między światami? Jeśli skłamał, mówiąc o Varenie, równie dobrze mógł kłamać na każdy inny temat.

– Nie przyszło ci do głowy, że może ona potrzebuje odpocząć właśnie od tego? – dobiegł ją znowu głos taty. – To dziecko ma problemy, Jeannine. I faktem jest, że żadne z nas nie ma pojęcia, co między nimi dwojgiem zaszło, nie wspominając już o wypadkach tamtej nocy. Wiemy jedynie, że od tamtej pory Isobel całkowicie się zmieniła.

– A co, jeśli ona próbuje go szukać? – drążyła mama, a gniew w jej głosie powoli ustępował panice.

Isobel gwałtownie wciągnęła powietrze i zatrzymała je w płucach.

– Nie zwróciłaby się do nas o pomoc – mruknął tata. – Wyraźnie nam teraz nie ufa. Nic zresztą dziwnego, skoro ignorowaliśmy wszystkie sygnały z jej strony, licząc na to, że sprawy same się jakoś poukładają. Może jeśli teraz zaczniemy słuchać, jeśli pozwolimy jej zrobić coś, co ją rozerwie, w końcu się przed nami otworzy. Widziałaś ją przed chwilą, prawda? Kiedy ostatnio słyszałaś, jak się śmieje? Kiedy ostatnio się tak uśmiechała? To znaczy: tak naprawdę?

Przez dłuższą chwilę słychać było jedynie buczenie lodówki.

– Mogłeś mnie przynajmniej uprzedzić, zanim dałeś jej te bilety – zirytowała się znowu mama. – Dlaczego to przede mną zataiłeś?

– Bo wiedziałem, że rzecz się przeciągnie, gdy zaczniemy dyskutować. A po dzisiejszym ranku nie byłem w stanie czekać. Musiałem coś zrobić.

Ciche pukanie do wejściowych drzwi sprawiło, że Isobel aż podskoczyła.

– Nienawidzę takiej bezsilności – ciągnął tata. – Nic lepszego nie przyszło mi do głowy i, szczerze mówiąc, tobie też chyba nie. Są święta, Jeannine. Po prostu chciałem, żeby Isobel znów poczuła się szczęśliwa.

– Nie wydaje ci się, że ja chcę tego samego?

I dalej się kłócili, wchodząc sobie nawzajem w słowo. Nie usłyszeli pukania. A ono odezwało się znowu, tym razem głośniejsze. Isobel oderwała się od ściany. Starając się poruszać jak najciszej, okrążyła kanapę i wyszła do holu, by skierować się ku drzwiom.

Wyjrzawszy przez wizjer, nie dostrzegła na ganku nikogo.

Ponownie ogarnął ją strach, gdy mimo to zauważyła odciśnięte w śniegu świeże ślady na chodniku i betonowych schodach.

Cofnęła się. Zerknęła ku mosiężnemu stojakowi na parasole i złapała należący do ojca biało-niebieski parasol golfowy. Wyjęła go powoli, jakby wyciągała miecz z pochwy.

Położywszy drugą dłoń na klamce, przycisnęła ucho do gładkiego, chłodnego drewna, by nasłuchiwać.

Najpierw dobiegł ją tylko słaby świst wiatru. Potem pukanie rozległo się po raz trzeci – na tyle mocne, że odbiło się nieprzyjemnym echem w jej przytkniętej do drzwi głowie.

Isobel odskoczyła. Szarpnęła drzwi i wypadła na ganek. Parasol trzymała w obu dłoniach, jak kij baseballowy, gotowa do zadania ciosu.

Zimne powietrze objęło jej gołe nogi, z pogodnego nieba spadło kilka płatków śniegu.

Białe czapy okrywały płasko przycięte czubki wiecznie zielonych krzewów, połyskujących jak lukrowane ciasteczka. Po drugiej stronie ulicy para wiewiórek o puszystych ogonach pomykała wesoło wokół dębu pani Finley.

Odbijające się od śniegu słońce raniło oczy.

Zmrużyła je, rozglądając się po spokojnej okolicy.

I wtedy drzwi za nią szczęknęły.

Zastygła, a potem odwróciła głowę, by zobaczyć, jak ciemna plama przesuwa się po obłożonej cegłą ścianie domu i znika w jego wnętrzu.

8

OBDAROWANA

Z mocno bijącym sercem Isobel obróciła się na pięcie. Pchnęła drzwi i wpadła do domu, ścigając czarną postać. Intruz potknął się i z uniesionymi rękami ciężko runął na schody. Isobel zamachnęła się parasolem, gotowa zadać cios.

– Nie strzelać!

Zastygła, zaskoczona dźwiękiem znajomego głosu i widokiem szeroko otwartych brązowych oczu połyskujących zza owalnych okularów.

Osłupiała i opuściła parasol.

– Dżiiiz… – rzuciła Gwen nerwowo. – Spodziewacie się krewnych z prowincji czy co?

Isobel odstąpiła krok do tyłu, niepewna, co powiedzieć i co myśleć.

I co czuć…

Gwen usiadła, powoli opuszczając ramiona, jakby wciąż się obawiała, że Isobel może jeszcze zmienić zdanie i jej przywalić.

Miała na szyi szalik, który dostała od Isobel poprzedniego wieczoru. A także rękawiczki z sówkami. Przerzucony przez ramię pasek od na oko ciężkiej kurierskiej torby zlewał się z ciemnoszarym, sięgającym kolan wełnianym płaszczem.

W torbie dało się dostrzec zielony grzbiet grubej książki w twardej oprawie. Isobel zdołała odczytać ostatnie słowo wytłoczonego złotymi literami tytułu. *Mistycyzm*?

Gwen szybko zakryła książkę. Potem podniosła wzrok i ich oczy znów się spotkały.

Mimo tego, co zdarzyło się między nimi dzień wcześniej, Isobel poczuła niezaprzeczalną, acz sekretną radość z jej powrotu.

Jednakże jakaś część jej samej, silniejsza, powstrzymywała ją przed okazaniem jakichkolwiek emocji. Ta część, chłodna i zdystansowana, zmroziła w niej początkowy impuls, by natychmiast wyrzucić z siebie wszystko, co zdarzyło się od niespodziewanego zniknięcia przyjaciółki poprzedniego wieczoru.

– Co tu robisz?

Gwen spoważniała. Wbiła oczy w ścianę. Długo trwało, zanim zdobyła się na odpowiedź.

– Przyjechałam pogadać.

– Tak? Myślałam, że nie możesz więcej ze mną rozmawiać. Nigdy.

Tym razem nie czekała na reakcję. Zamiast tego hałaśliwie odstawiła parasol na miejsce. Potem, krzyżując ramiona, znów popatrzyła na Gwen, która tymczasem złapała się poręczy i dźwignęła do pozycji stojącej. Aż się uginała pod ciężarem swojej torby. Otworzyła usta, by przemówić, lecz Isobel nie dopuściła jej do głosu.

– I to niby ja jestem kiepską przyjaciółką? – spytała.

Gwen zamknęła buzię. Jej twarz przybrała dość żałosny wyraz. W pierwszej chwili Isobel poczuła satysfakcję, o którą jej chodziło. Zaraz potem jednak pożałowała swoich słów.

– Słuchaj – wymamrotała Gwen – kiedyś przeproszę, okej? Tyle że jeszcze do tego nie dojrzałam. – Pogrzebawszy ubraną w rękawiczkę dłonią w kieszeni, wyciągnęła stamtąd małe mahoniowe pudełko. – Ale po kolei – oświadczyła i wyciągnęła pudełko w stronę Isobel. – Powinnam Ci to dać, więc lepiej załatwmy to od razu. Wesołych świąt czy co tam się mówi. Otwórz. Jeśli potem nadal będziesz chciała, żebym sobie poszła, to w porządku, pójdę.

Isobel ze zmarszczonymi brwiami przyjrzała się małemu, płaskiemu pudełku wielkości kartki pocztowej, niepewna, czy powinna je przyjąć. Czy Gwen naprawdę sądziła, że musi przynieść jej prezent, żeby wkupić się w jej łaski?

Gwen nadal wyciągała ku niej podarunek.

W końcu ciekawość zwyciężyła niezdecydowanie. Isobel sięgnęła po pudełko. Gwen natychmiast cofnęła rękę i schowała ją do kieszeni. To zachowanie sprawiło, że Isobel znów się zawahała.

– Co? – rzuciła Gwen. – Nie patrz tak na mnie. To nie żadna pieprzona tarantula. Otworzysz wreszcie czy nie?

Isobel ostrożnie podniosła wieczko. W środku połyskiwał cienki srebrny łańcuszek, a na środku czarnej aksamitnej poduszeczki leżał amulet w kształcie otwartej dłoni z pięknie toczonymi malutkimi palcami. Jej centrum zajmował drobny, mieniący się błękitnawo opal.

Wisiorek skrzył się jak światło księżyca na wodzie.

Isobel wydała lekki okrzyk zaskoczenia. Naszyjnik był tak piękny i tak starannie wykonany, że z pewnością chodziło o prawdziwy kamień.

Całość sprawiała ekstrawaganckie wrażenie. Poza tym stan pudełka wskazywał na to, że amulet jest stary – zdaniem Isobel wyglądał jak antyk.

Choć dłoń miała pięć palców, różniła się od zwykłych dłoni: dwa kciuki wyginały się po obu jej stronach w przeciwnych kierunkach. Wisząc na łańcuszku, wskazywały na dół i zarazem na boki, ku stopom tego, kto go nosił.

Gwen pociągnęła nosem i potarła go rękawem.

– To się nazywa hamsa – wyjaśniła. – Dostałam ją od babci.

Isobel podniosła wzrok. Szybko zamknęła pudełko i, potrząsając głową, wyciągnęła je z powrotem ku Gwen.

– Nie mogę tego przyjąć – powiedziała.

Gwen uniosła rękę.

– Za późno – oświadczyła. – Zresztą to właśnie babcia kazała ci ją dać.

Isobel zawahała się, usiłując wymyślić taktowny sposób na wyrażenie tego, co przyszło jej do głowy. Tyle że taki sposób nie istniał, więc wypaliła:

– Gwen, mówiłaś, że twoi dziadkowie nie żyją...

Gwen wzruszyła ramionami.

– Bo nie żyją. A teraz załóż to cholerstwo na szyję, żeby wreszcie przestali mnie zadręczać w snach, opowiadając mi, jak to ich zawiodłam. Pospiesz się, zanim twój tata odkryje, że tu jestem, i wezwie służbę ochrony zwierząt.

– Za późno – odezwał się z tyłu zwodniczo uprzejmy głos. – Zresztą, niestety, dziś by nie przyjechali.

Isobel i Gwen spojrzały w stronę przejścia do kuchni: tata stał tam z parującym kubkiem, który przedstawiał świętego Mikołaja. Z podkrążonymi oczami i sterczącymi na boki włosami, nieogolony, według Isobel wyglądał trochę jak Jack Nicholson w *Lśnieniu*. Posłał Gwen lodowate spojrzenie.

– Dzień dobry, panie Lanley. – Gwen nienaturalnie szeroko machnęła ręką, jakby próbowała naśladować samochodową wycieraczkę do szyb. – Ładne kapcie – dorzuciła, wskazując w odpowiednim kierunku. – Do boju, Niebiescy!

Oczy ojca zwęziły się w cienkie kreski.

– Jesteś pewna, że powinnaś tu być?

– Nie. Ale wiem, że mnie pan nie wykopie.

Tata zamrugał zaczerwienionymi powiekami, wyraźnie bardziej ubawiony niż rozgniewany.

– Doprawdy? – rzucił. – Skąd ta pewność?

Gdy podnosił kubek do ust, Gwen obdarzyła go jednym ze swoich olśniewających uśmiechów przywodzących na myśl reklamę pasty do zębów.

– Bo to Boże Narodzenie!

– Hm – odparł i raz jeszcze utkwił w niej niewyspane oczy, po czym skupił uwagę na Isobel. – W kuchni jest już bezpiecznie, Izzy – poinformował. – Twoja gorąca czekolada czeka. – Odwrócił się, lecz jeszcze przystanął. Tkwił tak przez chwilę, jak gdyby zastanawiając się, czy coś powiedzieć, czy nie. Wreszcie głośno i przeciągle westchnął. – Spytaj Gwen, czy chce do swojej porcji pianki.

Torba Gwen z hukiem wylądowała na podłodze.

– Prawdę mówiąc, czekoladę pijam z bitą śmietaną.

– Doskonale – tata odwrócił się ku nim z wymuszonym uśmiechem. – Czy przy okazji mogę zrobić dla ciebie coś jeszcze? Chcesz może muffinkę? Bajgla? Taksówkę?

– Skoro pan pyta… Jestem trochę głodna. – To powiedziawszy,

Gwen ruszyła w stronę kuchni, po drodze zdejmując płaszcz. Tata odstąpił na bok, robiąc jej przejście.

– Jeannine! – zawołał. – Isobel ma gościa. Pamiętasz Gwen, prawda? – spytał, gapiąc się przy tym w swój kubek i mieszając jego zawartość. – To ta młoda dama, która zadzwoniła do nas, aby oznajmić, że skłamała w sprawie imprezy u siebie w domu, i że nasza córka zaginęła.

– Przynajmniej zadzwoniłam – odparowała Gwen. – Czy ten kubek jest czysty?

Isobel przysunęła się do ojca i położyła dłoń na jego rękawie.

– Tato?

Wskazał kciukiem za siebie.

– Zawsze taka uprzejma?

Isobel uśmiechnęła się słabo. Zaraz wszakże spoważniała, ściskając go za rękę.

– Co mówi mama?

Skinął głową, jak gdyby spodziewał się tego pytania. Podniósł kubek do ust i pociągnął kolejny łyk, zanim odpowiedział:

– Mówi, że musimy się ciepło ubrać.

– Więc Uniwersytet Marylandzki, tak? – spytała Gwen, siorbiąc czekoladę. Następnie, pochylając się nad stołem, wzięła sobie z miseczki garść zielonych i czerwonych M&M's-ów. – Myślałam, że wybierzesz coś bliżej domu.

Siedząca obok Isobel już otwierała usta, żeby odpowiedzieć, gdy wtrąciła się mama, podnosząc wzrok znad sterty wyciętych z gazety kuponów.

– Isobel jedzie się tylko rozejrzeć. Jeszcze nie podjęła decyzji.

Isobel zamknęła usta i wróciła do mieszania długą łyżeczką w swoim kubku. Co jakiś czas zerkała na pudełeczko z naszyjnikiem, który Gwen usiłowała jej podarować. Osobiście położyła je między ich świątecznymi, czerwono-zielonymi podkładkami, próbując dać w ten sposób do zrozumienia, że pod żadnym pozorem nie zamierza przyjąć prezentu.

– O – rzuciła Gwen i z ożywieniem wycelowała w Isobel swojego do połowy zjedzonego bożonarodzeniowego lizaka. – W takim razie mogłabyś wybrać się ze mną na dni otwarte Uniwersytetu w Kentucky. I Uniwersytetu w Louisville. Oba są blisko i oba mają świetne drużyny sportowe. Prawda, panie Lanley?

– Hmmm – wymamrotał tata do wnętrza kubka.

– Jestem prawie pewna, że pójdę na któryś z nich – ciągnęła Gwen, wymachując ręką z lizakiem, a drugą sięgając po kolejne M&M's-y.

Tata wydał z siebie niski pomruk. Odrywając się od szafki, o którą się opierał, odwrócił się i wylał do zlewu resztki ze swojego kubka.

– Ten pomysł z Marylandem coraz bardziej mi się podoba – mruknął.

Mama spiorunowała go wzrokiem. Potem spojrzała na Gwen, która właśnie podnosiła garść M&M's-ów do swoich zasznurowanych teraz ust, by wciągać je pojedynczo, z wysokim świstem przechodzącym stopniowo w szybkie, głośne chrupanie.

– Wiesz już, w czym się będziesz specjalizować, Gwen? – spytała mama.

– W kryminalistyce. Zamierzam zostać prawniczką.

– Ha! – wykrzyknął tata.

Mama posłała mu kolejne karcące spojrzenie. Gwen zachichotała.

– Żartowałam, panie Lanley – rzuciła, kończąc przeżuwać cukierki i rozciągając wargi w szerokim uśmiechu. – Wiedziałam, że to pana ruszy. – Odwróciła się ku mamie z lekkim wzruszeniem ramion. – Nie, najprawdopodobniej zdecyduję się na biznes i projektowanie kostiumów.

– Podwójna specjalizacja, to dopiero – rzekła mama. – A dlaczego projektowanie kostiumów?

– Lubię projektować ubrania i szyć, ale na modowego guru się nie nadaję.

– Nigdy bym nie zgadł – wtrącił tata.

Gwen udała, że nie słyszy.

– Lubię rzeczy raczej ekstrawaganckie. Takie, jakich się normalnie nie nosi.

– Naprawdę? – Mama uśmiechała się teraz, zajęta rozmową, pochylając się do przodu z ramionami skrzyżowanymi ponad stertą kuponów.

Isobel pomyślała o falbaniastej różowej sukience, którą Gwen przygotowała dla niej na imprezę w Ponurej Fasadzie. Pamiętała tłumaczenie, że róż ułatwi Varenowi zlokalizowanie jej pośród morza czerni. Obecnie postrzępiona kreacja spoczywała w najniższej szufladzie komody, cała we krwi i popiele. Isobel nie miała serca jej wyrzucić – zamiast tego ukryła ją, tak jak kurtkę Varena, pod warstwami mniej podejrzanej odzieży, jako ciągłe przypomnienie tego, gdzie była, z czym się zetknęła, kogo zostawiła samego…

– A jaki rodzaj kostiumów chciałabyś projektować? – dopytywała się mama.

– Kiedyś w przyszłości najchętniej do filmów – odparła Gwen.

– Co do sztuk teatralnych to podobają mi się takie w rodzaju *Snu nocy letniej* albo *Alicji w Krainie Czarów*. Bo zostawiają wiele pola do artystycznej interpretacji.

– A musicale?

– Boszsz... *My Fair Lady*. Bal w ambasadzie to marzenie każdego scenografa.

– Tak, to świetna scena.

Jak do tej pory Isobel tylko częściowo przysłuchiwała się rozmowie. Teraz jednak, patrząc na Gwen i na mamę, zaczęła podziwiać przyjaciółkę za jej zręczność, za to, że umiała każdą sytuację obrócić na swoją korzyść. Niewiarygodne, jak ta dziewczyna potrafiła zgrywać niewiniątko i przy całej swojej bezczelności za każdym razem wygrywać.

– Właściwie – odezwała się znowu – po namyśle dochodzę do wniosku, że scena na wyścigach jest jeszcze lepsza.

– Och! To moja ulubiona! – zachichotała znienacka mama. – Zwłaszcza jak ona zaczyna pokrzykiwać na tego konia!

– Dawaj, Dover! – rzuciła Gwen, wykrzywiając się gwałtownie i udając nieczysty akcent, który zabrzmiał częściowo z australijska, a częściowo z brytyjska. Walnęła pięścią w stół, aż zadygotały kubki, Isobel zaś podskoczyła na krześle. – Dawaj!

Mama z uśmiechem przycisnęła dłonie do stołu. Popatrzyły z Gwen po sobie i chórem zakrzyknęły:

– Ruszże swój cholerny tyłek!

Isobel wytrzeszczyła oczy, obserwując, jak mama odchyla się na oparcie, zaśmiewając się do rozpuku.

Tata zwrócił ku niej zdumione spojrzenie, lecz ona mogła jedynie wzruszyć ramionami.

Musiała przyznać, że cokolwiek Gwen chce osiągnąć, jej metoda działa. Dziesięć minut wcześniej była wyklętą łobuzicą, której nie należało dopuszczać zbyt blisko domu, nie wspominając już o zapraszaniu jej na czekoladę. A teraz siedziała przy rodzinnym stole, gawędząc o studiach i przerzucając się z mamą cytatami z musicali.

– Izzy nie wie jeszcze, co wybrać – oświadczyła mama, wciąż się uśmiechając. – Chwilowo sprawia wrażenie, jakby najbardziej zależało jej na odpowiednim zespole czirliderskim.

– Co też jest w porządku – wtrącił tata.

Uśmiech mamy trochę zbladł.

– Co też jest w porządku – przyznała niechętnie.

Po czym wróciła do swoich kuponów – choć Isobel dałaby sobie rękę uciąć, że wcale jej w tym momencie nie interesowały – a w kuchni zaległa cisza.

Napięcie rosło. Gwen udawała, że niczego nie dostrzega. Po prostu przyciągnęła do siebie miseczkę z M&M's-ami i zaczęła wybierać spośród nich czerwone.

– Wiadomo, co się mówi o zielonych – mruknęła jakby do siebie. Isobel spojrzała na rodziców, coraz jaśniej uświadamiając sobie sytuację.

Nawet jeśli tata sugerował, że mama pogodziła się z ich podróżą do Baltimore, Isobel czuła, że jednak nie. Nie do końca. Poza tym zauważyła, że rodziców podzielił konflikt silniejszy niż kiedykolwiek wcześniej. Zupełnie jakby stopniowo zacisnął się między nimi jakiś węzeł. Ich kontakt stał się sztywny, choć właściwie trudno było mówić o kontakcie: widziała przecież, że choć wymieniają słowa, to wcale nie rozmawiają.

Spojrzała w głąb swojego kubka, na strzępki pianek unoszące się na powierzchni czekolady niby chmury na mętnym niebie. Postanowiła, że nie może teraz o tym myśleć. Gdyby zaczęła się zamartwiać rodzicami, ryzykowałaby, że straci z oczu swój główny cel, a na to nie mogła sobie pozwolić. Nie – jeśli chciała jeszcze kiedyś zobaczyć Varena. Nie – jeśli chciała dotrzymać obietnicy.

Tkwiąca w niej głęboko czirliderka podpowiadała, że wszystko i tak samo się rozwiąże, choć było jasne, że to fałszywe pocieszenie. Jednakże postanowiła przecież, że dla dobra planu nie będzie dzielić każdego włosa na czworo. Zamiast tego zamierzała rozwiązywać kolejne problemy, bo tylko w ten sposób mogła zachować wiarę, że jej się uda. Że znowu go zobaczy. Tylko w ten sposób mogła zwalczyć wątpliwości i ciemność, która pojawiała się razem z nimi.

– Chyba sprawdzę, kto gra – rzekł nagle tata. Po czym wymaszerował z kuchni.

– Sam – rzuciła mama, podnosząc głowę znad kuponów.

Nawet się nie obejrzał, a mama skuliła się w sobie; oczy jej się zaszkliły, gdy przesunęła palcami po naszyjniku.

– Ale piękny – powiedziała Gwen, wtrącając się znowu, delikatnie, lecz na tyle zdecydowanie, że mama oderwała wzrok od pustych drzwi. – Prezent pod choinkę?

Mama szybko zdjęła dłoń z wisiorka, jak gdyby do tego momentu nie zdawała sobie prawy, że go dotyka. Uśmiechnęła się do Gwen i skinęła głową, ale jej oczy pozostały smutne i nieobecne.

– Isobel też dostała wisiorek. Ode mnie – podjęła Gwen. – Isobel, pokaż mamie.

I jedną dłonią pchnęła ku niej mahoniowe pudełeczko.

Isobel utkwiła w niej spojrzenie. Zaczynała podejrzewać, że do tego momentu naprawdę nie doceniała zdolności przyjaciółki do osiągania dowolnych celów. Ponieważ ani drgnęła, Gwen sama sięgnęła po pudełko, otworzyła je i wyciągnęła w stronę mamy w taki sposób, w jaki kelnerka mogłaby prezentować gościom butelkę wyjątkowo dobrego wina.

– Och, jaki śliczny – zachwyciła się mama. – Uroczy prezent.

– Cóż – wzruszyła ramionami Gwen – Isobel to moja ulubiona psiapsiółka.

Psiapsiółka?!

– Przymierz, Izzy – poprosiła mama.

– O, tak! Przymierz – powtórzyła jak echo Gwen. – Proszę – powiedziała, podnosząc naszyjnik z aksamitnej poduszeczki. Łańcuszek rozwinął się jak srebrny wąż. Hamsa zadyndała na jego końcu, połyskując opalem, który mienił się i błyszczał zupełnie jak śnieg za oknem.

Początkowa irytacja Isobel przerodziła się w bulgoczącą wściekłość. Spiorunowana wzrokiem Gwen w ogóle się jednak nie przejęła. Rozpinając łańcuszek, wstała z miejsca, obeszła krzesło Isobel, przełożyła jej naszyjnik przez głowę i zapięła. Następnie wyjęła jej spod spodu włosy, żeby mogły opadać swobodnie.

– Och, Izzy. Ślicznie ci w nim. Na pewno już podziękowałaś przyjaciółce.

– Tak – uśmiechnęła się Isobel, zaciskając zęby. – Oczywiście. Cudowny prezent. Boski.

Gwen rozpromieniła się triumfalnie.

– No, dobrze – powiedziała z westchnieniem, łapiąc swój płaszcz, który wcześniej cisnęła na oparcie jednego z kuchennych krzeseł.

– To chyba już wam nie będę dłużej przeszkadzać w świątecznych obchodach.

– A ty? – spytała mama. – Co planujesz?

– Nic specjalnego – odrzekła Gwen. Naciągnęła płaszcz i pomachała czapką, jakby odganiając muchę. – Chanuka skończyła się w zeszłym tygodniu. Dwudziesty piąty grudnia to u Danielsów zwykle nudny dzień. Ale dziękuję za czekoladę, pani Lanley. Wesołych świąt.

– Och – mama zamrugała w zdumieniu. – Coś takiego. Cóż, w takim razie, może zostaniesz u nas na lunch?

Gwen przystanęła. Zawahała się, miętosząc szalik ubranymi już w rękawiczki dłońmi.

– Sama nie wieeem... Nie chciałabym przeszkadzać. To znaczy... Czy pan Lanley nie będzie miał nic przeciwko?

Mama od razu się usztywniła.

– Oczywiście, że nie – odparła. – Poza tym to miłe, że ktoś dla odmiany odwiedza naszą córkę. Dobrze, to ja tu posprzątam, a wy, dziewczynki, idźcie sobie na górę. Zawołam was.

– Ojej, naprawdę dziękuję, pani Lanley – paplała przesłodzonym głosikiem Gwen, wycofując się w stronę holu. Wyglądała jak kot, który właśnie dorwał się do kanarka. Isobel odsunęła swoje krzesło i poszła w jej ślady.

Kiedy znalazły się przy schodach, Gwen zatrzymała się, żeby wziąć porzuconą tam torbę. Zakładając ją na ramię, jęknęła z wysiłku.

Isobel wpatrywała się w nią z założonymi rękami.

– Wszystko to sobie zaplanowałaś, prawda?

– Od początku aż do zaproszenia na lunch. A teraz chodź. Muszę ci coś pokazać.

9
BÓSTWO NOC

Zamknij drzwi – poleciła Gwen, upuszczając swoją kurierską torbę na łóżko.

Isobel usłuchała, po czym oparta o drzwi patrzyła, jak Gwen otwiera torbę i wyjmuje grubą zieloną księgę, którą następnie ostrożnie kładzie na pościeli.

Okładka i grzbiet połyskiwały eleganckimi złotymi literami oraz ozdobnym roślinnym motywem. Niezliczone, na pierwszy rzut oka, pożółkłe stronice zdawały się rozsadzać własną oprawę.

Zaciekawiona Isobel podeszła bliżej. *Żydowskie mity, magia i mistycyzm. Przewodnik.* – przeczytała. Od razu zrobiło jej się gorąco. Zaczęła się – nie bez lęku – zastanawiać, na ile zawartość tej książki łączyła się z wiedzą Gwen.

Tamta wszakże nie czekała na pytania. Otworzywszy monstrualne tomiszcze, przerzucała całe rozdziały, zupełnie jakby szukała konkretnego nazwiska w książce telefonicznej. Stronice plaskały jedna o drugą, aż w końcu dłoń Gwen zatrzymała się na jednej z nich – tej, na której widniała wielka i ozdobna litera „L".

Isobel nie odrywała spojrzenia od patykowatych palców przyjaciółki, gdy te przesunęły się do prawego górnego rogu strony, by zacisnąć się na cienkim, niemal przezroczystym papierze. Teraz przewracały każdą szeleszczącą kartę z osobna i powoli.

Przed oczyma Isobel migały dziwne symbole i poskręcane, najprawdopodobniej hebrajskie litery, poprzedzielane długimi fragmentami tekstu w języku angielskim.

Isobel przestąpiła z nogi na nogę, skubiąc rękawy. Potem założyła ręce w oczekiwaniu, w jakiś sposób już jednak wiedząc, co nastąpi.

Gwen dalej kartkowała księgę – ignorując reprodukcje rycin i zwojów, szczegółowe wykresy, które przedstawiały zachodzące na siebie koła i sześcioramienne gwiazdy, portrety ludzi otulonych w płaszcze i szale – aż trafiła na właściwe miejsce.

Piękna, zajmująca całą stronę rycina ukazywała kobietę wyjątkowej urody.

Czarne włosy wiły się wokół jej twarzy w podobnych do węży splotach, opadały niżej wzdłuż ramion, ale też splatały się nad jej głową, jak gdyby unoszone wiatrem. Białe dłonie zdawały się szarpać zwoje spowijającego ją przejrzystego materiału, co nasuwało skojarzenia z ćmą próbującą wyrwać się z pajęczyny.

Koronka rzęs obrębiająca spuszczone powieki rzucała pajęcze cienie na policzki.

Isobel wiedziała jednak, że kobieta z ryciny nie śpi. Wydawała się zbyt skupiona, jakby oczyma duszy wpatrywała się w daleką przyszłość.

U jej stóp tłoczyły się demony – zbita masa splątanych kończyn, bezwładnych ciał, pustych czaszek i rozwartych szczęk wypełnionych ostrymi zębami. Choć nie było to może najwierniejsze przedstawienie Noków, Isobel nie miała wątpliwości, kogo artysta zamierzał sportretować pod postacią tych umęczonych stworzeń.

Widoczne w tle powyginane gałęzie cienkich jak ołówki drzew wystawały poza ozdobną ramkę obrazka. Skulone ptaki znaczyły smoliście czarnymi kropkami gruzłowate konary.

– No więc tak... – odezwała się Gwen. – Coś mi się zdaje, że nie tylko słyszysz, jak dzwonią, ale nawet wiesz dokładnie, w którym kościele.

Isobel milczała.

Jak to było możliwe? Oto miała przed sobą wizerunek tej samej kobiety, którą spotkała twarzą w twarz w krainie snów. Brakowało tylko spowijającej ją wtedy srebrnej poświaty, przywodzącej na myśl płynną aureolę wokół zimowego księżyca.

Wpatrzona w otwartą książkę Isobel przeniosła spojrzenie na tekst zapełniający stronę obok – jego tytuł, wypisany drukowanymi literami, głosił: „LILITH".

Potrząsając głową, opadła na kolana. Niemal wbiła nos w książkę i uporczywie wpatrywała się w druk, czekając, aż jej mózg przypomni sobie, na czym polega czytanie.

Widziała słowa, rozumiała, że to są słowa, jednakże z jakichś powodów nie była w stanie skupić się na tyle, by odcyfrować ich znaczenie. Zbytnio ją rozpraszały napływające ze wszystkich stron mgliste wspomnienia i migotliwe obrazy.

Tylko jeden wyraz utrzymał się w polu jej uwagi wystarczająco długo, by zdołała zarejestrować jego treść. Demon.

– Teraz już wiesz, dlaczego uciekłam – powiedziała miękko Gwen.

Nawet w swoim stanie Isobel słyszała pobrzmiewające w jej głosie poczucie winy. A przecież gdyby zamieniły się rolami, gdyby ona, Isobel, wiedziała to, co wiedziała Gwen – że chodzi o coś więcej niż mściwego ducha czy nieprzyjazne widmo – najprawdopodobniej zachowałaby się dokładnie tak samo.

Mimo woli wciąż wracała spojrzeniem do ilustracji.

– Co to wszystko znaczy? – spytała.

Zapadło krótkie milczenie, a potem dał się słyszeć szelest materiału – gdy Gwen klękała obok na podłodze. Rozsiadłszy się z brzękiem bransolet, zaczęła czytać księgę na głos. Isobel słuchała uważnie, oczu jednak ani na chwilę nie odrywała od obrazka.

– „Lilith, znana również jako Li-li, Lila albo Lilitu, to jeden z najstarszych znanych ludzkości demonów". – Ton Gwen wskazywał na to, że nie dowiaduje się z tej lektury niczego nowego. – „Wzmianki o niej pojawiają się już w najgłębszej starożytności i powracają potem w wielu kulturach, epokach i regionach świata, między innymi w Egipcie, Grecji, Babilonie oraz w średniowiecznej Europie. W czasach nowożytnych czczona przez niektóre tajne sekty jako bogini. Jej imię w dosłownym tłumaczeniu znaczy «noc»".

Delikatne nitki atramentu pięły się wyszukanymi zawijasami w górę, by zaraz ścigać się znowu w dół, znacząc stronicę niby żyły nabrzmiałe czarną trucizną. Łączyły się i nakładały jedna na drugą, gnąc się jak czyjś delikatny nadgarstek albo falując niczym unoszone wiatrem nitki babiego lata.

– „Zwiastuje koszmary nocne, a także śmierć, zniszczenie i szaleństwo. Uważana za królową równoległego wymiaru, stanowiącego posępną i pustynną wersję rzeczywistości, Lilith od dawna uchodzi za patronkę mrocznych stanów umysłu".

Słuchając tego, Isobel natychmiast pomyślała o Varenie. Jej strach ustąpił przed smutkiem, gdy przypomniała sobie jego oczy, wlepione w nią, lecz pozbawione światła i nadziei. Bo przecież gdy go odnalazła, nie wierzył nawet, że jest prawdziwa. Wydawał się wtedy całkiem pusty w środku, nieodwołanie zgubiony. Wypalony.

– „W niektórych tradycjach Lilith utożsamiana bywa z sukubami, wślizgującymi się w sny młodych mężczyzn, by ich uwodzić lub na inne sposoby wywierać na nich wpływ".

Wciągając z drżeniem powietrze, Isobel zmusiła się do zamknięcia oczu. Jednak obraz z książki pozostał pod jej powiekami, jakby wyrysowany świetlistą linią odcinającą się wyraźne od ciemnego tła.

Starając się go zignorować, próbowała sobie przypomnieć, jakimi dokładnie słowami Varen opisywał Bess w swoim notatniku. Mimo tych wysiłków tylko jeden wyraz przebijał się wyraźnie przez panujące w jej umyśle zamieszanie. Potrzeba. Poczuła, że cała tężeje. Otworzyła oczy, po raz pierwszy uświadamiając sobie, jak sprytnie Lilith wybrała sobie ofiarę.

– „Lilith może przyjmować wiele postaci, takich jak jasne światło albo biała sowa" – ciągnęła Gwen. – „Najczęściej wszakże występuje jako ubrana na biało, blada kobieta o wielkich onyksowych oczach. Ci, którzy ją wdzieli, twierdzą, że cechuje ją dziwna, nieziemska piękność, biorąca się po części z niezwykle gęstych i grubych czarnych włosów".

Isobel chłonęła kolejne informacje i zaczynała je kojarzyć z wydarzeniami, które doprowadziły ją w miejsce, gdzie się znajdowała. Notatki Varena. Jego ciągłe znikanie. Fakt, że jeśli nie chciał wracać do domu, udawał się „gdzieś indziej". Jej myśli, jak raz po raz uderzane prądem, gnały naprzód, łącząc się jedne z drugimi, aż jej umysł zamienił się w coś w rodzaju żywej centrali telefonicznej.

To coś śledziło Varena, zanim przedostało się do jego snów. Lilith obserwowała go, czekając na odpowiedni moment. Potem zwabiła go do swojego świata, oferując mu coś, czemu nie potrafił się oprzeć: szansę ucieczki do krainy, która akurat jemu musiała się wydawać wyjątkowo piękna.

Uwodząc go i oszukując, Lilith znalazła drogę do tej kryjącej się w nim pustki, która łaknęła kontaktu. Jak czarny olej, wsączyła się do jego umysłu, serca i, na koniec, do jego opowieści. Opowieści, które nie tylko dawały jej siłę, ale też otwierały drogę do tego świata. Jednym słowem, wykorzystała tę cechę Varena, na podstawie której tak wielu negatywnie go osądzało.

Jego osamotnienie.

To słowo sprawiło, że, Isobel wróciła pamięcią do wiersza, który Varen wymienił kiedyś jako swój ulubiony: „W samotności".

I uświadomiła sobie, że Lilith musiała z podobnych powodów zwrócić uwagę na Poego.

Co chyba tłumaczyło, czemu Varen w ogóle fascynował się tym pisarzem.

W jego opowiadaniach i wierszach znalazł pewnie pokrewną duszę, a zgłębiając tajniki jego biografii, odkrywał coraz więcej zbieżności.

„Nie jest taki jak inni, prawda?".

Isobel przechyliła głowę, wsłuchując się w zdanie, które zagłuszyło jej własne myśli, a także głos wciąż czytającej Gwen.

To właśnie powiedziała do niej Lilith tamtej nocy w Zakątku Nobita, zapytana, dlaczego właściwie wybrała Varena.

„Jest szczególny, nawet w porównaniu z tymi, którzy przyszli przed nim".

Isobel dostała gęsiej skórki, znów słysząc ten głos w swojej głowie. Jego brzmienie, czyste i dźwięczne, równie bezlitosne co melodyjne, postawiło jej włosy dęba. Ogarnęło ją nieprzyjemne uczucie, że jest obserwowana.

Zmarszczyła brwi, gdy słowa wypowiadane przez Gwen zaczęły cichnąć, zastępowane przez delikatne brzęczenie.

Ponownie przyjrzała się ilustracji.

Szaty widocznej na obrazku kobiety... falowały.

Poczuła, że krew odpływa jej z twarzy. Zamarła, podczas gdy wizerunek w książce powoli ożywał. Jednocześnie zdała sobie sprawę, że Gwen niczego nie dostrzega, albowiem po prostu czytała dalej, a jej głos brzmiał jak niewyraźne buczenie, podobne do dźwięku grającego w sąsiednim pokoju radia.

Isobel zamrugała – raz, potem drugi. Jednakże teraz poruszały się też gałęzie za plecami kobiety: zdawały się drapać stronicę jak szponiaste dłonie. Brzęczenie w uszach Isobel narastało, aż w końcu zupełnie zagłuszyło słowa Gwen, przekształciwszy się w kakofonię niezrozumiałych szeptów, wydawanych przez pozbawione twarzy, otaczające Lilith stworzenia, które nagle zaczęły się wić niby splątane węże, swoimi wychudzonymi kończynami szarpiąc rozwiane pasma jej białych szat.

A potem powieki Lilith gwałtownie się podniosły.

Dwie czarne otchłanie ogarnęły Isobel, sprawiając, że oddech zamarł jej w piersiach.

Usta kobiety drgnęły, by zaraz otworzyć się szeroko i wydać dźwięk podobny do syczącego szelestu tysiąca zeschłych liści. Dźwięk narastał, a kosmyki czarnych jak heban włosów smagały stronicę niczym smugi gęstego dymu.

Ptaki w tle z nagłym łopotem poderwały się z gałęzi.

Ich ostre krakanie i szum skrzydeł zlały się z wydawanym przez Lilith sykiem w potworny hałas. Po chwili powietrze przeszyło jej przeraźliwe wycie.

Isobel po omacku sięgnęła po książkę, odpychając Gwen w rozpaczliwej próbie zasłonięcia ilustracji. Tom okazał się wszakże cięższy, niż przypuszczała i wyślizgnął się jej z rąk, upadając na podłogę. Jego grzbiet trzasnął, jakby pękł, po czym księga znieruchomiała na wykładzinie, wciąż otwarta na tej samej stronicy.

Isobel rzuciła się do tyłu, byle dalej, i głucho uderzyła plecami o ścianę. Zatkała rękami uszy, ale i tak nie zdołała odgrodzić się od wydobywającego się z książki okropnego wizgu.

Kątem oka widziała otwarte do krzyku usta Gwen.

A potem obie zastygły wpatrzone w książkę, która zaczęła się poruszać. Jedna jej połowa uniosła się, jakby pociągnięta w górę przez jakąś magnetyczną siłę. Potem z suchym trzaskiem opadła na drugą połowę, uciszając wreszcie straszliwe dźwięki.

Isobel i Gwen trwały w bezruchu przez dobrą minutę.

– Co… się stało? – spytała Gwen słabym głosem, podczas gdy Isobel odsuwała ręce od uszu.

– Ruszała się. Ta ilustracja. Wi… Widziałaś?

– Widziałam, jak poruszyła się cała książka – odparła Gwen, po czym zaległa cisza, pośród której dało się słyszeć, jak przełyka ślinę, zanim dodała: – Przed chwilą.

– Nie słyszałaś tego…? – Isobel nie musiała jednak kończyć pytania: było jasne, że Gwen nie widziała ani nie słyszała tego co ona. Należało się uspokoić, wyciszyć i spróbować wrócić do rzeczywistości.

Rzeczywistość. Słowo to sprawiło, że Isobel parsknęła krótkim, nieprzyjemnym śmiechem: zaczynała się zastanawiać, co ono właściwie znaczy.

Poczuła na sobie spojrzenie Gwen i, obracając ku niej głowę, zobaczyła, że przyjaciółka gapi się na nią szeroko otwartymi oczami, śmiertelnie przerażonym wzrokiem.

Na ten widok znów zachciało jej śmiać: naprawdę była sama. Nawet jeśli Gwen szczerze pragnęła pomóc – co mogła zrobić? Co mógł zrobić ktokolwiek, skoro nikt nawet nie dostrzegał tego co ona?

Tak czy owak sprawa z książką wyglądała zastanawiająco. Lilith dostała już to, czego chciała, uwięziła Varena w swoim świecie, więc po co właściwie znowu się pokazywała?

Odpowiedź nasuwała się sama: ponieważ musiała wiedzieć, że Varen znalazł sposób, by dotrzeć do niej, do Isobel, by się z nią skontaktować. Musiała wiedzieć, że odwiedził ją we śnie.

Na tę myśl Isobel aż się uśmiechnęła, czując, że w jej piersi zapala się ciepły ognik odwagi. Razem z nim pojawiła się świadomość, że ona, Isobel, mimo wszystko stanowi zagrożenie.

– Isobel – odezwała się Gwen. – Nie podoba mi się twoja mina. Wyglądasz jak Chucky, który znienacka natknął się na Buffy. Przerażające. Zupełnie jakbym jeszcze nie miała dosyć przypatrywania się, jak ty doznajesz dziwacznych wizji, a książka mojego taty zaczyna żyć własnym życiem. Jak niby mam ją teraz zabrać z powrotem do domu?

Spokojna po raz pierwszy od – jak jej się zdawało – dekady, Isobel powoli dźwignęła się na nogi. Podeszła do książki i podniosła ją z wykładziny. Tom sprawiał wrażenie lżejszego niż wcześniej. Trzymając go w jednej dłoni, palcami drugiej przesunęła wzdłuż jego grzbietu, szukając ewentualnych pęknięć. Cały czas czując na sobie wzrok Gwen, zbliżyła się do łóżka i wsunęła księgę do czarnej, kurierskiej torby.

– Przepraszam, że byłam taka niezdarna – rzuciła. – Ale oprawie chyba nic się nie stało.

– Bardziej mnie zastanawia – odparła Gwen – czy tobie nic się nie stało.

– Ze mną wszystko w porządku. Zwłaszcza że już rozumiem, z czym muszę sobie poradzić.

– Stop, stop, stop! – Gwen uniosła ramiona i postukała nadgarstkiem w nadgarstek, jak sędzia sygnalizujący faul. – Pii-biip, ziemia do Isobel. Chyba ci się przegrzała ta jasna główka. To, z czym „musimy sobie poradzić" – tu urwała, by zagiętymi jak drapieżne szpony palcami zarysować w powietrzu cudzysłów – prędzej poradzi sobie z nami. I nawet nie zamierzam analizować dziwacznego sposobu, w jaki posługujesz się czasownikiem „rozumieć". – Znowu cudzysłów. – Po prostu musisz zrozumieć, że tu nie ma mowy o żadnym rozumieniu. Z perspektywy tego czegoś jesteśmy zwykłymi zabawkami. Słyszysz? Zresztą to chyba powinno być boleśnie jasne po tym, co…

– To nieistotne – przerwała jej Isobel. – To niczego nie zmienia.

– O, przeciwnie, demony potrafią zmienić bardzo wiele – zaprotestowała Gwen. Wyliczając, zaginała kolejne palce. – Po pierwsze: swój kształt. Po drugie: zdanie. Tak, potrafią zmienić zdanie. A także, w niektórych wypadkach, zdanie, jakie na różne tematy mają inni ludzie. – Wskazała na księgę w kurierskiej torbie. – No i, najwyraźniej, również naturę martwych przedmiotów. Nie wspominając już o tym, że mogą zmienić ciebie. W trupa.

– Nie o to mi chodziło. To wszystko nie zmienia faktu, że muszę stawić temu czemuś czoło.

– No nie dociera! – wykrzyknęła Gwen. – Co niby próbuję ci od dłuższej chwili przekazać? Że nie da się stawić temu czemuś czoła! Isobel, to coś, ta istota… – Gwen zamachała rękami, niezdolna odnaleźć właściwych słów.

Isobel odwróciła się i, zamyślona, zaczęła chodzić w tę i z powrotem po wolnym kawałku podłogi u stóp łóżka.

Gdyby tylko przypomniała sobie ten sen z Varenem... Gdyby tylko wygrzebała z pamięci więcej szczegółów... Dlaczego wtedy wszystko wydawało się takie realne, a teraz tak uparcie się wymykało?

– Czy ty mnie w ogóle słuchasz? – spytała Gwen. – Usiłuję ci powiedzieć, że ta istota jest potężniejsza niż ty czy ja, czy Varen, czy Poe, czy my wszyscy razem wzięci. I jeśli coś widziałaś, a wiem, że widziałaś, to znak, że ona wyciąga po ciebie swoje łapska. A jak wyciąga, to cię dosięgnie. Isobel, naprawdę nie rozumiesz, że ona może cię zabić? Coś ciężko się przebić do tego twojego móżdżka czirliderki. Mówimy o demonie! Serio, nie możesz się rzucać z motyką na słońce!

Isobel przystanęła. Popatrzyła na Gwen.

– Po to wróciłaś? Żeby próbować mnie zniechęcić? Żeby mnie przekonywać, jakie to niebezpieczne? Że nie powinnam nawet się starać?

– Szczerze? – rzuciła Gwen. – Gdybym miała cień nadziei, że to zadziała, to bym spróbowała.

Isobel utkwiła w niej spojrzenie.

– Jak możesz tak mówić? Skoro sama zawsze wygłaszasz kazania o tym, że nie należy się poddawać? Czy to nie ty walnęłaś mi raz przemówienie na temat konieczności zrobienia czegoś?

– Nigdy nie twierdziłam, że nie trzeba czegoś zrobić – odparowała coraz bardziej wściekła Gwen. – Po prostu nie wiem, czy spotykanie się z tym całym Czcicielem jest odpowiednim czymś.

– A co mi pozostaje? Jak inaczej mam odnaleźć Varena? Przyniosłaś może książkę, która odpowie na te pytania?

– Nie! – Machając rękami, Gwen opadła na krawędź łóżka. – Słuchaj – powiedziała, przykładając dłoń do głowy. – Przykro mi.

Będziesz musiała mi wybaczyć, że nie palę się do udziału w pogrzebie najlepszej przyjaciółki. Bo widzę, że nie rozumiesz, o co chodzi. I dlatego tu dziś przyjechałam. Żeby ci uświadomić, w co się pakujesz. Kochasz Varena. Jesteś gotowa na wszystko. Łapię. Naprawdę. Ale powinnaś się jeszcze nad czymś zastanowić. Mianowicie nad tym, dlaczego to w ogóle się dzieje? – Urwała na moment i powoli odetchnęła, splatając palce na kolanach. – Demony... One nie pchają się w twoje życie bez powodu – oświadczyła, a głos jej znowu złagodniał. – Pukają do drzwi, ale to ty musisz im otworzyć.

Isobel posłała jej spod oka pytające spojrzenie.

– Co chcesz przez to powiedzieć? Że Varen osobiście to na siebie ściągnął? Gwen, ona go omotała. Tak wynika z tego, co sama przeczytałaś. Z tej książki.

– Nie sądzę, by dla którejkolwiek z nas było tajemnicą, że podniósł słuchawkę, słysząc dzwonek telefonu. Nie da się zaprzeczyć, że z własnej woli przyzywał Lilith. Od ciebie wiem, że o niej pisał, potęgując jej siłę.

Isobel zasznurowała usta. Niezdolna odeprzeć zarzutu, założyła ręce, odwróciła się do Gwen tyłem i podeszła do okna, przez które zagapiła się na sznur samochodów zaparkowanych po drugiej stronie ulicy, przed ogródkiem pani Finley.

– Posłuchaj – podjęła Gwen – wiem, że wcale sobie tego nie życzysz, ale ktoś musi to powiedzieć. Varen znikł, ponieważ jakaś część jego samego w jakimś momencie tego chciała.

Isobel zmrużyła oczy, śledząc lot wielkiego kruka, który sfrunął z dachu pani Finley. Okrążywszy rosnący w jej ogródku ogromny dąb, przysiadł na ośnieżonej gałęzi, bardzo blisko drugiego, jeszcze większego ptaszydła, którego Isobel wcześniej nie zauważyła. Skuliła się, gdy do siebie zakrakały, strosząc pióra na szyjach.

– No i jest coś jeszcze – ciągnęła Gwen. Isobel milczała, rozdarta między chęcią, by usłyszeć, o co chodzi, a pragnieniem, by przyjaciółka dała sobie wreszcie spokój. – Mówiłam ci już, że ostatniej nocy śniła mi się babcia.

Na dworze mniejszy z dwóch kruków oderwał się od gałęzi, nurkując w stronę większego, który w porę usunął się z drogi. Potem oba odleciały, jeden za drugim, kracząc na całą okolicę.

– Tak, w związku z hamsą. – Isobel dotknęła talizmanu. Potarła metal, który tymczasem zrobił się cieplejszy od dotyku jej ciała. – Podobno kazała ci dać mi ten wisiorek. Dlaczego?

– Dla ochrony – wyjaśniła Gwen. – Zdaniem babci będzie ci potrzebny. Więc go nie zdejmuj.

Odrywając palce od hamsy, Isobel szczelniej zamknęła okno i zaciągnęła zasłony. Gdy zerknęła przez ramię ku Gwen, ta akurat szperała w zewnętrznej kieszeni swojej torby.

– Tyle że śniła mi się nie tylko babcia – oznajmiła. – Był jeszcze ktoś inny. A ja przez cały czas krążyłam po przypominającym labirynt ogrodzie złożonym z alejek obrośniętych różami.

Te słowa przyciągnęły uwagę Isobel jak rozbłyskujące w ciemności krzesiwo.

– Co ty powiedziałaś?

– Mówiłam o różanym ogrodzie – odrzekła Gwen, wyjmując z torby kartkę papieru. – Podobnym do ciągu pokoi i korytarzy o ścianach pokrytych od góry do dołu czerwonymi różami. Inaczej nie umiem tego opisać.

W głowie Isobel pojawił się obraz sklepionego, czerwonego od róż pomieszczenia, podpowiadając jej, że też była w tym miejscu. Pamiętała nawet zasłonę z czerwonych płatków, jedwabiste skrawki purpury odgradzające ją od kogoś, kto stał tuż obok.

– To znaczy najpierw znalazłyśmy się tam z Bubą we dwie, ale potem zobaczyłam kogoś trzeciego. Idąc przez ogród, ten ktoś spojrzał nagle w naszym kierunku, jakby się zdziwił, że tam jesteśmy. No i wtedy się obudziłam. Tyle że wcześniej zdołałam sobie uprzytomnić, kto to taki. – Gwen wstała.

Varen, pomyślała Isobel. Gwen nie tylko śniła o tym samym miejscu co ona; w dodatku spotkała tam Varena.

Gwen postąpiła w jej stronę, rozkładając kartkę i wyciągając ją ku niej.

Zbita z tropu Isobel wzięła ją i ujrzała ściągnięty z internetu czarnobiały wydruk przedstawiający ubranego w płaszcz, klęczącego mężczyznę – to samo zdjęcie, które pan Swanson wręczył jej wraz z ocenionym wypracowaniem na temat Poego.

Reynolds.

Zacisnęła dłoń na papierze, mnąc go w garści.

– To był on – powiedziała Gwen. – Właśnie on.

10

BIAŁY SZUM

Tej nocy Isobel długo nie mogła zasnąć. Drzwi do pokoju zostawiła otwarte, żeby mieć widok na pogrążony w mroku korytarz. Od czasu do czasu dostrzegała przebłyski światła dobiegające z pokoju Danny'ego, ale wydawało się, że słuchawki, które podarowała bratu, spełniły swoją funkcję, uwalniając ją od świstu mieczy i nieustannych bolesnych wrzasków.

Jednakże cisza jakoś nie pomagała jej zasnąć.

Po północy udręka bezsenności stała się nie do zniesienia, zwłaszcza że akurat w tym momencie Isobel pragnęła snu bardziej niż czegokolwiek innego, albowiem tylko on dawał jej szansę na powrót za zasłonę odgradzającą ją od Varena.

Gdyby zaczęła śnić, on mógłby ją znowu odnaleźć. Choćby miała z tego zapamiętać tylko urywki, choćby miała się natychmiast obudzić, i tak byłoby to lepsze niż nic.

Jednocześnie nie potrafiła wyprzeć z pamięci zgrozy, którą wywołało w niej poranne spotkanie z Pinfeathersem.

Do łóżka wzięła więc ze sobą statuetkę, którą dostała jako nagrodę dla „Najlepszej Skaczącej". Ukryła ją pod kołdrą, zaciskając dłoń na wykonanej ze złotego plastiku figurce czirliderki, pewna, że jej granitowa podstawa wystarczyłaby do zadania Nokowi ciosu.

Nokowie byli kruchymi, pustymi w środku istotami, a ich twarde z pozoru zewnętrzne powłoki okazywały się w gruncie rzeczy tak łatwe do zniszczenia jak porcelana. Tyle że zarazem potrafili zmieniać swój kształt, rozpływając się niby dym i wirując w powietrzu w postaci atramentowych, niemal bezcielesnych smug. Chodziło więc o to, by uderzyć wcześniej.

Zdołała już raz uszkodzić Pinfeathersa, kopiąc go w tors i odrywając mu od korpusu całe ramię.

Wiedziała jednak, że potwór musiał się jakoś zregenerować, bo kiedy ukazał jej się rano, udając Varena, miał z powrotem obie ręce. Zygzakowata blizna na jego piersi przestała wszakże stanowić zagadkę.

Isobel mocniej objęła palcami statuetkę.

Może i wziął ją rano z zaskoczenia, lecz jego moc tkwiła właśnie w zdolności robienia jej przykrych niespodzianek, na co nie zamierzała dłużej pozwolić. Ostatecznie wiedziała już, że znalazł nowy sposób na przedostawanie się do jej świata.

Nasuwało się w związku z tym pytanie, czy ten sposób zadziałałby też w przypadku Varena i czy łączyło się to jakoś z faktem, że widywała go ostatnio w snach. No i była jeszcze kwestia wieczornych wypadków z udziałem ożywającego wizerunku Lilith.

Isobel przypomniała sobie figurę ustawioną na szczycie fontanny w widzianym we śnie różanym ogrodzie. Pamiętała, jak posąg obrócił ku niej głowę, by ukazać dwoje pustych czarnych oczu –

dokładnie takich samych, jak na ilustracji w książce Gwen. W jej umyśle wirowały też inne fragmenty tamtego snu. Brak jej odbicia w ciemnych okularach Varena. Wnętrze jego samochodu. Kręcące się bezładnie wskazówki zegarka na tablicy rozdzielczej. Nicość w tamtych oczach.

Wzmianka Gwen o różanym ogrodzie wywołała efekt domina, wydobywając na powierzchnię resztę szczegółów.

Nie ulegało wątpliwości, że jakimś sposobem obie odwiedziły to samo miejsce w przestrzeni snów.

A w takim razie – dlaczego Reynolds ukazał się Gwen, jej zaś nie? I co on tam właściwie robił?

Przypomniała sobie dziwaczny, otaczający go zawsze zapach. Tamtej nocy, gdy odstawił ją do domu, woń ta zagłuszała wszystkie inne: zatęchły odór słodkiego rozkładu kojarzący się z różami na grobie.

Isobel przewróciła się na plecy i wpatrzyła w sufit – białą, gładką powierzchnię najlepiej nadającą się na tło dla poszczególnych elementów, które należało połączyć w całość.

Właśnie z tamtego ogrodu, jak sądziła, Reynolds brał kwiaty, które co roku składał na grobie Poego. To miało sens.

Jednakże jego obecność w ogrodzie nie tłumaczyła, dlaczego Varen uznał za stosowne zabrać tam ją, Isobel.

Mignęła jej jego twarz, tak bliska i wyraźna, że aż czuło się jedwabisty dotyk jego włosów na policzku.

Jestem tu. Obok. Czekam.

Isobel zamknęła oczy, gdy nagle wróciły do niej te słowa. W nich, jak czuła, kryły się odpowiedzi na jej pytania.

Wiedziała, że gdy wreszcie się po niego wyprawi, gdy w końcu znajdzie sposób na fizyczne przedostanie się do świata snów, będzie musiała znaleźć tamten ogród. A Varen będzie tam czekał, dokładnie tak jak zapowiedział. To najprawdopodobniej chciał jej przekazać.

Tyle że nadal nie wyjaśniało to sprawy z Reynoldsem. Oznaczało wszakże, iż zna on drogę do tego miejsca, gdziekolwiek się ono znajdowało. Dlatego, jeśli ona, Isobel, zdoła za nim podążyć, gdy już przyłapie go na cmentarzu w Baltimore, on ją poprowadzi.

Do różanego ogrodu.

Gdzie Varen czekał, dotrzymując obietnicy.

I gdzie ona, Isobel, odnajdując go, miała dotrzymać swojej.

Coś miękkiego, delikatnego jak westchnienie musnęło najpierw jej ramię.

Isobel przewróciła się na drugi bok.

To coś, gładkie i jedwabiste, wróciło jednak, tym razem obrysowując krawędź jej podbródka.

Uniosła dłoń, bo to odgonić, a ruch ten zmarszczył gładką powierzchnię jej drzemki.

Widmowa miękkość wszakże nie ustępowała.

Przesunęła się po jej ustach.

Isobel jęknęła i machnęła ręką przed swoją twarzą, łapiąc coś sztywnego.

Gwałtownie otworzyła oczy. Usiadła, rozwarła palce i zmarszczyła brwi, widząc, co trzyma w dłoni.

Czarne pióro.

Aż się szarpnęła. Z lekkim okrzykiem wypuściła je z ręki, jakby ją oparzyło.

Rzuciła się do tyłu, wygrzebując się spod pościeli, i uderzyła o drewniany, skrywający małą szafkę zagłówek, aż jej zawartość zaklekotała. Rozejrzała się po pokoju, przeczesując gęste cienie w poszukiwaniu jakiegokolwiek ruchu.

Wszystko wokół było ciche i spokojne.

Z całych sił próbowała się uspokoić. Przełknęła ślinę, usiłując opanować panikę, podczas gdy każdy z jej zmysłów niecierpliwie czekał na potwierdzenie, że naprawdę nic się nie dzieje.

Jej rozdygotane serce nie dawało się wszakże przekonać.

W korytarzu błysnęło chłodne niebieskie światło.

Isobel skupiła uwagę na drzwiach do pokoju Danny'ego. Wcześniej zamknięte – teraz stały otworem.

Gdy błysk się powtórzył, wypełniając korytarz zimną poświatą, Isobel stwierdziła, że jej źródło znajduje się na parterze.

Zadała sobie pytanie, czy to możliwe, by Danny wciąż nie spał, przeniósłszy się ze swoim świątecznym maratonem maniakalnego gracza do salonu.

Gdy jednak zerknęła na leżące w pościeli pióro, zdała sobie sprawę, że nie ma co się dłużej oszukiwać.

Obok pióra wypatrzyła częściowo zagrzebaną pod kołdrą statuetkę czirliderki. Sięgnęła po nią pospiesznie.

Przerzuciła nogi przez krawędź łóżka i postawiła bose stopy na pokrytej wykładziną podłodze.

Z nerwami napiętymi jak postronki wykonała pierwszy, a potem drugi krok w stronę korytarza.

Przy każdym ruchu musiała zwalczać w sobie ochotę, by rzucić się do przodu i zatrzasnąć drzwi, choć dobrze wiedziała, że zamykanie się w pokoju okaże się równie skuteczne, jak zaciskanie powiek i udawanie, że jest się gdzieś indziej.

Wyjrzawszy na korytarz, popatrzyła ponad barierką w dół schodów. W holu wciąż błyskało niebieskie światło. Dziwne migotanie zdawało się dochodzić z salonu.

Ostrożnie ruszyła przed siebie. Przy drzwiach Danny'ego zatrzymała się, by zerknąć do środka. W kolejnych zalewających sypialnię rozbłyskach zobaczyła, że jej młodszy brat śpi na brzuchu, zagrzebany pod stertą pościeli. Oddychał ciężko, jedna z jego rąk zwisała poza łóżko, czubkami palców niemal dotykając okrytej wykładziną podłogi.

Isobel zamknęła jego drzwi, przytrzymując klamkę tyle, ile było trzeba, aby uniknąć zdradzieckiego kliknięcia. Potem skupiła się ponownie na błękitnym blasku.

Trzymając się barierki, zaczęła schodzić po stopniach.

W połowie drogi przystanęła jednak, widząc własny portret – przekrzywiony teraz pośród innych wiszących równo na ścianie zdjęć. Przedstawiał ją w stroju czirliderki. Pozując na ciemnym tle, wsparta pod boki, uśmiechała się promiennie, a niebiesko-złote pompony spoczywały na jej biodrach.

Sięgnęła, by poprawić fotografię, lecz zastygła z dłonią na ramce, gdy usłyszała radiowy szum i wybijającą się spośród niego z trudem piosenkę: delikatny kobiecy głos nucący przy oszczędnym akompaniamencie fortepianu.

Zaśnij choć na chwileczkę,
By zbudzić się ze mną w snach
I nasze „zawsze" rozsypać
W wiecznego „nigdy" piach.

Isobel zmartwiała. Znała tę piosenkę. Słyszała ją poprzedniego wieczoru. To była ta sama melodia, która dobiegała z włączonego radia, gdy ona, Isobel, wszedłszy do pokoju, znalazła kurtkę Varena wiszącą na drzwiach szafy.

Nadstawiła uszu, lecz właśnie wtedy skrzekliwe zakłócenia nałożyły się na śpiewający głos.

… „długo i … śliwie"
Skryjmy … cieniu,
Za drzwi … wiodą
Ku nieskoń … jesieni.

Puściła wreszcie ramkę zdjęcia. Mocniej zacisnęła dłoń na statuetce i równym krokiem podjęła wędrówkę w dół schodów, stąpając w rytm tykania kominkowego zegara. W końcu stanęła w łukowatym przejściu do mrocznego salonu, gdzie nie dostrzegła nic poza znajomymi zarysami mebli.

Tonący w mroku telewizor co chwila migał na niebiesko, sprawiając, że wnętrze pokoju ukazywało się wyraźniej i znów ginęło w ciemności.

Oczy Isobel prześlizgnęły się wzdłuż wbudowanych w ścianę półek za narożną lampą, ku choince i, dalej, frontowemu oknu, przez które widać było jedynie topniejący na ulicy śnieg.

– Ktoś tu jest?

Jakby odpowiadając na to skierowane do pustego pokoju pytanie, telewizor włączył się tak nagle, że Isobel podskoczyła.

Poprzez smugi zakłóceń na ekranie ukazała się młoda, widoczna z profilu kobieta, pochylona nad fortepianem i przesuwająca palcami po klawiszach.

Melodia znów popłynęła równo, jakby urządzenie złapało sygnał, a ruchy postaci za fortepianem dopasowały się do rytmu dźwięków.

Co ciekawe, wszystko na ekranie – poza fioletową suknią wieczorową grającej kobiety – było spokojnie czarno-białe. Piękne długie włosy pianistki, tylko częściowo spięte połyskującym grzebieniem, opływały jej pochyloną twarz, ukrywając ją przed wzrokiem widza.

Elegancka suknia sięgała podłogi, opinając ciało kobiety, by dopiero poniżej kolan dzwonowato się rozszerzyć.

Dłonie o delikatnych, długich palcach zdawały się niemal nie tykać klawiatury.

Jednakże sposób, w jaki grająca się poruszała – szybkimi szarpnięciami, które następowały po dłuższych okresach zwolnionego tempa – kojarzył się Isobel z widzianymi kiedyś urywkami ze starych, niemych filmów.

Kołysząc się do przodu i do tyłu, kobieta śpiewała cichym, subtelnym głosem, pełnym jednak dyskretnej, świadomie kontrolowanej mocy – głosem nie tyle anioła, ile zjawy, rozdzierającym i tajemniczym.

Będę przesiewać chwile,
Nim odpłyniemy w dal,
Nim osiąść nam przyjdzie na dnie
Wśród rozszalałych fal.

Wchodząc do pokoju, Isobel opuściła rękę ze statuetką, zafascynowana dziwną sceną pokazywaną przez tak dobrze jej znany telewizor, zbita z tropu i ciekawa, skąd się ten obraz właściwie wziął.

Opadłszy na kolana, zmrużyła oczy, próbując przebić się wzrokiem przez barierę zakłóceń, które narastały w miarę tego, jak zbliżała się do ekranu.

Pragnęła, by pianistka obróciła głowę i choć przez chwilę popatrzyła w jej stronę. Było w niej coś bardzo znajomego. Zwłaszcza w tych niemal bezcielesnych dłoniach.

Czy już ją gdzieś widziała?

Może we śnie z Varenem?

Nie, pomyślała, raczej nie. Za to piosenkę słyszała na pewno. Nie tylko poprzedniego dnia we własnej sypialni, ale również – co teraz do niej dotarło – kiedyś w aucie Varena. Pamiętała, jak gwałtownie wyrwał wtedy kable z discmana, ciskając go na tylne siedzenie.

Co go tak bardzo zdenerwowało w tej melodii?

Isobel znów przypatrzyła się kobiecie, która wciąż grała, jak gdyby pogrążona w transie, podczas gdy fortepianowa muzyka snuła się teraz bez towarzyszenia głosu. Rozległo się skomplikowane, złożone z wysokich dźwięków interludium, wzmocnione paroma dobrze dobranymi akordami z dołu skali. Ta mieszanka światła i ciemności, tego, co wysokie, i tego, co niskie, nadziei i rozpaczy, zahipnotyzowała Isobel tak, jak bajka hipnotyzuje małe dziecko.

Niemniej to właśnie wtedy rzuciły jej się w oczy pewne detale, niezauważone wcześniej elementy, otaczające centralną postać. Staroświecka tapeta w kwiaty. Eleganckie antyki. Półka zastawiona jakimiś oprawnymi w ramki fotografiami oraz trudnymi do zidentyfikowania bibelotami. No i lustro.

Isobel poczuła, że ogarnia ją niejasne wrażenie déjà vu, potęgujące się do tego stopnia, że aż zahaczające o krawędź świadomości, potem jednak biało-czarne fale zalały ekran jak brudna woda, wymazując obraz, a biały szum zagłuszył muzykę.

– Nie – szepnęła Isobel, wzdrygając się, jakby wyrwana spod działania uroku. – Chwila! – Przyłożyła dłoń do telewizora, ten jednak znów zamrugał na niebiesko, wracając do poprzedniego rytmu i zalewając jej twarz chłodnym blaskiem.

– Nie przejmuj się – odezwał się ktoś kwaśnym głosem za jej plecami. – One i tak nie działają.

Isobel zerwała się na nogi. Obróciła się i zobaczyła go w fotelu obok ciemnej choinki.

Pochylony do przodu, z łokciami na kolanach, gapił się w podłogę. Złączone ręce zwiesił między nogami, jego zakrzywione, ostre szpony celowały w dół.

– Kołysanki, znaczy – dodał z tym swoim żrącym poświstem, który tak ją zawsze przerażał. – Nigdy nie działały.

Nie spojrzał na nią, nawet się nie poruszył.

Od czasu do czasu światło z telewizora wydobywało z mroku pokraczną sylwetkę, purpurowe pazury i nastroszone do tyłu, czerwono-czarne, podobne do piór włosy. To był Pinfeathers.

11

ZŁY OMEN

Co tu robisz? – spytała ostrożnie. Poczuła, że statuetka w jej dłoni robi się śliska od potu, więc uchwyciła ją mocniej.

Jakąś częścią umysłu podejrzewała, że czarne pióro stanowiło coś w rodzaju wizytówki, było sposobem, w jaki Nok spokojnie zasygnalizował swoją obecność, by następnie wycofać się i czekać, aż zostanie przyjęty.

Jakaż różnica w stosunku do jego zwykłego pojawienia się nie wiadomo skąd, gdy wyskakiwał jak diabeł z pudełka, wstrętnie uśmiechnięty i okrutnie promienny!

Co chciał osiągnąć, gdy postanowił zawitać do jej świata zupełnie inaczej?

I, co ważniejsze, jak mu się to w ogóle udało?

Mrugnął, nie podnosząc powiek. Z przekrzywioną głową i ściągniętymi brwiami zdawał się rozważać jakąś kwestię. Nic jednak nie odpowiedział. Odwrócił się tylko trochę w stronę choinki, by przy następnym rozbłysku telewizora Isobel dostrzegła poszarpaną dziurę w jego policzku.

Zaczęła się zastanawiać, dlaczego – skoro potrafił odtworzyć sobie całe ramię – nie robił tego samego z twarzą?

To zdecydowanie by mu się przydało.

Jednakże coś w jego ociężałej postawie powstrzymało ją przed zadaniem tego pytania; dalsza rozmowa musiałaby przerodzić się w słowną przepychankę z Nokiem.

Przestąpiła z nogi na nogę, wpatrując się w niego bez słowa, w oczekiwaniu, aż znowu coś powie lub się poruszy. Ponieważ nic takiego się nie stało, jej niepokój wzrósł, podsycany jeszcze przez tykanie kominkowego zegara.

Zegar.

Zerknęła w jego kierunku i stwierdziła, że duża wskazówka porusza się w normalnym tempie.

Fakt, że nic dziwnego nie działo się z czasem, utwierdził ją w przekonaniu, że nie śni. No i czemu on tak siedział? Czekał, aż mu zaproponuje resztki świątecznego ciasta i szklankę mleka? To ponure milczenie wyprowadziło ją w końcu z równowagi.

Unosząc statuetkę, szybko postąpiła krok do przodu, udając, że chce go uderzyć, zupełnie jakby był wężem albo pająkiem, którego można w ten sposób odpędzić.

Nie ruszając głową, uchylił powieki i posłał jej miażdżące spojrzenie.

– Dorośnij wreszcie, co? – rzucił.

Poczuła, że płoną jej policzki. Ta wkurzająco szydercza uwaga napełniła ją takim żalem, że zamiast naprawdę wymierzyć mu cios, tylko go zamarkowała. Teraz Nok był górą, wiedział, że ona nie zaatakuje, chyba że on ją do tego zmusi. Czyli wiedział coś, o czym ona sama nie wiedziała jeszcze chwilę wcześniej.

– Ty... Ty nie powinieneś tu być – oświadczyła wreszcie, bez powodzenia usiłując zachować spokój.

– Ba, moglibyśmy dyskutować, czy powinienem być w ogóle – odparł. – Ale jedno, co nas łączy, czirliderko, to dryg do życia. Choć wygląda na to, że nie jestem tak dobry jak ty w unikaniu zagrożeń. Bo proszę: oto ty. – Tu wskazał na nią jednym ze swych zakrzywionych szponów. – I proszę: oto ja. A jeśli przyjrzysz się dokładnie wszystkiemu, co pomiędzy, zobaczysz to, co, jak wiedzieliśmy, miało się stać. Albo i nie miało – dodał i machnął lekceważąco ręką.

Potem znów zapatrzył się w podłogę. Isobel poruszyła się niespokojnie. Zdążyła się już przyzwyczaić, że mówi do niej zagadkami, natomiast naprawdę nie rozumiała jego dziwnie ponurego nastroju. Czy to było na pokaz? Czy chodziło o kolejną grę?

– Posłuchaj – rzuciła, znów celując w niego statuetką czirliderki, zupełnie jakby tą bronią mogła go roznieść w pył. – Zorientowałam się już, że to nie sen. Więc powiedz mi, jak ty to robisz. Jak się przedostajesz do prawdziwego świata?

Zaśmiał się niskim, gardłowym śmiechem, przyprawiającym o zimny dreszcz.

– Wciąż ci się wydaje, że wszystko kręci się wokół ciebie – mruknął i w końcu wstał, a jego patykowata postać przerastała ją co najmniej o stopę.

Mimo gwałtownego uderzenia adrenaliny Isobel nie pozwoliła swojemu ciału, by wykonało krok do tyłu, mimo że rozpaczliwie tego pragnęło. Stała jak wrośnięta w ziemię, zdecydowana nie robić ani nie mówić nic, co w jeszcze większym stopniu zdradziłoby jej rosnący strach. Choć wiedziała, że Pinfeathers nie może skrzywdzić jej fizycznie, wszystko w nim, począwszy od nieprzyjemnego głosu, na nerwowym, ptasim sposobie, w jaki się czasem poruszał, kończąc, przejmowało ją zgrozą.

– A pomijając kwestię snów – podjął – skąd wiesz, że akurat twój świat jest tym prawdziwym?

Nie zaczekał na odpowiedź, tylko powoli, krok za krokiem ruszył w jej kierunku, zupełnie jakby była zapędzonym w róg zwierzęciem, mającym do wyboru atak lub próbę ucieczki.

Tak się w każdym razie czuła.

Zapierając się stopami o ziemię, przyciągnęła statuetkę do piersi; żałowała, że zamiast marnego kawałka plastiku przytwierdzonego do niewielkiej granitowej podstawy nie dysponuje raczej siekierą.

– Przysięgam, że jeśli przyjdzie ci do głowy mnie dotknąć… – ostrzegła, zawieszając głos i rozważając swoje możliwości.

Teraz, gdy ponownie stała twarzą w twarz z bohaterem swoich koszmarów w całej jego makabrycznej chwale, wydawał się, groźniejszy, niż zapamiętała. Ba, nie bardzo wiedziała, skąd jej się wziął pomysł, że statuetka do czegoś się przyda. Dlaczego w ogóle przejawiała skłonność do wybierania sobie na broń zupełnie idiotycznych przedmiotów? Czemu, dla własnego dobra, nie udała fascynacji baseballem i nie poprosiła rodziców o porządny kij?

Niezdolna dłużej kryć swego lęku, zaczęła dygotać na całym ciele, czując, że jej żołądek aż się zaciska na wspomnienie cienkich, bladych warg potwora miażdżących jej własne usta. Po raz drugi by tego nie zniosła. Co gorsza, nie miała zielonego pojęcia, jak by się zachowała, gdyby Nok ośmielił się na jej oczach znowu przybrać postać Varena.

Jej odwaga topniała z chwili na chwilę, ona sama zaś zaczynała sobie uświadamiać, jak bardzo się myliła, sądząc, że Pinfeathers nie jest w stanie jej skrzywdzić. Oczywiście, że był w stanie. Na więcej sposobów, niż mogła się tego spodziewać.

Jak gdyby wyczuwając jej stan, Nok przystanął.

– Nic nie poradzę, że tak na mnie działasz – szepnął. – Wiesz o tym. Bo jesteś taka... nierzeczywista... Dlatego muszę cię dotykać. Choćby po to, by się upewnić, że to nie ja śnię. Widzisz, podobno to wszystko sny...

– To nie jest sen – warknęła Isobel. – Wiem, że nie śpię. Wiem, co jest rzeczywiste, a co nie jest. Wiem, że nie możesz zrobić mi krzywdy, i chcę poza tym wiedzieć, jak się tu przedostajesz. Pytam po raz ostatni, jeśli nie odpowiesz, przywalę ci w tę wredną, paskudną...

– Jesteśmy tu – odrzekł, znów podchodząc bliżej i pokazując czerwone zęby w brzydkim grymasie – dzięki temu, co wiemy. Właśnie tak. Dzięki temu, czego ona nas nauczyła. A co potrafi jeden, potrafią też inni.

Isobel wpatrywała się w niego, zbyt skupiona na jego bliskości, by dobrze rozumieć to, co mówił.

– Co...? Co ty powiedziałeś? – wyjąkała. – Że inni Nokowie też mogą...?

Błyskawicznie rozpłynął się w obłok dymu i pod tą postacią śmignął w jej stronę. Nie zdążyła nawet krzyknąć, gdy czarne macki owinęły się wokół jej gardła.

Upuściła statuetkę i słysząc, jak trofeum pada na dywan z głuchym stukotem, podniosła ręce ku więżącym ją pasmom wirującego dymu.

Jej paznokcie natrafiły jednak na skórę szyi i choć ją drapały, wrażenie ucisku nie znikało.

– Nie chcieliśmy mieć co do ciebie racji – wysyczał jej do ucha Nok.

Isobel skręciła się gwałtownie. Cofając się po omacku, potknęła się o ceglaną krawędź kominka. Upadła i wylądowała niemal w palenisku.

Atramentowe zwoje wiły się dookoła, więc wstrzymywała oddech z obawy, co by się stało, gdyby nabrała ich odrobinę do płuc.

– Ale mieliśmy – szepnął Pinfeathers, odzyskując swą zwykłą postać i pochylając się nad kominkiem, z rękami wspartymi na kolanach.

Odwrócił głowę w bok i przyjrzał się Isobel jednym okiem – zupełnie jak żarłoczny ptak smakowitemu owadowi. Isobel patrzyła na jego spiczaste, połyskujące zęby, które rozwierały się i zaciskały, gdy mówił.

– Przez cały czas. Mieliśmy rację. Zwalczyła ochotę, by zamknąć oczy, by się od niego odgrodzić.

Wiesz, że nie możesz mnie skrzywdzić – powiedziała, mniej do niego, a bardziej do siebie, próbując się utwierdzić w tym przekonaniu. – Nie możesz nic zrobić. Więc po co ciągle tu wracasz? Czego chcesz?

Proszę, proszę – mruknął, pożerając ją spojrzeniem. Jedną ze swoich zimnych, lepkich dłoni wziął ją pod brodę. – Brawo, czirliderko. Wreszcie zaczynasz zadawać właściwe pytania. – Powoli cofnął rękę, przesunąwszy Isobel pazurami po policzku. Skrzywiła się, gdy ich ostre krawędzie przejechały po jej skórze. Ale nie czuła bólu, tylko zgrozę na widok tej tak nisko nad nią pochylonej twarzy. – Chcę tego, czego, jak mi się zdawało, chciałaś także ty.

Patrzyła mu prosto w oczy, nawet nie mrugając. Jednocześnie usiłowała się zorientować w położeniu znajdującego się tuż obok, po prawej, żelaznego stojaka, z którego wystawał pogrzebacz.

– Już mnie nie przerażasz – oznajmiła, choć po jego melancholijnym uśmiechu poznawała, że ją przejrzał. Nie przejęła się tym. Musiała go czymś zająć, żeby zdążyć wykonać następny ruch. – Więc dlaczego ciągle próbujesz?

Kciukiem powiódł jej po ustach.

– Chyba po prostu trudniej o tobie zapomnieć, niż byśmy sobie życzyli.

Z nieartykułowanym charkotem rzuciła głową do tyłu. Podniosła nogę i z całej siły kopnęła. Jego ciało natychmiast straciło poprzednią zwartość i stopa Isobel wpadła w chmurę dymu.

Korzystając z okazji, przetoczyła się na bok i złapała metalowy pogrzebacz. Wysuwany ze stojaka – zadzwonił cicho. Zerwawszy się na nogi, zaczęła nim wywijać, zamierzając się na dookolną ciemność.

Stal raz po raz przechodziła przez czarne smugi, bez żadnego efektu. Dym jakby się cofnął i przezroczysta, ulotna twarz Pinfeathersa uformowała się z powrotem pośród fioletowawych wirów.

Ten twój wisiorek... – parsknął Nok. – Sprytna sztuczka. Ale nie zadziała.

Isobel ze świstem wymierzyła mu kolejny cios. Potwór znów się usunął, a jego twarz ponownie rozmyła się w gęstniejącym mroku.

– Dopóki go nosisz, ona rzeczywiście nie zdoła cię dotknąć – syczała fioletowa chmura, unosząc się ku sufitowi, gdzie Isobel nie była w stanie jej sięgnąć. – Ale przy takim rozwoju sytuacji wcale nie będzie musiała.

Isobel obserwowała, jak Nok raz jeszcze przybiera zwyczajną postać, zaparty rękami i nogami o ściany, z plecami wciśniętymi w kąt pod sufitem, co nadawało mu wygląd ogromnego pająka.

Z tą myślą w głowie Isobel schyliła się po leżącą obok kanapy statuetkę i cisnęła nią w jego kierunku.

Pinfeathers złapał złotą figurkę swą szponiastą dłonią. Wykrzywiając się wściekle, natychmiast posłał ją z powrotem. Isobel jęknęła, zaciskając palce na pogrzebaczu, gdy statuetka rozbiła pękatą lampkę stojącą na niskim stoliku obok.

– Posłuchaj! – ryknął Pinfeathers. – Kiedy wreszcie zaczniesz mnie słuchać?

– A dlaczego miałabym to zrobić? – odwrzasnęła Isobel.

Stracił nad sobą panowanie. Z ogłuszającym wyciem i rozłożonymi ramionami runął ku niej, rozcinając powietrze tak, jak rekin rozcina wodę.

Isobel wystawiła pogrzebacz, ale Nok w ostatniej chwili znów rozpłynął się w chmurę dymu, złożoną z pojedynczych pasemek, z których każde falowało w innym kierunku, tak że trudno było się zorientować, skąd nadejdzie atak.

– Bo tak – syknął pozbawiony ciała głos, dochodzący ze wszystkich stron naraz.

Isobel zastygła, czując, że obejmujące ją od tyłu czarne macki oplatają ciasno jej nadgarstki, by natychmiast przemienić się w twardy, bolesny uścisk rąk.

Pinfeathers przyciągnął ją ku sobie i jego ostry, przenikliwy szept rozległ się w jej uchu:

– Bo już niedługo... Nie zostanie ci nic poza mną.

– Mówiłam – Isobel dźgnęła pogrzebaczem do tyłu – żebyś mnie nie dotykał.

Stalowy szpikulec wpadł w próżnię, a szybki ruch sprawił tylko, że Isobel straciła równowagę.

Zachwiała się, wsparła o poręcz stojącej obok podwójnej kanapy, po czym jęła na oślep machać pogrzebaczem we wszystkie strony, dopóki donośne pstryknięcie nie zalało pokoju oślepiającym światłem.

Odwróciwszy się ku wejściu do salonu, ujrzała tatę z ręką wciąż uniesioną do włącznika i utkwionymi w niej zaczerwienionymi oczami.

Patrzył na nią twardym, skonsternowanym wzrokiem, a na jego pobladłej, zmęczonej twarzy malowało się niedowierzanie połączone z szokiem.

I chyba jeszcze ze strachem, pomyślała.

Strachem o nią. Strachem przed nią.

Wyciągnął ku niej rękę, dłonią do przodu, jakby ona, Isobel, była rozpędzonym samochodem, który należało zatrzymać.

– Isobel? – powiedział ochrypłym od snu głosem. – Co… Co ty robisz?

Dysząc ciężko, rozejrzała się dookoła.

Pinfeathersa nigdzie nie było.

Telewizor już nie grał, jego ekran połyskiwał martwą czernią. Na podłodze walały się skorupy po stłuczonej lampce, wśród których połyskiwała statuetka czirliderki.

– Isobel?

Słyszała, że się zbliża, widziała jego przesuwający się cień. A jednak wzdrygnęła się, kiedy jego dłoń spoczęła na uchwycie pogrzebacza, który sama wciąż zaciskała w rękach.

Gdy w końcu podniosła powieki, stwierdziła, że tata przypatruje się jej uważnie podkrążonymi oczyma, jakby w poszukiwaniu jakiegoś konkretnego potwierdzenia, że naprawdę ma przed sobą własną córkę.

– Isobel, skarbie – zaczął znowu, jedną ręką odgarniając jej włosy z twarzy, drugą zaś usiłując odebrać jej pogrzebacz. – Czy ty aby nie śpisz?

Natychmiast odzyskała przytomność umysłu. Spojrzała tacie prosto w oczy. Puściła w końcu pogrzebacz. Rozwierając zaciśnięte usta, odrzekła:

– Ja… Ja nie wiem.

12

SMUTNE POWROTY

Wbrew wigilijnym przewidywaniom Gwen śnieg stopniał dopiero po tygodniu. Sople wciąż jednak zwisały z dachów i rynien domów oraz sklepów, opadając fragmentami przypominającymi strzępy białej koronki. Twarde, czarne, zlodowaciałe bryły powoli odpadały z podwozi samochodów i ciężarówek niczym strząsane skorupiaki.

Zanim Isobel wróciła do szkoły, świat nabrał bezbarwnego, rozmytego wyglądu, bo grubej białej pokrywy nie zdążyły jeszcze zastąpić żadne kolory.

Nawet trawa była szara, co dało się zauważyć przez dziury w szwajcarskim serze zalegających jeszcze przed szkołą płatów śniegu.

Niemniej, niezależnie od tej wyblakłej scenerii, Isobel cieszyła się, że wreszcie wychodzi z domu, nawet jeśli miała poczucie, że po prostu zamienia jedno więzienie na drugie.

Gdy lawirowała między warczącymi autobusami, w zalegającej nad ziemią mgiełce spalin, zaczęło mżyć.

Przystanęła na chodniku wiodącym ku bocznemu wejściu do szkoły.

Zaczepiając kciuki o paski plecaka, przesunęła wzrokiem po imponującym budynku. Wysoko nad nim po szarawym niebie płynęły postrzępione chmury. Okna, jaskrawosrebrne w przyćmionym świetle, zdawały się robić wszystko, by wpasować się w dookolną monotonię, wtopić się w tło jak wszystko inne. Jak ona sama.

Był już styczeń. Nowy rok. Zostały dokładnie dwa tygodnie do urodzin Poego.

Od drugiego, dziwacznego spotkania z Pinfeathersem nie śniła więcej o Varenie. Ani zresztą o niczym innym.

Połączenie z drugą stroną, z nim, skończyło się tak samo nagle jak opady śniegu, a wspomnienie ostatnich wydarzeń zaczęło powoli topnieć w surowym świetle rzeczywistości.

Inni mijali ją w pośpiechu, wyciszając i chowając po kieszeniach i torbach komórki. Początkowo nikt chyba nie zwracał na nią uwagi. Aż popełniła błąd i po wejściu do szkoły zsunęła z głowy kaptur swojej błękitnej kurtki.

Wiedziała, że bynajmniej jej się nie zwidują te ciekawskie spojrzenia, te jawnie wytrzeszczone na nią oczy, te usta układające się do szeptów.

Tyle że zdążyła się już do nich przyzwyczaić. Stały się jej szkolną codziennością. Każdy wiedział, kim ona, Isobel, jest. Pewnie, że tak. Była ostatnią osobą widzianą w towarzystwie Varena Nethersa.

– Kojarzycie – powiedział w zasięgu jej słuchu jakiś chłopak z młodszej klasy do paru kumpli – tego dziwnego gota, który zaginął w Halloween. Ona, ta czirliderka, jest jego dziewczyną. A w każdym razie była.

Idąc przez korytarz, starała się puszczać mimo uszu podobne uwagi.

Nie żeby się spodziewała, że po świętach umilkną. Miała tylko nadzieję, że parę okołogwiazdkowych dramatów stworzy dla sprawy Varena choć minimum konkurencji.

Nadzieja okazała się płonna.

Przez całą drogę do szafki towarzyszyły jej poszeptywania i odwracające się głowy, uparte gapienie się i przelotne spojrzenia pełne współczucia.

Starając się od tego odgrodzić, skupiła myśli na planie zajęć. Lekcje. Lunch. Lekcje. Trening. Obiad. Praca domowa. Spanie.

Spanie. Tego jednego nie mogła się doczekać. Co dziwne, tylko ono dawało jej poczucie robienia czegoś.

Tyle że sny nie chciały powrócić.

Dlaczego, kiedy wreszcie nauczyła się zachowywać w trakcie ich trwania przytomność umysłu, kiedy odkryła, jak się komunikować z Varenem, on po prostu znikł z jej wewnętrznego radaru?

Była pewna, że wiąże się to jakoś z wizytą Pinfeathersa w jej salonie. Nie ulegało wątpliwości, że Nok chciał jej wtedy coś przekazać. Tyle że nic z tego, co powiedział, nie miało większego sensu. Nic poza wzmianką o jej naszyjniku, o hamsie, którą teraz nosiła dzień i noc, dotrzymując obietnicy, że nie będzie jej zdejmować.

Gdy zatrzymała się przed szafką, wykrzywione kpiącym grymasem rysy Pinfeathersa stanęły jej wyraźnie przed oczami. Wystukując szyfr otwierający zamek, słyszała jego słowa: „Dopóki go nosisz, ona rzeczywiście nie zdoła cię dotknąć. Ale przy takim rozwoju sytuacji wcale nie będzie musiała".

Przy jakim rozwoju sytuacji? Co to właściwie znaczyło?

– Cześć.

Isobel aż podskoczyła. Za jej plecami zatrzymała się Nikki.

– Łoł, spokojnie – powiedziała, opierając się ramieniem o szafkę Gwen.

– Przepraszam – rzuciła Isobel. – Ja po prostu… – Potrząsnęła głową, nie kończąc zdania, i kopnęła wygięte na dole drzwi swojej szafki tak, że gwałtownie się otworzyły.

– Za dużo espresso w latte? – spytała Nikki. Obróciwszy się tak, że teraz opierała się o szafkę Gwen plecami, odgarnęła ciemne włosy, które, ostrzyżone w zupełnie nowy sposób, okalały jej twarz jedwabistymi pasmami podkreślającymi krystaliczny błękit jej oczu.

– Po prostu… jeszcze się nie obudziłam. – Isobel usiłowała się uśmiechnąć. – Fajna fryzura – dorzuciła.

– Dzięki.

Nikki zasznurowała usta. Gdy znowu się odezwała, patrzyła uparcie na swoje pomalowane brązowym lakierem paznokcie.

– Dlaczego nie oddzwoniłaś w zeszłym tygodniu? Telefonowałam do ciebie kilka razy… Mogłaś przynajmniej wysłać esemes… I dlaczego nie przyszłaś na sylwestra do Steve'ego? Jako jedyna z paczki.

Isobel odniosła wrażenie, że w głosie Nikki pobrzmiewa autentyczne rozczarowanie. Ostre jak krawędź paznokcia poczucie winy ukłuło ją w serce. Jednakże w odpowiedzi tylko wzruszyła ramionami, zdecydowana nie wypaść z roli.

– Przepraszam – rzuciła. – Pytałam tatę, ale się nie zgodził. Najwyraźniej do końca roku musiałam odsiedzieć swoje.

Po chwili milczenia Nikki przemówiła znowu, marszcząc czoło.

– Taaa… Tak naprawdę wcale nie pytałaś, prawda? – Wciąż nie odrywała wzroku od paznokci. – Przecież obie wiemy, że tata zawsze pozwala ci z nami wychodzić. Zresztą puścił cię na zawody krajowe.

Isobel znów wzruszyła ramionami, po czym zdjęła kurtkę. Nie wiedziała, jak się dalej wykręcać, skoro już raz przyłapano ją na kłamstwie.

– Okej. Nie ma sprawy – podjęła Nikki. – Naprawdę w porządku. Rozumiem. Ostatecznie sporo ostatnio przeszłaś.

Isobel po raz kolejny błyskawicznie wzniosła wokół siebie barierę ochronną, doskonale świadoma, że w głosie Nikki z wolna zaczyna pobrzmiewać sarkazm. Zamiast powiesić kurtkę na haczyku, wrzuciła ją niedbale do szafki, podobnie jak inne rzeczy. Tyle że kurtka wypadła z powrotem, układając się w niebieski kopczyk u jej stóp.

– Halloween i w ogóle – ciągnęła Nikki, wzdychając niby to ciężko. Isobel szybko schyliła się po kurtkę. Nie zdążyła przed kolejną porcją złośliwości.

– Imprezy dla wtajemniczonych. Okłamywanie ojca. Okłamywanie przyjaciół. No a potem jeszcze ten twój odludek odstawił numer i się zmył – mówiła Nikki, jakby wyliczała zwyczajne drobne nieprzyjemności. – Byliście przecież razem, prawda? Z tym Vernonem? Tak miał na imię?

Isobel wyprostowała się, wściekła.

Zatrzasnęła drzwi szafki z takim hukiem, że zaalarmowała pół korytarza. Nikki od razu przerwała szczegółowe oględziny swoich paznokci. Jej oczy, podobne do dwóch połyskujących kulek, zwróciły się ku Isobel.

– Dobrze wiesz, jak on ma na imię – syknęła z oburzeniem Isobel, doskonale świadoma, że teraz gapią się na nie dziesiątki par oczu. – A przynajmniej powinnaś – dodała. – Miał identyfikator tamtego wieczoru, gdy razem z Bradem i Alyssą uznaliście, że zabawnie będzie zdemolować miejsce, gdzie pracował. Chyba że to też ci wypadło z pamięci?

Nikki zmarszczyła czoło i odwróciła wzrok. Zamiast jednak, zgodnie z przewidywaniami Isobel, odejść, znów spuściła głowę, która skryła się za zasłoną opadających włosów.

Zniesmaczona Isobel ponownie wstukała szyfr do zamka. Kopniakiem otworzyła szafkę, zwinęła kurtkę i wepchnęła ją do środka.

– Przepraszam – usłyszała cichy głos Nikki. – Nie chciałam… Po prostu… Ostatnio ciężko do ciebie dotrzeć.

– Tak jak powiedziałaś, mam dużo na głowie.

– Wiem – odrzekła Nikki. – Znam cię wystarczająco dobrze, żeby wiedzieć, kiedy coś… jest nie tak. Różnica polega na tym, że teraz nie chcesz o tym rozmawiać. Właściwie o niczym nie chcesz rozmawiać. Jakbyś nagle… stała się kimś innym.

Isobel westchnęła, opuszczając ramiona i przez wciąż otwarte drzwi szafki wpatrując się w jej zawartość: zbieraninę zwyczajnych przedmiotów, które mogłyby należeć do każdej dziewczyny w szkole.

– Może się i stałam – mruknęła.

– Taaa… – odparła Nikki. – Cóż, najwyraźniej nie ty jedna. – Oderwawszy się od rzędu szafek, przystanęła jeszcze na moment. – A propos, chyba powinnaś wiedzieć, że dziś wraca Brad.

Isobel obróciła się ku niej, zaskoczona.

Nie widziała swojego byłego chłopaka od meczu, podczas którego został zaatakowany przez Noków na środku boiska, co zakończyło się otwartym złamaniem nogi. Doskonale pamiętała lśniącą białą kość wystającą spod rozerwanej skóry. W połączeniu z utratą dużej ilości krwi cała sprawa skończyła się nieobecnością Brada w szkole przez dwa miesiące.

– I jak… on się czuje?

Tym razem to Nikki wzruszyła ramionami.

– Dobrze. Tylko już nie będzie grał.

– Zrezygnował?

– Nie – powiedziała Nikki i wydała z siebie swoje firmowe zniecierpliwione „tss". – Już nigdy nie będzie grał. Bo nie może. Lekarze poinformowali go w zeszłym tygodniu, że to koniec. O czym byś już dawno wiedziała, gdybyś czasami odbierała ten durny telefon.

Z tymi słowami odwróciła się na pięcie i odmaszerowała, zostawiając Isobel z otwartymi ustami.

Brad? Pozbawiony możliwości grania? Na zawsze?

To przecież zupełnie tak, jakby ktoś jej nagle oznajmił, że nie będzie dłużej czirliderką, że już nigdy nie wykona żadnego skoku, że już nigdy więcej nie oderwie się od ziemi. Musiał być załamany.

– Mam nadzieję, że nie masz mi tego za złe, ale postanowiłam wam nie przerywać.

Isobel wzdrygnęła się już po raz drugi tego poranka. Za jej plecami stała Gwen, otwierając szyfrem własną szafkę.

– Domyślam się, że akurat teraz mogłabym sobie darować, ale… Ona ma rację z tym telefonem. Chociaż rano postanowiłam o tym nie mówić ze względu na specjalne miejsce, jakie zajmuję w sercu twojego dozorcy. Co nie zmienia faktu, że ostatnio z nikim nie rozmawiasz, prawda?

– Ja… Bo dużo myślałam.

Gwen spoważniała.

– Co się stało?

– Nic. Po prostu myślałam – odrzekła Isobel, zdecydowana nie opowiadać o żadnym ze swoich spotkań z Pinfeathersem. Pomijając już to, że Gwen niezbyt dużo wiedziała o Nokach, ubieranie tamtych doświadczeń w słowa nie stanowiło zbyt pociągającej perspektywy. Właściwie najchętniej by o nich zapomniała.

– Żadnych snów? – drążyła Gwen.

Isobel potrząsnęła głową.

– Nie. A u ciebie?

– Żadnych znaczących.

Popatrzyły na siebie, pogrążając się w ciężkim milczeniu, jakby każda wiedziała, że ta druga coś ukrywa.

Gwen pierwsza odwróciła spojrzenie, znów przenosząc wzrok na szafkę.

– Czyli – rzuciła, przykucając, by z niemałym trudem wydobyć spod sterty luźnych kartek i kołonotesów pastelowozielony segregator – zakładam, że Scarlett O'Hara powiadomiła cię już o dzisiejszym, niezbyt triumfalnym powrocie twojego byłego na łono szkolnej społeczności?

– Masz na myśli Brada? A skąd ty wiesz, że on wraca?

Gwen przestała się na moment szarpać z segregatorem i posłała Isobel sceptyczne spojrzenie, które mówiło: „Daj spokój, przecież mnie znasz". Potem wydostała wreszcie segregator z szafki i, wstając, włożyła go pod pachę. Sięgnęła po coś na górną półkę, stopą w kozaku wpychając do środka wystające papiery. Isobel usłyszała szelest kartek i słabe skrzypienie plastiku. Gwen tymczasem już pakowała sobie do ust wyszperanego na półce pączka.

Isobel patrzyła na to zafascynowana i przerażona, zastanawiając się, czy otwarta paczka z ciastkami spędziła w szkolnej szafce całą świąteczną przerwę.

– Błagam – wymamrotała Gwen, prychając wokół cukrem pudrem. – Ja wiem wszystko. – Starannie oblizała białe wargi i palce. – A tym razem sprawa wygląda naprawdę nieciekawie.

– Widziałaś go?

– Trudno nie zauważyć kogoś chodzącego o kulach.

Isobel zmarszczyła brwi. Im więcej słyszała o powrocie Brada, tym bardziej obawiała się go spotkać.

– Sądzę, że powinnaś z nim pogadać – oświadczyła Gwen. – Zapytać, co się dokładnie stało. Najlepiej dzisiaj, jak dasz radę.

Isobel ze świstem wciągnęła powietrze. Nie przygotowała się na to. I dlaczego Gwen kazała jej z nim rozmawiać? Co ona, Isobel, miała mu właściwie powiedzieć? Nie wiedziała nawet, co – o ile w ogóle cokolwiek – Brad pamiętał z tamtych wypadków. Choć z drugiej strony istniała szansa, że pamiętał wszystko.

– A – dodała Gwen – zanim zapomnę. Nie pogniewasz się, jeśli nie stawię się dziś na naszą zwykłą randkę w stołówce? Mikey zaproponował, żebyśmy sprawdzili tę nową pizzerię po drugiej stronie ulicy. – Złapała jeszcze jednego pączka i zatrzasnęła szafkę, po czym zaczęła się oddalać, idąc tyłem. – Żeby ci to wynagrodzić, odbiorę cię dziś z treningu.

– Chwila! Mikey? – spytała Isobel, starając się wyglądać normalnie. – Ciągle się z nim spotykasz?

– E... Raz tak, raz nie – wzruszyła ramionami Gwen. – Co mam ci powiedzieć? Chłopak ma ładne ręce.

Po czym puściła oko do przyjaciółki i z lekkim uśmiechem obróciła się na pięcie, by, łopocząc spódnicą, zniknąć za rogiem.

Gdy zadźwięczał dzwonek po trzeciej lekcji, Isobel powoli zebrała swoje rzeczy. Później okrężną drogą ruszyła przez korytarze, zwlekając, by mieć jak najwięcej czasu na przygotowanie się do najtrudniejszej godziny dnia.

Do lekcji angielskiego z panem Swansonem.

Pusta ławka Varena straszyła w tamtej klasie jak duch, którego nieobecne spojrzenie nie pozwalało zaznać ani chwili ulgi.

Trudno było się ciągle zrywać z angielskiego, więc Isobel nauczyła się nie patrzeć w stronę tamtego stolika i starała się w miarę możliwości, nawet o nim nie myśleć.

Nikt nawet nie próbował przy nim siadać. I nikt nie próbował tłumaczyć dlaczego. Jakby wszyscy po cichu postanowili udawać, że Varen po prostu zachorował. Chyba że się łudziła. Bo może wszystko to wynikało raczej z szacunku, jaki okazuje się zazwyczaj zmarłym.

Usiłowała nie dopuścić, by te myśli wracały do niej raz za razem, wirując jej w głowie jak na karuzeli. W tym celu robiła jedyną rzecz, która mogła w tych warunkach jakoś pomóc.

Uważała na lekcji.

Nie zawsze przychodziło jej to z łatwością, lecz w ciągu tych dwóch miesięcy, które minęły od zaginięcia Varena, nabrała pewnej wprawy.

Przy czym najbardziej przeszkadzały jej nie tyle własne myśli, ile sposób, w jaki pan Swanson patrzył na nią za każdym razem, gdy spotykały się ich oczy.

W takich wypadkach natychmiast przypominała sobie powiedzenie, że „gdyby wzrok mógł zabijać…", chociaż Swanson bynajmniej nie wbijał w nią ostrych, oskarżycielskich spojrzeń, jakie zwykle się z tym kojarzą. Chodziło raczej o pytające, zmartwione zerkanie, które wykańczało ją jak sącząca się powoli i boleśnie trucizna. O smutek, głęboki żal, który co chwila błyskał zza jego owalnych okularów.

Jeśli miałaby się zwierzyć komukolwiek z dorosłych, wybrałaby pana Swansona. Może właśnie chęć, by to zrobić, sprawiała, że jego spojrzenia tyle ją kosztowały. Bo stanowiły zaproszenie. Ponawiane niemal dzień w dzień, raz za razem.

„Co się stało?", zdawały się pytać te oczy.

Czuła, jak pod ich wpływem gipsowa maska jej rzekomej niewiedzy i całkowitej niewinności zaczyna pękać, i chwilami naprawdę rozważała, czy jednak nie zdecydować się na rozmowę.

Czasem łapała się na tym, że myśli, co by powiedziała, w jaki sposób, od czego by zaczęła. W takich momentach jednak zmuszała się zawsze do tego, by opuścić wzrok na zeszyt, a zerwawszy wzrokową więź z nauczycielem, natychmiast przywoływała się do porządku, wyobrażając sobie tę masę pytań, którymi – jak doskonale wiedziała – i on, i każdy inny zasypałby ją w podczas rozmowy.

Jak to Varen utknął w krainie snów?

Poe? Co ma z tym wspólnego Poe?

I najgorsze: nie sądzisz, że powinniśmy zadzwonić na policję?

To ostatnie pytanie za każdym razem przeważało szalę i sprawiało, że nadal trzymała język za zębami, udając tak samo wszystkiego nieświadomą jak pozostali.

Jak do tej pory się udawało.

Tym razem jednak, pod koniec lekcji, pan Swanson kazał im coś przeczytać, a sam rozpoczął przechadzkę po klasie, oddając sprawdzian z *Czarownic z Salem*, który niespodziewanie zrobił im w ostatni piątek przed świętami.

Mimo że Isobel nie odpowiedziała tylko na jedno z testowych pytań, znalazła przyklejoną do swojego arkusza jaskrawozieloną karteczkę.

„Proszę zostać po lekcji", głosił napis nabazgrany okrągławymi, skośnymi literami, charakterystycznymi dla nauczyciela. Świetnie, pomyślała. Wyglądało na to, że czy tego chce, czy nie, i tak czeka ją pogawędka z panem Swansonem.

13
POWAŻNE NIEBEZPIECZEŃSTWO

Gdy zadzwonił dzwonek, w pierwszym odruchu chciała udać, że nie zauważyła wiadomości, i natychmiast się ewakuować. Jednakże jedno zgubne w skutkach spojrzenie na pana Swansona uświadomiło jej, że się nie wymknie, tym bardziej że jego uwaga zdawała się być skupiona wyłącznie na niej.

Sterczał przy drzwiach, jak przeintelektualizowana wersja ochroniarza – w kamizelce i wsuniętym pod nią krawacie – obserwując wychodzących uczniów. Jednocześnie, nie wyjmując rąk z kieszeni gładkich spodni koloru khaki, co chwila zerkał ku niej, by potem znów odpowiadać na pożegnalne uwagi jej kolegów zmierzających już ku stołówce.

Isobel z zaciśniętymi wargami opadła z powrotem na krzesło.

Poczuła nagłą złość na nauczyciela, że ją zatrzymuje, że łamie milczącą umowę, wedle której miał nie wspominać o Varenie, dopóki Isobel sama nie poruszy tego tematu.

Ale może wyczuł, że to się nigdy nie stanie.

Złapana w pułapkę, czekała, aż klasa opustoszeje.

Nie chcąc podsycać plotek, starała się udawać, że po prostu nie spieszy się ze zbieraniem swoich rzeczy. Położywszy plecak na kolanach, przetrząsała jego kieszenie, zupełnie jakby przed wyjściem koniecznie musiała coś znaleźć.

Podniosła wzrok, gdy usłyszała odgłos zamykanych drzwi.

Swanson patrzył prosto na nią, z neutralną miną, która miała chyba stanowić swoistą odmianę twarzy pokerzysty. Jego uporczywe, pozbawione wyrazu spojrzenie w jakiś niejasny sposób przywodziło na myśl Clinta Eastwooda, czekającego, aż jego przeciwnik wykona pierwszy ruch. Zupełnie jakby liczył na to, że ona lada chwila się złamie, dostanie słownej biegunki i zacznie wyrzucać z siebie prawdę, całą prawdę i tylko prawdę.

Usiłując w miarę możliwości zachować kamienną twarz, podniosła z ławki sprawdzian z przyklejoną do niego karteczką.

– Nie ściągałam – oświadczyła.

Pan Swanson zmarszczył czoło, a jego krzaczaste siwe brwi niemal się zetknęły. Zacisnął wargi, kołysząc się na piętach, z rękami w kieszeniach.

– Wiem, że nie – odrzekł. – Wcale nie chodzi o sprawdzian.

Też mi nowina, pomyślała, omal nie wypowiadając tego na głos. Próbowała przybrać zaniepokojoną minę.

– Chodzi o wypracowanie o Poem – dodał.

Tym razem naprawdę ją zaskoczył. Patrzyła, jak wraca za biurko, odsuwa górną szufladę i wyjmuje z niej cienki plik spiętych razem kartek. Rzucił je na blat.

– Chciałbym wiedzieć, ile z tego faktycznie napisałaś.

Oooch, jęknęła w duchu, uświadamiając sobie, że musiał pokserować sobie te wypracowania, zanim oddał ich autorom oryginały. No jasne. Znając go, nie zdziwiłaby się, gdyby zachowywał kopię każdej zadanej przez siebie kiedykolwiek pracy domowej. Najprawdopodobniej w ogóle dysponował bazą danych z informacjami na temat wszystkich uczniów, których uczył od początku swojej zawodowej kariery, bez wątpienia tak szczegółową, jak bazy danych gromadzone przez FBI.

Isobel sięgnęła po długopis i zaczęła nerwowo obracać go w palcach, próbując wymyślić jakąś uczciwą, a zarazem niezbyt obciążającą odpowiedź.

Bez powodzenia.

Prawda na temat monstrualnego, dziesięciostronicowego wypracowania była bowiem taka, że Isobel nie napisała z niego ani słowa, co, jak zapewniał Varen, miało nie stanowić problemu.

Oczywiście się mylił, jak w wielu innych kwestiach.

Tym, co stresowało Isobel, było wszakże nie tyle obniżenie stopnia, ile ewentualny telefon Swansona do domu. Tata, znalazłszy ją wymachującą po ciemku pogrzebaczem w salonie, doszedł, oczywiście, do fałszywego, lecz nieuchronnego wniosku, że to ona stłukła lampę. I choć zdołała go przekonać, że lunatykowała, nie potrzebowała teraz dodatkowej wpadki, która kazałaby rodzicom ponownie przemyśleć wyprawę do Marylandu. Jeszcze mniej zresztą potrzebowała kolejnego dowodu na jej związek z Varenem, zwłaszcza jeśli taki dowód miałby zostać przedstawiony przez pana Swansona.

Założyła pasmo włosów za ucho.

– Hm – zaczęła.

– Nie martw się – przerwał jej nauczyciel. – Nie ma czym. Pamiętaj, że stopnie semestralne są już wystawione, a zawiadomienia porozsyłane do rodziców. Poza tym nie zmieniłbym tej oceny, nawet gdybym mógł. Nie wątpię, że na nią zasłużyłaś. Nie dlatego pytam. Po prostu w czasie świąt przeczytałem to wypracowanie jeszcze raz i… Cóż, poczułem ciekawość i tyle.

W czasie świąt? Serio? Właśnie tak spędzał czas wolny? Czytając stare wypracowania, gdy mu się już skończyły sprawdziany czekające na ocenę? A może wrócił do tego wypracowania, bo jego autorami byli ona i Varen?

Może sądził, że jej praca – podobnie jak ona sama – skrywa jakieś cenne informacje?

Usiadła. Odchrząknęła.

– Przygotowywaliśmy to tak jakby… w ostatniej chwili.

Swanson pokiwał głową, jakby sam się tego dawno domyślił.

– Pan Nethers ma bardzo charakterystyczny styl – oświadczył – nawet kiedy się stara go zamaskować. – Okrążył biurko i, krzyżując ramiona, oparł się o jego krawędź. – Więc pewnie dla równowagi powinienem teraz spytać – podjął – w jakim stopniu Varen brał udział w przygotowywaniu prezentacji.

– Pracowaliśmy nad nią razem – rzuciła Isobel. – To znaczy… gdy tylko mogliśmy – dodała. – Bo czasem… przeszkadzały nam różne rzeczy.

Na twarzy Swansona odmalowała się troska.

– Wiesz – powiedział – wbrew temu, co pewnie sobie pomyśleliście, nie przydzieliłem was do wspólnej pracy nad tym projektem specjalnie. Naprawdę dobierałem pary losowo. Choć nie ukrywam, że z satysfakcją patrzyłem, jak ramię w ramię występujecie z tą swoją prezentacją. – Zamyślony uśmieszek, który lekko wygiął jego wargi, znikł tak samo szybko, jak się pojawił. – Zakładam więc, że zdążyliście się przy okazji całkiem nieźle poznać.

– Całkiem nieźle – przyznała Isobel. Jednocześnie zacisnęła palce na długopisie.

– Tamtego dnia – ciągnął nauczyciel – Varen wydawał się trochę... dziwny, nie sądzisz? To znaczy jeszcze dziwniejszy niż zwykle. Jakby nie był sobą. Zauważyłaś?

Isobel wbiła wzrok w leżący na ławce zeszyt. Poruszyła się nerwowo na krześle, świadoma, że w ten niezbyt subtelny sposób Swanson ciągnie ją za język. A ona nie tylko nie potrafiła udzielić mu żadnej odpowiedzi, która nie zdradzałaby od razu wszystkiego, ale w dodatku nie bardzo umiała wyjaśnić tamten moment samej sobie.

To był jeden z brakujących elementów tej całej dziwacznej układanki.

Varen był z nią wtedy w tej samej klasie, w której znajdowała się teraz, wszyscy go widzieli, a zarazem podobno spał twardo w Zakątku Nobita.

– Pamiętam – głos Swansona przedarł się przez jej myśli – że nie zdjął ciemnych okularów, nawet gdy go o to poprosiłem. Nigdy wcześniej się tak nie zachowywał. Kiedy teraz o tym myślę, dochodzę do wniosku, że od razu powinienem był się zorientować, że coś jest nie tak.

Isobel postanowiła zachować milczenie. Nie ufając samej sobie, z obawy, że z czymś się zdradzi, uznała, że najbezpieczniej będzie nic nie mówić i tylko kiwać głową.

Ilekroć analizowała wypadki z Halloween – a robiła to wiele razy – zawsze zaczynała od zagadki dziwacznej, podwójnej egzystencji Varena podczas lekcji angielskiego. Pamiętała, że po wszystkim nawet Reynolds nie potrafił jej tego wytłumaczyć. Wydawał się wręcz zaszokowany, gdy o tym wspomniała. Albo przynajmniej mocno zaniepokojony.

– Mam nadzieję, że nie masz mi za złe tych pytań – rzekł pan Swanson – ale czy Varen kiedykolwiek... rozmawiał z tobą o tym, co mogło się z nim dziać?

– Ja... – zaczęła Isobel. Jednocześnie odruchowo pokiwała głową, ale zaraz uświadomiła sobie, co właściwie robi. – Nie. Nie rozmawiał.

Należało się zmywać. Od tego momentu pytania Swansona mogły się stać jedynie bardziej szczegółowe, a jej postanowienie, by nie udzielać na nie odpowiedzi, słabło.

Wstała z krzesła, wzięła zeszyt i złapała plecak, podczas gdy na korytarzu rozległ się płaczliwy pisk dzwonka sygnalizującego początek lunchu.

– A co do tego wypracowania... – rzuciła, unikając kontaktu wzrokowego z nauczycielem i wsuwając sprawdzian do jednej z kieszeni plecaka. – Czy to już wszystko?

Po chwili milczenia pan Swanson zacisnął dłonie na kolanach i powiedział:

– Tak. Chyba tak...

Isobel rzuciła się ku drzwiom. Czuła, że nauczyciel odprowadza ją wzrokiem.

Fakt, że tak bardzo pragnęła uciec, stanowił najlepszy dowód na to, że wie więcej, niż mówi. Jednakże musiała wyjść z tej klasy. I musiała wymyślić, jak przetrwać następne dwa tygodnie zajęć ze Swansonem – następne dwa tygodnie życia – i z niczym się nie zdradzić.

Od tego zależał jej wyjazd do Baltimore. Chwyciwszy za klamkę, zastygła jednak, zaciskając dłoń na chłodnym metalu, zupełnie jakby uderzyła ją całkiem nowa myśl.

– Panie profesorze…?

– Tak?

– Jeszcze w kwestii tego wypracowania… Czy… Czy pamięta pan tamten artykuł, który mi pan wtedy dał? Ten o…

– Czcicielu Poego?

– Tak. Właśnie ten. Jak… Jak się pan o tym dowiedział?

Pan Swanson z wysiłkiem oderwał się od biurka, o które się dotąd opierał. Wciąż z założonymi rękami zapatrzył się na swoje sznurowane półbuty.

– Cóż, tak to już jest z ludźmi oddanymi nauce – mruknął.

– Jeśli ktoś w tak niezwykły sposób składa hołd któremuś ze słynnych, nieżyjących *littérateurs*, natychmiast nabieramy zainteresowania. Tak swoją drogą, to już niedługo, prawda?

– Dziewiętnastego – wypaliła Isobel.

– Słusznie – zgodził się Swanson, podnosząc wzrok i zerkając na nią ze zdumieniem. – To przecież dzień urodzin Poego. Powinienem ci podnieść ocenę za to, że pamiętasz. Coś mi się zdaje, że w tym roku zbierze się tam cały tłum. Sprawa staje się coraz głośniejsza. Sam bym się chętnie wybrał. Czy to nie byłaby wspaniała wycieczka? – Isobel patrzyła, jak z powrotem okrąża biurko. Podniósł kopię wypracowania i z westchnieniem schował ją do górnej szuflady. – Ale nie takie to proste.

– Przepraszam – odezwała się Isobel. – Powiedział pan: tłum?

– Owszem. W Baltimore to spore wydarzenie. W artykule nie było o tym wzmianki? Isobel potrząsnęła głową.

– N-nie…

– O, ludzie zjeżdżają się nawet z daleka, żeby postać za ogrodzeniem i popatrzeć. – Odwracając się do niej plecami, pan Swanson sięgnął po gąbkę i zaczął wycierać z tablicy pytania do pracy domowej. – Doszło nawet do tego, że trzeba było zatrudnić na ten dzień specjalnych ochroniarzy.

– Ochroniarzy? – Isobel przełknęła ślinę, czując się tak, jakby serce opadło jej na wysokość żołądka. – Ale… czy ten cały Czciciel nie pojawia się jakoś późno? Może nawet po północy?

– Cóż, tak samo jest z Wielką Dynią – zaśmiał się nauczyciel. – A jednak Linus każdego roku uparcie na nią czeka, prawda? – Isobel zmarszczyła brwi. – Jeśli się nie mylę – podjął pan Swanson – Czciciel Poego pokazuje się na jego grobie między północą a szóstą rano. Mimo to mnóstwo ludzi marznie tam godzinami tylko po to, by mieć szansę go zobaczyć. Mówię ci: prawdziwi maniacy. Powstał nawet specjalny komitet, który dyżuruje w kościele, pilnując, żeby nikt nie wchodził Czcicielowi w drogę albo, broń Boże, nie próbował biedaka zdemaskować.

– Chwileczkę – powiedziała Isobel, mrugając z niedowierzaniem. – To znaczy, że ktoś próbował?

– Oczywiście – odrzekł Swanson. – W takich przypadkach zawsze się znajdzie jakiś wariat, który postanowi zepsuć innym zabawę. Ale nie martw się. Jak do tej pory nikomu się nie udało. Czciciel nie daje się przyłapać. Podobno wszystko odbywa się bardzo szybko.

– Ale… – szepnęła Isobel. Przyciskając do piersi zeszyt, wykonała krok w stronę biurka. – Skoro tyle osób chodzi go co roku oglądać, to dlaczego nie ma w sieci więcej jego zdjęć? Dlaczego jest tylko to jedno?

– O… – Odłożywszy gąbkę, Swanson odwrócił się od tablicy, otrzepując dłonie. Lekki uśmiech na jego ustach świadczył o tym, że bardzo go bawi ten grad pytań. – To dlatego, że tak naprawdę nikt go nigdy nie widuje. No, chyba że ktoś znajdzie się na samym cmentarzu, jak członkowie tego komitetu z kościoła. Widzisz, wielu ludzi nie wie, że tam są dwa kamienie nagrobne z nazwiskiem Poego.

– Dwa? – spytała Isobel. – Jak można być pochowanym w dwóch grobach naraz?

– Och, jestem przekonany, że łatwo to sobie wyobrazić – odparł Swanson z krzywym uśmieszkiem – jednakże w tym przypadku chodzi po prostu o to, że jeden z tych kamieni symbolizuje pierwsze miejsce pochówku Poego. Właśnie tam klęczy Czciciel na tym ziarnistym zdjęciu, które widziałaś. Jakoś pod koniec XIX wieku ciało pisarza zostało wszakże ekshumowane i przeniesione na bardziej reprezentacyjną parcelę w przedniej części cmentarza. Po to, żeby wielbiciele „Kruka" nie musieli wałęsać się po jakichś zakamarkach, szukając grobu, który zresztą był bezimienny. Nagrobek niedaleko bramy to miejsce, gdzie Poe spoczywa teraz. Trudno go przeoczyć, tyle że, niestety, Czciciel się nim w ogóle nie interesuje. Dziwi mnie, że nie natrafiliście na te informacje z Varenem, przygotowując prezentację.

– Poe leżał najpierw w bezimiennym grobie?

Nauczyciel skinął głową.

– Przez długi czas. Nie miał też zresztą prawdziwego pogrzebu. Pochowano go szybko i tanim kosztem. Zjawiło się jedynie kilka osób, osiem czy dziewięć, jakoś tak. W sumie smutne.

– Tak – zgodziła się Isobel. – Smutne.

– Może kiedy wróci pan Nethers, nasz główny specjalista od Poego, spytamy go, co mu na ten temat wiadomo. Na wzmiankę o Varenie Isobel podniosła na pana Swansona wzrok; ich oczy się spotkały. Znowu wpadła w sprytnie zastawioną pułapkę, z której istnienia zdała sobie sprawę zbyt późno, bo teraz nie potrafiła się już wyrwać spod władzy tego nieruchomego, błagalnego spojrzenia.

– Ty przecież głęboko wierzysz, że już wkrótce znowu się spotkacie, prawda?

Otworzyła usta, ale nie wydobyły się z nich żadne słowa. Jak miała udzielić odpowiedzi, której sama nie znała?

Pomyślała, że tak już będzie cały czas. Nawet jeśli Swanson nie mógł codziennie zatrzymywać jej po dzwonku, to dopóki podejrzewał, że ona coś wie, dopóki przypuszczał, że jej zależy, z pewnością nie zamierzał odpuścić.

Nagle oświeciło ją, co powinna zrobić, żeby się odczepił. Nie zastanawiając się długo, zaczęła mówić.

– Proszę posłuchać – rzuciła. – Wiem, że o mnie i o Varenie krąży masa plotek, ale… to tylko plotki. My nigdy nawet nie byliśmy na randce – ciągnęła, bardzo uważając, by patrzeć nauczycielowi prosto w oczy. – Proszę mi wierzyć: przenigdy.

Zmarszczył czoło. Jej słowa wyraźnie go skonsternowały. Serce biło jej tak dziko, tak szybko i głośno, że naprawdę się bała, by nie usłyszał.

– Ba, nigdy nie spotkaliśmy się poza szkołą, z wyjątkiem tych razów, kiedy musieliśmy, żeby pracować nad projektem.

Swanson, słuchając jej, coraz bardziej pochmurniał. Nie odzywał się, lecz Isobel widziała, że jego szare przenikliwe oczy przygasły, jak gdyby ktoś przytłumił w nich całą nadzieję.

– Szczerze mówiąc – brnęła dalej Isobel, niezdolna już się powstrzymać – niezbyt się dogadywaliśmy. Jakoś sobie z tym radziłam, bo potrzebowałam dobrego stopnia. Inaczej nie pojechałabym na zawody krajowe. – Uniosła rękę, pokazując mistrzowski pierścień. – No i kiedy zaczęliśmy razem pracować nad tym projektem, cała sprawa urosła do niesamowitych rozmiarów. – Wzruszyła ramionami. – Pojawiły się rozmaite komentarze, zupełnie jakbyśmy byli uczestnikami jakiegoś tandetnego reality show czy czegoś w tym stylu.

Urwała na chwilę, by z trudem zaczerpnąć oddechu. Nigdy wcześniej nie kłamała dorosłemu tak bezczelnie i prosto w twarz. Choć zarazem nigdy wcześniej kłamstwo nie przyszło jej tak naturalnie. Wiedziała jednak, że jeśli chce Swansona w pełni przekonać, potrzebuje czegoś więcej. Musiała skutecznie zabić w nim resztkę wątpliwości.

– A gdy Varen uciekł czy co tam się stało, wszyscy uznali, że ja wiem dokąd – dodała. – Mimo że wcale nie wiem. Nie bardziej niż pan. I chciałabym już o tym zapomnieć, zająć się swoimi sprawami.

Swanson odwrócił wzrok, ona zaś poczuła, że ucisk w jej klatce piersiowej nieco zelżał. Tyle że po chwili w jego miejsce pojawiło się jeszcze mniej przyjemne uczucie, ponieważ nauczyciel powiedział:

– Przepraszam. – Oklapnięty, ze ściągniętymi brwiami, gapił się w podłogę. – Nie zamierzałem się wtrącać. Ale wydawało mi się, że... że Varen mógł ci się z czegoś zwierzyć. Wyglądaliście tak, jakbyście... na jakimś poziomie dobrze się rozumieli. Patrząc na was w ostatnim czasie, odnosiłem wrażenie, że... że zostaliście przyjaciółmi.

– Nic nie szkodzi – oświadczyła Isobel. – Wiem przecież, że bardzo go pan lubił. Czując pod powiekami niebezpieczne szczypanie, zaczęła się wycofywać z powrotem ku drzwiom.

– Mam nadzieję, że go niedługo znajdą. Ale... co do tamtej nocy... naprawdę jestem ostatnią osobą, która mogłaby cokolwiek wiedzieć.

Z tymi słowami odwróciła do wyjścia. Nie mówiąc już nic więcej, otworzyła drzwi i wyślizgnęła się na pusty korytarz.

Wziąwszy z szafki kurtkę, a także kanapkę i wodę, które spakowała rano do plecaka, wyszła na opustoszały dziedziniec.

Po trzeciej lekcji przestało padać, można więc było znaleźć względnie suche miejsce na którejś z kamiennych ławek.

Usiadła tyłem do długiego szeregu okien stołówki, licząc na to, że rachityczny dąb, rosnący pośrodku dziedzińca, ukryje ją przed wzrokiem ciekawskich.

Ponieważ wszyscy zdążyli już wziąć jedzenie i usadowić się w hermetycznych grupkach przy swoich stolikach, nie zamierzała się teraz między nimi kręcić, zwłaszcza że nie zaczekała na nią nawet Gwen.

Mniej przyjemne byłoby chyba tylko wchodzenie po schodkach na szubienicę, ze związanymi z tyłu rękoma i workiem na głowie.

Dlatego postanowiła spędzić ostatnie dziesięć minut przerwy obiadowej na zimnie.

Wilgotny chłód, potęgowany od czasu do czasu przez podmuchy lodowatego wiatru, zupełnie jej jednak nie przeszkadzał. Podobnie jak – akurat tym razem – jedzenie w samotności.

Poza tym bowiem, że pragnęła uniknąć pytających spojrzeń i niemilknących szeptów, potrzebowała też czasu, aby się zastanowić. Niestety, w głowie wirowało jej tyle myśli, że sama nie wiedziała, od czego zacząć.

Tyle że zdołała rozwiązać choć jeden problem z wydłużającej się ciągle listy.

Wiedziała, że przez kilka kolejnych dni, do wyjazdu do Baltimore, będzie miała spokój z panem Swansonem. Wyglądało na to, że łyknął bajeczkę o samolubnej czirliderce. Chociaż nienawidziła się tak zachowywać – jakby była bezduszną lalką, jakby od dnia, w którym Varen nie wrócił, nie czuła się całkowicie rozbita.

Zamknęła oczy. Przycisnęła kciuk do obrączki przytrzymującej pierścień, który nagle wydał jej się zdecydowanie zbyt ciężki. Pomógł jej wprawdzie wypaść przekonująco przed Swansonem, ale i tak marzyła o tym, żeby go zdjąć, wyrzucić i nie musieć nigdy więcej na niego patrzeć. Nosiła go przecież tylko z jednego powodu: nie żeby celebrować swoje osiągnięcia, ale żeby przekonać świat – rodziców, nauczycieli, drużynę, kolegów z klasy – że wciąż jest dawną Isobel. Że jeden pocałunek chłopaka, który miał dostęp do krainy snów i który sam teraz zdawał się snem, bynajmniej jej nie odmienił.

Opuściła rękę i uniosła powieki.

Mechanicznie sięgnęła po kanapkę, ale niezdolna jej nawet spróbować, wzięła z ławki butelkę z wodą.

Po rozmowie ze Swansonem, oczywiście, straciła apetyt. Ba, czuła nawet mdłości, jak gdyby wszystkie kłamstwa, które wymyśliła, okazały się ciężkostrawne.

Drżącymi rękoma odkręciła butelkę.

Plastik trzasnął, płosząc kręcące się w pobliżu stadko gołębi. Zerwały się do lotu, a paniczne łopotanie ich skrzydeł przyprawiło ją o niemiły dreszcz. Aż się skuliła.

Nerwowo pociągnęła łyk wody.

W pewien sposób nawet się cieszyła, że pan Swanson zatrzymał ją po lekcji. Gdyby nie to, mogłaby się nie dowiedzieć w porę o specjalnej ochronie, jaką otaczano grób Poego w przeddzień jego urodzin, ani o ciągnących w to miejsce hordach ludzi. Ani o tym, że w zasadzie były dwa groby.

Fakt, że Reynolds miał rzesze fanów – bo nie wiedziała, jak inaczej ich nazwać – tylko potęgował nieprzyjemne skurcze, które nadal odczuwała w pustym żołądku. A zrobiło jej się jeszcze gorzej, gdy pomyślała o wspomnianym przez Swansona komitecie, który najwyraźniej miał za zadanie Reynoldsa chronić.

Wszystko to, rzecz jasna, straszliwie utrudniało realizację jej zamiarów. O ile jej w ogóle nie uniemożliwiało.

Choć istnienie zarówno „fanów", jak i komitetu wzbudzało w niej złość i głęboki niepokój, Isobel rozumiała, że nie powinna mieć do nikogo pretensji.

W przeciwieństwie do niej tamci ludzie nie wiedzieli, z czym mają do czynienia.

Najprawdopodobniej myśleli, że ukazująca się na cmentarzu ciemna postać staje się o poranku kimś takim jak oni – zwykłym człowiekiem z Nowego Jorku czy Pittsburgha albo nawet sąsiadem. Szukali wrażeń, chcieli przez chwilę uczestniczyć w czymś niezwykłym i tajemniczym.

A Reynolds, ze swoją umiejętnością organizowania przedstawień, dawał im dokładnie to, czego pragnęli.

Dlatego go chronili.

Do tej pory Isobel nie zdawała sobie sprawy, jak trudno będzie się dostać w okolice cmentarza, nie wspominając już o wejściu do środka. Tak się skupiła na organizowaniu wyprawy do Baltimore, że w ogóle nie przyszło jej do głowy, iż dziwny rytuał mógłby stanowić atrakcję turystyczną.

Zaczęła się więc zastanawiać, o której ludzie gromadzą się przy nagrobku. Ponieważ Reynolds nie pokazywał się przed północą, widzowie schodzili się pewnie dopiero po zmroku. Ale byli jeszcze ci z kościoła, członkowie komitetu.

Jak miała ich przechytrzyć? Jak miała się w ogóle wślizgnąć za bramę?

Nagle pożałowała, że Gwen odwołała wspólny lunch.

Potrzebowała rozmowy. Potrzebowała Gwen.

Zsuwając z głowy obszyty sztucznym futerkiem kaptur kurtki, zaryzykowała szybki rzut oka w stronę zatłoczonej i jasno oświetlonej stołówki.

O ile się nie myliła, nikt jej nie zauważył.

Zobaczyła pana Notta, sprawującego dozór nad stołówką, jak przechadza się między z stolikami, splótłszy ręce z tyłu, niby surowy sierżant patrolujący wojskową kantynę.

Schyliła się i sięgnęła do plecaka po komórkę. Wyłączyła ją rano, wiedziała jednak, że Gwen, niezdolna zostawać poza obiegiem informacji choćby przez moment, swój telefon zwykle tylko wyciszała.

Postanowiła wysłać jej szybkie SOS, dać znać, że coś się stało. Potem mogła spróbować zwolnić się z kawałka lekcji i spotkać się z przyjaciółką w bibliotece.

Położyła telefon na kolanach, dokładnie osłaniając go przed wzrokiem postronnych.

Otworzyła pokrywę i już miała go włączyć, lecz zastygła, widząc odbijającą się w czarnym wyświetlaczu twarz.

On stał tuż za nią, zaglądając jej przez lewe ramię.

Jego czarne oczy spotkały się z jej oczami. Patrzyły zimno i przenikliwie.

To był Varen.

14

ZAKRĘCONA

Widziała go. Z całą pewnością. Stał tam, jego szarawe odbicie było tak wyraźne, jakby znajdował się tuż za nią. Na tyle blisko, by móc ją objąć. Na tyle blisko, by mogła poczuć jego oddech na szyi albo ciepło jego ciała na plecach.

Tyle że nie poczuła.

A potem, gdy się odwróciła, przepadł. Z tyłu nie było nikogo. Ani nic. Poza chłodem, wiatrem i szarym dębem.

Znów zerknęła na wyświetlacz telefonu, ale odbicie też znikło.

Zbyt wstrząśnięta, by myśleć, zapomniała o esemesie do Gwen.

Zadzwonił dzwonek, a ona, wciąż w oszołomieniu, wróciła do klasy.

Jednakże wspomnienie twarzy Varena, tak bliskiej, tak wyraźnej, prześladowało ją jeszcze na popołudniowym treningu.

– I-S-O-B-E-L! – Głos trenerki, wzmocniony przez megafon w niebiesko-złotych barwach drużyny, zakłócił jej skupienie. – No, dalej! – ryczała trenerka. – Ćwiczymy, Lanley! Nie wywiniesz nam chyba znowu jakiegoś numeru, co? – Machnęła w stronę reszty zespołu, ustawionego już w karkołomnych pozycjach. – Koniec przerwy! Sezon rozgrywek się skończył, ale to nie znaczy, że będziemy się teraz obijać.

Isobel zerwała się z ławki, na której przysiadła dla odpoczynku. Kiedy jednak wstała, butelka z wodą stoczyła się jej z kolan na podłogę z donośnym plaśnięciem, co wywołało chichot Alyssy Wilkes i jej paczki.

Odłożywszy na bok swój komicznie wielki megafon, trenerka wydała z siebie serię pokazowych westchnień, wspierając dłoń na okrągłym biodrze.

– Za pół godziny zaczną mi się tu niecierpliwić wasi rodzice. Więc szybciutko, Lanley. Musimy przepracować te układy, bo inaczej przyszły sezon będzie pasmem upadków i nudnych podskoków tuż nad ziemią. Do roboty!

Zostawiwszy butelkę na podłodze, Isobel podbiegła do miejsca, gdzie czekali na nią Stevie, Nikki, Stephanie i Deja. Kawałek dalej Alyssa głośno ziewnęła.

– Dość tego, Wilkes! – zirytowała się trenerka. – Skup się na kolejnej pozycji, a nie na marzeniach o drzemce. A teraz do dzieła, drużyno! Pamiętajcie, chodzi nam o efekt fali, miejsca dużo nie ma, więc trzymamy się blisko siebie. Nie martw się na razie o plansze, Ashley. Chwilowo je sobie odpuszczamy, dopóki nie uda nam się znacząco przyspieszyć przy podrzutach. Zaczynasz razem z całą grupą, Stevie, dopiero za moment. Przygotujcie się, liczę do ośmiu, a potem wracam do początku. Grupa druga nie zapomina, że skacząca startuje chwilę po Isobel, na dwa. Skacząca grupy trzeciej – chwilę po Carly, też na dwa. I tak dalej. Wytrzymujemy do ośmiu, później to samo w drugą stronę i kończymy kołyską. – Trenerka znów podniosła do ust megafon. – Gotowi?

Isobel nie zaszczyciła Alyssy nawet spojrzeniem, skupiona na zajęciu odpowiedniej pozycji, podczas gdy Stevie i Nikki, stanowiący bazę piramidy, przykucali po obu stronach, podsuwając jej dłonie, a Stephanie i Deja schylały się z przodu i z tyłu, gotowe ją podeprzeć w trakcie unoszenia do podrzutu.

Po zawodach krajowych trenerka szybko dokonała przegrupowań w zespole. Isobel nie zdziwiła się specjalnie, że zostały z Alyssą rozdzielone, tak żeby przy żadnym układzie nie wchodziły sobie w drogę. Ponieważ jednak trenerka Ann bardzo często dokonywała zmian w choreografii, Isobel nie wiedziała, jak długo ta przyjemna sytuacja potrwa.

Podczas gdy trenerka liczyła, wyraźnie akcentując kolejne cyfry, Isobel położyła dłonie na ramionach Stevie'ego i Nikki, i wsunęła stopę w ich dłonie.

– Pięć! Sześć! Siedem! Osiem!

Na „osiem" odepchnęła się od podłogi i wystrzeliła w górę. Usztywniając kolana, udała, że podnosi przydzieloną jej planszę z „J" rozpoczynającym słowo „JASTRZĘBIE".

Ponieważ chodziło o efekt fali, grupa Isobel musiała wytrwać w pozycji najdłużej. Słuchając odliczającego głosu trenerki i czekając, aż fala zacznie się cofać, Isobel usiłowała skupić się na utrzymaniu równowagi i nie pozwolić, by jej myśli znowu wróciły do tego, co widziała na dziedzińcu.

Jednakże było to tak samo niemożliwe jak przekonanie samej siebie, że tylko jej się zdawało.

Bo przecież go widziała.

To musiało się dziać naprawdę. Przynajmniej w takim stopniu, w jakim naprawdę działo się wszystko inne, co jej się ostatnio przytrafiało. W takim stopniu, w jakim naprawdę ożywały ilustracje w starych książkach, zamaskowane postaci przemieszczały się między światami, a wstrętne potwory odwiedzały jej salon.

Chyba że jednak nie, pomyślała, przenosząc spojrzenie na zegar wiszący nad otwartymi teraz, podwójnymi drzwiami do sali.

Trening kończył się zazwyczaj między szesnastą trzydzieści a szesnastą czterdzieści pięć. Ćwiczyli już od ponad godziny. A trenerka sama przypominała niedawno, że zostało im tylko trzydzieści minut.

Więc dlaczego zegar pokazywał piętnastą pięć?

– Sześć! Siedem! Osiem!

Isobel poczuła, że trzymające ją dłonie opuszczają się. Zachwiała się tuż przed tym, zanim wyrzuciły ją w powietrze. Jej ciało, przełączając się na autopilota, ułożyło się do lądowania, ale było już zbyt późno, żeby odzyskać pełną kontrolę nad sytuacją.

Pogubiła się i spadła w poprzek wyciągniętych po nią ramion, które ugięły się pod jej nierównym ciężarem.

– Stop! Stop! Stop! – wrzasnęła trenerka, natychmiast przerywając liczenie, podczas gdy Stevie i Nikki stawiali Isobel na podłodze. – Co się stało? – spytała. Ze złością potrząsnęła kudłatą głową: jej przyciśnięte grubą, niebieską opaską wełniste kręcone włosy podskoczyły. – Mam nadzieję, że tym razem to nie przez ciebie, Isobel – rzuciła, a nikt z grupy nie palił się, żeby wydać winowajczynię. Ale chyba nie było takiej konieczności.

Skrzypiąc butami po parkiecie, trenerka podeszła do Isobel.

– Jak się będziesz tak skręcać, to pogubisz ubrania, Izzy – rzuciła. W grupce Alyssy rozległy się stłumione śmiechy.

Isobel poczerwieniała. Wiedziała, że złośliwość trenerki służyła tylko temu, by ją zmobilizować. Ale tak czy owak pozostawała złośliwością.

– Okej! Spróbujmy jeszcze raz!

– Izzy! – syknęła Nikki z tyłu. – Weź się w garść! Isobel musiała jednak zerknąć jeszcze raz na zegar. Owszem, wskazówki nie kręciły się tak jak na tablicy rozdzielczej w samochodzie Varena, ale nie poruszały się też normalnie. Bo nie poruszały się wcale.

Czy to znaczyło, że ona znowu śpi? Że to sen? Gdyby to był sen, zrozumiałe by się stało, dlaczego widziała na dziedzińcu Varena. Może próbował się z nią skontaktować. Może starał się przedrzeć do jej świadomości.

Tyle że świat wokół, ludzie, sala gimnastyczna, oświetlenie – wszystko wyglądało tak normalnie, tak prawdziwie...

Amerykańska flaga znajdowała się na swoim miejscu. Podobnie jak dwa kosze przymocowane do przeciwległych ścian metalowymi uchwytami. Podnosząc wzrok, pomiędzy stalowymi krokwiami Isobel widziała nawet mały niebieski balon, pozostały tam po ostatniej przedmeczowej imprezie motywacyjnej.

Ale przecież zawsze na tym polegał problem ze snami: dopóki było się w ich świecie, wszystkie wydawały się realne.

– Ej – rzucił Stevie. – Zaczynajmy. Trenerka znów tu idzie.

– Już, już – wymamrotała Isobel, lecz nie ruszyła się z miejsca.

Wcześniej też tak to się zaczynało: od treningu.

Czy jednak mogła wyśnić sobie zdarzenia całego dnia? A może to zawsze tak działało, tylko później, po przebudzeniu, po prostu o wielu rzeczach zapominała?

Zerknęła w stronę podwójnych drzwi, czekając, aż pojawi się w nich Varen, by rozstrzygnąć wreszcie rozdzierający ją konflikt między rozsądkiem a instynktem. W drzwiach wszakże nie było nikogo, a wskazówki zegara pozostawały nieruchome.

Więc może jednak nie śniła. Może zegar zwyczajnie stanął, bo przez święta wyczerpały mu się baterie. Tyle że jak w takich warunkach miała się zorientować?

Trenerka zbliżyła się niebezpiecznie, dlatego Isobel zwróciła się wreszcie ku swoim partnerom.

Gdy jednak zagrożenie minęło, przypomniała sobie coś, co kiedyś powiedział Reynolds.

Że gdyby nauczyła się budzić wewnątrz snu, gdyby nauczyła się rozpoznawać, że to sen, mogłaby w pewnym stopniu kontrolować zdarzenia.

W jaki inny sposób zdołałaby sprawić, by w podłodze Ponurej Fasady pojawiły się drzwi – i to dokładnie wtedy, gdy ich potrzebowała?

Jedno nie ulegało wątpliwości. Jeśli teraz śniła, to oznaczało, że była w stanie robić rzeczy niemożliwe na jawie. A przynajmniej takie, których nigdy wcześniej nie próbowała.

Znów odwróciła się od kolegów i wpatrzyła w podłogę. Parkiet lśnił jak powleczony warstewką oleju. Z centralnego miejsca podłogi zerkało ku niej żółte, wściekłe oko Henry'ego Jastrzębia, jakby ją ostrzegało, żeby nawet o tym nie myślała.

Słusznie zresztą. Bo jeśli to był sen, to nie należało o tym myśleć.

Należało to po prostu zrobić.

– Izzy! – zawołała trenerka. – Halo! Zaczynamy! Ignorując ją, Isobel poderwała się do biegu.

– Lanley!

Isobel uniosła ramiona, pochyliła się i, wykorzystując rozpęd, wykonała serię gwiazd.

Świat zawirował, zamieniając się w smugę światła i rozmazanych kolorów.

Potem odbiła się od podłogi i z przykurczonymi nogami wykręciła salto, odnosząc wrażenie, że jest bezcielesna. Tyle że potem jej stopy opadły na twardy, nieokryty matą parkiet, a kostki ledwo zniosły siłę uderzenia.

Jednakże czuła się jak nakręcona zabawka, niezdolna się zatrzymać.

Już po chwili miała za sobą kolejną serię gwiazd, zaraz potem zrobiła kilka przewrotów do tyłu, słysząc, jak powietrze gwiżdże jej w uszach.

Jej stopy plasnęły o podłogę, więc wybiła się po raz ostatni, tak mocno, jak tylko dała radę. Kurczowo przyciskając ramiona do ciała, skoczyła do góry, uświadamiając sobie niejasno, że tak długiej sekwencji jeszcze nigdy nie próbowała.

Powietrze przyjęło ją łaskawie, unosząc w swoim niewidzialnym uścisku jak suchy liść, gdy zawirowała raz, potem dru...

Parkiet poleciał ku niej tak szybko jak przód rozpędzonej ciężarówki. Dokończyła obrót, jej stopy zetknęły się z podłogą, ale ta natychmiast wyślizgnęła się jej spod nóg.

Usłyszała kilka przestraszonych okrzyków, po czym sama wydała zduszony jęk, gdy ciężko wylądowała na plecach, czując się tak, jakby rzuciła ją tam z całej siły jakaś ogromna ręka.

Leżała bez ruchu, z wiotczejącymi szybko mięśniami.

Nastąpił moment ciszy, gdy tak gapiła się do góry, na wiszące wysoko lampy. Znów utkwiła spojrzenie w samotnym niebieskim baloniku, co pomogło jej opanować zawroty głowy. Potem zaczęło jej dzwonić w uszach, szum krwi skutecznie zagłuszył odgłos uderzających o parkiet tenisówek, więc zdziwiła się, gdy nagle wyrosły nad nią zdumione twarze.

Między nimi, po prawej, ukazała się trenerka – czerwona jak papryczka chili i ze złości cała w plamach. Gdyby nie brak dymiących nozdrzy, do złudzenia przypominałaby smoka gotowego ziać ogniem.

Isobel spróbowała usiąść, rozdygotana od adrenaliny i upokorzenia.

Choć na razie nic jej nie bolało, wiedziała, że ból przyjdzie. Później. Nocą. A jeszcze gorszy rano.

– Lanley! – warknęła trenerka. Sposób, w jaki trząsł się jej głos, przywodził na myśl stukotanie pokrywki na garnku z gotującą się wodą. – Kości całe?

– T-tak – zdołała wyskrzeczeć. Własny głos wydał jej się cichy i odległy, w uszach wciąż dzwoniło. Znienacka poczuła się mała, jak komar wśród słoni.

– To zabieraj się z podłogi i w ogóle z mojej sali. Reszta na swoje pozycje.

To powiedziawszy, trenerka odwróciła się na pięcie.

Zespół podążył za nią, nikt bowiem nie chciał zwracać na siebie uwagi i ryzykować, że oferując Isobel pomoc, ściągnie sobie na głowę gniew z trudem hamującej się trenerki. Nawet Stevie i Nikki wrócili na swoje miejsca, choć Isobel chciała wierzyć, że Stevie przez chwilę zwlekał.

Powoli, z trudem dźwignęła się na nogi. Gdy szła po torbę, dobiegł ją chichot Alyssy, a po nim słowo „ofiara".

Nie, pomyślała, czując narastające łomotanie w skroniach.

To zdecydowanie nie był sen.

Ubierała się w dziewczęcej szatni, ciesząc się, że jest sama. Z sali dobiegały komendy wydawane przez Stephanie prowadzącą końcową serię ćwiczeń, w której na szczęście nie musiała uczestniczyć.

Nie była w stanie w żaden sposób wytłumaczyć innym swojego zachowania.

Wiedziała, jak to musiało wyglądać: jak próba popisania się przed trenerką chwilę po otrzymanej naganie; jak głupi wybryk kogoś, kto strasznie próbuje coś udowodnić.

Zatrzasnęła szafkę, czując, że znów płoną jej policzki.

Jak mogła zrobić coś tak głupiego?

Co więcej, wszystko odbyło się na oczach Alyssy, która teraz musiała sobie w duchu gratulować, układając w tej swojej podobnej do grzechotki główce najrozmaitsze złośliwe żarciki, żeby potem, przy każdym spotkaniu na korytarzu, ostrzeliwać nimi Isobel.

A najgorsze, że nie miała pewności, czy nie wyleci z zespołu. Trenerka formalnie jej nie wyrzuciła, ale ostateczne chodziło o złamanie jej podstawowej zasady, by nigdy, przenigdy nie wykonywać żadnych numerów bez mat albo asekuracji. Nie wspominając już o tym, że sam numer był niedozwolony, jako że zawierał wielokrotne obroty w powietrzu. Nawet jeśli nie wszystkie się udały.

Sama próba oznaczała jednak zawieszenie w prawach czirliderki i konieczność oczekiwania, aż trenerka urządzi nad winowajczynią sąd albo naprawdę wywali ją z ekipy.

Tak czy owak Isobel wątpiła, aby tym razem przywróciły ją do łask nawet najdoskonalsze choreograficzne przeprosiny.

Za jednym zamachem naraziła na szwank dosłownie wszystko. Telefon do rodziców, którego tak się obawiała, wydawał się teraz nieunikniony.

Jak miała wytłumaczyć swój wybryk tacie? To z pewnością przepełniłoby czarę jego goryczy. Gdyby trenerka do niego zadzwoniła – co być może robiła dokładnie w tym momencie – bez wątpienia odwołałby podróż do Baltimore.

Co ona sobie w ogóle myślała?

Złapała kurtkę, zarzuciła na ramię sportową torbę i wyszła z przebieralni, chcąc stamtąd zniknąć przed pojawieniem się reszty zespołu.

Chwilę później przypomniało jej się dokładnie, co sobie w ogóle myślała, ponieważ po raz kolejny tego popołudnia zaczęła się zastanawiać, czy aby nie śni.

Albowiem chudy, blady osobnik kuśtykający o kulach do przebieralni chłopców w żaden sposób nie mógł być tym, za kogo go brała.

15

UDRĘCZONY

Gdy drzwi przebieralni chłopców zaczęły się za nim zamykać, Isobel szybko ruszyła w tamtą stronę. Stanąwszy przed nimi, chwyciła metalową klamkę. Popchnęła je i wślizgnęła się do środka, by przywrzeć do nich plecami, gdy z powrotem wpasowały się we framugę.

Początkowo nikogo nie dostrzegła. Jednakże skrzypienie szafki podpowiedziało jej, że jest blisko.

Odłożyła kurtkę i torbę na bok i obeszła od przodu długi szereg niebieskich szafek ustawionych w kształt litery „U". Niespodziewanie zobaczyła własne odbicie widoczne w wąskim, wysokim lustrze na ścianie w głębi. Wisiało zaraz obok drzwi, które, jak wiedziała, musiały prowadzić do pryszniców.

Skradała się dalej, w kierunku postukiwań i szelestów, aż zatrzymała się na widok tego, kogo szukała.

Stał do niej bokiem, przetrząsając zawartość jednej z szafek.

Na otwartych drzwiczkach, które zasłaniały jego głowę, widniało nazwisko „BORGAN". Niżej, wielkimi żółtymi literami, wypisany był numer „21" – jego numer w drużynie.

Kiedy chłopak zaczął wyjmować z szafki rzeczy, strój i ochraniacze, Isobel pomyślała, że może jednak nie powinna go w ten sposób śledzić. Czuła się tak, jakby zakłócała mu chwilę prywatności, jakiś osobisty rytuał.

Zastanawiała się, czy należałoby coś powiedzieć albo narobić hałasu, żeby zdradzić swoją obecność, czy raczej ostrożnie się wycofać i zniknąć.

Ale jego widok – tak innego, tak zmienionego – sprawiał, że potrafiła się jedynie gapić.

Jego potężne kiedyś ramiona, napakowane mięśniami, które zdawały się rozsadzać rękawy koszulek, wyglądały teraz raczej jak cienkie gałęzie jakiegoś drzewa. Miał na sobie oldskulową koszulkę i workowate, trochę sztywne i chyba nowe dżinsy. Lewa nogawka została wysoko podwinięta, było więc widać niebieski gips od połowy uda aż do kostki.

Chłopak wykonywał powolne ruchy, jakby był robotem uczącym się nowych funkcji.

Niebiesko-złota koszulka spadła na podłogę, podczas gdy druga, całkiem biała, wylądowała w marynarskim worku.

Isobel powiodła wzrokiem po tej skurczonej postaci, zatrzymując spojrzenie na grubej warstwie gipsu: żadnych śladów czarnego markera albo białego korektora, którymi przyjaciele i koledzy z zespołu wypisaliby na gipsie swoje imiona. Nic – poza tą skorupą dopasowaną do kształtu uda, kolana i łydki.

Stał, cały ciężar ciała wspierając na prawej nodze; kule oparł o szafkę obok. Ilekroć zaczynał się chwiać, przerywał pracę i łapał się ręką metalowych szafek, żeby odzyskać równowagę.

Isobel poruszyła się niespokojnie. Otworzyła usta, po czym znów je zamknęła. Nie powinna tak stać i gapić się bez słowa, ale co właściwie miała powiedzieć?

Zawahała się, a potem odchrząknęła. Zastygł, ale chyba się nie przestraszył. Przestraszył się dopiero wtedy, gdy odwrócił głowę. Kiedy ich oczy się spotkały, jego ciało drgnęło jak rażone prądem. Rzucił się do tyłu, a szafki aż zadygotały, gdy na nie wpadł. Isobel postąpiła krok do przodu.

– Przepraszam. Ja...

– Nie! – Wyciągnął ku niej rękę, dłonią do przodu, z rozczapierzonymi palcami. Jego lęk sprawił, że się cofnęła.

– Ja... Ja nie chciałam... – wyjąkała, wskazując kciukiem za siebie. – To znaczy, zobaczyłam cię, ale nie... Po prostu pomyślałam, że...

Zdała sobie sprawę, że plecie bez sensu, więc urwała i głęboko zaczerpnęła powietrza.

Pozbawiwszy samą siebie szansy na wypełnienie ciszy słowami bez znaczenia, potrafiła się już tylko gapić.

Jego twarz, wymizerowana, zmęczona i przerażona, zupełnie nic przypominała tej, którą Isobel pamiętała. Jego rysy, zmienione przez udrękę, straciły swoją modelową, idealnie amerykańską chłopięcość. Z jego oczu z kolei znikł dawny, przeszywająco błękitny blask, czasem ostry jak nóż, a czasem uwodzicielski: tęczówki tych oczu wyblakły – podobnie jak plażowa opalenizna na skórze – przybierając metaliczną, szarawą barwę, która kojarzyła się z żelaznymi kratami.

Isobel patrzyła, jak próbuje się pozbierać. Wymacał za sobą

kule i, opierając się na nich, wydostał się z kąta, do którego wydawał się przez nią zagoniony.

– Poczekaj – rzuciła.

Ku jej zaskoczeniu przystanął – w przejściu wiodącym od drzwi wejściowych do pomieszczenia z prysznicami. I stał tam jak wrośnięty w ziemię, odwrócony tyłem, z pochyloną głową.

Dopiero wtedy zauważyła pasemko siwizny na jego skroni, podobne do smugi szronu na tle jego miedzianych, kręconych włosów.

Wyraźnie dygotał, gdy, unikając spojrzenia w lustro, zerknął w jej kierunku; źrenice miał rozszerzone, a nad górną wargą zbierały się kropelki potu.

– Nie powinnaś być na treningu? – spytał roztrzęsionym szeptem. Przełknęła ślinę.

– Wyszłam… wcześniej.

– Czego chcesz?

– Porozmawiać – odrzekła. – Tylko porozmawiać. – Wyciągnęła ku niemu rękę, ale wzdrygnął się i odsunął.

– Zapytasz mnie pewnie, co się stało – rzucił. – Jak wszyscy inni. Prawda?

Milczała.

– Tyle że – podjął – w przeciwieństwie do wszystkich innych ty, Izo, dobrze wiesz, co się stało. Byłaś tam. Widziałem.

Obserwowała, jak pokuśtykał z powrotem ku ławce. Ponownie oparł kule o szafkę i przysiadł obok swojego marynarskiego worka, by wyjąć z niego czarną torbę na śmieci. Z wyciągniętą przed siebie chorą nogą pochylił się do przodu i zaczął pakować rozrzucone na podłodze rzeczy.

– Ty… to pamiętasz? – spytała.

– Przypominam sobie za każdym razem, kiedy zamknę oczy – odparł. – Jakby to tam na mnie czekało.

Isobel przestąpiła z nogi na nogę. Wiedziała, że Brad mówi o nocy Halloween, nie umiała jednak ocenić, czy chodzi mu o czas spędzony w krainie snów, czy po prostu o to, co wydarzyło się na boisku podczas meczu, kiedy zaatakowany przez Noków złamał nogę.

Zaraz potem zemdlał i upadł na murawę. Isobel była tam, wołała go po imieniu. Dopiero po jakimś czasie zdała sobie sprawę, że jego dusza, jego „postać astralna", jak wyraził się Reynolds, wyciągnięta z ciała przez Noków, została siłą zawleczona do krainy snów. Isobel właśnie tam go później odnalazła, zaalarmowana jego rozpaczliwymi krzykami, chwilę po tym, jak spotkała uwięzionego w jednym z pokoi Varena.

Złożywszy Varenowi obietnicę, że po niego wróci, ruszyła na pomoc torturowanemu przez Noków Bradowi, ale zjawiła się zbyt późno.

Na własne oczy widziała, jak Brad, wbrew swojej woli, stapia się w jedno z ociekającą krwią Śmiercią Szkarłatną, wessany przez cmentarny posąg, który ożył, podczas gdy jego szare, kamienne wcześniej szaty przybrały formę purpurowych, poszarpanych, nasiąkłych posoką fałd materii.

Wciąż pamiętała, jak to coś się poruszało, sunąc nad ziemią i wlokąc za sobą swój upiorny płaszcz. Schowana w otwartym grobie, obserwowała wtedy, jak zakapturzona postać powoli zsuwa się ze swojego postumentu i jak jednym ruchem kościotrupiej dłoni sprawia, że ściany grobu nagle się osuwają, grzebiąc ją, Isobel, żywcem.

Do tego czasu rzeczywistość i kraina snów zaczęły się już zlewać i Brad, opętany przez Śmierć Szkarłatną, wrócił do prawdziwego świata, gotów dopisać ostatni, krwawy rozdział tej makabrycznej historii.

Tylko dzięki Reynoldsowi nie pozabijał wszystkich w Ponurej Fasadzie.

Reynolds, po uratowaniu Isobel, stawił czoło Śmierci Szkarłatnej, podczas gdy ona, Isobel, wróciła do krainy snów, by zniszczyć zapiski Varena i zerwać połączenie między światami. Wystarczyło to wprawdzie, żeby uwolnić Brada, który wrócił do swego ciała i do rzeczywiści, nie pozwoliło jednak ściągnąć z powrotem Varena. Wręcz przeciwnie.

– Brad – zaczęła teraz – posłuchaj... Przykro mi z powodu tego... co się stało w czasie meczu. I... Przykro mi, że nie możesz więcej...

Zaśmiał się gorzkim, zimnym śmiechem.

– Wiesz, że nie mówiłem o tym, co się stało w czasie meczu – powiedział. – I nie potrzebuję twojej litości. Nienawidziłem grać.

Po tych słowach wrzucił do czarnej torby swoją niebiesko-złotą koszulkę. Isobel wpatrywała się w niego, oszołomiona.

– Co?

– Słyszałaś przecież – warknął. – Nienawidziłem grać. Nienawidziłem treningów. Nienawidziłem tych głupich imprez motywacyjnych. Robiłem to wszystko tylko dlatego, że każdy mi powtarzał, że powinienem. Bo tego chciał mój stary. Bo myślałem, że i ty tego chcesz. – Potrząsnął głową, ściągając żółte sznurki marynarskiego worka, które następnie zawiązał. – A teraz... – rzucił, wpychając jeszcze do środka kilka ostatnich T-shirtów i jakieś zdjęcia. Zanim ostatecznie zacisnął żółte sznurki, Isobel odniosła nawet wrażenie, że na jednej z fotografii rozpoznaje uśmiechniętą twarz Nikki. – Teraz mam wreszcie spokój. Rozumiesz? Mogę zacząć od nowa. Być kimś innym. Więc dzięki, Izo, ale proszę... – Przerzucił jeden ze sznurków przez ramię i poprawił sobie worek na plecach. Potem chwytając się kuli, wstał. – Nie zawracaj sobie mną głowy.

Wolną ręką podniósł czarną torbę i pokuśtykał ku wielkiemu koszowi na śmieci, który stał dokładnie za Isobel. Usunęła się z drogi. Torba z szelestem wylądowała w kontenerze.

Odwracając się, Brad wskazał drugą kulę.

Isobel podała mu ją bez słowa.

Wsunął ją pod ramię.

Isobel zakładała, że teraz odejdzie, nie dodając już nic więcej. Zwlekał jednak. Zbliżył się, poskrzypując kulami.

– Wiesz... – odezwał się po chwili, zniżając głos do szeptu. – Wciąż słyszę tamten krzyk. Jeśli się za bardzo wyluzuję, wszystko zaczyna się od początku... Zupełnie jak wtedy, gdy ustawiasz w komórce drzemkę i ledwie przyśniesz, budzik dzwoni znowu. Czasem otwieram oczy w środku nocy i mam krew na rękach. Po łokcie. – Wspierając się mocniej na jednej kuli, wyciągnął przed siebie dłoń, obracając nią i uważnie się jej przypatrując. – I muszę kilka razy mrugnąć, żeby znikła. – Ponownie spojrzał na nią. – A ty, Izo? Co ty widujesz?

Isobel stała bez ruchu, jak zahipnotyzowana. Nakazała sobie milczenie, nie chcąc okazać, jak bardzo się boi.

– Mogę ci coś powiedzieć? – Przekrzywił głowę, nachylając się jeszcze niżej, tak nisko, że Isobel czuła jego oddech na policzku. – Wiesz, co moja babcia mawiała o pocałunkach w czoło? – Przycisnął wargi do jej skóry tuż nad brwiami, przeciągając ten jedwabiście miękki dotyk przez długą chwilę. Isobel ani drgnęła, niezdolna go odepchnąć. – Mawiała, że to pocałunki zarezerwowane dla zmarłych.

Isobel wytrzeszczyła oczy. Natychmiast cofnęła się o krok, obronnie zaciskając pięści.

Brad jednak już na nią nie patrzył. Wstrząśnięty, gapił się na coś za jej plecami.

– Mądrej głowie dość dwie słowie – szepnął. – Trzeba zakrywać lustra. Inaczej cię znajdą.

To powiedziawszy, odwrócił się i stukając kulami, oddalił się ku drzwiom. Pchnął je, nie oglądając się za siebie, i wyszedł. Isobel została sama. Wciąż wpatrywała się w drzwi, lecz nagle bardzo mocno uświadomiła sobie obecność lustra za plecami.

Ogarnęło ją nieprzyjemne uczucie. Takie samo, jak wtedy, gdy wieczorem wracała do domu przez park, ścigana przez Noków. Jak gdyby tysiące niewidocznych oczu wbijało wzrok w jej plecy, jak gdyby jakieś stworzenia tylko czekały, aż to zauważy, by móc się na nią rzucić.

Jej ciało pragnęło uciekać, natychmiast, bez chwili zwłoki. Jej umysł natomiast, jej instynkty podpowiadały, że wcześniej musi coś zobaczyć.

Powoli obróciła się w miejscu, jak pozytywka na swojej kręcącej się podstawie.

Parę kroków dalej, w lustrze, ujrzała jego.

Głęboka czerń jego oczu zaparła jej dech w piersiach. Patrzył wprost na nią. Biały, podobny do mąki pył oblepiał jego buty, powodując, że z czarnych robiły się szare.

– Varen?

Wbijał w nią spojrzenie tyleż nieodgadnione, ile niezmienne. To swoje zimne, nieprzyjemne, puste spojrzenie, które zawsze tak ją niepokoiło, bo nie zdradzało absolutnie niczego.

Mrugnął i światło w przebieralni zamigotało.

Isobel stała jak sparaliżowana, nie mogąc się poruszyć ani nic więcej powiedzieć, podczas gdy on przesuwał się wśród odbić szafek i znikał.

Popatrzyła za siebie. Nikogo. Czując narastającą w piersi panikę, zajrzała we wszystkie kąty. Nic, żadnego śladu, że kiedykolwiek tam był.

Gdy znów zerknęła w lustro, zobaczyła w nim jedynie własne oszalałe odbicie.

16

MROCZNE WIZJE

Wypadła z przebieralni chłopców i z majtającą się u boku torbą pobiegła ku drzwiom prowadzącym na główny korytarz.

Musiała złapać Brada, spytać go, co on wie. Co jeszcze widział. Musiała zrozumieć, o czym on właściwie mówił, co miał na myśli, kiedy powiedział, że…

– Isobel!

Odwróciła się gwałtownie. Gwen, wyraźnie zmartwiona, w przekrzywionych okularach, pędziła za nią, podzwaniając bransoletkami. Z tyłu, w otwartych drzwiach sali gimnastycznej, Isobel dostrzegła kilkoro kolegów z zespołu, spoglądających w ich stronę.

Ruszyła więc dalej, żeby zejść im z widoku.

– Poczekaj! – zawołała Gwen, jeszcze przyspieszając, ze swoją kurierską torbą przewieszoną przez ramię. – Wszędzie cię szukam wydyszała. Zaróżowione policzki wskazywały na to, że szukała również na dworze. – Zapomniałaś, że obiecałam cię dziś odwieźć? Czemu nie byłaś na treningu razem z resztą gladiatorów?

Isobel nie odpowiedziała. Maszerowała szybkim krokiem przed siebie, wzdłuż rzędu szafek, i przystanęła dopiero za zakrętem. Ale Brada nie dostrzegła. Nigdzie.

– Dokąd tak le… Och! – Gwen wpadła na nią z rozpędu, aż jej ciężka biżuteria zadzwoniła jak stołowe srebra. Isobel odwróciła się ku niej gwałtownie.

– Gwen, widziałam go.

– Kogo? – spytała Gwen. Poprawiła okulary i odgarnęła włosy, usiłując wyplątać pojedyncze kosmyki spomiędzy srebrnych bransolet. – Swojego byłego? Tak, też go widziałam. Przed chwilą. Wskoczył do samochodu i odjechał razem z panną Scarlett. – Gwen zatrzepotała rzęsami i odrzuciła włosy do tyłu, naśladując Nikki. – Rozmawiałaś z nim?

– Nie. Gwen. – Isobel chwyciła ją za ramiona. – Widziałam Varena.

Gwen cała zesztywniała, mina jej zrzedła. Policzki z rozkosznie różowych zrobiły się w mgnieniu oka białe jak ściana. Zacisnęła palce na nadgarstkach Isobel, co uświadomiło tej ostatniej, że wbija przyjaciółce paznokcie w ramiona.

Puściła ją.

– Gdzie? – spytała Gwen. – Jak?

– W… w… – Isobel obejrzała się przez ramię w stronę sali gimnastycznej. I wtedy kolejne wspomnienie przebiło się przez panujący w jej umyśle chaos.

Czy Reynolds, gdy pokazał jej się po raz pierwszy, nie pojawił się aby w lustrze?

Zastygła, czując, jak serce przyspiesza jej na samą myśl o spotkaniu na dziedzińcu po lekcji pana Swansona. Już nie miała żadnych wątpliwości odnośnie do tego, co zobaczyła na ciemnym wyświetlaczu.

Odbicia...

„Trzeba zakrywać lustra. Inaczej cię znajdą", powiedział Brad.

„Oni", czyli kto? I jeśli lustra faktycznie stanowiły połączenie między rzeczywistością a krainą snów, to dlaczego Varen nie starał się wcześniej nimi posłużyć? Dlaczego w przebieralni się do niej nie odezwał albo nie spróbował jej czegoś przekazać w inny sposób? Dlaczego tylko tak dziwnie na nią patrzył?

– Patrzył na mnie, jakby... – Powoli przeniosła spojrzenie z powrotem na Gwen. – Jakby... – Zawiesiła głos, uświadamiając sobie znienacka, gdzie stoją.

Kiedyś w tym samym miejscu znalazła Brada grożącego Varenowi. I Varen popatrzył na nią wtedy tak, jakby myślał, że to jej wina, że to ona nasłała na niego swojego chłopaka.

Wydawało się, że to było tak dawno, a jednak wciąż nie zapomniała tamtej niechęci w jego oczach. Te oczy płonęły jak dwie pochodnie i wypaliły w jej pamięci trwały ślad. Nie wyrażały strachu. Ani nawet gniewu. Tylko czystą pogardę.

I teraz, w przebieralni... Dlaczego odniosła identyczne wrażenie? Poczuła, że Gwen potrząsa ją za ramię.

– Isobel, odezwij się. Powiedz mi, co się stało.

– Pocałunek – szepnęła dokładnie w tej samej chwili, w której to słowo pojawiło się w jej umyśle.

– Pocałunek? Moment, moment, jaki znowu pocałunek? O czym ty mówisz?

Isobel zerknęła na nią, zaciskając szczęki.

– On widział, jak Brad mnie pocałował.

– I jak tam? – spytał tata, sięgając po solniczkę. – Jak tam pierwszy dzień w szkole?

Isobel przerwała przetaczanie groszku po talerzu, by posłać ojcu ostrożne spojrzenie.

– W porządku – skłamała.

Wracając do wznoszenia na talerzu konstrukcji w kształcie indiańskiego tipi, przelotnie popatrzyła na Danny'ego, który siedział obok, zajęty grą, oraz na puste krzesło po drugiej stronie stołu – mama w poniedziałki na szczęście chodziła na pilates.

Podwiózłszy Isobel do domu, Gwen najpierw zaprosiła się do nich na obiad, ale zrezygnowała z tego pomysłu, gdy się dowiedziała, że nie będzie mamy służącej za bufor bezpieczeństwa między nią a tatą.

Jednakże akurat tym razem Isobel cieszyła się, że nie ma przy sobie przyjaciółki. Poza tym, że nie uśmiechało jej się odpowiadanie na masę pytań, na które odpowiedzi zresztą nie znała, potrzebowała samotności, by móc wprowadzić w życie swój poobiedni plan.

– To dobrze – usłyszała głos taty, który właśnie solił swoje purée, nawet nie podnosząc na nią wzroku. Isobel też raczej skupiała się na swoim talerzu, dziabiąc widelcem kawałek pieczeni.

Jak do tej pory nie pojawił się temat ewentualnego telefonu od trenerki. A gdyby taki telefon miał miejsce, trudno byłoby pojąć, dlaczego tata nie zaczął od tego rozmowy. Ponieważ zaś tego nie zrobił, poruszając wszystkie inne możliwe tematy, Isobel skłaniała się do wniosku, że nic jeszcze nie wiedział o jej wybryku i że wyprawa do Baltimore pozostawała niezagrożona – przynajmniej na razie. Musiała w to wierzyć, gdyż chwilowo miała na głowie pilniejsze sprawy; na przykład kwestię lustra w swojej toaletce.

Z uporem maniaka obracała kawałek mięsa w kałuży rzadkiego sosu. Gdyby zdołała się zmusić do kolejnego kęsa, gdyby zdołała uporać się przynajmniej z połową swojej porcji, może zostałaby zwolniona od stołu. A wtedy mogłaby pójść do siebie, zamknąć drzwi i stanąć przed lustrem bez obawy, że zaraz jej ktoś przerwie.

Już kiedyś raz przeprowadziła bardzo podobny eksperyment, w szkolnej łazience. Zrozpaczona próbowała w ten sposób wezwać Reynoldsa.

Nie zadziałało.

Jednakże doskonale pamiętała, że jeszcze tego samego dnia, gdy ponownie się spotkali, Reynolds upomniał ją ostro: „Nie jestem psem, żebym leciał na pierwsze zawołanie".

Innymi słowy – usłyszał.

– Isobel, mówię do ciebie.

– Oooch? – Podniosła oczy. Zbliżając widelec do ust, niemal przemocą wepchnęła w siebie kawałek mięsa. Pieczeń drapnęła ją w język jak twarda gąbka.

– Pytałem, jak trening?

Zakasłała. Przytknęła do warg szklankę z lemoniadą i, pociągnąwszy łyk, zdołała skierować jedzenie w głąb przełyku. Pokiwała głową, wciąż pijąc.

– Dobrze – odparła trochę chrapliwym głosem.

– Doprawdy? – mruknął tata. – Trenerka twierdziła coś zupełnie innego.

Isobel zamarła. Powoli odstawiła szklankę.

– Wiedziałaś, że zadzwoniła do mnie na komórkę?

Isobel nie odpowiedziała. Macki przerażenia zaczęły oplatać jej trzewia.

Obróciwszy widelec bokiem, posłużyła się nim jak miniodśnieżarką, przegarniając brejowate, obślizgłe purée z torebki z jednej strony talerza na drugą. Czynności tej towarzyszył długi, wysoki dźwięk, który sprawił, że nawet Danny, choć miał na uszach słuchawki, oderwał wzrok od malutkiego świecącego ekranu. Ale tylko na chwilę.

Zazwyczaj żadnemu z nich nie było wolno przynosić do stołu żadnych elektronicznych urządzeń. Gdyby siedziała z nimi mama, już dawno skonfiskowałaby konsolę.

– Twierdziła, że wywinęłaś jej numer w stylu kamikadze – podjął tata, pracując łokciami przy piłowaniu swojej pieczeni, co wprawiało stół w lekkie dygotanie. – Tak właśnie się wyraziła. – Nabił na widelec fragment mięsa i włożył go do ust, po czym, przeżuwając, znów utkwił w niej spojrzenie.

Isobel pożałowała, że nie potrafi się skurczyć do rozmiarów łebka od szpilki albo zwyczajnie zniknąć. A jeszcze bardziej – że nie może jednym mrugnięciem odesłać w przeszłość tych dwóch tygodni, które dzieliły ją od wyjazdu do Baltimore. Bo tylko w ten sposób dało się zagwarantować, że po drodze nie narobi jakichś głupot, przez które nie pojedzie.

Zgarbiła się na krześle.

– Wykonałam serię ćwiczeń, kiedy akurat nie patrzyła. Bez maty i bez asekuracji. Ostatni obrót mi nie wyszedł i upadłam – wyznała.

Zakładała, że tata miał swoje powody, by do tej pory milczeć na ten temat. Oznaczało to jednak, że bez wątpienia podjął już decyzję, jak zareagować. Biorąc to pod uwagę, uznała, że lepiej od razu potwierdzić wersję trenerki, zamiast bawić się w uniki w nadziei, że uda się wybadać, co on właściwie wie. Najważniejsze było to, by się zorientować, jaką karę wymierzą jej rodzice i szkoła. Bo po tym, co się stało wcześniej, po tym, co Varen zobaczył – czy też raczej wyobraził sobie – w szatni, liczyło się wyłącznie Baltimore jako ostatnia szansa, żeby go odnaleźć. Dlatego musiała wiedzieć, czy zostanie zmuszona do przedsięwzięcia tej wyprawy na własną rękę.

– Serię zabronionych ćwiczeń – poprawił tata.

– Tak jakoś wyszło – przyznała. – A raczej nie wyszło.

– Podobno prawie się połamałaś.

– Ja... – Isobel zmarszczyła czoło. Ostrożnie zerkając na ojca, usiłowała odgadnąć nie tylko, skąd się bierze ten jego spokój, wręcz obojętność, ale również, jakie może przynieść skutki. Czy nie nadeszła już pora na krzyki?

– Ile zrobiłaś obrotów? – spytał, pociągając łyk piwa imbirowego.

Isobel zerknęła na brata, wciąż zajętego grą. Potem znów przeniosła spojrzenie na ojca.

– Ja... nie... wiem... – Wzruszyła ramionami. – Ja tylko...

– Trenerka powiedziała, że naprawdę dużo – wtrącił, a w jego głosie zabrzmiało dziwne ożywienie. – W każdym razie była pod wrażeniem. Ale nie mów jej, że ci to przekazałem. Tak czy owak... Hm... Myślisz, że mogłabyś to powtórzyć?

– Powtórzyć...? Tato. Jestem prawie pewna, że wyleciałam z zespołu.

Skrzywił się i lekceważąco machnął ręką.

– Rozmawiałem o tym z trenerką – oświadczył. – Powiedziałem jej, że jedziemy do Marylandu. Podobno nawet jej o tym nie wspomniałaś. Wyjaśniłem, że pewnie dlatego zrobiłaś to, co zrobiłaś. Trochę ją to uspokoiło.

Isobel przyglądała się, jak tata odsuwa swój tylko na wpół opróżniony talerz i krzyżuje ręce na stole. Z opuszczoną brodą przypatrywał jej się spod oka, a na jego szerokim czole rysowało się kilka głębokich zmarszczek.

– Naprawdę chcesz być czirliderką, prawda? – spytał.

Isobel zachowała milczenie, ograniczając się do skinięcia głową.

– To dobrze – ciągnął. – Bo zadzwoniłem dziś na uniwersytet i umówiłem cię z główną trenerką. Powiedziałem jej o rozgrywkach krajowych, a ona zasugerowała, że mogłabyś jej to i owo pokazać. Rozumiesz, to by było coś w rodzaju nieoficjalnej próby.

– Że co?

Isobel upuściła widelec. Gdy brzęknął o stół, Danny aż się wzdrygnął, po czym, fuknąwszy gniewnie, przeniósł się wraz z konsolą i talerzem do kuchni.

Tata milczał, z puszką piwa imbirowego przytkniętą do ust. Odstawił ją wreszcie i dopiero wtedy się odezwał.

– Pomyślałem, że zechcesz skorzystać z okazji, skoro już tam będziemy – wyjaśnił, obserwując Isobel z uwagą.

Isobel z kolei patrzyła na niego z jawną zgrozą. Załatwił jej spotkanie w cztery oczy z główną trenerką? I nieoficjalną próbę? Jak? Serce jej się ścisnęło i ściskało się coraz bardziej z każdym uderzeniem. Wiedziała już, że nie powinna była włączać ojca w swoje plany związane z Baltimore. Powinna była wymyślić coś innego, znaleźć sposób, by wyprawić się tam samotnie.

– No, wiesz… – rzucił niecierpliwie tata. – Na tym niesamowitym uniwersytecie, który lecimy zwiedzać za dwa tygodnie…

Isobel siedziała z otwartymi ustami, które drżały w bezowocnych usiłowaniach, by wyartykułować jakieś słowo.

Chciał jej sprawić niespodziankę – przyjemną niespodziankę.

Zmusiła się do uśmiechu, zastanawiając się przy tym gorączkowo, o ile to wszystko skomplikuje sytuację.

– Czy... Czy starczy nam na to czasu? – spytała.

– Cóż... Ostatecznie głównie po to tam jedziemy.

Opadła na oparcie krzesła i, chwytając się stołu, przytaknęła.

– Wow – powiedziała. – Ja... To... Dzięki... Tato.

Posłał jej dziwne, badawcze spojrzenie.

– O rany, Iz, sądziłem, że bardziej się ucieszysz.

– Cieszę się – zapewniła. Pochylając się do przodu, dotknęła jego ramienia. Uśmiechnęła się znowu, ale krótko, nie chcąc przegiąć i wypaść nieszczerze. – Ja tylko... To przez tremę. Tak naprawdę nie bardzo mam co pokazać.

– Cóż, tak jak mówiłem, mała, to nic oficjalnego. Na razie chodzi pewnie o to, żeby sobie ciebie obejrzeć. Przecież jest jeszcze masa czasu. No i zdążysz poćwiczyć, choć po zawodach i tak musisz być w całkiem niezłej formie. A ten dzisiejszy układ... Zobaczysz, czy poczujesz się na siłach. – Szturchnął ją w łokieć. – Ale... Nie dopadły cię jakieś wątpliwości w sprawie tego wyjazdu ani nic takiego?

– Nie! – zawołała.

Tata uniósł brew. Isobel opadła z powrotem na oparcie. Schyliła głowę i zapatrzyła się na wodnistą zawartość swojego talerza. Zapach jedzenia sprawił, że jej zaciśnięty żołądek zaczął całkiem wariować. Nagle poczuła mdłości, zupełnie jakby spędziła cały dzień na rozpędzonej karuzeli, która dopiero zaczynała zwalniać.

– To znaczy: nie – dodała spokojniej. – Naprawdę chcę jechać.

– Okej – rzucił. – Pojedziemy, nie musisz się martwić. Zarezerwowałem już hotel. Lecimy w niedzielę, spędzimy w Baltimore dwie noce, zatrzymamy się w jego zabytkowej części. We wtorek się wymeldujemy, wynajmiemy samochód i pojedziemy na uniwerek. To będzie długi dzień, bo wieczorem wrócimy i wsiądziemy w samolot do domu. Następnego ranka idę do pracy, więc… Isobel, czy ty mnie słuchasz?

Pokiwała głową. Tak naprawdę wyłączyła się, gdy zaczął mówić o locie w tamtą stronę. Niedziela wypadała osiemnastego, tego samego wieczoru należało się przedostać na cmentarz. Co znaczyło, że trzeba się będzie pozbyć taty niemal zaraz po lądowaniu w Baltimore.

– Tak – powiedziała. – Pewnie. Super. Eee… Tato?

– Tak?

– Mogę… pójść do siebie?

Wskazał jej talerz.

– Za dużo to nie zjadłaś.

– Wiem. Nie jestem głodna.

Musiała natychmiast wstać od stołu, uciec od ojca i jego dobrych intencji. Nie chciała w tym momencie myśleć o tym, jak go zrani – co wydawało się nieuniknione. Nie było szans, by stawiła się na specjalną próbę, którą jej załatwił. Wiedziała zresztą, że i on o tym zapomni. Bo ona tymczasem zniknie, a on zostanie sam w wielkim mieście, rozpaczliwie próbując ją znaleźć.

Już słyszała tę telefoniczną kłótnię między rodzicami, gorączkowe „przecież ci mówiłam" mamy, nabrzmiałe poczuciem winy milczenie ojca.

Już czuła, że fundamenty jej rodziny całe się trzęsą, choć nikt poza nią jeszcze o tym nie wiedział. Podobnie jak nikt poza nią nie wiedział, że to z jej winy.

Zabrakło jej oddechu. Zmięła w dłoni serwetkę, udając, że to przez czkawkę. Ze wstydem sięgnęła po niezawodną kobiecą broń.

– Mam bóle miesiączkowe – oświadczyła. Tata odchylił się na krześle.

– Hm – mruknął.

Wstała. Sięgnęła po talerz, ale tata ją powstrzymał.

– Ja się tym zajmę – powiedział.

Cofnęła się, odwróciła na pięcie i wbiegła po schodach. Już po chwili zatrzaskiwała drzwi swojego pokoju.

17

NA ODWRÓT

Usiadła na skraju łóżka, jak najbliżej toaletki z lustrem. Patrzyła w jego taflę pod takim kątem, że nie widziała własnego odbicia, a tylko odbicie pokoju.

Ze swojego miejsca dostrzegała ciemny kwadrat okna, obramowany zasłonkami z koronką, a także szafkę nocną ze stojącą na niej lampką z frędzlastym abażurem. Lampkę zresztą włączyła.

Ciemność zdawała się zaciskać wokół, jakby czekała, aż ona, Isobel, wykona jakiś ruch, odważy się wyjść poza stożek żółtawego światła. Isobel się jednak nie bała. Nie odrywając wzroku od lustra, rzekła:

– Nie wiem, czy mnie słyszysz. Nie wiem, czy słuchasz. Nie wiem nawet za bardzo, jak to działa... Jeśli w ogóle działa... Ale wiem, że mnie dziś widziałeś. I... Wiem, co zobaczyłeś. I jak to musiało wyglądać. – Spuściwszy oczy, wciągnęła powietrze, które następnie wypuściła w formie długiego westchnienia. Potem podjęła: – Tyle że to wcale nie tak. Przecież wiesz, że ja już taka nie jestem. Prawda?

Uniosła głowę, wracając spojrzeniem do lustra.

– Varen... Jeśli mnie teraz widzisz, jeśli mnie słyszysz, może się po prostu pokaż, tak jak wcześniej? Odezwij się. Powiedz mi, jak cię odnaleźć. W jaki sposób. Bo ja już nawet nie wiem, czy to, co robię, ma jakikolwiek sens.

Tafla lustra pozostała niezmieniona. Isobel wstała z łóżka i stanęła przed toaletką. Niezbyt zadowolona z tego, jak cienie rzucane przez przyćmione światło wyostrzają jej rysy, zerknęła na odbicie elektronicznego zegarka, którego odwrócone cyfry błyszczały w mroku.

– Varen – szepnęła. – Tęsknię za tobą.

Ujrzała, że zegarek zamrugał, pokazując, że upłynęła kolejna minuta. Odczekała następne sześćdziesiąt sekund i mrugnięcie się powtórzyło.

Czas powoli mijał, a ona nadal stała przed lustrem, z nadzieją, że lada moment jego twarz pojawi się w oknie, że może cała jego postać wyrośnie tuż za jej plecami, że jego głos coś powie. Cokolwiek.

Ale nie działo się nic poza tym, że zmieniały się cyfry na zegarku.

Po kilku długich minutach Isobel usłyszała, że otwierają się drzwi frontowe, i nadstawiła uszu na głos mamy, która wołała na cały dom:

– Jestem!

Dopiero wtedy oderwała wzrok od lustra.

Zakradła się pod drzwi i, uchylając je odrobinę, wyjrzała na korytarz. Przez szczeble poręczy zobaczyła stojącą w holu mamę. Tata wyszedł z salonu i wziął od niej płaszcz; mówili coś, czego Isobel nie słyszała.

– Na górze – rzucił tata nieco głośniej.

Zanim mama zdążyła podnieść wzrok, Isobel szybciutko się wycofała. Na odgłos kroków na schodach, pospieszyła do łóżka. Wślizgnęła się pod kołdrę, ułożyła twarzą do okna i zamknęła oczy.

Otwierane drzwi zaskrzypiały w zawiasach.

Choć potem na dłuższą chwilę wszystko umilkło, Isobel wciąż wyczuwała obecność mamy.

Dlatego oddychała równo i głęboko.

Usłyszała szelest ubrań, a potem pstryknięcie.

Lampka przy łóżku zgasła i w pokoju zaległa absolutna ciemność.

Chwilę później Isobel poczuła, jak usta mamy, wciąż zimne od mrozu na zewnątrz, muskają jej skroń. Słabo zapachniało perfumami – lekką mieszanką brzoskwiń i polnych kwiatów, która była jak powiew lata w samym środku mrocznej zimy.

I nawet gdy mama wyszła, wrażenie spokoju pozostało, ciemność wokół rozluźniła swój uścisk. O Isobel upomniał się z kolei sen.

Stojąc na chodniku, tuż obok krawężnika, Isobel odgięła do tyłu głowę, żeby przyjrzeć się fasadzie księgarni.

Ponad dwuspadowym dachem, niemal dotykając walącego się komina, pędziły rzadkie chmury. Ten szybki ruch w tle powodował, że wąski budynek zdawał się chylić do przodu, jakby chciał ją przygnieść.

Wysoki, piskliwy odgłos sprawił, że spojrzała na drewniany szyld księgarni: kiedyś wisiał prosto, a teraz przekrzywił się, częściowo wysunął ze swojej żelaznej oprawy i skrzypiał, huśtając się na boki.

Tylko dlaczego widoczne na nim litery wypisane były... na odwrót?

Wiatr chuchnął jej w policzek, przeczesując zimnymi palcami jej włosy.

Popatrzyła na główną witrynę i właśnie wtedy ktoś w środku zaczął kasłać.

Kasłanie oddaliło się w głąb księgarni – Isobel wiedziała, że to stary właściciel Zakątku Nobita, Bruce.

Podeszła bliżej i zajrzała przez szybę. Choć w środku paliło się światło, za obłożoną książkami ladą ani wśród wysokich, wypakowanych regałów nikogo nie dostrzegła. Księgarnia sprawiała wrażenie pustej i wyglądała dokładnie tak samo, jak ją Isobel zapamiętała – z wyjątkiem jednego szczegółu.

Wszystko było całkowicie na odwrót.

Jak w lustrzanym odbiciu.

Isobel cofnęła się od okna. Odwróciła się, by popatrzeć dookoła, i nagle zdała sobie sprawę, gdzie się znajduje – że nie tylko śpi w swoim łóżku, śniąc o Zakątku Nobita, ale również, w jakiś sposób, przebywa w krainie snów.

Jak okiem sięgnąć, wszędzie wokół rozciągał się las, ciemne drzewa zaczynały się tam, gdzie w prawdziwym świecie powinny być sklepy.

Pnie stały bardzo blisko siebie, niby źdźbła trawy, jak gdyby się zmówiły, by zagrodzić przejście ewentualnemu śmiałkowi, który chciałby się między nie zapuścić. Albo, pomyślała Isobel, by uniemożliwić komuś ucieczkę.

Na ziemi zalegał pył: wylewając się spomiędzy drzew, otulał nogi ławki na przystanku i podstawy znaków drogowych oraz latarni, które rozświetlały zamglone powietrze niepokojącym blaskiem.

Kawałek dalej przy krawężniku stał czarny, stary samochód, przywodzący na myśl drzemiącego smoka. Biały pył osiadł w rowkach jego opon.

Varen. Był tam.

Rzuciła się po niskich schodkach ku drzwiom księgarni. Choć wywieszka na drzwiach odwróconymi literami informowała, że jest zamknięte, Isobel i tak przekręciła gałkę.

Drzwi ustąpiły z brzękiem dzwoneczków. Wpadła do środka, słysząc, jak skrzypią deski pod jej stopami.

– Dzień dobry!

Najpierw nikt jej nie odpowiedział. Potem jednak w ciszy rozległ się cichy, łagodny kobiecy głos.

– Witaj.

Isobel przystanęła. Unosząc dłoń, wymacała na szyi wisiorek od Gwen. Czując w ręce jego ciepło i twardość, musiała sobie w duchu powtórzyć, że to wszystko nie jest przecież rzeczywiste. A przynajmniej nie jest rzeczywistością.

Nie ruszając się z miejsca, czekała, co będzie dalej, gotowa błyskawicznie zareagować.

– Nie bój się – uspokajająco odezwał się głos, wybijając się spomiędzy słabego poszumu zakłóceń i znów przerywając panującą w sklepie ciszę. – Wejdź.

Isobel spojrzała w stronę, skąd dochodził, w kierunku lady.

– Nie powinnam grać tak późno – powiedział głos. – Obudziłam cię? Ale skoro już jesteś na nogach, mogę, jeśli chcesz, zagrać ci resztę. To przecież nasza piosenka, poza tym dużo nie zostało. Posłuchaj ostatniej zwrotki.

Gdy sklep wypełniły dźwięki fortepianu, początkowy strach ustąpił i Isobel zbliżyła się ku ladzie. Tam, pomiędzy stertami książek, na postumencie z dwóch grubych tomów, zobaczyła coś, co wyglądało jak staroświecki gramofon.

Urządzenie miało korbkę, która kręciła się samoczynnie, podczas gdy znajoma melodia płynęła z ogromnej, lejkowatej tuby. Głos zaczął śpiewać:

I ramię w ramię, póki sił stanie,
Walczyć będziemy z tonią,
Tak ręka w rękę, przez udrękę,
Aż fale nas dogonią.

Isobel ostrożnie pochyliła się nad ladą i stwierdziła, że w gramofonie nie ma płyty. Igła spoczywała w swoim uchwycie, z dala od talerza, który powoli się kręcił.

Isobel, jak zahipnotyzowana, słuchała rozbrzmiewających mimo to dźwięków. Potem muzyka umilkła, zakończona hałaśliwym uderzeniem w klawiaturę, zupełnie jakby coś nagle zdenerwowało pianistkę.

– Sama nie wiem. – Z gramofonu dobiegło westchnienie. – Może to za ponure, jak sądzisz? Cóż, tak czy owak nie stój tak, głuptasku – rzucił głos ze śmiechem. – Chodź, usiądź tu ze mną. Zagram ci całość, od początku do końca, i wtedy mi powiesz, co myślisz.

Korbka gramofonu wciąż się obracała, jak gdyby popychana dłonią ducha. Szum zakłóceń też nie ustawał. Wreszcie znowu zabrzmiała ta sama smutna melodia, którą Isobel słyszała już trzy razy. Kołysanka.

Zaśnij choć na chwileczkę,
By zbudzić się ze mną w snach
I nasze „zawsze" rozsypać
W wiecznego „nigdy" piach.

Z góry dobiegło skrzypnięcie. Isobel zerknęła na sufit. Gramofon się zaciął.

By zbudzić się ze mną w snach…
By zbudzić się ze mną w snach…
By zbudzić się ze mną w snach…

– Ja jestem przytomna – wyszeptała Isobel. Gdy to powiedziała, gramofon umilkł, a jego korbka zatrzymała się w pół obrotu. Kroki na piętrze – równe i powolne, stukoczące tak, jakby ktoś chodził w butach – odezwały się znowu. Isobel skierowała się na tył księgarni, ale po drodze zatrzymał ją dochodzący z tyłu, odległy syczący dźwięk.

Obejrzawszy się przez ramię w stronę gramofonu, zobaczyła, że korbka znów zaczyna się obracać, tyle że w przeciwnym kierunku. Syczenie przekształciło się w szepty, te z kolei przybrały formę słów, coraz wyraźniejszych z każdym obrotem korbki.

– My nigdy nawet nie byliśmy na randce – przez zakłócenia przedarł się dziewczęcy głos. – Proszę mi wierzyć: przenigdy.

Isobel rozdziawiła usta, rozpoznając ten głos jako własny.

– Ba, nigdy się nie spotkaliśmy poza szkołą, z wyjątkiem tych razów, kiedy musieliśmy, żeby pracować nad projektem. Szczerze mówiąc – ciągnął głos, jej głos – niezbyt się dogadywaliśmy. Jakoś sobie z tym radziłam, bo potrzebowałam dobrego stopnia.

Isobel potrząsnęła głową.

– Nie – powiedziała.

– I chciałabym już o tym zapomnieć, zająć się swoimi sprawami. Ale... co do tamtej nocy... naprawdę jestem ostatnią osobą, która... Naprawdę jestem ostatnią osobą, która... Naprawdę jestem ostatnią osobą, która... Ostatnią osobą... Naprawdę... Naaprawdę... Naaapraaawdę...

Korbka ponownie się zatrzymała, głos pogrubiał o kilka oktaw, a potem rozmył się w niezrozumiałe buczenie i zanikł.

– To było na niby – szepnęła Isobel. A po chwili krzyknęła: – To wszystko było na niby!

Przestraszona niskim szczęknięciem, po którym nastąpiło długie skrzypnięcie, Isobel gwałtownie obróciła się ku tylnej części sklepu. I zobaczyła, że drzwi prowadzące na piętro, te z napisem „NIE WCHODZIĆ", oraz „UWAGA NA BESS" – stoją otworem.

Zbliżając się do nich, dostrzegała w głębi wąskie schody.

Przekroczyła próg i, spoglądając w górę, stwierdziła, że zamiast sufitu widzi niebo. Niskie chmury przemykały po nim z zatrważającą prędkością, co chwila podświetlane blaskiem fioletowych błyskawic.

Walcząc z zawrotami głowy, Isobel po omacku weszła na schody. Ze spuszczonymi oczyma wspięła się na górę.

Gdy wreszcie popatrzyła wokół, stwierdziła, że znikły też ściany. Granicę otwartego teraz pomieszczenia wyznaczały ich poczerniałe, spalone resztki.

Drzewa wdzierały się w ten obrys czarnymi konarami celującymi w niebo. Na środku – ubrany w długi, czarny płaszcz, którego nigdy wcześniej nie widziała – stał, tyłem do niej, Varen.

Na jego plecach, odcinając się od ciemnego materiału oślepiającą bielą, widniał ten sam kruk, który zdobił jego zieloną kurtkę. Tyle że, jak wszystko inne, był odwrócony: zamiast leżeć do góry nogami, rozpościerał skrzydła, jak gdyby zrywając się do lotu.

W zaciśniętej pięści Varena łopotała różowa wstążka – szarfa od sukienki z imprezy w Ponurej Fasadzie. Nie potrafiąc go uwolnić z purpurowego pokoju, Isobel odwiązała tę wstążkę i dała mu na znak, że po niego wróci.

Obrócił się ku niej powoli, a wiatr rozwiewał mu włosy i szarpał połami długiego płaszcza.

Isobel postąpiła krok do przodu, lecz zatrzymała się, gdy tylko zetknęły się ich oczy.

Czarne, bezduszne spojrzenie, tak różne od tego dawnego, szmaragdowego, które zapamiętała, wbiło ją w ziemię.

Unosząc rękę, Varen pozwolił różowej szarfie tańczyć przez chwilę na wietrze. Następnie rozwarł pięść i skrawek satyny opadł na podłogę.

W sam środek wypalonej w deskach przerwy.

– Poczekaj! – krzyknęła Isobel, gdy zaczął się z powrotem od niej odwracać.

Ale było za późno. Bo oto leżała już z otwartymi oczyma w swoim łóżku, przebudzona i samotna pośród ciemności.

18
W OGNIU

Mam tam z tobą wejść? – spytała Gwen.

To było jedyne pytanie, jakie zadała w drodze spod szkoły – gdzie odebrała Isobel z treningu – do księgarni.

Isobel nie zwierzyła się przyjaciółce ze swego ostatniego snu, ale nie musiała też wymyślać pretekstów do odwiedzin w Zakątku Nobita, gdyż na jej prośbę o podwiezienie Gwen odpowiedziała z nietypową dla siebie, lecz błogosławioną prostotą: „Okej, jedźmy".

Teraz, siedząc w cadillacu, Isobel mrugała z niedowierzaniem, jak gdyby mruganie mogło jej pomóc pozbyć się przywidzenia. Bo kawałek dalej, dokładnie w tym samym miejscu co we śnie, stał zaparkowany cougar Varena.

Czarny lakier lśnił w słońcu, które zaczęło się przedzierać przez chmury. Isobel wyraźnie widziała wstrętny napis: „NIE

ŻYJESZ, ŚWIRZE", wyryty kiedyś przez Brada na karoserii po stronie kierowcy.

Z trudem odwróciła wzrok.

– Isobel?

– Zostań w samochodzie, dobrze? – mruknęła, łapiąc za klamkę.

– A co z tym starym zgredem? – rzuciła Gwen, podczas gdy Isobel wysiadała z auta. – Co, jeśli zacznie na ciebie wrzeszczeć albo każe ci wyjść? Może chociaż odwrócę jego uwagę?

– Będzie cię pamiętał – odparła Isobel, oglądając się. – Zresztą wcale mnie nie zobaczy.

– Tak, nikt lepiej nie wtapia się w tło niż czirliderka – zakpiła Gwen.

Isobel próbowała się uśmiechnąć, ale bez powodzenia.

– To potrwa tylko chwilę – oświadczyła i zatrzasnęła drzwi.

Okrążyła samochód, popatrzyła, czy nic nie jedzie, i już miała przejść przez ulicę, gdy Gwen opuściła szybę i wyjrzała przez okno.

– Masz przy sobie komórkę, prawda?

Isobel skinęła głową. Odczekała, aż minie je jakieś auto, pryskając wodą spod rozpędzonych kół, po czym zasunęła suwak kurtki, włożyła kaptur i przebiegła przez ulicę.

Przystanęła przed księgarnią i zerknęła do góry.

Szyld wisiał przekrzywiony, huśtając się na pojedynczym zardzewiałym uchwycie. Napis był jednak normalny.

Ucisk w piersiach się spotęgował – Isobel z trudem zaczerpnęła oddechu.

Przez cały dzień nosiła w sobie ten supeł strachu. Lekcje wlokły się niemiłosiernie, a ona czuła, że serce wali jej jak oszalałe, żołądek zaś kurczy się niemiło na myśl o tym, co ją czeka.

Czy Varen naprawdę mógł słyszeć rzeczy, które powiedziała panu Swansonowi? Czy dlatego podczas przerwy na lunch ujrzała jego odbicie w wyświetlaczu komórki? Czy w jakiś sposób był ciągle przy niej?

Ale nawet gdyby wszystko słyszał, nie uwierzyłby przecież, że mówiła serio.

Tyle że... był jeszcze ten pocałunek w przebieralni.

Isobel obciągnęła rękawy, gdy zimny powiew zaszczypał ją w policzki, hałaśliwie kołysząc szyldem.

Spojrzała na drzwi księgarni z tabliczką z napisem OTWARTE.

Mimo że zdawała sobie sprawę, iż na wiele pytań nie dostanie odpowiedzi, dopóki nie spotka się z Varenem twarzą w twarz, miała pewność, że odpowiedź na przynajmniej jedno z nich może uzyskać w Zakątku Nobita.

Przypomniała sobie swój pierwszy sen o Reynoldsie.

Tamtej nocy zjawił się u niej jako widmo, żeby ostrzec ją przed niebezpieczeństwem związanym z poczynaniami Varena i żeby zwrócić jej tom „Dzieł zebranych" Poego, wyrzucony przez nią wcześniej do śmieci. I choć zapewniał ją od początku, że to wszystko sen, i tak następnego ranka znalazła w pokoju książkę, stanowiącą dobitny dowód na prawdziwość nocnego spotkania.

Ale czy znaczyło to, że teraz odkryje na piętrze księgarni to, czego się obawiała?

Jeśli do tej pory jeszcze się jakoś trzymała – to dlatego, że nadal miała nadzieję, iż w Zakątku Nobita nie natknie się na nic, co by potwierdziło zaszłe we śnie wypadki.

Ostatecznie tyle już razy dała się zwieść majakom...

Gwen twierdziła, że demony potrafią mieszać w głowach.

Przy czym trudno było stwierdzić, komu próbowała namieszać w głowie Lilith – jej czy Varenowi?

Mimo że zarówno samochód, i jak szyld nie wróżyły zbyt dobrze, Isobel przypomniała sobie coś, co pan Swanson powiedział im zaraz na początku roku szkolnego, kiedy przerabiali akurat „Otella". Tłumaczył, że tym, co czyniło z łajdaka Jagona tak przekonującego kłamcę, była jego umiejętność przedstawiania wrogom rzeczy w pewien określony sposób.

Umiejętność wpływania na ich percepcję.

Ta myśl dodała jej odwagi. Pokonawszy niskie schodki i przekręciwszy gałkę w drzwiach, Isobel wślizgnęła się do księgarni. Natychmiast ogarnął ją mocny zapach starego papieru, kurzu i stęchlizny. Przytrzymała drzwi, żeby nie trzasnęły, uważając też, by nie zadzwoniły zbyt głośno zawieszone u nich bożonarodzeniowe dzwoneczki.

Stała przez chwilę tyłem do wnętrza, nasłuchując, czy ktoś się zorientował, że weszła. Kryjąc twarz w cieniu kaptura, zaryzykowała zerknięcie przez ramię. Nie dostrzegłszy nikogo, szybko rozejrzała się po pomieszczeniu.

Wysokie drewniane regały tłoczyły się jeden tuż obok drugiego. Ich półki, kiedyś aż się uginające od książek, teraz wydawały się zdecydowanie mniej obciążone. Gdzieniegdzie między starymi tomami prześwitywały nawet puste miejsca.

Sięgające pod sufit półki częściowo blokowały miedzianej barwy światło, które nie docierało w głąb wąskich przejść.

Isobel usłyszała jakiś szelest i, spojrzawszy w tę stronę, wypatrzyła okrągłą panią w średnim wieku, ubraną w granatowy nieprzemakalny płaszcz. Nieznajoma pochylała się nad koszem ze starymi czasopismami, które, jak informował odręczny napis, zostały przecenione do dwudziestu pięciu centów za egzemplarz. Podniosła wzrok, uśmiechnęła się do Isobel z roztargnieniem, po czym wróciła do kartkowania swoich magazynów.

Poza nią w księgarni nie było klientów.

Starając się stąpać jak najciszej, Isobel dała nura między dwa najwyższe regały. Stawiała stopy tak, jakby szła po linie, i trzymała się prawej strony.

Nadstawiała uszu, ale chorobliwe kasłanie Bruce'a jakoś się nie odzywało.

Jednakże, dotarłszy do końca alejki, wyjrzała zza półki i go zobaczyła.

Siedział za szklaną witryną, która służyła za ladę, częściowo ukryty za staroświecką kasą.

Jego jedyne widoczne zza niej oko, czarne jak kawa, patrzyło wprost na Isobel.

Aż ją zatkało. Odruchowo schowała się z powrotem za regał. Obejrzała się w stronę drzwi wejściowych, musiała zwalczyć chęć, by natychmiast uciec. Zaczerpnęła jednak powietrza, zacisnęła powieki i czekała, lecz wrzaski, których się spodziewała, nic nastąpiły. Ponieważ kaszlu też nadal nie słyszała, przypomniała sobie nagle swoją pierwszą wizytę w Zakątku Nobita. Stary właściciel i wtedy się na nią gapił, ale szybko odkryła, że śpi – z jednym okiem, szklanym zresztą, szeroko otwartym.

Znów wychyliła się zza półki.

Bruce siedział dokładnie w tej samej pozycji co chwilę wcześniej.

Wydawał się bardziej kruchy, niż zapamiętała, schudł tak bardzo, że rękawy grubego brązowego swetra zwisały mu z ramion luźnymi fałdami, jak skóra psów świętego Huberta. Przerzedziły mu się też włosy, z einsteinowskiej siwizny zostały już tylko pojedyncze kosmyki.

Oddech, spokojny i rytmiczny, wydobywał mu się z piersi z wilgotnym charkotem. Otwarte oko nie mrugało. Najpewniejszym wszakże znakiem, że śpi, było to, że nie kasłał. Wypuściła powietrze z płuc i ostrożnie wychynęła zza regału. Mijając ladę, zatrzymała się i sprawdziła: tak, drugie oko Bruce'a pozostawało zamknięte.

Jej wzrok spoczął na stojącym po drugiej stronie lady gramofonie – takim samym jak ten, który widziała we śnie.

Ziarno przyczajonego w jej sercu przerażenia przemieściło się gdzieś w stronę żołądka, gdzie natychmiast wykiełkowało w formie paniki.

Isobel pospieszyła do tylnej części sklepu, ku sekcji poświęconej literaturze faktu oraz encyklopediom. Nie zwracając uwagi na sterty pudeł i puste półki, podeszła prosto do drzwi wiodących na górę.

Pod napisem „NIE WCHODZIĆ" ujrzała znajome, żółknące, znacznie bardziej złowróżbne, odręczne ostrzeżenie: „UWAGA NA BESS".

Bez zastanowienia zerwała je, zmięła w dłoni i rzuciła na podłogę. Potem otworzyła drzwi.

Miała przed sobą schody. Pierwsze piętro – inaczej niż we śnie – wydawało się całe, wciąż nakryte dachem. Solidne ściany kończyły się sufitem o drewnianych krokwiach, zimne światło wpadało przez okno nad schodami, drobinki kurzu wirowały w pochyłych snopach blasku jak resztki rozbitego okrętu.

Isobel przekroczyła próg i zamknęła za sobą drzwi. Weszła

po schodach, a przekraczając kolejne smugi światła i cienia, czuła gorzki zapach suchego drewna.

Rozłożywszy ramiona, dotknęła boazerii na ścianach. Jej palce przesuwały się po szorstkiej powierzchni, zawadzając o sęki, stopnie skrzypiały przy każdym kroku.

Kiedy znalazła się na górze, stwierdziła, że od jej ostatniej bytności nic się tam nie zmieniło, kawiarniany stolik z odpowiednimi krzesłami wciąż stał pod owalnym, wychodzącym na ulicę oknem.

Przez chwilę odnosiła wrażenie, że cofnęła się do momentu sprzed wielu tygodni, gdy wróciła na piętro po zostawioną tu książkę Poego, którą pożyczył jej Varen.

Właśnie wtedy, wspinając się po schodach, usłyszała dobiegające z góry głosy – Varena i jakiejś kobiety...

Tyle że pokój był pusty, tak jak teraz.

Dopiero wówczas jej spojrzenie padło na dziwną czarną plamę wypaloną na samym środku drewnianej podłogi, tam, gdzie wcześniej leżał podarty pomarańczowo-brązowy dywanik, zrolowany teraz i spoczywający pod najdalszą ścianą.

Różowej wstążki nigdzie nie było widać.

Isobel obeszła pokój, usiłując stąpać jak najlżej, i stanęła w końcu na środku czarnej plamy przypominającej gwiazdę.

A kiedy jej buty wpasowały się w ślad odciśnięty na zwęglonym drewnie, uświadomiła sobie, gdzie właściwie stoi.

W miejscu, gdzie, przebywając w krainie snów, spaliła notes Varena.

W tamtym momencie rzeczywistość i świat snów zbliżyły się do siebie tak bardzo, że niemal zlały się w jedno. Ona, Isobel, należała do obu, i, tak jak podłoga, powinna była ulec płomieniom.

A jednak nie uległa.

Wróciła myślami do tego, co Pinfeathers powiedział w jej salonie: że jest dobra w unikaniu zagrożeń.

Nawet Reynolds nie bardzo umiał wyjaśnić, dlaczego przeżyła. Jego odpowiedzi na to pytanie były w najlepszym razie mętne, pełne nieporadnego zgadywania, co stanowiło jeszcze jeden dowód na to, że, choć próbował jej wmawiać coś innego, bynajmniej nie wszystko wiedział.

Z zadumy wyrwało ją uparte wibrowanie telefonu.

Wyjęła aparat i otworzyła pokrywę. Cyferki na wyświetlaczu mrugały, kreseczki sygnalizujące zasięg zanikały i pojawiały się znowu.

Ruszyła do okna, licząc na lepszy zasięg. Jednakże gdy tylko oderwała stopy od czarnych śladów na podłodze, wszystko wróciło do normy. Zasięg się ustabilizował, a zegarek pokazał siedemnastą czterdzieści pięć.

Zerknęła na plamę wypaloną w podłodze, a potem wreszcie przeczytała esemes od Gwen: „Jak tam?".

„Jestem na piętrze", odpisała i natychmiast wysłała wiadomość.

Po chwili komórka znów zawibrowała. „I?".

„I nic. Zaraz schodzę".

Gdy telefon zawibrował po raz trzeci, zignorowała to i zamknęła pokrywę. Potem skierowała się ku schodom i zbiegła na dół.

Już miała wyjść do głównej części sklepu, gdy rozległo się trzaśnięcie drzwi wejściowych i gwałtowne dzwonienie dzwoneczków.

W pierwszej chwili pomyślała, że pani od przecenionych magazynów w pośpiechu opuściła księgarnię.

Jednakże niski, pełen złości głos, który zabrzmiał w sklepie chwilę później, świadczył o tym, że się pomyliła.

– Gdzie on jest? – ryknął jakiś mężczyzna. – Obudź się, Nobit! Będziemy tu codziennie. Codziennie! Dopóki mi nie powiesz, gdzie on się podział. Słyszysz, co do ciebie mówię?

Isobel cofnęła się. Ten głos... Był jej znany. Już kiedyś tak przy niej brzmiał.

Bo należał do ojca Varena.

19

TO, CO UKRYTE

Isobel wykonała niepewny krok do przodu. Przywarła do drzwi, nasłuchując.

– Jestem stary, panie Nethers, nie głuchy – odezwał się Bruce. – Jeśli zamierza pan krzyczeć, proszę się od razu stąd zabierać. Dla moich uszu to trudne do zniesienia.

– Wiesz, co będzie jeszcze trudniejsze do zniesienia? – rzucił ojciec Varena. – Sprawa sądowa. Oskarżę cię o utrudnianie czynności śledczych. Bo kłamiesz, Nobit.

– Nie kłamię. Niczego przed panem nie zatajam. Nie wiem, gdzie jest pański syn, panie Nethers. Opowiedziałem policji wszystko, co wiem. Ze szczegółami. Więc proszę przestać nachodzić mnie w mojej księgarni, straszyć mi klientów i ciskać się jak szaleniec. Gdyby nie był pan ojcem Varena i gdybym nie uznawał pańskiego zachowania za spóźniony, jak również głęboko wypaczony przejaw ojcowskiej troski, sam bym pana pozwał do sądu. Za nękanie!

– Kłamca! – wrzasnął znów ojciec Varena. Rozległ się odgłos mocnego uderzenia, od którego coś zagrzechotało. Isobel podskoczyła. Wyobraziła sobie pana Nethersa walącego wielką dłonią w służącą za blat szybę przy kasie. – Jak mam ci wierzyć? Okłamywałeś mnie już wcześniej, gdy przychodziłem tu szukać chłopaka!

– Nie kłamałem, mówiąc, że go nie widziałem. Co nie znaczyło, że go tu nie ma. Nauczył go pan, choć niebezpośrednio, zachowywać daleko posuniętą ostrożność. Która w jego sytuacji wcale nie dziwi. Poza tym jestem za stary, żeby uganiać się po schodach za nastolatkami. Chciał miejsca, gdzie mógłby się w spokoju uczyć, więc mu takie udostępniłem.

– Razem z paroma innymi pretekstami, żeby nie bywać w domu – warknął ojciec Varena. – Takimi jak ta głupia praca. Albo tamten złom na ulicy.

Do Isobel nagle dotarło, dlaczego samochód Varena stoi przed księgarnią. Pamiętała, że kiedy ojciec zagroził mu zabraniem auta, Varen zauważył, że to Bruce podżyrował pożyczkę. A skoro cougar znajdował się teraz tam, gdzie się znajdował, to pożyczka zapewne została spłacona. Miło było myśleć, iż Bruce trzyma auto z nadzieją, że Varen wróci.

– Pański syn zarobił sobie na ten samochód, panie Nethers – oświadczył Bruce.

Isobel uklękła przed drzwiami. Przymknąwszy jedno oko, drugie przyłożyła do staroświeckiej dziurki od klucza.

Bruce stał przy kasie, przygarbiony i lekko wygięty. Patrzył z niechęcią na mężczyznę po drugiej stronie lady – wysoką, wyprostowaną postać ubraną w nienaganny czarny garnitur. Isobel widziała poza tym tylko czarne jak węgiel, błyszczące włosy, bo ojciec Varena stał do niej plecami.

– Niby jak? Pracując dla ciebie? – Wycelował palce prosto w twarz staruszka. – Nie jesteś jego rodziną! – syknął.

Isobel poczuła, że krew się w niej burzy. Ogarnęła ją taka wściekłość, że aż musiała zacisnąć dłonie w pięści, żeby nie wyskoczyć ze swej kryjówki z kolejną porcją wrzasków. Obawa przed zdemaskowaniem utrzymała ją jednak na miejscu.

– Nie wydaje mi się, by Varen miał rodzinę – rzekł Bruce. – Nigdy o niej nie wspomina. Wiem tylko, że opuściła go matka. – Mówił spokojnie i cicho, ale jego ton siał większe spustoszenie niż krzyki. Bo wyraźnie trafił w czuły punkt. Ojciec Varena gwałtownie obrócił głowę, jakby ktoś go spoliczkował, i Isobel po raz pierwszy zobaczyła jego twarz.

Wyglądał młodziej, niż się spodziewała. Jego ostre, kanciaste rysy zwiotczały na chwilę, zanim stwardniały ponownie.

– Nie wolno ci wtykać nosa w nasze rodzinne sprawy – odparował. Złość i arogancja nagle go opuściły, ustępując miejsca zimnej rzeczowości. Bruce znowu się odezwał, oddychając ze świstem i z trudem powstrzymując kaszel.

– Cóż… Fakty są, obawiam się, takie, że… To panu nie wolno dłużej wtykać nosa w sprawy Varena. Dwa tygodnie temu skończył osiemnaście lat. Ale, oczywiście, dobrze pan o tym pamięta.

Varen miał urodziny? Nigdy go nawet nie spytała, kiedy wypadają. A teraz skończył…

– Osiemnaście lat, panie Nethers. Zdaje pan sobie sprawę z tego, co to znaczy? To znaczy, że jeśli Varen postanowi jednak wrócić, to wcale nie musi wracać do pana.

Isobel widziała, jak ogromne, silne dłonie pana Nethersa zaczynają dygotać, zaciskają się w podobne do głazów pięści i unoszą do góry.

– To mój syn! – Jego głos przetoczył się po księgarni jak grzmot, aż miseczki żyrandoli zadzwoniły jedna o drugą. – Ty nie jesteś jego ojcem! Tylko ja! – Znowu uderzył w ladę przy kasie. Leżąca obok sterta książek w miękkich oprawach zsunęła się na podłogę.

– Więc dlaczego się pan nie zachowuje, jak na ojca przystało?

– Bruce w końcu jednak podniósł głos. – Dlaczego czekał pan z tym, aż się zrobiło za późno, aż chłopak wplątał się w kłopoty w szkole, a potem w ogóle znikł? Gdzie była wtedy pańska ojcowska troska? Topił ją pan w butelce?

W księgarni zaległa cisza.

Isobel miała wrażenie, że jej oddech stał się zbyt głośny.

Telefon zawibrował jej w dłoni. Otworzyła go i znalazła dwa esemesy od Gwen. Pierwszy, jak rozumiała, przyszedł już wcześniej, gdy była na górze i nie chciało jej się go odebrać: „Łoł, jakiś kolo zajechał właśnie lexusem. Wygląda jak Al Pacino z „Ojca chrzestnego". Drugi brzmiał: „Co tam się dzieje? Kim jest ten facet? Dlaczego tak wrzeszczy??? Nawet tutaj go słychać".

Isobel pospiesznie wystukała odpowiedź: „To ojciec V. Zostań w samochodzie". Już miała ją wysłać, gdy telefon wyślizgnął się jej z dłoni. Jęknęła, gdy upadł z głośnym stukotem, zamykając się przy tym jak skorupiak.

Przytknęła obie ręce do ust, gapiąc się na niego wytrzeszczonymi z przerażenia oczami.

– Co to było? – spytał ojciec Varena.

Isobel przeniosła spojrzenie na drzwi. Serce omal nie wyskoczyło jej z piersi.

– C-co? – zająknął się Bruce. – O czym pan mówi?

– O tym dźwięku.

– Ja nic nie słyszałem.

– Jasne, że nie.

– Naprawdę, panie Nethers, dziwi mnie, że słyszy pan cokolwiek poza swoimi wrzas... Chwileczkę! Dokąd pan idzie?

Kroki. Zdecydowane, ciężkie kroki. Isobel słyszała ich dudnienie na starej drewnianej podłodze. Coraz bliżej.

Zaczęła cała dygotać, przyrośnięta do miejsca jak zwierzątko, któremu grozi pożarcie żywcem, świadome, że drapieżnik już zwietrzył jego zapach.

– Nie może pan tam wchodzić! – usłyszała krzyk Bruce'a. – Stać! Słyszał mnie pan? Powiedziałem: stać.

– Varen! – zawołał pan Nethers ostro.

Isobel, potykając się, ruszyła do tyłu, świadoma, że nie ma gdzie się ukryć. Na górze nie było niczego. Żadnych szaf, żadnych mebli. Utknęła w pułapce.

Porwała telefon z podłogi, mocno zaciskając go w dłoni, i obróciła się szybko.

– Varen! – Głos dudnił tuż za drzwiami. – Varen! Przysięgam na Boga, że jeśli tu jesteś...

Wspinała się po schodach, niemal na czworakach, ale czubek jej buta zaczepił o jeden ze stopni. Deska z trzaskiem odskoczyła.

Isobel runęła na twarz, krawędzie schodów wbiły jej się w żebra i boleśnie uderzyły ją w golenie. Krzywiąc się, stłumiła płacz i spojrzała na stopień, który przez przypadek uszkodziła. Pod oderwaną deską zobaczyła podłużną czarną dziurę, pustą przestrzeń podobną do małego, wąskiego grobu, wystarczająco jednak dużą i głęboką, by mogła się w niej bokiem zmieścić niewielkich rozmiarów osoba.

Gałka w drzwiach drgnęła, a potem zaczęła się obracać.

Isobel błyskawicznie wsunęła się do dziury i, wciąż trzymając głowę na zewnątrz, sięgnęła po deskę. Zasunęła ją, słysząc już skrzypienie otwieranych drzwi, i stopień z głuchym trzaskiem przybrał pierwotną formę.

Skuliła się w swojej ciasnej kryjówce, usiłując nie myśleć o niedostrzegalnych w mroku pajęczynach czy łażących jej już być może po ciele stonogach i pustelnikach brunatnych. Ostatecznie jeszcze gorsze potwory znajdowały się w tym momencie dokładnie nad jej głową.

Telefon uparcie wibrował jej w dłoni. To pewnie dzwoniła Gwen – Isobel natychmiast odrzuciła połączenie.

Kroki dudniły na schodach jak granaty padające na pole bitwy. Kurz i piasek opadały wprost na Isobel.

Wielki cień przesunął się w górę, chwilowo przesłaniając poziomą kreseczkę światła widoczną w szparze między deskami.

– Na pewno coś słyszałem – mruknął ojciec Varena, gdy dotarł na piętro.

– To stary dom – sarknął Bruce – pełen hałaśliwych duchów. Nic pan tam nie znajdzie, panie Nethers. W każdym razie nic na tyle dotykalnego, żeby mógł pan to sprać na kwaśne jabłko.

– Duchy…? Ja nie wierzę w duchy.

Zaczął schodzić z powrotem, a stopień skrywający Isobel zaskrzypiał pod jego butami najgłośniej ze wszystkich.

– Jeśli mój syn się tu pokaże – rzekł ojciec Varena znacznie spokojniejszym, bardziej opanowanym, rzeczowym tonem – proszę mu powiedzieć, że ma wracać do domu. Żeby moja żona zaznała choć trochę spokoju. I żeby ten jego cholerny kot przestał wreszcie miauczeć.

Potem kroki stopniowo się oddaliły, jak cichnąca burza. Dudnienie przeszło w coraz słabsze postukiwanie, aż w końcu dał się słyszeć brzęk dzwoneczków, a następnie trzaśnięcie wejściowych drzwi.

Zamiast świszczącego oddechu z piersi Bruce'a wydobył się rozdzierający kaszel. Isobel słyszała, jak staruszek dyszy, charczy i sapie.

Zerknęła na komórkę, która znów dała o sobie znać.

Otworzyła ją, ale nie zwróciła uwagi na zaległe wiadomości.

Zamiast tego napisała: „Pojechał?".

„Nie, jeszcze nie", odpowiedziała Gwen, „siedzi w swoim samochodzie i chyba płacze. Z tobą w porządku?".

Płacze? Jakoś ciężko jej było to sobie wyobrazić.

„Tak, w porządku. Daj znać, jak odjedzie, to wyjdę".

„Okej, na razie siedzi z twarzą w dłoniach. Co się stało???".

„Zaraz ci powiem, uważaj na niego".

Zamknąwszy komórkę, Isobel wsunęła ją do kieszeni. Potem wyciągnęła do góry ręce i naparła na deskę. Musiała spróbować dwukrotnie, zanim ta, wciśnięta na miejsce, ustąpiła. Nie tylko spowodowało to nową lawinę kurzu, lecz również sprawiło, że wnętrze kryjówki wypełniło się światłem. Isobel wystawiła głowę i zaczęła się gramolić na zewnątrz.

Jej stopa natrafiła jednak na coś twardego, co przewróciło się z cichym brzękiem.

Isobel ponownie zerknęła w głąb dziury i zobaczyła na wpół wypaloną świecę w małym szklanym uchwycie. Obejrzawszy się za siebie, pochyliła się niżej.

Pod wykonanym z kantówki szkieletem podtrzymującym schody otwierała się pudełkowata przestrzeń, coś w rodzaju malutkiego, niskiego pomieszczenia. Po jego lewej stronie leżał rozpostarty szary śpiwór, poduszką zwrócony ku najdalszemu kątowi.

Isobel zdjęła rękę z krawędzi stopnia i wczołgała się między drewniane belki.

Otynkowaną ścianę, pod którą leżał śpiwór, zdobiły rysunki wykonane miękką, bardzo charakterystyczną kreską: Isobel rozpoznała ją od razu. Niektóre ze szkiców zostały nawet pokryte farbą.

Koń uformowany z czarnego dymu stawał dęba, tocząc wokół oszalałymi ślepiami. Podświetlone purpurową błyskawicą chmury płynęły nad kępą białych lilii, których kielichy uginały się pod ciężarem kropli deszczu. Środek ściany zajmowały czarne drzewa: wysokie i cienkie jak ołówki, z gałęziami splątanymi w gęstą sieć usianą martwymi liśćmi. A może to były ptaki?

Oczy Isobel wędrowały wzdłuż tego muralu ku rysunkom najbliższym poduszce śpiwora. Tam, nad miejscem, gdzie śpiący kładł głowę, górowała podobizna syjamskiej kotki. Jej jasne, ciekawskie oczy zdawały się błyszczeć w mroku jak ostre odłamki lodu.

Isobel posuwała się na kolanach po czerwonym dywaniku pokrywającym betonową podłogę. Kawałek dalej wznosiła się sterta książek, na której leżało pudełko zapałek; obok stał mosiężny talerz pełen wypalonych kadzidełek, których intensywny zapach wciąż zdawał się unosić w lekko stęchłym powietrzu.

Przy stercie książek spoczywało niewielkie drewniane pudełko, rzeźbione w delikatne różane wzory. W przeciwległym rogu widać było stosik kołonotesów – spośród ich kartek gdzieniegdzie wystawały luźne kawałki papieru. Kubek z długopisami, ołówkami i pędzlami wciśnięty został między notesy a kosz wypełniony tubkami z farbą.

Wypatrzywszy kolejną świecę, Isobel zapaliła ją od zapałki.

Ciepły mrugający blask natychmiast rozsnuł na ścianach i pochyłym suficie ruchliwe cienie.

Nie dziwiło bynajmniej, że Varen miał takie sekretne życie – kryjówkę wewnątrz kryjówki.

Isobel uśmiechnęła się na tę myśl, lecz uśmiech zamarł jej na ustach, gdy przysunęła świecę do drewnianego, pokrytego płaskorzeźbami pudełka. Na wieczku widniało wyryte czyjeś imię.

Odstawiwszy świecę, Isobel przyciągnęła pudełko bliżej siebie.

Przesuwając opuszkami palców po głębokich, ozdobnych nacięciach, przeczytała: „MADELINE".

20
LADY MADELINE

Otworzyła pudełko. Wieczko uniosło się na zawiasach i zatrzymało odgięte pod kątem dziewięćdziesięciu stopni, przytrzymywane w obu rogach przez fioletowe wstążeczki.

Na wierzchu leżał plik fotografii. Pod spodem Isobel dostrzegła całą masę dziwnych świecidełek i starej biżuterii.

Sięgnęła najpierw po zdjęcia. Wyjęła pierwsze od góry, rozpoznając na nim siebie w stroju czirliderki.

Ubrana w niebieski, oblamowany na złoto kostium złożony z gładkiej, rozszerzającej się ku dołowi minispódniczki i ozdobionej nazwą szkoły bluzki bez rękawów, uśmiechała się, przytrzymując pompony przy głowie na kształt puchatych uszu. Jedno z obwiedzionych połyskliwym cieniem oczu miała łobuzersko zmrużone, usta ułożyła jak do pocałunku. Włosy zebrane w kucyk na czubku głowy kręciły jej się jak sprężynki, na policzku lśniła wymalowana gwiazdka.

W sumie wyglądało to idiotycznie.

Lśniąca fotka pochodziła z jej albumu, Nikki zrobiła ją rok wcześniej, na zawodach stanowych, tuż przed występem.

Tylko skąd się wzięła w tym miejscu?

Isobel przypomniała sobie wieczór, kiedy Varen zakradł się na daszek pod jej oknem. Gdy wróciła do pokoju po kilkuminutowej nieobecności, zastała go już w środku, przycupniętego na skraju łóżka. Na kolanach trzymał album ze zdjęciami z zawodów, kartkując go swoimi delikatnymi palcami. Isobel poczuła, że twarz jej płonie, gdy uświadomiła sobie, że musiał cichaczem wyjąć tę fotografię z plastikowej koszulki i gdzieś ukryć.

Przez chwilę nie potrafiła zdecydować, czy powinna się złościć, czy cieszyć – choć do wyboru miała też jakże stosowne w tej sytuacji uczucie upokorzenia.

Dlaczego spośród wszystkich zdjęć w tamtym albumie Varen wybrał akurat to? Dlaczego nie jedno z tych, na których pozowała jakoś normalnie, bez głupich min, śmiesznej fryzury i durnych pomponiastych rogów?

Odwróciła fotografię, żeby na nią dłużej nie patrzeć, i wtedy dostrzegła, że z tyłu jest coś napisane.

Krótkie wersy płonęły głębokim fioletem na białym papierze z e-znakami wodnymi Kodaka. Podniosła zdjęcie do oczu, zaczęła czytać. Serce zabiło jej mocniej, gdy zrozumiała, że to wiersz. O niej.

Powtarzam sobie
Że jesteś
Zwykłą dziewczyną
Kolejnym liściem przywianym na moją ścieżkę
By zostać na niej przez chwilę

A potem zeschnąć się
Jak wszystkie inne

Ale nie więdniesz

Nie plami cię

Moja trucizna

Pozostajesz cała złota

I pod twoim spojrzeniem pytam sam siebie

Czy tylko ja czuję ten zawrót głowy

Opuściła dłoń, jakby zdjęcie zrobiło się nagle za ciężkie. Każde słowo wbijało się w jej serce jak mały nóż.

Odłożyła fotografię do pudełka, chcąc zamknąć wieczko i odejść, lecz jej załzawione, szczypiące oczy zahaczyły o kolejne zdjęcie. W pierwszej chwili zauważyła jedynie luźne, miodowe w kolorze kosmyki włosów – i dlatego sięgnęła po fotografię.

Uchwycona na niej, delikatna i blada kobieta wielkimi oczami patrzyła prosto w obiektyw, lekko unosząc podbródek. Była niewątpliwie piękna – naturalną, wolną od kosmetyków urodą.

Jej usta, kształtne i czerwone, wyglądały, jakby chciały się uśmiechnąć, choć tego nie robiły. Faliste jasne włosy łagodnymi liniami przecinały gładkie czoło i ginęły z tyłu.

Śliwkowy dwurzędowy płaszcz zapięty miała pod szyję, okręconą dodatkowo czarnym włóczkowym szalem.

Mimo że fizyczne podobieństwo nie rzucało się w oczy, Isobel natychmiast zrozumiała, że zdjęcie przedstawia matkę Varena.

Poznała to po oczach, w tym samym co u niego odcieniu lśniącego szmaragdu.

Przyjrzawszy się fotografii, zauważyła delikatne linie przebijające z drugiej strony. Pochyłe zawijasy wybrzuszały zdjęcie niczym alfabet Braille'a, jakby Varen, pisząc, zbyt mocno docisnął długopis.

Zawahała się, zanim odwróciła fotografię, pełna obaw, co znajdzie z tyłu. Znalazła kolejny wiersz.

Varen wspomniał o matce raz, mimochodem, mówiąc, że odeszła, kiedy miał osiem lat. Nie rozwodził się nad tym, a Isobel nie drążyła tematu, wiedząc, że grozi to raptownym zakończeniem rozmowy.

Jednakże dziesięć lat po tamtych wypadkach wciąż myślał o tej kobiecie, przechowując po niej pamiątki.

Isobel nie chciała tego czytać.

Owszem, nigdy wcześniej nie wzdragała się przed zaglądaniem do jego zapisków. Między innymi tak się to wszystko zaczęło, w dniu, w którym po raz pierwszy otworzyła jego notes. Tyle że w tym akurat wierszu było coś, czego się obawiała. Może chodziło o tytuł – w formie zwykłego wskazania adresata: „Do Madeline", głosił odręczny, starannie wykaligrafowany napis.

Isobel nie przypominała sobie, by kiedykolwiek zwróciła się do swojej mamy inaczej niż „mamo". Przy czym, oczywiście, nie przypominała też sobie, by mama kiedykolwiek była nieobecna w jej życiu.

Przełknąwszy ślinę, zaczęła czytać.

Do Madeline

Moje ulotne drugie „ja"
Ta wiązka mnie samego
Więcej może niż ty kiedykolwiek

Ale tak jak ty może odejść
Zniknąć
Gdzieś indziej

Noc dzieli mnie na pół

Odrywam się

By tonąć, spadać, frunąć
I szaleć

Bez przerwy

Jak zawsze

Bez ciebie

Czytała to kilka razy. W próżni, jaką zostawiły w niej te słowa, tłukło się echo czegoś, co już słyszała, co już wiedziała.

Drugie „ja"?

Sny na jawie. Astralna projekcja.

Zerknęła ku śpiworowi, jakby jego obecność nabrała znienacka nowego znaczenia. Potem jej spojrzenie powędrowało w stronę muralu; uświadomiła sobie nagle, że pokrywające ścianę kształty – stanowiące tajemny świat Varena – istnieją także poza obrębem tych czterech ścian.

Odłożyła zdjęcie na podłogę, wierszem do góry, po czym sięgnęła po resztę. Oglądała je powoli, jedno po drugim. Nie były to już jednak portrety ludzi, a tylko ujęcia jakichś kamiennych figur oraz artystyczne fotki przedstawiające ciągle to samo jesienne drzewo z czerwono-złotymi od liści gałęziami w różnych stadiach ogołocenia – jakby chodziło o stworzenie czegoś w rodzaju animacji.

Część fotografii ukazywała z kolei jakieś wieżyczki, żelazne bramy oraz korytarze podglądane przez dziurkę od klucza lub przez okno. Jeszcze inne przedstawiały wykrzywione gargulce spoglądające w dół spod dachów, jak również – częściej – kamienne anioły płaczące na zwieńczeniach cmentarnych pomników.

Ich ciche towarzystwo – podobne do tego, jakiego dostarczały książki – zdecydowanie bardziej odpowiadało naturze Varena niż przyjaźń ludzi. Nieruchome obrazy, uznała Isobel, dostarczały mu inspiracji. Bez słów przekazywały mu rozmaite historie, a on słuchał ich uważnie, otwierając się na nie znacznie bardziej niż inni. Wystarczyło popatrzeć, w jaki sposób fotografował te wszystkie martwe przedmioty – jak gdyby podglądał je w sekretnych chwilach, gdy ożywały. Jak gdyby one same, czując, że nadchodzi, zwracały się w jego stronę, pewne, że akurat on będzie umiał przełożyć ich milczenie na słowa.

Spisując ich historie, dawał im życie.

Piękny prezent, który wszakże okazał się też niebezpieczny.

I może nic z tego nigdy by się nie stało, pomyślała Isobel, gdyby tamta kobieta – Madeline – nie odeszła.

Już wcześniej ją zastanawiało, dlaczego to zrobiła. Odpowiedź na to pytanie w jej wyobraźni zawsze łączyła się z jedną osobą – ojcem Varena. Ale nawet jeśli nie dało się z nim wytrzymać, nawet jeśli Madeline musiała od niego uciec, jak mogła zostawić syna? Na pewno wiedziała, że to niezwykłe dziecko. Wyjątkowe.

Nie dbała o to?

Pogrążona w myślach Isobel nie od razu zdała sobie sprawę, że dotarła do ostatniego zdjęcia, ukazującego kamienne oblicze wyglądające z alabastrowej ściany.

Przypatrzywszy się dokładniej, stwierdziła, że zna tę twarz. Widziała ją już kiedyś, podczas wycieczki do dzielnicy Varena. To był przecież jeden z „zielonych ludzi" umieszczonych w murze któregoś z tamtejszych domów, podobno dla odpędzenia złego.

– Coś się lenicie – mruknęła, patrząc na fotografię.

Gargulec odwzajemnił jej niechętne spojrzenie. Wyglądał jak człowiek, tylko oczy, zbyt wielkie, wyłupiaste i jakby niewidzące, psuły ten efekt.

Isobel z westchnieniem zgarnęła zdjęcia. Zanim schowała je z powrotem do pudełka, przez chwilę przeglądała jeszcze resztę jego zawartości. Na fioletowym, aksamitnym obiciu leżały klawisze od maszyny do pisania, stara biżuteria, broszki, guziki, poskładane arkusze… papieru nutowego?

Sięgnęła po jeden z nich. Już miała go rozłożyć, gdy jej uwagę przyciągnął błyszczący przedmiot ukryty wcześniej pod spodem.

W świetle świecy połyskiwał wykwintny damski grzebień inkrustowany ametystami. Isobel wzięła go do ręki. Przyglądała się mu, a on mienił się w jej dłoni, jakby każdy ze zdobiących go kamieni żył własnym życiem.

Widziała już wcześniej ten grzebień, ale gdzie? W kieszeni zawibrował jej telefon. Odebrała.

– Tak? – rzuciła szeptem.

– Pojechał – oznajmiła Gwen. – Przed sekundą. Tyle że wcześniej zrobił coś dziwnego.

– Co?

– Zostawił coś w samochodzie Varena.

Isobel zastygła. Ojciec Varena zostawił coś w jego samochodzie?

– Co to było? – spytała. – Zauważyłaś?

Włożyła grzebień do pudełka, to samo uczyniła ze zdjęciami i zamknęła wieczko. Następnie odstawiła pudełko dokładnie na poprzednie miejsce.

– Nie – odrzekła Gwen. – Próbowałam udawać, że z zacięciem coś czytam. Co nie jest łatwe, kiedy pod ręką masz jedynie mapy drogowe i rachunki za benzynę. Wydaje mi się jednak, że wyjmował coś ze schowka.

Isobel otrzepała się z kurzu.

– Już idę – powiedziała i zamknęła telefon. Zdmuchnęła świecę i skierowała się ku dziurze w schodach.

Wydostała się na zewnątrz, wsunęła poluzowaną deskę na miejsce i pospieszyła do drzwi.

Były wciąż otwarte. Wystawiła przezornie głowę – Bruce nie siedział na swoim miejscu przy kasie. Pomyślała, że może uda jej się prześlizgnąć, podczas gdy jest czymś zajęty między regałami. Przez chwilę nasłuchiwała, czy nie dobiegnie jej skądś kaszel albo ciężki oddech. Ponieważ nic nie usłyszała, ostrożnie postąpiła krok do przodu.

– Nie wiem, jak ci się to udało, Isobel – powiedział głos za jej plecami.

Zastygła z nogą w górze. Zerknęła przez ramię i ujrzała Bruce'a usadowionego na stole przed jedną z półek. Kartonowe pudło u jego stóp w połowie wypełniały książki.

Zwracał głowę ku Isobel, patrząc na nią swoimi różnokolorowymi oczyma: jednym brązowym, drugim upiornie szarym.

– Ani nie chcę wiedzieć – dodał. – Wolałbym, żebyś pozostawiła mnie w nieświadomości. Jeśli wiem za dużo, zaraz mam kłopoty. I na przyszłość: to jest szklane – syknął, wskazując palcem na szare oko.

Isobel prawie się zakrztusiła. Skulona przycisnęła się plecami do ściany i w niezręcznym milczeniu czekała, co dalej. Miała wielką ochotę rzucić się ku drzwiom, lecz wciąż się zastanawiała, czy nie lepiej zostać i spróbować wymyślić jakiegoś usprawiedliwienia.

Bąknęła coś niewyraźnie, ale Bruce jej przerwał.

– Nie – burknął, uciszając ją też gestem wyciągniętej dłoni. – Nic nie mów. Cieszę się, że tu jesteś. Choć zdaje mi się, że chłopak zasługuje na kogoś lepszego.

Zamknęła usta tak gwałtownie, że aż jej zadzwoniły zęby. Czy się aby nie przesłyszała? Czy on naprawdę to do niej powiedział?

– Ale gdyby nie żył, pewnie byś tu nie węszyła. I dlatego się cieszę. Poza tym masz większą niż inni szansę na jakiś z nim kontakt. Więc jeśli już się skontaktujecie, o ile jeszcze tego nie zrobiliście, musisz mu coś ode mnie przekazać, słyszysz? – Potrząsnął groźnie palcem. – Powiedz mu, że zamierzam sprzedać samochód. Znalazłem już kupca. Nie mam tu składowiska złomu, słyszałaś? Daję chłopakowi czas do marca. Do marca, jasne? Nie zapomnij.

Zirytowana Isobel milczała. Bała się, że odpowie mu jakąś ciętą uwagą, na przykład wyzna, że sposób, w jaki Varen dobierał sobie przyjaciół, nie wzbudza z kolei jej uznania.

Nie doczekawszy się żadnej reakcji, Bruce wrócił do zdejmowania książek z regału i wkładania ich pojedynczo do pudła. Isobel odwróciła się i ruszyła ku drzwiom.

– Czekaj! – zawołał starzec, gdy kładła już rękę na gałce.

Przystanęła. Znów sztywna ze strachu, usłuchała, choć miała wielką ochotę ostentacyjnie wymaszerować z księgarni.

Bruce dostał ataku kaszlu, a kiedy próbował mimo to mówić, z jego ust wydobywały się jakieś niezidentyfikowane dźwięki.

Isobel, zerkając za siebie, stwierdziła, że jedną dłoń trzyma przy wargach, drugą zaś wyciąga w jej stronę.

– Nie... – Potrząsnął głową. – Przepraszam – powiedział, łapiąc wreszcie oddech. – Nie mów mu tego. Tego o sprzedaży auta. Tylko to, że ma czas do marca. Musi wrócić do marca, jeśli chce cougara z powrotem. Powiedz mu, że... Powiedz mu, że tak twierdzą lekarze.

– Lekarze? – wymamrotała Isobel. Co to znowu miało znaczyć? Wstał, opierając się o jedną z półek.

– A teraz już idź – rzucił. – Księgarnia zamknięta.

– Ale...

– Zamknięta, mówię! – ryknął, machając rękami, zupełnie jakby chciał przegonić kota. – Idź stąd!

– Ja...

– Wynoś się!

Powstrzymując cisnące się na usta pytania, wypadła na zewnątrz, zanim jej dosięgnął. Gdy niepewnie wylądowała na chodniku, odwrócił tabliczkę w drzwiach na stronę z napisem „ZAMKNIĘTE". Światło w sklepie zgasło, a Bruce jeszcze przez chwilę patrzył na przestraszoną Isobel swoim brązowym okiem, by w końcu wycofać się w mrok.

– Co tam się, do diabła, działo?

Gwen stała na krawężniku tuż obok cougara, z kawałkiem złożonego papieru w ceremonialnie wyciągniętych dłoniach. Isobel od razu się domyśliła, że przyjaciółka wydobyła go ze schowka w samochodzie Varena.

– Facet sądzi, że Bruce coś wie – powiedziała.

Nie odrywała wzroku od białej kartki, kuląc się cała z zimna. Nad opustoszałą ulicą zapadał zmrok, lampy powoli się zapalały i chłód kąsał coraz dotkliwiej. Objęła się ciasno ramionami, dygocąc i jednocześnie zachodząc w głowę, co zawiera liścik do Varena od jego ojca.

– O Varenie?

Skinęła głową. Już postanowiła, że nie powie Gwen o tajemnym pomieszczeniu pod schodami ani o złowieszczej wiadomości, którą Bruce chciał przez nią przekazać Varenowi. I jedno, i drugie wydawało się zbyt osobiste. Jej prywatna lista wyobcowujących ją sekretów wzbogaciła się o kolejne pozycje.

– Ojciec Varena uważa, że on się tu gdzieś ukrywa. Ale... Nie rozumiem dlaczego. Przecież ktoś by już dał znać na policję, że go widział.

– Hm – mruknęła Gwen. Wbiła wzrok w ziemię, a potem spojrzała w bok. Zacisnęła usta i postąpiła krok do przodu, podając Isobel złożoną kartkę. – Mam nadzieję, że nie weźmiesz mi tego za złe... Już to tak jakby przeczytałam.

Isobel przejęła list. Rozwinęła go i jej oczom ukazała się odręcznie napisana wiadomość, malutkie, zwarte literki układające się w krótkie zdania:

„Myślisz, że to zabawne, tak włazić mi prawie pod samochód? Wczoraj wieczorem niemal wjechałem w fontannę. Mogłem cię zabić. Czas skończyć z tymi ponurymi gierkami. Żadnego więcej znikania. Wracaj do domu. Natychmiast".

Nagły powiew wiatru zaszeleścił papierem w jej dłoni.

Isobel uniosła wzrok i zauważyła, że Gwen również się trzęsie, szczękając zębami.

– Ty też... Też go widziałaś, tak? Jakby na jawie? – spytała przyjaciółka.

– Tak – mruknęła Isobel w odpowiedzi, obracając się ku swojemu odbiciu w szybie samochodu. – Dwa razy.

21

NIE UDAWAJ DŁUŻEJ

Już na pierwszych światłach, na których się zatrzymały, Gwen skorzystała z okazji, by zacząć obgryzać paznokcie. Choć robiła to hałaśliwie, wydając odgłos kojarzący się z pękaniem prażonej kukurydzy, nic nie było w stanie oderwać Isobel od wirujących w jej głowie myśli, skupionych wokół tego niepojętego faktu, że od czasu zniknięcia Varena ktoś jeszcze – ktoś poza nią – widział go na jawie.

Z listu wynikało, że ojciec Varena ostatniego wieczoru omal go nie przejechał. A przecież Isobel doskonale wiedziała, że lustrzane odbicia nie mają zwyczaju spacerować sobie po ulicach.

Czy było możliwe, by panu Nethersowi tylko się wydawało, że widzi syna?

Może, snuła przypuszczenia Isobel, coś przedtem pił?

Tyle że w Zakątku Nobita brzmiał bardzo zdecydowanie. Słowa, jakie kierował do Bruce'a, padały niczym ciosy, na które ostatecznie nie zdecydowały się jego zaciśnięte pięści. I ta pewność, z jaką popędził na piętro, przekonany, że znajdzie tam tego, kogo szukał...

„Nie wierzę w duchy", powiedział.

Ciekawe, czy chciał w ten sposób przekonać Bruce'a, czy raczej siebie samego. Czy chodziło o utwierdzenie się co do własnej racji? Czy może o rodzaj wyparcia...?

Zapaliło się zielone światło.

Gwen przerwała obgryzanie paznokci. Przez chwilę się wahała. Później włączyła kierunkowskaz, wrzuciła bieg, wcisnęła gaz i skręciła w lewo.

– Ej! – Isobel złapała się drzwi. – Dokąd jedziemy?

Gwen nie odpowiedziała. Zjechała cadillakiem na prawy pas, a potem, znów skręcając kierownicę, na parking.

– Czemu się tu zatrzymujemy? – spytała Isobel. Pochylając się do przodu, zadarła głowę i spojrzała na górujący nad nimi wielki neon w kształcie hamburgera. Błyszczał jak latarnia morska.

– Ponieważ – oświadczyła Gwen – potrzebuję czegoś tłustego, żeby przyswoić całą tę norepinefrynę.

– Całe to co?

– Nerwy mi puszczają. Czas coś zjeść.

– Ale... robi się późno – zaprotestowała Isobel. – Moi rodzice pewnie już się zastanawiają, gdzie jestem. Zwłaszcza tata.

– Wyślij mu esemes. Spytaj, czy coś mu kupić. – Gwen ustawiła się za minivanem, który zatrzymał się przy wyposażonym w podświetlone menu stanowisku przyjmowania zamówień. – Napisz mu, że mają tu coś, co się nazywa Klasyczna Mieszanka

Wybuchowa, i że w związku z tym natychmiast o nim pomyślałam.

– Gwen, błagam! Naprawdę nie mogę grać mu teraz na nerwach, nie przed Baltimore. Wiesz przecież.

– Wezmę chyba krążki cebulowe i herbatę mrożoną – oznajmiła Gwen. – Ty coś chcesz?

Isobel opadła na fotel. Potrząsnęła głową.

– Nie jestem głodna.

– Co mówisz? – Gwen przystawiła do ucha stuloną dłoń, udając, że nie dosłyszała. – Frytki czy mleczny shake? – spytała. – Z tobą to jak z Sandrą Dee, naprawdę.

Isobel już miała się kłócić, ale w tym momencie auto przed nimi ruszyło, więc Gwen uczyniła to samo. Samochód skoczył w stronę stanowiska przyjmowania zamówień. Wyłączywszy ogrzewanie, Gwen opuściła szybę i wywiesiła łokieć za okno, wychylając się na ziąb.

– Witamy w Mighty Burgerze – odezwał się z głośnika znudzony męski głos. – Czy zechcą państwo skosztować jednego z naszych Mighty zestawów lub skusić się na któryś z naszych promocyjnych Mighty napojów?

– Wie pan – rzuciła Gwen, wypuszczając z ust obłoczki pary – gdy pan mówi „Mighty", niemal widzę tę plakietkę z napisem „PRACOWNIK MIESIĄCA" na pańskiej piersi. Świetna intonacja.

– Słucham zamówienia.

– E... Tak, poproszę duże krążki cebulowe, duże frytki, duży shake czekoladowy i dużą, niesłodzoną mrożoną herbatę. Niesłodzoną, czyli bez cukru. Ale naprawdę bez cukru, bo jeśli choćby sobie wyobrażę, że czuję odrobinę cukru, to wrócę i będziemy się pojedynkować na plastikowe widelce.

Zaległa krótka cisza, po czym monotonny głos znów przebił się przez trzaski interkomu.

– A więc jedne duże Mighty krążki cebulowe, jedne duże Mighty frytki, jeden duży Mighty shake czekoladowy i jedna duża Mighty ekstraniesłodzona mrożona herbata. To wszystko?

– Teraz to już próbuje zrobić mi na złość – mruknęła cicho Gwen. – Tak – szczeknęła do głośnika. – To wszystko.

– Płaci pani dziewięć sześćdziesiąt. Proszę podjechać do drugiego okienka.

Gwen puściła hamulec, pozwalając cadillacowi przetoczyć się we wskazane miejsce.

– Herbaty w ogóle nie powinno się słodzić – powiedziała, jak się zdawało, bardziej do siebie niż do Isobel. Sięgnąwszy do swojej patchworkowej portmonetki, wygrzebała z niej dziesięć dolarów.

– Kiedy tylko przekraczasz linię Masona-Dixona, wszystko zamienia się w melasę i syrop kukurydziany. – Cmoknęła. – Czuję, jak od samego myślenia o tym dostaję próchnicy.

Okienko zaskrzypiało przy otwieraniu. Ubrany w niebieski fartuch i białą czapeczkę chłopak z przetłuszczonymi włosami podał Gwen napoje i przyjął pieniądze. Gdy cofnął się po resztę, znów zatrzasnął okienko.

Isobel wzięła styropianowy kubek wręczony jej wraz ze słomką przez Gwen, która tymczasem umieściła swoją herbatę w uchwycie obok siedzenia kierowcy i natychmiast nerwowo rozerwała papierek osłaniający rurkę, wbiła tę ostatnią w dziurkę w plastikowym wieczku kubka i schyliła się, by niespokojnie pociągnąć pierwszy łyk.

Przepłukała nim usta, jakby usiłowała wyczuć ewentualną truciznę. Potem skinęła głową z zadowoleniem i przełknęła.

– Facet się spisał – orzekła. – Zostanie pracownikiem miesiąca.

Chwilę później okienko otworzyło się znowu. Gwen rzuciła otłuszczoną torbę na kolana Isobel. Potem schowała resztę do portmonetki, podniosła szybę i opuściła kolejkę.

– Lepiej to wypij – poleciła. – Bo zaczynasz wyglądać trochę jak jakaś sierotka.

Podjechała do jednej z wysokich parkingowych latarń i zatrzymała auto w kręgu światła.

– Czekaj! – zawołała Isobel. – Czemu parkujesz?

– Bo, choć jestem bardzo utalentowana, nie potrafię jednocześnie zmieniać biegów i jeść. – Wskazała na shake'a. – To się samo nie wypije.

– Mówiłam ci, że nie jestem...

– Słomka w kubek. Ale już.

Przyjrzawszy się napiętej, niemal przestraszonej twarzy przyjaciółki, Isobel stłumiła w sobie dalsze sprzeciwy. Wyjęła rurkę z papierka i, włożywszy ją do kubka, zmusiła się do pociągnięcia łyka. Po kilku próbach zassania bryłowatej substancji, shake wszedł wreszcie w kontakt z jej językiem. Był wprawdzie nieprzyjemnie zimny, ale musiała przyznać, że jednak smaczny.

Udobruchana Gwen złapała torbę i wyłowiła z niej papierowe, szeleszczące zawiniątko. Zapach smażeniny wypełnił samochód, gdy wyjęła z niego cebulowy krążek w panierce. Ugryzła i oddała się przeżuwaniu, wpatrzona bezmyślnie w przednią szybę.

Isobel spuściła wzrok na kubek z shakiem trzymany między nogami. Zaczęła kolejno wciskać plastikowe wybrzuszenia na wieczku, na których widniały obrazki oznaczające napój dietetyczny, herbatę i tak dalej.

Po nerwowym wierceniu się przyjaciółki poznała, że znów wystawiła jej nerwy na ciężką próbę. Ale żadne pytania jeszcze nie padły. Może do niektórych wreszcie dotarło, że lepiej nie pytać?

– Niesłone – rzuciła w końcu Gwen, a potem dodała: – A tak swoją drogą, mam nadzieję, że wiesz, że ja mam pełną świadomość, że jest niesamowita masa rzeczy, których mi w ostatnich dniach nie mówisz?

Isobel zesztywniała. Jej oczy powędrowały ku siedzeniu kierowcy.

– Na przykład: dlaczego wybrałaś się dziś znowu do tej księgarni? – ciągnęła Gwen. – Czego tam szukałaś i czy to ewentualnie znalazłaś? Tobie też coś się znowu śniło, prawda? – Dokończyła cebulowy krążek i od razu sięgnęła po następny.

Isobel zastanawiała się przez chwilę nad odpowiedzią, szukając właściwych słów.

– Po prostu wszystko... ostatnio się jakby... zagmatwało – rzekła. – Nie wiem już, co się właściwie dzieje, więc jak mam ci to wyjaśnić? I tyle. A w ogóle... A w ogóle to tak jest chyba... lepiej.

– O, tak – skinęła głową Gwen. – Możliwe – przyznała. – Bardzo możliwe, że im mniej wiem, tym łatwiej będę, powiedzmy, bez szemrania się na wszystko godzić, dokładnie tak, jak sobie tego życzysz. Tym bardziej, że zaraz jedziesz do Baltimore. Z pewnością łatwiej ci będzie bez kogoś, kto bez przerwy by ci przypominał, że twój plan kompletnie nie trzyma się kupy. – Parsknęła zniecierpliwionym śmiechem. – Skoro nie mam pojęcia, co się dzieje, nie mogę ci przecież ciągle truć, że jesteś o krok od popełnienia samobójstwa.

– Gwen – zaczęła Isobel. Przymknęła powieki, licząc na to, że jeśli nie będzie patrzeć na przyjaciółkę, jeśli zignoruje strach na jej twarzy, to zdoła utrzymać w ryzach również swój własny. – Już to przerabiałyśmy. Wiesz, że podjęłam decyzję.

– Wiem – oświadczyła z niezwykłą powaga Gwen. – Dlatego jadę z tobą.

Isobel otworzyła oczy i gwałtownie zwróciła twarz w jej stronę.

– Co takiego?

Gwen rzuciła jej papierową torbę na kolana.

– Przypominam – powiedziała – że frytki wkłada się do ust, a nie do uszu. Jadę z tobą.

I pochłonęła trzymany w dłoni cebulowy krążek.

Isobel zacisnęła palce na opakowaniu z frytkami. Potrząsnęła z niedowierzaniem głową. Wykonała nieskoordynowany gest.

– Hm, Gwen... Wróćmy na ziemię, co? Mój tata nigdy ci nie pozwoli z nami jechać. Nie wspominając już o tym, że taka propozycja wzbudziłaby w obojgu moich rodzicach jeszcze więcej podejrzeń.

Gwen żuła i żuła, wbijając przed siebie jakby nieobecne, lecz wciąż zdecydowane spojrzenie. W końcu przełknęła i popatrzyła prosto na Isobel. Jej okulary błyszczały w mroku, zasłaniając oczy, przez co nabierała wyglądu szalonego geniusza.

– Nie wszyscy licealiści pozostają jaskiniowcami, Pebbles – oświadczyła. – Mam taką jedną mechaniczną rzecz na kołach, wiesz? Chyba nawet w niej teraz siedzisz. Nazywa się po waszemu samochód.

– Zamierzasz jechać samochodem?

– Nie, zamierzam grać w klasy. Tak! Zamierzam jechać samochodem.

– A twoi rodzice? Czy oni nie...?

– W przeciwieństwie do ciebie ja żyję w demokratycznym kraju. Przekonałam ich, żeby mi pozwolili odwiedzić kuzynów na

Brooklynie i pójść z nimi na koncert. Shelly i Greta mają u mnie dług. Już obiecały mnie kryć, kiedy mama zacznie wydzwaniać.

Isobel znowu potrzasnęła głową, zaskoczona tym, jak dobrze Gwen to wszystko sobie obmyśliła.

– Gwen, przecież ja się nie zgodzę, żebyś…

– Nie zgodzisz się? – prychnęła Gwen. – Od kiedy to ja potrzebuję twojej zgody na cokolwiek? – Wyrywając jej z powrotem torbę, wyjęła frytkę i podetknęła ją Isobel pod nos. – Ja jadę, a ty rób, co chcesz. Poza tym – dorzuciła – jak zamierzasz się dostać na ten cmentarz, co? Pójdziesz na piechotę? Po nocy? Sama? Wiesz chociaż, w jakiej części miasta się zatrzymacie? Obejrzałaś sobie jakiś plan?

Prawdę mówiąc, Isobel nie zapuszczała się myślami tak daleko w przyszłość. Przynajmniej nie w kwestii szczegółów. Całą energię poświęciła na zapewnienie sobie dojazdu do Baltimore, usiłując jednocześnie zwodzić wszystkich powtarzanymi na zmianę zapewnieniami, że wszystko z nią w porządku i że nic nie wie. Ciężko pracowała, żeby się z niczym nie zdradzić. A kiedy do tego doszły sny i wizje… Naprawdę ciężko się było skupić.

– Mają tam przecież taksówki – mruknęła, choć ręki by sobie za to uciąć nie dała.

– Tak – odparła Gwen. – I mają też taki wskaźnik przestępczości, że niech się Nowy Jork schowa. Poza tym przypominam, że taksówki kosztują. Dużo. A zdaje się, że milczenie twojego brata ostatnio nie potaniało, co wzmiankuję z prawdziwą przykrością. Mówiłam ci już, że potrzebujesz planu. I pomocy. – Tym razem wycelowała frytkę w samą siebie. – Mojej pomocy – oświadczyła, po czym włożyła frytkę do ust.

Isobel bezowocnie szukała w głowie jakichś argumentów.

– Wiesz, że tam będzie mnóstwo ludzi, na tym cmentarzu? – podjęła Gwen. – Plus ochroniarze. Wygląda na to, że Samotny Jeździec nie jest aż taki samotny – dodała, zanim rzuciła się na kolejne frytki, których całą garść trzymała już w dłoni.

– Coś słyszałam – wymamrotała Isobel. – A ty skąd... Skąd wiesz?

– Zauważyłaś, że pojawił się nowy czasownik: „wygooglować"?

Isobel podniosła swój kubek do ust. Pociągnęła długi łyk, potem następny. Od zimna natychmiast rozbolała ją głowa, ale było to nawet poniekąd miłe, bo świadczyło o tym, że chwilowo pozostaje jeszcze wśród żywych.

– A, i masz rację – odezwała się znowu Gwen. – Chyba lepiej, żebym nic nie wiedziała. Bo w przeciwnym razie mogłabym odzyskać rozum i próbować cię powstrzymać. Dlatego po prostu dajmy sobie spokój z wyjaśnieniami, a w razie czego osobiście postaram się utrzymać cię przy życiu.

Isobel uśmiechnęła się ze smutkiem, podczas gdy chłód w jej wnętrzu powoli tajał.

– Naprawdę wybierzesz się do Baltimore? – spytała.

– Jestem uparta jak osioł. To jedna z kiepskich cech, które nas łączą.

– Ty jedziesz, a ja mogę sobie robić, co chcę, tak?

– Wreszcie – westchnęła z ulgą Gwen. Wyjęła swój kubek z uchwytu i uniosła go, jakby na znak toastu. – Zaczynasz łapać.

Tego wieczoru Isobel za nic nie mogła zasnąć.

Wierciła się w pościeli, przetaczając z jednej strony łóżka na drugą, niezdolna do podjęcia decyzji, czy lepiej leżeć przodem do okna, czy tyłem.

Żadna z tych pozycji nie wydawała się przyjemna. Ani bezpieczna.

Zresztą nic się już takie nie wydawało.

W końcu wyciągnęła się na plecach i zagapiła w sufit. Tyle że wtedy drzwi, które stały otworem na przedłużeniu osi łóżka, nabrały niepokojącego wyglądu, jakby ich pusty kontur w każdej chwili mógł wypełnić się obecnością jakiejś nowej poczwary lub też ukazać, zamiast białych ścian, podświetlony na fioletowo las.

Przy tym wiedziała już, że zamykanie ich nie ma większego sensu. Dlatego zamknęła oczy.

Leżąc tak, wyczerpana, a jednak wciąż w pełni przytomna, pomyślała, że zaczyna rozumieć to, co Pinfeathers powiedział jej tuż przed tym, jak po raz pierwszy stanęła twarzą w twarz z Lilith: „Otwórz te drzwi, a bez względu na wszystko nigdy ich już nie zamkniesz".

Stopniowo nabrała lęku przed nocą, przed tym, czym sen mógł nasączyć jej nieświadomy umysł, przed dziurami, jakie mógł wypalić w jej sercu. Przed ziarnami zwątpienia, które mógł zasiać w jej duszy.

Ponownie przetoczyła się na bok, w stronę szafy. Kuląc się, podciągnęła kołdrę. To, co widziała w krainie snów, z Varenem na piętrze odwróconej jak w lustrzanym odbiciu księgarni, nie było prawdziwe. Stanowiło ułudę mającą ją zmylić, odwieść od powziętych zamiarów. W ten sposób Lilith chciała wyprowadzić ją w pole, nakłonić do wycofania się, zabijając w niej nadzieję.

Bo gdyby tamto działo się naprawdę, znalazłaby w księgarni, na piętrze, wstążkę. Tak samo jak znalazła gramofon i przekrzywiony szyld, i czarną plamę wypaloną na podłodze, i tak dalej. Wstążki tymczasem – jedynej rzeczy, która się liczyła – nie znalazła. I już to jedno dowodziło, że scena z Varenem tylko jej się przywidziała. Że Varen wciąż miał szarfę przy sobie. Nigdy by z niej nie zrezygnował. Nigdy by nie zrezygnował z niej, Isobel. Musiała w to wierzyć. Tak wiele już przeszli.

Usiadła, obejmując kolana ramionami, i, tak skulona, przeniosła wzrok na gładką powierzchnię lustra.

Jeśli Varen przebywał w świecie zwierciadlanych odbić, uwięziony tam wbrew swej woli, to co lub kogo widział jego ojciec poprzedniego wieczoru?

Czy Varen naprawdę pojawił się znikąd, zmuszając pana Nethersa do gwałtownego skrętu, który prawie skończył się zderzeniem z fontanną, stojącą w ich wiktoriańskiej dzielnicy?

Ta fontanna.

Myśli Isobel wróciły natychmiast do widzianego we śnie różanego ogrodu: Varen poprowadził ją wtedy ku tej samej fontannie. Przypomniała też sobie wizytę w księgarni i fakt, że ostatnio przecież dwukrotnie spotkała go na jawie. Ba, podobnie jak jego ojciec, raz nawet obcowała z nim w rzeczywistości, choć on teoretycznie znajdował się wtedy gdzieś indziej.

To było w Halloween. Gdy robili prezentację o Poem.

Varen pojawił się na lekcji, mimo że podobno spał wówczas w Zakątku Nobita.

Zmarszczyła brwi. Nie chciał podać dłoni jej ojcu, a kiedy podniósł jej radiomagnetofon, w głośnikach zaszumiało, choć w środku nie było baterii. No i później, po lekcji, jak gdyby rozpłynął się w powietrzu.

Niczym duch.

„Nie wierzę w duchy", oświadczył jego ojciec.

A przecież właśnie jednego widział.

Tak jak i ona na lekcji angielskiego.

Z tą myślą odrzuciła kołdrę i wyskoczyła z łóżka.

Elektroniczny zegarek pokazywał czwartą czterdzieści.

To oznaczało, że zostały jej dwie godziny do chwili, gdy powinna wstać do szkoły.

Ubierała się po omacku, z nadzieją, że zdoła w tym czasie dotrzeć do fontanny i wrócić, zanim ktokolwiek zauważy, że wychodziła.

Na rowerze górskim Danny'ego dotarła do zabytkowej, spokojnej dzielnicy Varena w dwadzieścia minut.

Ubrała się „na cebulkę", co nie zmieniało faktu, że ostre wczesnoporanne powietrze kłuło ją w płuca przy każdym oddechu. Naciągnięta głęboko na uszy czapka narciarska chroniła jej głowę, lecz policzki paliły od chłoszczącego je przez całą drogę mroźnego wiatru, który zdawał się niechętny całej wyprawie.

Serce waliło Isobel jak oszalałe, gdy pokonywała ostatni zakręt wiodący na St. Francis Court, czyli ulicę, gdzie mieszkał Varen.

Dawniej mieszkał...

Brązowe liście zalegały pod kołami roweru, wygładzone przez deszcz i sprasowane przez opony samochodów. Gazowe latarnie ustawione wzdłuż trawiastego pasa rozdzielającego dwie jednokierunkowe jezdnie migotały żywymi płomykami – wysokimi i wiotkimi w swoich szklanych osłonkach.

Isobel przestała pedałować i, łapiąc oddech, pozwoliła rowerowi toczyć się między dwoma szeregami wiktoriańskich budynków.

Ich wielkie okna zdawały się śledzić ją jak oczy.

Gdy zbliżyła się do okazałego domu z czerwonej cegły, do którego Varen ją kiedyś zaprosił, lekko wcisnęła hamulce. Chociaż wcale nie zamierzała tego robić, na wysokości ciemnych frontowych drzwi z oprawnymi w stal szybkami opuściła stopę na asfalt i przystanęła. Obserwowała budynek ze środka ulicy.

Gdy spojrzała w okno na ostatnim piętrze, należące do pokoju Varena, odniosła wrażenie, że ktoś na nią stamtąd patrzy. Czarne szyby nie pozwalały jednak nic dostrzec.

Zawróciła i znów wsiadła na rower, powtarzając sobie, że nie ma czasu do stracenia. Wiedziała, że mama niedługo wstanie, żeby zrobić tacie kawę i zapakować Danny'emu lunch.

Gdy podjechała do fontanny, ponownie wcisnęła hamulce. Opony lekko zapiszczały, a ona, nie czekając, aż rower się zatrzyma, zeskoczyła na ziemię.

Podprowadziła go do okrągłego krawężnika otaczającego fontannę i, ostrożnie położywszy na boku, ruszyła przez wąski trawnik ku ozdobnie kutej barierce, która oddzielała suchy betonowy basen od zamarzniętej murawy.

Wsparta wciąż zgrabiałymi dłońmi o pomalowany metal spojrzała na fontannę. Reflektory umieszczone tuż przy betonowej podstawie ze wszystkich stron oświetlały zaśniedziały górny basen, wydobywając z mroku pokryty giętkimi, liściastymi wzorami spód płytkiego zbiornika w kształcie misy.

Bez lśniącej wodnej kurtyny przelewającej się przez jego brzegi fontanna była cicha i bez życia.

Isobel zerknęła w lewo, potem w prawo.

Wzdłuż obu jezdni stały zaparkowane samochody, a na kilku obrośniętych winem gankach połyskiwały światła lamp, lecz poza tym okolica wydawała się widmowo pusta.

Isobel zacisnęła dłoń na barierce i, czując się tak, jakby stąpała nie po twardym gruncie, lecz po ruchomych piaskach, zaczęła się zastanawiać, czemu właściwie tu przyjechała. Na co liczyła? Że Varen stanie przed jej rowerem tak samo, jak dwa wieczory wcześniej podobno pokazał się przed samochodem ojca?

Może, jak doszła teraz do wniosku, miała nadzieję, że miejsce, w którym Varen obiecał czekać na uwolnienie z krainy snów, w jakiś sposób łączy się ze swoim realnym odpowiednikiem, podobnie jak z księgarnią. Że między tymi punktami istnieje jakiś pomost.

Poza tym coś tu musiało na nią czekać, nawet jeśli okazałoby się, że Varen się jednak nie pojawi. Coś w rodzaju znaku, sygnału, który by jej powiedział, że chłopak wciąż na nią liczy, że wciąż nie stracił nadziei.

Choćby coś tak drobnego i prostego jak płatek czerwonej róży.

Niczego wszakże nie dostrzegła.

Cała ulica sprawiała wrażenie martwej, pozbawionej tego bezczasowego uroku, jakim emanowała w tamto jesienne popołudnie, gdy Varen z Isobel przyjechali tu samochodem.

Isobel znów podniosła wzrok na fontannę.

U podstawy basenu zastygły cherubinki z loczkami. Mimo że w dzień wydawały się beztroskie, nocne cienie w połączeniu ze sztucznym światłem reflektorów nadawały ich twarzom wyraz nie tyle figlarny, ile złośliwy, nie tyle radosny, ile nieprzyjemny.

Bawiące się z nimi wielkie łabędzie z odgiętymi szyjami i rozpostartymi skrzydłami wyglądały trochę tak, jakby w panice zrywały się do lotu.

Isobel postąpiła krok do tyłu. Potem jeszcze jeden.

Misa górnego basenu blokowała światło reflektorów tak, że nie sięgały stojącej na szczycie fontanny uwodzicielskiej nagiej postaci z rozwianym z tyłu kawałkiem tkaniny. Figura ta, przynależna nocy, tonęła w głębokim mroku.

– Nie wygrasz – szepnęła do niej Isobel, nie odrywając oczu od bezkształtnej w ciemności twarzy. – Niezależnie od tego, czy to, co widziałam, było prawdziwe, czy nie – ciągnęła, a w miarę jak się rozpędzała, jej głos nabierał mocy – niezależnie od tego, co mu wmówiłaś, nie dasz rady mnie powstrzymać. Gdy tylko go znajdę, gdy tylko na mnie spojrzy, od razu pozna, że kłamałaś. Czy jesteś demonem, czy nie, już mnie nie przerażasz. Sprowadzę Varena z powrotem. A potem załatwię cię na dobre. Żebyś już nikomu więcej nie robiła takich rzeczy. Przysięgam.

Po tych słowach odwróciła się od fontanny. Podeszła do krawężnika i schyliła się po rower brata.

– To u ciebie jakiś nałóg? Składanie obietnic, których nie potrafisz dotrzymać?

Zamarła. Ten głos...

Powoli obejrzała się znowu w stronę fontanny. Potem, upuściwszy rower na ziemię, popędziła dookoła cementowego basenu ku miejscu, skąd dobiegły te słowa.

Siedział oparty o podstawę fontanny, tuż pod jednym z rozwija-jących skrzydła łabędzi. Po swojej prawej stronie miał cherubinka, który zdawał się nachylać ku niemu z ostrożnym zainteresowaniem.

Rozchylone poły płaszcza przypominającego kaftan bezpieczeństwa ukazywały część alabastrowej piersi. Dokładnie tam, gdzie powinno znajdować się serce, Isobel zobaczyła dziurę rozmiarów piłki do softballu.

Obok wznosił się stos czegoś, co początkowo wzięła za małe kamienie. Dopiero po chwili zdała sobie sprawę, że to nie kamienie, lecz odłamki pochodzące z ciała Noka.

Próbowała w miarę możliwości panować nad swoją twarzą, gdy

Pinfeathers ujął jedną z tych skorup w purpurowe szpony. Trzymając ją pod światło między palcem wskazującym a kciukiem, przyjrzał się jej jak jubiler klejnotowi. Potem przyłożył odłamek do piersi, starannie wpasowując go w ziejącą tam czarną dziurę. Isobel usłyszała towarzyszące temu kliknięcie.

– Nasza kurtka... – rzucił, w skupieniu wybierając ze stosika kolejną skorupę. – Ta, którą znalazłaś na drzwiach szafy. Zorientowałaś się już, że to nie ja ją tam powiesiłem?

22

POTAJEMNIE

Choć widok Pinfeathersa łatającego sobie dziurę w piersi nie należał do najprzyjemniejszych, Isobel nie chciała odwracać wzroku. Zadawała sobie przy tym pytanie, kto tak urządził Noka, nawet jeśli miała świadomość, że nie powinna pytać.

– Co tu robisz? – spytała.

– Czekam – odrzekł. – Na ciebie. – Uśmiechnął się, wykrzywiając poszarpane oblicze. – Rzecz jasna.

– Skąd...

– ...wiedziałem, że przyjdziesz? – dokończył zdanie. – Ponieważ – po raz pierwszy podniósł na nią swoje czarne jak sadza oczy, które natychmiast wczepiły się w jej własne źrenice – zapowiedziałaś, że to zrobisz.

Lekko potrząsnęła głową.

– Ja nigdy...

– Owszem – przerwał jej znowu. – Ty może nie uważasz, czirliderko, ale my jak najbardziej. A propos... – Przekrzywił głowę i zamrugał. – Nie słyszałaś, co przed chwilą mówiłem?

Isobel zacisnęła szczęki. Zasznurowała też usta, czekając, aż opanuje się na tyle, by zdobyć się na spokojną odpowiedź. Nie zamierzała go prowokować: jak na jej gust, najlepiej prezentował się z pewnego dystansu, z rękoma zajętymi czymś innym niż ściskanie jej za szyję.

Doskonale słyszała, co powiedział o kurtce Varena.

– Jeśli nie ty ją tam powiesiłeś – rzuciła, postanawiając zachować się tak, jak tego oczekiwał – to kto?

– My – odrzekł Pinfeathers, znowu spuszczając wzrok na malejącą dziurę w swojej piersi, w którą wpasował kolejny odłamek, zresztą jeden z ostatnich. – Ale nie ja.

Isobel skrzywiła się z niezadowoleniem, choć wiedziała, że w relacjach z Pinfeathersem najlepszą reakcją okazywał się zawsze brak reakcji.

– Czyli twierdzisz, że zrobił to Varen. Niby jak? – Spytała. – Skoro może przedostawać się do tego świata tak samo jak ty, to dlaczego nie ma go tu w tej chwili?

Pinfeathers milczał, grzebiąc pazurem w pozostałych skorupach. Isobel zbliżyła się do ogrodzenia.

– Odpowiedz! – krzyknęła i złapała za barierkę.

– Ten zamaskowany... – zaczął Nok, puszczając jej wrzaski mimo uszu. – Ten, który się kryje i którego niedługo pojedziesz szukać... On nam zabrał tę kurtkę. Może sobie brać, co zechce. I chodzić, dokąd zechce. Nie powinien mieć takiej mocy.

Isobel poczuła, że cierpnie jej skóra na głowie, a włoski na przedramionach i na karku stają dęba. I to bynajmniej nie z zimna, lecz z napięcia.

Jej umysł upodobnił się do ekranu poznaczonego zygzakami zakłóceń, kiedy próbowała zrozumieć, skąd Pinfeathers wie o jej planach związanych z Baltimore i Reynoldsem. A później nagle ją oświeciło.

– Tamtego wieczoru, gdy odwiedziła mnie Gwen... Ten cień w moim pokoju to byłeś ty, prawda? Cały czas bezczelnie podsłuchiwałeś.

– Ten drugi przezornie uciekł – brzmiała jedyna odpowiedź.

– I jeszcze wtedy pod drzwiami łazienki... Ty...

– Mówię ci, czirliderko – wtrącił wkurzająco spokojnym tonem, wkładając ostatni fragment klatki piersiowej na miejsce i krzywiąc się przy tym niemiłosiernie. – Z tą kurtką to nie byłem ja.

Chwyciwszy luźną tasiemkę od płaszcza, przewlókł ją przez odpowiednią dziurkę i wprawnymi palcami zawiązał, ściągając czarny materiał. Powtórzył całą operację z kolejną, ostatnią od góry tasiemką, zasłaniając resztę spękanej piersi. Potem wstał spod fontanny, kolejno rozprostowując swoje patykowate kończyny.

Isobel cofnęła się gwałtownie od barierki, niemal potykając się o własne stopy.

Nienawidziła tego poczucia bezbronności, które ją przy nim ogarniało. Owszem, przy pewnej dozie szczęścia potrafiła wyrządzić mu fizyczną krzywdę. Tyle że o jakiej krzywdzie mogła być mowa, skoro oboje doskonale wiedzieli, że to on zna wszystkie odpowiedzi?

Po raz pierwszy, od kiedy się spotkali, poczuła lęk, że Pinfeathers lada chwila rozpłynie się w powietrzu, pozbawiając ją w ten sposób jedynego pewnego połączenia z Varenem.

– Powiedz, że z nim wszystko dobrze – rzuciła błagalnie. – Proszę. Powiedz, że sen z księgarnią był kłamstwem i że on wie, że go szukam. Powiedz mi, że wciąż ma moją wstążkę.

Patrzyła na niego, gdy powoli, wręcz z gracją sunął ku niej, i przyszło jej do głowy, że porusza się w ten sposób celowo, starając się jej nie przestraszyć.

Absurdalność tej myśl może by ją nawet rozśmieszyła, gdyby nie to, że bliżej jej było do łez.

Zatrzymał się przy ogrodzeniu. Podał jej dłoń, która otworzyła się jak zębata pułapka.

– Chodź – powiedział. – Musisz coś zobaczyć.

Isobel potrząsnęła głową.

– Nie zamierzam cię dotykać – oświadczyła. – I nigdzie z tobą nie idę. Mowy nie ma. – Cofnęła się o kolejny krok, trafiając obcasem na betonowy krawężnik.

Mogła rzucić się do ucieczki. Owszem. Tyle że gdyby chciał ją dogonić, daleko by nie uciekła. Pinfeathers nie opuścił wyciągniętej ręki. Nie ruszył się też z miejsca, wciąż stał za barierką, jak gdyby mówił: „Dalej nie pójdę". Nie spuszczał z Isobel swoich atramentowych oczu, nawet nie mrugając.

– Tym razem żadnych podstępów – obiecał. – Żadnych omamów. Tylko złapane w przelocie wspomnienie. Coś, co może cię zainteresować. Sama zresztą ciągle powtarzasz, że nie jestem w stanie zrobić ci nic złego.

Spojrzenie Isobel powędrowało od jego spiczastych jak u rekina zębów, widocznych przez dziurę w policzku, ku ostrym niczym igły czubkom purpurowych szponów.

Mimo tej makabrycznej powierzchowności całe jego zachowanie w tym momencie, począwszy od pozy, którą przyjął, a skończywszy na poważnym, surowym wyrazie twarzy, jakoś dziwnie do niej trafiało.

– Jesteś… inny – stwierdziła, czując, że chęć ucieczki rozpływa się w niej jak białe obłoczki oddechu po kilku sekundach w powietrzu. – Dlaczego? Co ci się stało?

– Może nad sobą pracuję? – odrzekł z uśmiechem równie gorzkim co ulotnym.

Mimo oporów wykonała niepewny krok w jego stronę. Uznała, że to będzie próba, mająca sprowokować go do reakcji. Spoglądał na nią z prawdziwie ludzką powagą, jakiej jeszcze nigdy u niego nie widziała. Wyglądał… znajomo.

Jego szpony wydały stukoczący dźwięk, gdy skinął na nią palcem.

Postąpiła jeszcze krok, i jeszcze jeden.

Przyjechała w to miejsce, by spotkać ducha Varena.

Zbliżając się do Noka coraz bardziej i, na koniec, wkładając swoją dłoń w jego porcelanową rękę, pomyślała, że być może – ale tylko być może – udało się jej.

Jego palce mocno zacisnęły się na jej palcach, zamykając się szczelnie niby jakiś potworny mechanizm.

Prawie jęknęła z bólu.

I kiedy już jej się zdawało, że właśnie popełniła straszliwy błąd, jej ciało ustąpiło, a palce Noka przeniknęły przez jej dłoń tak, jakby ta stała się nagle niematerialna niczym miraż.

Pinfeathers cofnął się o krok niemal z takim wdziękiem, jakby szykował się do walca, i zaczął ciągnąć Isobel ku sobie. Tyle że jej ciało, całkiem sparaliżowane, wrosło w trawnik, podczas gdy jakaś osobna jej część jęła przesuwać się naprzód.

Wrażenie było takie, jak gdyby Nok obierał ją z samej siebie.

I chyba nie chodziło tylko o wrażenie.

Bo oto już po chwili widziała podwójnie, a z kolei nocne dźwięki – szum wiatru czy szelest liści – ucichły. Potem wszystko nagle znikło, pochłonięte przez czystą biel.

Unosiła się pośród nicości, bezcielesna, samotna i dziwnie nieprzejęta tym, co się właśnie stało, gdzie się znajduje i czy zdoła wrócić. Czuła się tak, jakby zawisła między snem a jawą, i nawet przyszło jej do głowy, że może tak wygląda umieranie.

Szarpnięcie za rękę przywróciło jej zmysły.

Spojrzawszy w bok, zobaczyła własną dłoń wciąż przytrzymywaną przez Pinfeathersa.

Zdezorientowana, popatrzyła w górę, ale nie znalazła tam fontanny. Przepadły też domy i drzewa, samochody i migoczące latarnie. Na ich miejscu ciągnął się długi, mroczny korytarz, w którego ścianach znajdowały się niezliczone, proste, funkcjonalne drzwi.

Zerknęła na Pinfeathersa, który przycisnął jeden z czerwonych szponów do ust, nakazując jej milczenie. Następnie rozpłynął się w obłok dymu, by z szelestem i łopotem przeobrazić się w czarnego ptaka i usiąść jej na lewym ramieniu.

Prawie nic nie ważył, jakby nawet w tej formie pozostawał pusty w środku.

Wyciągając do przodu dziób, zakrakał chrapliwie i ponaglająco.

Isobel spojrzała w głąb słabo oświetlonego korytarza, który zdawał się nie mieć końca. Zaczęła się zastanawiać, dokąd trafiła i po co, lecz ptak na jej ramieniu przekrzywił głowę i sucho zastukał dziobem. Najwyraźniej chciał, by poszła dalej.

Ruszyła więc ostrożnie przed siebie, a kroki, które stawiała na wytartych deskach, nie wydawały żadnego dźwięku.

Pomiędzy kolejnymi drzwiami paliły się staroświeckie lampy naftowe, a równy, żółty płomień każdej z nich, zamknięty w szklanej osłonce, rzucał na gołe ściany klepsydrowate cienie. W powietrzu unosił się zapach nafty zmieszany z antyseptyczną wonią jodyny i alkoholu. Jednakże Isobel wyczuwała też coś jeszcze – coś jakby stłumiony, stęchły odór choroby i rozkładu.

Jej uwagę przyciągnęło odległe skrzypnięcie gdzieś z prawej strony – wkrótce pojawiła się tam ubrana na biało kobieta.

Isobel zastygła. Strach przeszył ją jak strzała, unieruchamiając w miejscu.

Pułapka! Pinfeathers, któremu bez sensu zaufała, oczywiście wydał ją prosto w łapy Lilith.

Niemniej, gdy kobieta zbliżyła się na tyle, by dało się cokolwiek rozróżnić, jej białe ubranie okazało się staroświeckim pielęgniarskim uniformem, niemającym nic wspólnego z powiewnymi przezroczystymi szatami. W nakrochmalonym białym czepku na ciemnobrązowych włosach wyglądała jak aktorka z filmu kostiumowego. Biały fartuch opinał jej wąską, ściśniętą gorsetem talię, wokół nóg falowały ciężkie, długie spódnice.

Wpatrzona w podłogę w ogóle nie zwróciła na Isobel uwagi, mimo że, przechodząc spiesznie obok, niemal ją musnęła.

Z tyłu podążała młoda, nastoletnia, identycznie ubrana dziewczyna, pchając przed sobą poskrzypujący wózek, na którym, obrócony na brzuch, leżał apatyczny starzec o skórze podobnej do surowego ciasta.

Isobel odprowadziła ten ponury pochód spojrzeniem.

Szpital, pomyślała. Znajdowała się w jakimś starym szpitalu. Ale po co Pinfeathers ściągnął ją w takie miejsce?

Powiedział, że to wspomnienie, i nie ulegało wątpliwości, że chodzi o przeszłość – tylko jak odległą? Lampy naftowe i ubiór pielęgniarek sugerowały, że to XIX wiek. Przy czym, jeśli cofnęli się aż tak daleko, to czyje to było wspomnienie? Przecież nie Varena.

W tok jej myśli wdarło się teraz czyjeś pojękiwanie.

Chwilę potem kawałek dalej otworzyły się drzwi, które – sama widziała – znienacka pojawiły się w ścianie.

Pinfeathers zakrakał cicho i z łopotem skrzydeł zerwał się do lotu. Patrzyła, jak przemknął przez korytarz i znikł w otwartych drzwiach.

Pospieszyła za nim, bo wolała już towarzystwo potwora niż samotność w takim miejscu.

Gdy zbliżyła się do drzwi, dochodzące zza nich dźwięki przybrały na sile, stopniowo przechodząc w krzyk, a potem wycie.

– REYNOLDS!

Ten chrapliwy, przerażony ryk wbił ją w podłogę. Stojąc w progu, objęła wzrokiem rozgrywającą się w pokoju scenę.

Na środku pomieszczenia znajdowało się wąskie łóżko. W białej pościeli leżał ciemnowłosy mężczyzna o wymizerowanej, chorobliwie bladej twarzy. Właściwie nie tyle leżał, ile wił się pośród splątanych, przepoconych prześcieradeł, jęcząc i wyjąc, gdy tymczasem nad jego głową unosiły się gęste kłęby czarnego dymu.

– REYNOLDS! – krzyknął znowu mężczyzna na łóżku.

Młody doktor w ciemnym surducie i koszuli z przybrudzonym, rozpiętym kołnierzykiem pochylał się nad chorym.

– Edgarze! – Przytrzymywał jego młócące powietrze dłonie, wyraźnie nieświadom tłoczących się ponad łóżkiem cieni. – Edgarze, nic tu panu nie grozi.

Poe, pomyślała w osłupieniu Isobel. Ten udręczony człowiek to był… Poe.

Wytrzeszczyła oczy, unosząc je ku gęstej ciemności falującej pod sufitem. W jej fałdach migały ostre twarze i rozczapierzone szpony, wyrywające się ku ofierze na podobieństwo wygłodniałych rekinów.

Przerażony Poe rzucał głową po poduszce, lecz reszta jego ciała pozostawała nieruchoma, jakby skrępowana niewidocznymi powrozami. Jego pierś unosiła się w przyspieszonym oddechu. Jęczał i zgrzytał zębami, żyły na szerokim czole nabrzmiewały mu jak błękitne postronki.

I wtedy to zobaczyła – cienkie, srebrne pasmo, które rozciągnęło się między ciemnymi kłębami w górze a środkiem niespokojnej piersi Poego.

Delikatna jak babie lato nić zdawała się zrobiona z drżącego blasku.

Poe wygiął się nagle, krzycząc, gdy ciemne strumienie zaczęły spływać ku niemu spod sufitu. Wijące się macki czarnego dymu zajęły cały pokój, rozprzestrzeniając się błyskawicznie we wszystkich kierunkach. Rozpływały się w powietrzu jak smugi atramentu w wodzie, ślizgały nad podłogą i omiatały ściany, by w końcu przyjmować ohydne kształty Noków.

Tyle że tych akurat Noków Isobel nie znała.

Potwory nad łóżkiem Poego, choć podobne do Pinfeathersa w tym, że tak jak on były wydrążone w środku, różniły się od niego kolorem swoich nastroszonych włosów oraz szponów, które mieniły się nie czerwienią, lecz rozmaitymi odcieniami fioletu i błękitu.

Po krótkiej chwili Isobel rozpoznała jednego z nich. To był ten, którego spotkała w marmurowej krypcie, w krainie snów, ten sam, który poprosił ją o pomoc przy składaniu się z powrotem do kupy. Wyglądało na to, że sobie poradził. Jego białą jak sól skórę pokrywały skomplikowane rysunki: na porcelanowej piersi jakieś statki kołysały się wśród wzburzonych fal, a na lewym ramieniu pysznił się pokryty diamentowymi łuskami wąż morski.

Scrimshaw, pomyślała Isobel, przypominając sobie nagle jego imię.

On tymczasem zawisł tuż na Poem. Pochylając się nad nim, złapał jedną z dłoni chorego tak mocno, że szpony niemal przebijały skórę. Śmiał się. Przedrzeźniając doktora, zaczął szeptać:

– Popełniłeś błąd, znowu próbując nas przechytrzyć, nieprawdaż? – syczał. – I patrz, dokąd nas to zawiodło – wskazał pazurem na sufit. – W pułapkę. Wprost w oko cyklonu.

– Edgarze – przemówił głos spomiędzy kłębów dymu.

Wśród wirującej czerni maelstromu zabłysły bielą przejrzyste, delikatne szaty.

Wypuściwszy rękę Poego, Scrimshaw cofnął się gwałtownie, rozmywając się w ciemne smugi z wizgiem: „*Tekeli-li!*".

Reszta Noków uczyniła to samo. Rozpierzchły się na boki, przywierając do ścian i podłogi niby węże.

Krzyki Poego przybrały na sile, gdy w mroku pojawiła się twarz Lilith.

Fałdy cienia rozchyliły się, ukazując jej idealne rysy. Ramiona spowite w przezroczysty materiał wydobyły się z nicości.

Białe dłonie zacisnęły się na srebrnej nici, jakby chwytały linę.

– Edgarze – szepnęła ponownie Lilith, a jej czarne włosy załopotały na tle wzburzonej ciemności. – Należysz do mnie. Musisz wrócić.

– REYNOLDS! – zawył znowu Poe.

Skrajna rozpacz w jego głosie sprawiła, że Isobel otrząsnęła się z szoku. Rozejrzała się dookoła za czymkolwiek, co pomogłoby jej przerwać te tortury.

Wypatrzyła Pinfeathersa, który, wciąż w postaci ptaka, przycupnął na parapecie chłostanego deszczem okna. Pochwyciwszy jej wzrok, zerwał się i z łopotem skrzydeł przefrunął przez cały pokój, by usiąść z powrotem na jej ramieniu. Fakt, że ani Poe, ani Lilith, ani doktor nie zwrócili na to uwagi, przypomniał Isobel, że nic nie może zrobić. Absolutnie nic. Ponieważ scena rozgrywająca się przed jej oczyma już się dokonała.

W miarę jak Lilith wyciągała się po srebrnej nici z niebytu, kolana Isobel miękły. Pinfeathers wiercił się niespokojnie na jej ramieniu, też wyraźnie przestraszony obecnością demona, choć przecież w gruncie rzeczy chodziło o cień z przeszłości. Isobel czuła, że ma on ochotę pójść w ślady swoich pobratymców, uciec i się ukryć. A jednak z nią został. I mimo tych wszystkich rzeczy, które jej wcześniej zrobił, była mu wdzięczna.

Poe, zaciskając zęby, odwrócił głowę od sunącej ku niemu Lilith. Zamknął oczy, jakby chciał się od niej odgrodzić powiekami, a jego twarz skurczyła się w wyrazie zrezygnowanego cierpienia. Było widać, że jego walka dobiega końca.

Reynolds, pomyślała Isobel. Poe wzywał Reynoldsa. Gdzie ten facet się podziewał? Czemu się nie zjawiał? Czemu tego nie przerwał?

– Nic ci tutaj nie grozi – upierał się lekarz. – Edgarze, posłuchaj! Już po wszystkim. Słyszysz? Cokolwiek się stało, już po wszystkim!

Na chwilę zapadła ciemność. Isobel zamrugała, usiłując odzyskać wzrok. Poczuła, że ptasie szpony Pinfeathersa mocniej zaciskają się na jej ramieniu. Potem mrok się rozproszył, a ona zdała sobie sprawę, że w pokoju pojawił się ktoś jeszcze, ktoś, kto dostał się do środka poprzez nią.

Wysoka, spowita w czerń postać.

Isobel przesunęła spojrzeniem po jej szerokich plecach, zatrzymując wzrok na czarnym kapeluszu. Potem dostrzegła skraj białego szala.

Reynolds.

Lilith na moment oderwała uwagę od Poego. Jej czarne oczy zamrugały ze zdumieniem, gdy Reynolds wystawił przed siebie jedną ze swych bliźniaczych szabel. Obnażając ostre zęby w kpiącym uśmiechu, Lilith syknęła:

– Głupcze! Przecież go zabijesz!

Poe niespodziewanie znieruchomiał. Isobel zobaczyła, że skierował twarz w stronę doktora, mamrocząc coś niezrozumiale, podczas gdy Reynolds uniósł ramię, gotowy do zadania ciosu.

– Nie! – krzyknęła, a jej głos zlał się z głosem Lilith.

W następnym momencie Reynolds machnął szablą, jednym uderzeniem przecinając srebrną nić rozpiętą między ciałem Poego a dłońmi demona.

Lilith zawyła i wykrzywiła się wściekle, gdy srebrne pasmo rozpłynęło się jej w palcach. Poleciała do góry, jakby zassana w sufit. Mrok zawirował, a potem nagle wszystko znikło, nie pozostawiając na gładkiej powierzchni stropu żadnego śladu.

Isobel gwałtownie wciągnęła powietrze, obserwując, jak Reynolds chowa miecz do pochwy. Potem spojrzała na Poego, który leżał teraz bez życia, ze szklanymi, niewidzącymi oczyma.

– Edgarze! – zawołał doktor.

Nie otrzymał odpowiedzi.

Reynolds odwrócił się, a gdy ruszył w jej stronę, Isobel poczuła, że zalewa ją fala nienawiści. Rzuciła się na niego z zaciśniętymi pięściami i krzykiem na ustach.

Pinfeathers wzbił się w powietrze, kracząc głośno.

Pięści Isobel przeleciały przez jak zawsze spokojne oblicze Reynoldsa na wylot. Nawet się nie skrzywił, przeszedł przez jej ciało, a ona runęła do przodu.

Złapała równowagę i, podnosząc spojrzenie, stwierdziła, że znajduje się u stóp łóżka Poego. Patrzyła, jak lekarz drżącą ręką zamyka jego martwe, a jakby utkwione w niej oczy.

Dokładnie w tym momencie ściany, podłoga i sufit rozsypały się jak talia kart, Isobel zaś pogrążyła się w bezdennej ciemności.

Gdy, leżąc na plecach, opadała poprzez mrok, jej uwagę zwróciło coś błyszczącego: w dookolnej pustce lśniła srebrna nić, która kończyła się w jej ciele.

Powiewała jak wstążka na wietrze, szarpana coraz szybszym pędem powietrza.

Potem, znienacka, mocno się naprężyła i zaczęła ją ciągnąć, co sprawiło, że Isobel poczuła się jak latawiec na nocnym niebie. Powoli odzyskując świadomość, ujrzała z wysoka siebie czy raczej swoje ciało stojące przed fontanną w dzielnicy Varena, z dłonią wciąż wyciągniętą w kierunku Pinfeathersa, mimo że Noka już tam nie było.

Był natomiast ktoś inny, ktoś nieznajomy, kto podszedł do niej od tyłu.

Gnana przerażeniem, rzuciła się w dół. Świat na chwilę się rozmył, gdy z powrotem wchodziła w samą siebie.

Zamrugała – suche oczy piekły ją niemiłosiernie. Opuściła rękę – mięśnie bolały jak po wielogodzinnym wysiłku. I natychmiast odwróciła się w stronę osoby, która już niemal dotykała jej ramienia.

23

GŁOS SUMIENIA

Och! – Kobieta podskoczyła, gwałtownie cofając rękę. Młoda, chyba świeżo po trzydziestce, o ładnych szarych oczach i cerze zbyt opalonej jak na głęboką zimę, miała na sobie elegancki szary płaszcz i odpowiednio dobrane rękawiczki. Włosy, bardzo jasne i proste, układały się jej na ramionach tak porządnie, że nadawały jej wygląd modelki z reklamy sklepu Macy's.

Nieznajoma przypatrywała się Isobel podejrzliwie, jakby nie była pewna, czy nie natknęła się na uciekinierkę z domu dla obłąkanych.

– Nie słyszałaś? – rzuciła. – Pytałam, czy to twój rower leży na środku ulicy.

Przy tych słowach wskazała na porzucony przy krawężniku niebieski rower Danny'ego. Isobel popatrzyła w tamtą stronę, przeniosła wzrok z powrotem na kobietę, a później na widocznego zza jej smukłej sylwetki, zaparkowanego na jezdni srebrnego lexusa.

Drzwi po stronie kierowcy były otwarte, jak gdyby nieznajoma wyskoczyła z auta w pośpiechu i liczyła, że za moment odjedzie.

– Ja… – wyjąkała Isobel, po czym zerknęła ku fontannie, popadając w coraz większe zdumienie.

Powoli do niej docierało, że znikła. To znaczy nie fizycznie. Jej ciało nie ruszyło się z miejsca, ale jej astralne „ja", jej duch przeniósł się gdzieś indziej – w głąb wspomnienia z przeszłości.

A teraz wróciła i czuła w kościach, że to, co pokazał jej Pinfeathers, było prawdą.

Reynolds zabił Poego. Powiedział jej, że to Lilith, lecz jak zwykle kłamał. Tylko dlaczego? Dlaczego? Skoro Poe sam go wzywał, błagając o pomoc? Skoro, jak twierdził, się przyjaźnili? Czy może tę przyjaźń też zmyślił?

– Czy… Czy ty się zgubiłaś? – zagadnęła kobieta.

Tak, chciała odrzec Isobel. Zdecydowanie się zgubiłam.

Patrząc na niebo, stwierdziła, że trochę się już rozwidnia, w związku z czym nasuwało się pytanie, ile czasu sterczała pod tą fontanną.

– Która… Która jest? – spytała nieznajomej.

– Jest wcześnie. Do rozpoczęcia lekcji została co najmniej godzina. Jechałaś do szkoły? Czy gdzieś indziej?

Isobel nie odpowiedziała, zajęta obliczeniami. Jeśli lekcje zaczynały się dopiero za godzinę, to miała jeszcze jakieś trzydzieści minut, żeby wrócić do domu, zanim zadzwoni jej budzik. Mniej – jeśli mama zapragnęłaby wcześniej do niej zajrzeć. O ile jeszcze tego nie zrobiła.

Boże, co ona by sobie pomyślała, widząc, że łóżko stoi puste?

Na pewno wpadłaby w panikę. Zawołałaby tatę, a wtedy…

– Czy ty… Czy wszystko w porządku? – odezwała się ponownie kobieta. – Wyglądasz trochę… – urwała, wciąż jednak nie zamykała błyszczących warg, jakby niesłyszalne słowa nadal spomiędzy nich wypływały. Mrużąc oczy, przekrzywiła głowę. – Przepraszam... Czy my się nie znamy?

Isobel natychmiast uświadomiła sobie, z kim rozmawia.

To była macocha Varena.

Spotkały się wcześniej jedynie raz, kiedy Varen pokłócił się z ojcem. Potem, gdy jego rodzice wyszli z pokoju, a Isobel wylazła z szafy, gdzie się schowała, razem wymknęli się z domu przez okno. Gdy tylko wsiedli do samochodu, ta właśnie kobieta wybiegła na ganek i dalej na chodnik, wołając za nimi. Patrzyły na siebie z Isobel przez krótką chwilę, zanim Varen ruszył, lecz najwyraźniej tyle wystarczyło.

Isobel potrząsnęła głową, choć już wiedziała, że się nie wyprze.

– Oczywiście, że tak – oświadczyła macocha Varena, celując w nią palcem w rękawiczce. – Ja cię znam. Byłaś z Varenem tamtego wieczoru, kiedy... Co ty tu robisz? Kim jesteś? Jak się nazywasz?

– Ja... – Isobel nie dokończyła.

Zamiast tego schyliła się po rower brata. Porwawszy go z asfaltu, puściła się biegiem.

– Poczekaj! – krzyknęła macocha Varena. – Stój!

Isobel wskoczyła na siodełko i z całej siły przycisnęła pedały. Słyszała za sobą kroki, które po chwili zawróciły. Jeszcze przyspieszyła, gdy usłyszała odgłos zatrzaskiwanych drzwi samochodu.

Dotarłszy do rogu St. Francis Court, skręciła w poprzeczną ulicę. Zimny wiatr świstał jej w uszach, gdy pędziła w stronę głównej drogi. Na dźwięk zbliżającego się lexusa obejrzała się szybko przez ramię. Macocha Varena wychylała się przez okno. Zatrąbiła krótko i zawołała:

– Zatrzymaj się, proszę!

Błaganie słyszalne w jej głosie było tak poruszające, że stopy Isobel na moment przestały pedałować. Jechała siłą rozpędu, z rękami gotowymi wcisnąć hamulce. Lexus podążał tuż za nią. Słyszała delikatne buczenie jego silnika.

– Ja po prostu próbuję go znaleźć! – zawołała macocha Varena. – Jeśli coś wiesz, to...

Na te słowa strach Isobel powrócił. Jej dłonie same zdecydowały, by szarpnąć kierownicą w prawo, skręcając w wąską uliczkę, wzdłuż której stały kosze na śmieci i ciągnęły się garaże.

Z tyłu zapiszczały opony hamującego zbyt późno lexusa. Isobel skręciła znowu – tym razem nieco pod górę, na parking starego kamiennego kościoła.

Przemknęła obok niego i, ledwie zerknąwszy, czy nic nie jedzie, przecięła kolejną ulicę, podskakując na krawężniku przy wjeździe na chodnik.

Skręcając po raz kolejny, w ulicę zabudowaną wysokimi ceglanymi budynkami, kątem oka dostrzegła lexusa i wiedziała już, że nie udało jej się go zgubić. Wiedziała też, że nie bardzo ma którędy uciekać dalej.

Odbiła w lewo, na wysypany żwirem, ślepy parking za jakąś kawiarnią. Zahamowała, wzbudzając oponami chmurę białego pyłu. Zeskoczyła z roweru i wepchnęła go za ogromny kontener na śmieci z takim rozmachem, że uderzył o ścianę i się przewrócił.

Zawahała się, ale natychmiast uniosła powyginaną pokrywę kontenera, wspięła się na jego metalową krawędź i wskoczyła do środka.

Wylądowała z szelestem na miękkich, ale cuchnących torbach ze śmieciami. Pokrywa nad jej głową opadła, pogrążając wnętrze w ciemności.

Odór skwaśniałego mleka i zepsutego jedzenia uderzył Isobel w nozdrza, odbierając jej dech. Zakasłała i przytknęła dłoń do nosa i ust. Znieruchomiała, nasłuchując, choć dochodziło ją wyłącznie własne dyszenie i szelest toreb. Miała nadzieję, że ten ostatni powstawał pod wpływem jej ciężaru, a nie w wyniku obecności szczurów.

Przymknąwszy oczy, wstrzymując oddech, czekała.

Gdy w końcu wystawiła głowę na zewnątrz, z rozkoszą zaczerpnęła świeżego powietrza, licząc na to, że macocha Varena tymczasem zrezygnowała z pościgu.

Potem wyszła z kontenera, wyciągnęła zza niego rower i ruszyła do domu najszybciej, jak mogła, modląc się przez całą drogę, by mama nie zdążyła tymczasem zajrzeć do jej pokoju.

Ukryła rower Danny'ego w krzakach za domem i wspięła się po przylegającej do ściany kratownicy. Na uginających się ze zmęczenia nogach pokonała skośny daszek, uniosła okno i wślizgnęła się do swojego pokoju w taki sam sposób, w jaki się z niego wykradła.

Budzik dzwonił przeszywająco, wedle cyferek na wyświetlaczu była szósta trzydzieści trzy.

– ...obel! – wołał głos mamy gdzieś z dołu.

Isobel zatrzasnęła okno i zaraz potem usłyszała kroki na schodach.

Zrzuciła płaszcz i schowała się pod kołdrą. Gdy drzwi zaskrzypiały, przypomniała sobie jeszcze o narciarskiej czapce, którą szybko wepchnęła pod poduszkę.

– Izzy! – rzuciła mama, zaglądając do pokoju. – Cieszę się, że wreszcie dobrze śpisz, ale czy mogłabyś wreszcie wyłączyć ten budzik?

Isobel wyjrzała spod kołdry. Starała się oddychać normalnie i nie wystawiać spod pościeli żadnej części ciała, która zdradziłaby przed mamą, że jej córka jest całkowicie ubrana.

Stając przy łóżku, mama sięgnęła ponad jej głową w stronę budzika.

– Wreszcie – westchnęła z ulgą i przesunęła dłonią po włosach, starannie wyszczotkowanych i ułożonych. Zamiast swojej zwykłej koszuli nocnej i pantofli, miała na sobie wełnianą spódnicę i kaszmirowy sweterek w kolorze mchu. – No, już – powiedziała, klepiąc Isobel po okrytej kołdrą nodze. – Wstawaj. Muszę się dziś spotkać z wychowawczynią Danny'ego, więc podrzucę was oboje do szkoły. Szybciutko. Nie ma czasu.

Isobel skinęła głową.

– Za moment będę gotowa.

Mama skierowała się ku drzwiom, lecz po drodze przystanęła i rozejrzała się dookoła, marszcząc nos.

– Co to za zapach? – spytała. – Trzymasz tu jakiś stare jedzenie?
Isobel przewróciła się na bok, udając rozespanie.

– Taa... Zaraz sprzątnę.

– Koniecznie – upomniała ją mama. – Nie wiem, jak to wytrzymujesz. I żadnych więcej wieczornych przekąsek w pokoju, proszę. Wiesz, że tak nie wolno.

Z tymi słowy wyszła. Isobel odczekała krótką chwilę, po czym usiadła i zrzuciła z siebie kołdrę. Już chciała się rzucić do łazienki, gdy z korytarza dobiegł ją głos brata.

– Pierwszy!

Chwilę później trzasnęły drzwi.

Gwen postawiła swoją tacę na stoliku. Podwinąwszy spódnicę, przełożyła nogi w czarnych spandeksowych legginsach i szarych ocieplaczach przez ławkę bez oparcia i usiadła z westchnieniem, które mówiło: „Wreszcie". Przebierając palcami w poszukiwaniu sztućców, kilkakrotnie zamachała dłońmi nad tacą, jakby była magikiem przygotowującym się do zademonstrowania pierwszej sztuczki.

Wreszcie znalazła widelec i już miała wbić go w sałatkę, gdy nagle znieruchomiała i z wolna podniosła wzrok.

– Wiesz co? – rzuciła w stronę Isobel. – Jeśli chciałaś dziś posiedzieć sama, wystarczyło poprosić.

Isobel oparła łokieć na stole, a czoło na dłoni, strasznie się garbiąc. Powieki same jej opadały, jakby obciążone woreczkami piasku, poza tym miło było odgrodzić się choćby na moment od blasku jarzeniówek.

– Aż tak źle to wygląda? – spytała, z góry wiedząc, jaka padnie odpowiedź.

– Aż tak – odparła Gwen. – Co się stało? Spędzałaś niezapomniane chwile ze swoim młodszym bratem?

Isobel zacisnęła kciuk i palec wskazujący na grzbiecie nosa.

– Długo by gadać.

– Hm – mruknęła Gwen. – Byłoby lepiej, gdybyś nie spryskiwała się sprayem do ciała. Bo to tak, jak czasem ktoś próbuje maskować pierdnięcie, zapalając zapachową świecę.

– Gwen?

– No? – rzuciła Gwen, pakując sobie do ust małego pomidorka.

– Nie dzisiaj, błagam.

– Nie wyglądasz za dobrze. Zgaduję, że sobie nie pospałaś – podjęła Gwen. – Mogę spytać dlaczego czy to kolejna pozycja w rozrastającym się katalogu rzeczy, którymi nie zamierzasz się dzielić?

Isobel zmarszczyła brwi. Uchyliwszy jedno oko, wyartykułowała pytanie, wokół którego jej myśli krążyły przez cały poranek.

– Dlaczego on, twoim zdaniem, to robi? Wraca co roku i co roku przynosi róże? I to od dziesięcioleci! Dlaczego? Po co?

– Wiesz – odrzekła Gwen, rozkładając papierową serwetkę na kolanach – nieboszczycy są znani z tego, że zgrywają trudnych do zdobycia.

Isobel bezwładnie opuściła rękę na stół i posłała przyjaciółce miażdżące spojrzenie.

– Pytałam poważnie.

– Cóż… – zaczęła Gwen z namysłem. – Nie ulega wątpliwości, że ma te róże z tamtego ogrodu. Tego, co to go widziałam we śnie.

– Ale dlaczego składa je na grobie? – Ponagliła ją Isobel z rosnącą frustracją, choć przecież doskonale zdawała sobie sprawę, że Gwen nie będzie potrafiła jej odpowiedzieć, tym bardziej że nie miała pojęcia o połowie z tego, czego ona sama w ostatnim czasie się dowiedziała. Od kiedy Pinfeathers pokazał Isobel scenę w szpitalu, nie umiała przestać o niej myśleć. To było jak rana, której nie dało się przestać dotykać. Albo raczej jak koszmar, którego nie dało się wyprzeć z pamięci.

Gwen wzruszyła ramionami i wgryzła się w bułkę. Żuła starannie, uderzając schowaną pod stołem stopą w kraciaste linoleum na podłodze, co stanowiło niezawodny znak, że Isobel znów ją czymś zirytowała.

– Bo ja wiem… Żeby uczcić pamięć zmarłego? To na pewno. Ale nie wydaje mi się, żeby ktokolwiek ogarniał jego prawdziwe pobudki. Z tego, co rozumiem, to część zagadki. Ja zresztą mogę nie mieć o niczym zielonego pojęcia, zwłaszcza że, jak pamiętasz, nic mi nie mówisz, ale ty… Odnosiłam wrażenie, że jeśli ktokolwiek coś na ten temat wie, to właśnie ty.

– Ja… Ja sądziłam, że wiem. Tyle że… nie wiem. Jednak nie.

Isobel wbiła wzrok w swój kotlet drobiowy. Obie z Gwen przez chwilę milczały. Rozbrzmiewające wokół rozmowy i śmiechy jakby przybrały na sile. Potem Gwen sięgnęła widelcem przez stół i podkradła Isobel smażonego ziemniaka.

– Małe info – rzuciła. – Nie wiem, jak ty, ale ja jestem gotowa do podróży. Nawet załatwiłam sobie wczoraj kartę na gaz, żeby rodzice nie mogli mnie wyśledzić na podstawie wyciągu z karty debetowej.

– Gwen... Ja... Ja się naprawdę boję.

– Wreszcie – mruknęła triumfalnie Gwen, choć palce jej zadrżały, gdy próbowała otworzyć plastikowe pudełeczko z sosem do sałatki. – Pierwsza zdrowa reakcja.

– Teraz to co innego – powiedziała Isobel. – Wszystko się zmienia. To znaczy... już się częściowo zmieniło – poprawiła się zaraz.

– A twoje plany? – Gwen zerknęła na nią, niby to pełna nadziei. – Powiedz, że one też się zmieniły.

– Nie. Ja... Ja wiem, co muszę zrobić. Tylko... Gwen? Ja... Ja chciałabym, żebyś wyświadczyła mi przysługę.

– Dopiszę ci to do rachunku.

Isobel puściła żart mimo uszu.

– Jeśli... Jeśli nie wrócę z tej...

Gwen rzuciła widelec na tacę, wykonując gest sędziego kończącego mecz.

– Ta rozmowa się nie odbędzie.

– Proszę... To ważne.

– Dobra, słuchaj. – Gwen wsparła łokieć o blat, celując w Isobel palcem. – Mów, co masz powiedzieć, wyrzuć to z siebie, a potem nigdy więcej nie wyjeżdżaj mi z gadką o niewracaniu. To jest pierwszy i ostatni raz, kiedy masz szansę udzielić mi przedśmiertnych wskazówek. Jasne?

– Nie zamierzam ci udzielać żadnych przedśmiertnych wskazówek – zaprotestowała Isobel. – Po prostu muszę wiedzieć, czy coś dla mnie zrobisz.

– Co?

Isobel głęboko odetchnęła i wypaliła:

– Chodzi o macochę Varena. Ja... No... Wpadłam na nią dzisiaj. Ona... nie wie, kim jestem, ale raz widziała mnie z Varenem, zanim znikł. Sądzę, że coś na mój temat podejrzewa. No więc jeśli... jeśli nie wrócę, przekaż jej to, dobrze? – Sięgnęła do kieszeni i wyjęła złożoną kartkę wyświechtanego papieru. Położyła ją na stole i pchnęła ku Gwen.

– Co to jest? – Gwen złapała kartkę i zaczęła ją rozkładać.

– Zostaw – szepnęła Isobel. – Proszę. To... To liścik od Varena. Ostatni. Znalazłam go w kieszeni jego kurtki po tym, jak... I pomyślałam, że... jeśli... jeśli nie zdołam... No, wiesz... Jeśli żadne z nas nigdy... To może jej pomóc... Nie tyle zrozumieć, ile... – Rezygnując z prób znalezienia właściwych słów, w końcu oświadczyła: – Po prostu pomyślałam, że coś, co mi dało nadzieję, jej pomoże się ze wszystkim pogodzić. Jeśli zajdzie taka konieczność. – Wzruszyła ramionami. – I tyle.

Gwen ponownie złożyła kartkę. Nie zadając więcej pytań, schowała ją do portmonetki.

– Przechowam to – oznajmiła. – A gdy już będzie po wszystkim i razem z tym twoim ponurakiem zajmiecie się wzajemnym obściskiwaniem i planowaniem wspólnej przyszłości z udziałem jasnowłosych, zielonookich, podatnych na oparzenia słoneczne szkrabów, przyniosę wam to kiedyś, żebyście mogli sobie wkleić do pamiątkowego albumu, zanim, rzecz jasna, podacie mi przepyszny obiad. Bardzo lubię wegetariańską lazanię z serkiem wiejskim zamiast ricotty.

– Gwen?

– I nie zapomnijcie o grzybach. I o pieczywie czosnkowym. To znaczy, jeśli twój wampirzy kochanek nie będzie miał nic przeciwko.

– Chciałam ci podziękować. Za... wszystko.

– Nie. To ja wam z góry dziękuję za obiad. Już czuję smak tej bakławy, którą z Darthem Vaderem zaserwujecie mi na deser. Choć coś mi mówi, że tu akurat nie obejdzie się bez książki kucharskiej. – Gwen zwinęła serwetkę z kolan i wyciągnęła długopis. Zapisawszy nazwę deseru na przezroczystym papierze, pchnęła go po stole ku Isobel. Potem, po krótkim wahaniu, któremu towarzyszyło bawienie się długopisem, znów sięgnęła po serwetkę. – Dobra, trudno. Od razu zanotuję wam cały cholerny przepis. A ty w tym czasie spróbuj przestać się na mnie gapić tak, jakbym cię właśnie wyciągnęła za uszy z ruchomych piasków czy innego bagna.

– Bo czuję się tak, jakbyś mnie wyciągnęła – zapewniła Isobel. Gwen szybko podniosła na nią wzrok.

– Cóż, nie wyciągnęłam – odparła.

24
CZARY-MARY

Przez następne półtora tygodnia Isobel w ogóle o niczym nie śniła. A przynajmniej żadnego ze snów nie pamiętała. Nie widywała też odbić Varena w żadnych gładkich powierzchniach. Pinfeathers nie pojawił się, żeby wyjaśnić znaczenie tego, co jej pokazał, albo żeby chociaż wytłumaczyć, skąd wiedział, że ona pojawi się przy fontannie. Obrazki w książkach pozostawały nieruchome, a radio nadawało wyłącznie popowe piosenki na zmianę z reklamami.

Zamiast kolejnych wstrząsów w życiu dziewczyny zagościła normalność – albo coś do niej zbliżonego – która pokryła wszystko niby warstwa świeżej farby, dzięki czemu Isobel wreszcie przestała mieć problemy z płynnym odgrywaniem swoich różnych ról: uczennicy, córki, siostry, czirliderki.

Wieczorem w przeddzień wyjazdu do Baltimore stała nad pustą walizką.

Przez cały dzień odkładała na później udawanie, że się pakuje. Teraz, gdy zapadł zmrok, czekało ją jeszcze to jedno przedstawienie.

Tyle że było coś odpychającego w bezsensownym gromadzeniu i układaniu przedmiotów, które i tak miały jej się przecież nie przydać, tym bardziej że prawdziwe pakowanie odwaliła już dzień wcześniej.

Zaraz po tym, jak Gwen odwiozła ją do domu po szkole, poszła do siebie i opróżniła swój plecak, by wypełnić go niezbędnymi rzeczami: zwiniętą ze spiżarni paczką batoników musli, dwoma butelkami wody, czarną bluzą z kapturem i parą górskich butów.

Plecak czekał obecnie w ciemnościach pod łóżkiem.

Ostatnią rzeczą, którą do niego włożyła, była starannie złożona zielona kurtka Varena. Mógł jej przecież potrzebować, pomyślała. Ostatecznie w Baltimore panowały zimowe chłody.

Odwróciła się od walizki i podeszła do komody, by otworzyć górną szufladę. Nawet nie patrząc, wyjęła z niej kilka koszulek, które następnie, zamiast do walizki, cisnęła na łóżko.

Nie mogła się przemóc. Nie mogła dłużej udawać. Złapała jedną z większych poduszek i wepchnęła ją do walizki, którą natychmiast zapięła.

W ten sposób skracała rodzicom późniejsze męki, dając obojgu do zrozumienia, że ich oszukała i wykorzystała, przez cały czas planując ucieczkę.

Może ta wiedza ulży im w cierpieniu.

– Niewiele ze sobą zabieramy, co?

Zerknęła przez ramię i zobaczyła w drzwiach Danny'ego. Z założonymi rękami opierał się o framugę. Jego zwykły uśmieszek jakoś się przyczaił, zastąpiony przez dziwną powagę.

Danny skinął w kierunku walizki.

– Ogólnie rzecz biorąc, wydaje mi się, że akurat poduszek w hotelach nie brakuje.

Isobel jęknęła i chwyciwszy walizkę, podniosła ją z łóżka, jednocześnie wzruszając ramionami. W drodze do drzwi zastanawiała się, jak długo młodszy brat przyglądał się jej poczynaniom.

– Lubię mieć swoją – oświadczyła, stawiając walizkę przy ścianie.

– Tak, założę się, że lubisz mieć też swoją bieliznę, a jakoś żadnej nie spakowałaś.

Westchnęła, wspierając ręce o biodra.

– Nie masz nic lepszego do roboty niż szpiegowanie mnie? Czego chcesz?

Spuścił oczy na wykładzinę.

– Czy ja wiem... – Uderzył piętą o framugę, wzruszając ramionami tak ostentacyjnie, że niemal dotknął nimi uszu. – To znaczy, miałem zamiar urządzić ci piekło za te rysy, które znalazłem na swoim rowerze, ale wiem, że nic z tego dobrego nie wyniknie. I tak mi nie powiesz, po co go wzięłaś. Ani dokąd. Ani dlaczego postanowiłaś go za sobą wlec, zamiast, no, wiesz, na nim jechać.

Isobel odwróciła się od niego i poszła do szafy po kurtkę.

– Nie mam pojęcia, o czym ty mówisz – oświadczyła.

– Uciekasz z domu na zawsze?

Zamarła. Zerkając na brata przez ramię, przetrząsała mózg w poszukiwaniu właściwej odpowiedzi, by zdać sobie w końcu sprawę, że taką nie dysponuje.

Danny gapił się na nią oskarżycielsko, niczym prokurator, który właśnie zadał niewątpliwie winnemu podsądnemu pytanie: „Czy się przyznajesz?". Jednakże w jego wzroku, pod spodem, kryło się coś jeszcze, coś, czego nie widywała od czasu, gdy jej brat był bardzo mały: lęk.

Zastanawiała się, od jak dawna się wszystkiego domyśla. Najwyraźniej wystarczająco długo, żeby zdążyć komuś powiedzieć. Mamie, tacie albo nawet szkolnemu pedagogowi. Tyle że z jakiegoś powodu Danny Król Kapusiów Ameryki postanowił trzymać język za zębami. No i przecież gdyby nie zademonstrowana przez niego siła perswazji, tata może w ogóle nie kupiłby biletów do Baltimore.

Czyżby jej brat przejrzał ją na samym początku?

Tak czy owak zachowałaby się bezsensownie, a z całą pewnością okrutnie, gdyby próbowała się teraz uchylać od odpowiedzi na jego szczere pytanie. Już dawno mógł ją wydać, lecz tego nie robił.

– Nie – odparła. – Po prostu… Muszę coś załatwić. I tyle.

Interpretując zmianę w jej postawie jako zaproszenie, Danny przekroczył próg i wszedł do pokoju. Zmierzając w stronę toaletki, zapytał:

– Załatwić… Coś takiego jak Luke Skywalker, kiedy opuszcza Dagobah, żeby ratować Hana i Leię? Albo jak Dick Grayson, kiedy przestaje być Robinem i już jako Nightwing przenosi się do Bludhaven?

Brwi Isobel uniosły się do połowy czoła. Popatrzyła na młodszego brata z mieszaniną konsternacji i rozbawienia. Usiłowała powściągnąć uśmiech, ale nie dała rady, świadoma, że Danny bynajmniej nie żartuje.

– Jak ten pierwszy? Chyba?

– Och – rzucił, wyjmując coś małego z jej szuflady i obracając to w dłoniach. – Rozumiem, że w takim razie nie zwalniasz pokoju. – Wzruszył ramionami. – To uważaj na ciemną stronę Mocy. I nie zapomnij tego. – Podał jej trzymaną w palcach błyskotkę, ten sam breloczek z motylkiem, który podarował jej pod choinkę.

– Słusznie. – Isobel wzięła breloczek z jego otwartej dłoni. – Nie zapomnę.

Danny skierował się ku drzwiom, ale zanim wyszedł, obrócił się jeszcze w jej stronę.

– Tak swoją drogą, ostatnio podsłuchałem rozmowę rodziców. Tata powiedział coś, co potwornie wystraszyło mamę, coś o tobie i pogrzebaczu. I mama zagroziła, że jeśli nie zaczniesz się po powrocie z Baltimore zachowywać normalnie, czyli jak ty, a nie jak plastikowa lalka, to ona zabierze cię do terapeuty.

– Co? – Isobel utkwiła niedowierzające spojrzenie w śmiertelnie poważnej twarzy brata. – To znaczy... Do lekarza?

Danny wzruszył ramionami.

– Do psychologa albo psychologa dziecięcego. W każdym razie do któregoś z tych „psycholudzi" – wyjaśnił. – Uznałem, że powinnaś wiedzieć. Bo chyba też byś tak postąpiła, gdyby rodzice postanowili z kolei mnie przeznaczyć do eksperymentów medycznych, co?

Isobel zmarszczyła brwi.

– Widzisz – podjął Danny – zwykle w takiej sytuacji powiedziałabyś na przykład: „Och, nie ma obawy, więcej szympansów już nikomu nie potrzeba". Albo: „Do takich doświadczeń wykorzystuje się wyłącznie inteligentne formy życia". No, naprawdę, Iz. To nie do wytrzymania. Gdyby istniało coś w rodzaju związku zawodowego młodszych braci, złożyłbym skargę już w listopadzie.

Isobel nie odpowiedziała. Spuściła wzrok na motylka, którego trzymała w dłoni.

– Okej – mruknął Danny. – To już dam ci spokój, żebyś mogła bez dalszych przeszkód pracować nad swoją smutną przemianą w człowieka emo.

Westchnął, odwrócił się na pięcie i powędrował do swojego pokoju.

Leżąca przy łóżku komórka piknęła, co oznaczało, że przyszedł esemes. Isobel nie musiała go jednak czytać, by odgadnąć jego adresata i zawartość.

Zamknąwszy drzwi, wyciągnęła spod łóżka plecak i starannie przyczepiła breloczek do zakończenia jednego z przednich suwaków. Potem zaniosła plecak do okna, które następnie odsunęła do samej góry.

Zasłony zafalowały po obu jej stronach, gdy wychyliła się na mroźne powietrze.

Na dole, pod domem, ujrzała Gwen.

Przyjaciółka położyła dłoń na szaliku, który od niej dostała.

Isobel, rozumiejąc znaczenie tego gestu, sięgnęła do swojego wisiorka i pokazała hamsę na dowód, że się z nią nie rozstaje.

Gwen uniosła kciuk. Szkła jej okularów błyszczały jak latarnie morskie we mgle. Wyciągnęła ręce, a Isobel zdecydowanym ruchem przerzuciła plecak ponad krawędzią daszku pod oknem.

Wylądował prosto w ramionach Gwen.

Popatrzyły jeszcze na siebie, po czym Isobel schowała się do pokoju, a Gwen pospieszyła do zaparkowanego pewnie gdzieś w pobliżu cadillaca.

Isobel zamknęła okno na zamek.

Gdy kładła się do swojego łóżka, nie potrafiła pozbyć się myśli, że może robi to po raz ostatni.

Następnego ranka dotarli na lotnisko na długo przed świtem.

Mama wysadziła ich przed terminalem. Danny został na tylnym siedzeniu, pogrążony w drzemce, z odrobiną śliny połyskującą w kąciku ust.

Uściskawszy mamę na pożegnanie, Isobel schyliła się, by spojrzeć na brata przez ciemne okno. Mimo że się ślinił, zazdrościła mu spokoju.

Przez cały lot nie wyjmowała z uszu słuchawek, bo minimalizowało to ryzyko rozmowy z ojcem. Nie zniosłaby więcej pogawędek od serca.

Zresztą, jak się okazało, nie musiała się o to martwić. Wkrótce po tym, jak samolot osiągnął wysokość przelotową, tata odchylił fotel i przymknął powieki. Zaraz potem jego oddech stał się głęboki i miarowy. Isobel zadała sobie w związku z tym pytanie, czy tata również nie zmrużył w nocy oka.

Wylądowali tuż po wschodzie słońca i opuścili lotnisko wynajętym autem, złotym coupé. Gdy wjeżdżali na autostradę, słońce dopiero otwierało swoje leniwe oko. Słabe światło sączyło się przez splątane, nagie gałęzie rosnących po bokach drzew. Dalej horyzont barwił się czerwonawym różem.

Później w oddali pojawiły się zarysy wieżowców, aż wreszcie auto, jak kulka flippera, zjechało z czteropasmowej autostrady do miasta.

Isobel pochyliła się do przodu, by patrzeć na drapacze chmur i na wskazywane przez tatę co chwila ważne budowle i pomniki.

Małe cukiernie i fast foody tłoczyły się jedne obok drugich na parterach wysokich budynków, a na chodnikach przed ich oświetlonymi przez neony witrynami gołębie biły się o kawałki pieczywa i porzucone resztki.

Tata skręcił w kolejną szeroką ulicę, przez której środek biegły tramwajowe tory.

Jakiś bezdomny w długim płaszczu leżał skulony w ciemnej bramie. Próbował okrywać się porwanym kocem, spod którego wystawały podeszwy zniszczonych butów.

Gdzieś z tyłu odezwało się wycie syreny. Bezlitośnie wwiercało się w uszy, coraz bliższe, aż w końcu z prawej strony przemknęła karetka, spiesząc się, choć, zdaniem Isobel, nie aż tak jak ambulanse w ich mieście.

Jednakże już po chwili stało się jasne, że po prostu nie mogła spieszyć się bardziej: musiała wykonywać dziwaczny taniec, przedzierając się między sznurami samochodów, które próbowały ustępować jej z drogi.

Wyglądając przez okno, Isobel popatrzyła do góry i dostrzegła, że na każdej latarni wisi purpurowy baner przedstawiający z profilu głowę ptaka, którego szyję zdobiło żółte „B".

Gdy przejeżdżali koło przystanku autobusowego, z plastikowymi ścianami mieniącymi się od kolorowych plakatów i reklam, Isobel zauważyła tego samego ptaka ponownie, tym razem z podpisem zagrzewającym do walki miejscową drużynę futbolową, zwaną Krukami z Baltimore.

– A, tak – rzucił tata, podążając wzrokiem za spojrzeniem córki. – Kruki są stąd. Nazywają się tak od wiersza Poego.

Na wzmiankę o Poem Isobel aż zesztywniała.

– Wiesz co? – podjął tata z dziwną miną. – Wydaje mi się, że gdzieś tu jest jego grób. Może powinniśmy po śniadaniu go poszukać? Upewnić się, czy mam rację? Co ty na to?

Isobel odwróciła twarz do okna, bojąc się, że jej wyraz ją zdradzi. Na szczęście akurat znaleźli się w porcie i szare fale zamigotały srebrnymi refleksami.

– O, tato. – Wyciągnęła rękę. – Spójrz!

Szeroki, wybrukowany na czerwono deptak schodził ku wodzie. Po jego bokach wznosiły się szklane centra handlowe.

– Taaa… – westchnął tata. – Zakupy. Możemy pójść i na zakupy.

Skręcili na zatłoczone skrzyżowanie. Tata milczał, poważny i skupiony na prowadzeniu auta. Isobel z ulgą przyjęła to, że nie mówił już więcej o Poem, i zanim dotarli do hotelu, uznała, że zapomniał o swojej propozycji, aby odwiedzić grób pisarza. Jej złudzenia rozwiały się, gdy stanęli w kolejce do recepcji.

– Hm – mruknął wtedy, mrużąc oczy. – Interesujący zbieg okoliczności, prawda?

– Jaki zbieg okoliczności? – spytała, rozglądając się dookoła.

Tata wyszedł z kolejki i zbliżył się do drewnianego stojaka z ulotkami reklamującymi lokalne atrakcje. Po chwili wrócił, niosąc lśniący kartonik z wizerunkiem Poego – tym samym, który zdobił jego *Dzieła zebrane*, pożyczone jej kiedyś przez Varena, i przedstawiał pisarza w niezbyt korzystnym świetle: z podkrążonymi, lekko nieprzytomnymi oczyma o źrenicach jak czarne kulki.

– „Świętuj z nami urodziny Edgara Allana Poego" – przeczytał tata nagłówek ulotki. – O szóstej rano, dziewiętnastego stycznia. To jutro. – Zmarszczył brwi, obracając kartonik w dłoniach. – Hmmm... Zabawne, co, Izzy?

– Taaa... – odrzekła Isobel, kiwając głową, lecz nie mając odwagi spojrzeć mu w oczy. – Dziwne.

25

SŁODKA UDRĘKA

Tego wieczoru tata zabrał Isobel na kolację do portu, wybierając poleconą przez hotelowego recepcjonistę restaurację serwującą owoce morza.

Gdy tylko kelnerka usadziła ich w boksie, Isobel wyciągnęła telefon.

Co najmniej dwie godziny upłynęły od ostatniego esemesa Gwen, wysłanego jakoby z nowojorskiego Chinatown. Isobel uznała, że skoro Gwen wykorzystuje w ramach alibi rzekomą wycieczkę na Brooklyn, jej wiadomość należy odczytywać jako zaszyfrowaną wskazówkę dotyczącą pory przyjazdu do Baltimore. Co oznaczałoby, że samochodowa wyprawa przyjaciółki mogła się zamknąć w zaplanowanych jedenastu godzinach.

Isobel odpisała natychmiast, informując, że popołudnie spędza z ojcem w oceanarium. A później czekała i czekała, nie wypuszczając telefonu z dłoni i w każdej chwili spodziewając się esemesa, który upewniłby ją, że Gwen odebrała wiadomość i zmierza we właściwym kierunku. Tyle że esemes nie nadchodził.

Zaczynało jej się wydawać, że źle to wszystko zaplanowały. Może trzeba się było wymknąć wieczorem, gdy Gwen przyjechała po plecak? W ten sposób odbyłyby podróż wspólnie, w ciągu nocy. Oczywiście, pociągnęłoby to za sobą liczne komplikacje: żadna z nich nie miałaby obecnego alibi i właściwie natychmiast stałyby się uciekinierkami, zwłaszcza gdyby jej rodzice odgadli, że są razem. A tak przynajmniej nikt ich nie ścigał. Chwilowo.

– Raz wreszcie wyrwałaś się z domu i już ci tęskno? – Westchnął zza grubego, zafoliowanego menu tata. – Z kim tak esemesujesz?

Oooch, pomyślała Isobel. Przeczuwając rychły koniec dostępu do telefonu i w konsekwencji zerwanie łączności z Gwen, szybko wystukała wiadomość. Starała się w niej zawrzeć najistotniejsze informacje: „Dotarliśmy do restauracji w porcie. Nazywa się M&S Grill. Tata chyba zaraz zabierze mi komórkę".

Wysłała ją akurat w chwili, gdy przyniesiono im napoje.

Zamknęła telefon i zacisnęła go w ręku, czekając na upragnioną wibrację zwiastującą nadejście odpowiedzi.

Tata złożył menu, widząc, że zbliża się do nich kelnerka, szczupła młoda kobieta o chłopięcej sylwetce. Miała pomalowane na czerwono usta, a na włosach – dopasowaną kolorystycznie opaskę ozdobioną jedwabnymi kwiatkami. Znużona twarz dziewczyny skojarzyła się Isobel z pustymi spojrzeniami maturzystów w ostatnich tygodniach szkoły.

– Czy mogę przyjąć zamówienie? – spytała kelnerka, zwracając się do Isobel i trzymając w gotowości długopis.

– Eee... – Isobel po raz pierwszy zerknęła na leżące przed nią menu i pospiesznie je rozłożyła, wciąż z telefonem w dłoni. – Mhm... Tato, co bierzesz?

Patrzył na nią przez stół. Opierając brodę na dłoni, a łokieć na blacie, miał taką samą niewyraźną minę jak obsługująca ich dziewczyna.

– Kotleciki krabowe.

Isobel złożyła menu i podała je kelnerce.

– Dla mnie to samo – oświadczyła.

Kelnerka, niczego nie zapisując, wetknęła sobie oba egzemplarze menu pod pachę, schowała długopis i notes do kieszonki fartucha, po czym znikła.

Pozostawiona sam na sam z ojcem Isobel wyraźnie poczuła na sobie jego nieruchome spojrzenie. Usiłowała je ignorować, ale, nie mogąc zająć się telefonem, zaczęła odnosić wrażenie, że jest jak mrówka w parzącym blasku szkła powiększającego.

Sięgnęła po lemoniadę. Pociągnęła łyk przez słomkę, zamieszała nią różowawy napój. Lód zadzwonił o szklankę, zdając się niemal zagłuszać cichy szum dookolnych rozmów.

Podniosła wzrok i napotkała spojrzenie ojca.

– Co? – spytała.

– To tylko telefon – odparł – a nie przycisk sygnalizujący prowadzącemu teleturniej, że pierwsza znasz odpowiedź na pytanie. Wskazał na jej zaciśniętą na komórce rękę. – Szczerze wątpię, żeby ominęło cię coś ważnego, jeśli na chwilę zostawisz w spokoju ten sprzęt.

Isobel niechętnie usłuchała. Musiała odginać palce jeden po drugim, żeby w końcu wbrew woli odłożyć komórkę na wykrochmalony biały obrus – spoczęła tam, niedaleko krawędzi stołu, jak mały różowy odbezpieczony granat.

– Okej – powiedział tata. – To już jakiś postęp. Ale może raczej schowałabyś to urządzenie do kieszeni kurtki?

Wyciągnęła rękę z powrotem po aparat, ale dokładnie w momencie, gdy jej palce dotknęły plastikowej obudowy, telefon zawibrował, lekko stukocząc o stół.

– Mogę? – odezwał się ojciec.

Zesztywniała, widząc, jak jego dłoń unosi się i zastyga w bezruchu tuż nad jej dłonią. Przemocą wepchnęła ręce między kolana, żeby powstrzymać odruch, który kazał jej rzucić się na telefon.

– Pewnie – wzruszyła ramionami. – Nie krępuj się. Tata ujął komórkę i ją otworzył. Jego twarz powlokła się białym światłem z wyświetlacza. Isobel wstrzymała oddech. Poczuła, że jej noga pod stołem nerwowo podskakuje. Ścisnęła razem kolana, wciąż blokując własne dłonie, i obserwowała, jak w miarę lektury kolejnych esemesów ojciec mruży oczy i gniewnie ściąga brwi.

O, nie, pomyślała. To był koniec. Gwen naprawdę wpakowała się po drodze w kłopoty i napisała jakąś rozpaczliwą wiadomość, niechcący psując ich alibi.

Bez względu na wszystko ona, Isobel, nie mogła dłużej zostać z ojcem w tej restauracji. Musiała się spieszyć. Musiała odnaleźć Gwen i liczyć na to, że zdążą dotrzeć na cmentarz przed północą. Powoli, ostrożnie, zaczęła zsuwać się z siedzenia, by móc w odpowiedniej chwili skoczyć na nogi. Zastygła wszakże, gdy ojciec podniósł głowę znad telefonu.

Cała krew odpłynęła jej z twarzy, gdy przysunął ku niej aparat, wyświetlaczem do przodu.

Esemes Gwen sprawił, że wytrzeszczyła oczy: „Nie miej mu tego za złe. Od razu widać, że biedak nigdy się specjalnie nie udzielał towarzysko. A tak swoją drogą, jak tam słynny port w Baltimore? Ja siedzę sobie w aucie nad rzeką Hudson. Widać stąd wszystko, aż po New Jersey. Tyle że nie bardzo jest na co patrzeć".

Choć obraźliwa, wiadomość pozwoliła jej odetchnąć z ulgą. Oznaczała bez wątpienia, że Gwen znajduje się gdzieś w pobliżu, czeka w samochodzie i patrzy na port.

Tak czy owak należało się zbierać.

– Eee... Przepraszam, tato. Znasz Gwen. Jest taka...

– Niegrzeczna? Tak, wiem.

Isobel sięgnęła po telefon, wciąż ściskany przez ojca w wyciągniętej dłoni. Trzeba mu go było niemal wyszarpnąć.

– Wiesz co? Chyba masz rację. Chyba go jednak na trochę wyłączę, okej?

Przycisnęła odpowiedni guzik i wyświetlacz po chwili pociemniał. Następnie przesunęła aparat po stole w stronę ojca.

– Proszę – rzuciła. – Weź go.

– Hm... – mruknął. – Łyknął herbaty, a czerwień na jego twarzy zaczęła blednąć. Isobel przyszło nawet do głowy, że to, co wzięła za wściekłość, było w gruncie rzeczy zażenowaniem. – Wystarczyłoby mi, gdybyś zdołała wyłączyć ją – wymamrotał.

– Tato...

– Dobra, trudno, na jakiś czas odetnę cię jednak od telefonu – oznajmił. – Chwyciwszy aparat, przechylił się na bok, aż zaskrzypiał cały boks, i włożył narzędzie zbrodni do tylnej kieszeni dżinsów. – Nawet jeśli nie uda nam się uwolnić od Gwen na cały wyjazd, możemy spróbować się od niej uwolnić na czas tego posiłku, co ty na to?

Isobel zmusiła się, by wstać z miejsca. Przesunęła się na krawędź siedzenia, zostawiając kurtkę i szalik zwinięte pod ścianą.

– Ej, dokąd to?

Wskazała kciukiem za siebie.

– Ja tylko... Do łazienki. Zaraz... wracam. – Machnęła ręką ku rzeczom, chcąc odwrócić uwagę ojca od swojej twarzy. – Popilnujesz?

– Tak, bo ta kurtka pod twoją nieobecność zerwie się na nogi i ucieknie.

Isobel odwróciła się, lecz nie potrafiła postąpić kroku. Zupełnie jakby trzymał ją w miejscu jakiś magnes; zupełnie jakby coś jej mówiło, że o czymś zapomniała. Zerknęła do tyłu na ojca i zobaczyła, że zdążył już tymczasem wczytać się w menu z deserami, szczególnie dużo uwagi poświęcając chyba szarlotce z karmelem.

Po raz ostatni przyjrzała się jego rysom, usiłując z fotograficzną dokładnością zapamiętać każdy szczegół. Uwielbiała to, jak wyglądał, gdy się przez jeden dzień nie golił. Pomyślała, że kojarzy jej się to z niedzielnym popołudniem. Rudawa szczecina na podbródku upodabniała go w jej oczach do szorstkich, lecz wrażliwych starych kinowych twardzieli w stylu Harrisona Forda albo Seana Connery'ego. Facetów, co do których zawsze była pewność, że bez względu na wszystko uratują sytuację.

– Tato?

– Tak?

– Eee... Ja tylko... Dziękuję. Że mnie tu przywiozłeś. Bardzo potrzebowałam wyjechać. To znaczy... Przyjechać. Może nigdy się nie dowiesz, jakie to ważne.

Odłożył menu na stół i skrzyżował ręce.

– Wiem, że to ważne. – Powoli skinął głową. – Dlatego tu jesteśmy, prawda?

– Kocham cię, tato.

Uniósł w zdumieniu brew. Isobel miała świadomość, że prawdopodobnie nie powinna była tego mówić, że w ten sposób tylko go zaalarmuje. Ale czuła, że już wszystko jej jedno. Skoro miała to zrobić, skoro miała za chwilę zniknąć, to chciała, by przynajmniej wiedział, że to nie przez niego.

– Ja też cię kocham, mała – odrzekł. Badawczo przymrużył jedno oko. – Wszystko w porządku?

Pokiwała głową.

– Tak. Niedługo wracam – dorzuciła z nadzieją, że jednak nie kłamie.

– Okej – uśmiechnął się do niej.

Odwróciwszy się po raz kolejny, ruszyła wzdłuż boksów, nie oglądając się już za siebie.

Szła na sztywnych nogach, świadoma, że za piętnaście minut jej tata wpadnie w panikę, zastanawiając się gorączkowo, co się stało i gdzie popełnił błąd. Odepchnęła tę myśl, przypominając sobie samej, że przecież podjęła już decyzję. Że ta decyzja została już dawno za nią podjęta.

Więc szła dalej.

W ostatnim boksie, przy stole zastawionym szklankami i talerzami, dostrzegła czteroosobową rodzinę. Mała dziewczynka w czerwonym sweterku siedziała tuż koło mężczyzny, który miał takie same jak ona jedwabiste, jasne włosy. Machając nogami, obserwowała, jak ojciec, pochylony ku niej, kroi jej kurczaka.

Isobel, mijając ich, z całych siła starała się na nich nie gapić. Zanim poczucie winy stłumiło w niej wszystkie inne uczucia i myśli, zanim zdążyła zmienić zdanie i zawrócić, szybko pchnęła drzwi restauracji i wypadła na zimno.

Bez kurtki poczuła się tak, jakby właśnie zanurkowała do zbiornika z lodowatą wodą.

Nad portem zapadła już ciemność, drobniutkie białe płatki sypały się z nieba i błyszczały na czerwonym bruku. Światło księżyca lśniło cętkami na nieruchomej wodzie, przetykane gdzieniegdzie nieco cieplejszymi smugami blasku płynącego od lamp ulicznych i sklepowych wystaw. Klienci, okutani w płaszcze i szaliki, pospiesznie przemykali ku drzwiom prowadzącym do ciepłych wnętrz.

Wysoko na niebie zastępy pucołowatych chmur, jakby zamrożone, zdawały się na coś czekać.

Isobel popatrzyła na ulicę, gdzie od razu dostrzegła zaparkowany przy krawężniku znajomy granatowy samochód. Stał tuż za szeregiem masztów flagowych, migając światłami postojowymi.

Zerknąwszy po raz ostatni ku restauracji, Isobel zauważyła trójkę kelnerów, którzy palili papierosy w otwartych drzwiach kuchni. W białym świetle umieszczonej nad drzwiami jarzeniówki mignęła jej ozdobiona kwiatkami opaska – smuga czerwieni na czarnych włosach.

Schylając głowę, szybko ruszyła w stronę cadillaca, mając nadzieję, że znajoma kelnerka nie zwróci na nią uwagi. Choć z drugiej strony trudno było nie zwrócić uwagi na kogoś, kto latał nieubrany po takim mrozie.

Gdy to pomyślała, od wody powiało przeszywającym chłodem. Ostry jak nóż wiatr pachniał morską solą. Zasłonił twarz Isobel włosami i szarpnął linką od jednej z flag, aż zadźwięczała o metalowy maszt.

Isobel obciągnęła długie rękawy koszulki, biegnąc skulona w kierunku cadillaca.

Szarpnęła tylne drzwi po stronie pasażera i opadła na siedzenie, gdzie czekał na nią jej plecak.

Wiatr był tak silny, że ledwie pociągnęła za klamkę, drzwi zamknęły się niemal same. Ktoś z tyłu zatrąbił.

Gwen, nawet się nie witając, opuściła szybę, wytknęła na zewnątrz głowę i wrzasnęła: „Wal się!". Upierdliwiec z tyłu znów kilkakrotnie wcisnął klakson, jakby nadawał wiadomość alfabetem Morse'a. Gwen schowała się do środka i wrzuciła bieg. Zjeżdżając z krawężnika, dodała gazu tak ostro, że Isobel poleciała gwałtownie do tyłu.

Teraz trąbiły też inne samochody, robiąc rejwach niby stadko zirytowanych gęsi.

– Jego się czepcie, gamonie! – ryknęła Gwen pod adresem wściekłych kierowców. – Czy nikt tu nie słyszał o omijaniu? Ani o światłach postojowych? Gdy światło postojowe miga, to się nie zatrzymujesz, żeby je kontemplować, głupku, tylko jedziesz dalej. Omijasz!

Gdy nabrały prędkości, Isobel wyjrzała przez tylną szybę. Zobaczyła, że znajoma kelnerka odprowadza ich auto wzrokiem, by na koniec rzucić papierosa na ziemię, przydeptać go stopą i, kuląc się od chłodu, zniknąć w kuchni.

– Co jest? – spytała Gwen. – Ktoś cię widział?

– Żeby zacytować twoje własne słowa, Gwen, sądzę, że chyba wszyscy widzieli.

Gwen zmieniła pas, wrzuciwszy wcześniej kierunkowskaz, po czym, gdy światło się zmieniło, skręciła w lewo.

– Myślałaś, że pozwolę na siebie trąbić? – Isobel usłyszała pstryknięcie w okolicy deski rozdzielczej i po chwili po samochodzie rozeszła się fala ciepła. – Tak swoją drogą, mam nadzieję, że spakowałaś do swojego magicznego plecaka także zapasową kurtkę, bo swoją nie zamierzam się dzielić, a przez całą noc ma padać śnieg. Isobel sięgnęła po plecak i, ująwszy w dłonie breloczek z ukrytym pod skrzydełkami motyla zegarkiem, stwierdziła, że właśnie minęła dwudziesta.

– Gwen, brama cmentarza jest od godziny zamknięta. Jak my się tam dostaniemy?

– Ściśle rzecz biorąc, jest zamknięta od godziny i siedmiu minut – odparła Gwen. – W internecie podają, że są otwarci od ósmej rano do „zmierzchu" i muszę przyznać, że trzymają się tego dość dokładnie.

– Czekaj! Ty tam byłaś? – Isobel złapała się oparcia fotela przed sobą, podczas gdy Gwen wchodziła w kolejny zakręt.

– Oczywiście, że tam byłam. A myślisz, że co robiłam przez cały ten czas? Szydełkowałam? To się nazywa rekonesans. Czemu nie zapięłaś pasa?

– Chryste, Gwen! Mogłaś wysłać esemesa! Zamartwiałam się, że utknęłaś gdzieś po drodze albo się zgubiłaś, albo, czy ja wiem, zostałaś porwana!

Gwen ponownie skręciła i zatrzymała się na światłach, które właśnie zmieniły się z żółtych na czerwone. Na zewnątrz coraz mniej było połyskujących witrynami sklepów i restauracji. Ulice zaczynały się też wyludniać.

– Zdajesz się nie doceniać moich zdolności, jeśli idzie o kwestię przetrwania – oświadczyła Gwen, ostentacyjnie blokując przyciskiem drzwi – a zarazem przeceniać moją pomysłowość. Przykro mi, że nie wpadłam na żaden nowojorski kryptonim dla tutejszego pełnego świrów cmentarza. Wiesz, że kręcił się tam koleś przebrany za kruka? To znaczy, tak mi się wydaje, że to był facet. A w ogóle to byłam też trochę zajęta tłumaczeniem się pięciu ochroniarzom, którzy, sprawdzając cmentarz przed zamknięciem, przydybali mnie w katakumbach.

– Moment – wtrąciła Isobel. – W jakich katakumbach?

– No – odrzekła Gwen – normalnych. A właściwie nie wiem, czy normalnych, bo one nie znajdują się pod ziemią, jak można by się spodziewać. W każdym razie nie do końca. Okazało się, że cały kościół Westminster zbudowano na wydzielonym fragmencie cmentarza. Kiedy zajrzałam przez takie boczne drzwi, to znalazłam groby.

Isobel, słuchając, zrzuciła kozaki i wciągnęła na stopy wygrzebane z plecaka buty górskie. Potem jeszcze raz przekopała się przez jego zawartość w poszukiwaniu czarnej bluzy z kapturem, pożyczonej z szafy Danny'ego. Ubrała się, bardzo zadowolona z polarowej podszewki. Na koniec sięgnęła po kurtkę Varena.

– Myślałam, że te drzwi prowadzą do jakiejś piwnicy, w której moglibyśmy się schować – opowiadała Gwen – ale nie. To znaczy schować się tam i tak możemy. Choć nie jest to Ritz-Carlton, przed wiatrem jednak chroni. Dobre miejsce, żeby się przyczaić. Przynajmniej do północy.

Isobel ostrożnie rozłożyła kurtkę Varena na kolanach i przesunęła dłonią po wizerunku martwego ptaka. Obwiodła palcami podwinięte brzegi białego materiału przypiętego agrafką do grubszej, zielonej tkaniny.

Przypomniała sobie długi czarny płaszcz, który spowijał Varena we śnie rozgrywającym się w księgarni. Pamiętała, że ptak, który zdobił plecy tamtego płaszcza, był nie tylko odwrócony, ale na dodatek biały.

Powoli uniosła kurtkę i wbiła ręce w sztywne rękawy; okrycie wydało jej się cięższe, niż zapamiętała.

– Jesteśmy na miejscu – oznajmiła Gwen.

Isobel wyjrzała przez okno i stwierdziła, że okolica była znacznie spokojniejsza niż port, ulice zrobiły się węższe, latarnie – mniej liczne, ciemności – gęstsze i groźniejsze.

Cadillac wolno przejechał przed wysoką bramą z kutego żelaza. Isobel przesunęła się na drugą stronę samochodu, żeby lepiej widzieć. Dostrzegła, że metalowe skrzydła bramy połączone były w środku podobnym do węża i połyskującym srebrzyście łańcuchem. W oddali wypatrzyła coś w rodzaju niewielkich, kamiennych domów. Grobowce, pomyślała. Pomiędzy nimi widać też było zwykłe kamienne płyty, które nachylały się nad prostokątami trawy.

Po chwili wszystko zasłonił mur.

Gwen skręciła w prawo, w ulicę Fayette. Ceglany mur ustępował tu miejsca żelaznemu ogrodzeniu, którego wysokie pręty kończyły się paskudnymi szpikulcami. Isobel nie odrywała od nich wzroku, podczas gdy Gwen parkowała tuż przy głównym wejściu na cmentarz. Ponieważ nie wyłączyła silnika, samochód wciąż łagodnie, równomiernie mruczał, a spaliny unosiły się z tyłu przezroczystą chmurką. Wiatr zaganiał ją w stronę bramy, co dawało złudzenie kłębiącej się mgły.

– Powiedziałabym ci, że za dnia jest tu przyjemniej, ale nie lubię kłamać – rzuciła Gwen.

Widoczny pomiędzy czarnymi metalowymi prętami kamienny nagrobek Poego stał niby strażnik na warcie, podświetlony z czterech stron przez wmontowane w chodnik niewielkie reflektory.

Nad wszystkim górowała posępna, masywna bryła kościoła Westminster Hall. Jego dzwonnica z czterema podobnymi do rogów iglicami wyciągała się ku ciemnemu, zachmurzonemu niebu.

Samochód znów ruszył, a Isobel pochyliła się, wyginając szyję, by objąć wzrokiem gotycką fasadę.

Gwen zatrzymała cadillaca przy krawężniku obstawionym już częściowo przez inne auta, przed podwójnymi odrzwiami stanowiącymi główne wejście do kościoła. Wyłączyła silnik i wyciągnęła kluczyki ze stacyjki. Temperatura w samochodzie natychmiast zaczęła spadać – czający się na zewnątrz chłód podpełzł bliżej, szturmując cienką zaporę szyb.

Isobel spojrzała przez tylne okno na prostą kłódkę broniącą dostępu na cmentarz.

– Jak się tam dostaniemy? – spytała cicho.

Fotel Gwen zaskrzypiał, Isobel obróciła się i zobaczyła, że przyjaciółka pochyla się i sięga po coś do schowka. Na dywanik wypadły różne mapy oraz małe czarne etui.

– Tak samo jak wszyscy inni – odrzekła Gwen, podnosząc z podłogi to ostatnie.

26

CMENTARNE WESTCHNIENIA

Zwariowałaś? – szepnęła Isobel. – Gwen, ktoś nas zobaczy!

– Możesz nie ruszać latarką? – Kręcąc głową, Gwen uklękła przed bramą. Popatrzyła od dołu na kłódkę, po czym sięgnęła po jedno z dwóch metalowych narzędzi wyjętych z czarnego etui i wsunęła jego płaską, szpatułkowatą końcówkę bokiem w dziurkę. Przytrzymując kłódkę jedną ręką, mocno przycisnęła kciukiem długą rączkę szpatułki. Następnie złapała drugie z narzędzi, zakończone cienkim, ostrym szpikulcem, i zaczęła nim gmerać w ząbkowanej szczelinie. Odgłos drapania metalem o metal poniósł się po cmentarzu.

Isobel stała tuż obok, usiłując zasłaniać przyjaciółkę przed ewentualnymi samochodami. Albo radiowozami. Albo policjantami patrolującymi okolicę pieszo.

W jednej ręce trzymała czarne, skórzane, zasuwane etui zawierające całą masę innych metalowych narzędzi, w drugiej zaś

– maleńką latarkę służącą Gwen za breloczek przy wielkim pęku kluczy i teraz z trudem oświetlającą otwór kłódki.

Kręcąc głową na wszystkie strony, Isobel niespokojnie rozglądała się dookoła.

– Stój spokojnie, co? – warknęła Gwen.

– Patrzę, czy nikt nie idzie.

– To przestań! Mówiłam ci przecież, że cała ta banda pełniąca straż w kościele poszła na kolację pół godziny temu. Myślisz, że dlaczego tak późno po ciebie przyjechałam? Moim zdaniem mamy teraz jakieś półtorej godziny spokoju. Może trochę więcej, jeśli zachce im się martini. A fanklub Czciciela powinien zacząć się schodzić najwcześniej koło dziewiątej.

– Tak, ale może się pojawić ktoś zupełnie przypadkowy. No i skąd wiemy, że na kościele nie ma kamer?

– Nie ma – oświadczyła Gwen. – Sprawdziłam.

Isobel przykucnęła obok, kładąc etui na chodniku pod bramą.

– Jak długo to potrwa?

Gwen utkwiła w niej spojrzenie.

– A chcesz się przekopywać pod murem? Moglibyśmy przy okazji odwiedzić pod ziemią Edgara. Albo wiesz co? – Wyciągnęła spiczaste narzędzie z kłódki i wycelowała je w Isobel. – Jak sobie życzysz, przełaź górą. Ja nie zamierzam.

– Okej, okej! – mruknęła Isobel. – Tylko… się pospiesz.

– Światło poproszę.

Pobrzękując kluczami, Isobel ustawiła mikroskopijną żaróweczkę pod odpowiednim kątem.

– Hm – zafrasowała się Gwen. Postukała się metalowym szpikulcem w wargę, by następnie wręczyć go Isobel takim gestem, jakim chirurg oddaje niepotrzebny już skalpel pielęgniarce. –

Tu się przyda raczej widelec do ligatur. Poszukaj, taki zakrzywiony.

Isobel wrzuciła szpikulec do etui. Świecąc sobie latareczką, utkwiła spojrzenie w porządnie ułożonych, przytrzymywanych przez specjalne gumki metalowych narzędziach. Co najmniej połowa z nich była zakrzywiona.

– Który to? – szepnęła. – Wszystkie są podobne. I w ogóle po co ci taki zestaw włamywacza?

Gwen pociągnęła ją za rękę, zwracając światło na siebie i mierząc przyjaciółkę gniewnym spojrzeniem.

– To nie jest żaden zestaw włamywacza – sarknęła. – To przyrządy ortodontyczne. Tata trzyma po komplecie w każdym z samochodów z myślą o nagłych wezwaniach do pacjentów z urazami twarzy.

– A ty otwierasz nimi zamki?!

– Po każdym użyciu wszystko sterylizuję.

Isobel oswobodziła rękę i skierowała światło na siebie.

– Okej, Gwen, chodzi mi o to, skąd… Skąd znasz się na wytrychach? Gwen sięgnęła do etui po odpowiednie narzędzie i wróciła do pracy.

– W dzieciństwie marzyłam, że kiedyś zostanę magikiem – wyjaśniła. – Niedościgniony Harry był moim idolem. Plakat z nim nadal zresztą wisi u mnie na ścianie.

Isobel skrzywiła się z niedowierzaniem.

– Masz na myśli Harry'ego Pottera?

Gwen poderwała głowę.

– Mam na myśli Houdiniego, Isobel – podniosła głos. – Harry'ego Houdiniego, do cholery, Króla Kajdanek!

– Okej, okej – Isobel uniosła dłonie obronnym gestem, prawie upuszczając klucze. – Przepraszam!

Gwen ponownie złapała ją za nadgarstek, z powrotem oświetlając kłódkę.

– Potem się nauczyłam, że otwieranie zamków jest jak gadanie z chłopakami – oznajmiła. – Czasami wystarczy po prostu odpowiednio… przycisnąć.

Klik.

Szczęka Isobel opadła dokładnie w tym samym momencie, w którym odskoczył pałąk kłódki. Gwen szybko wstała.

– Proszę – rzuciła. – Weź to.

Isobel też dźwignęła się na nogi i w oszołomieniu przyjęła od Gwen przyrządy. Zerkając przez ramię, Gwen zdjęła kłódkę, odwinęła łańcuch i lekko uchyliła bramę. Zardzewiały metal zazgrzytał leniwie. Gwen wsunęła się na cmentarz.

– No, chodź – powiedziała, oglądając się na Isobel. – Chyba coś jedzie. Isobel chwyciła etui i pospieszyła za przyjaciółką. Też słyszała monotonne, stłumione buczenie zbliżającego się powoli samochodu. Wspólnie zamknęły bramę: Isobel przytrzymała jej skrzydła, a Gwen owinęła pręty łańcuchem i z powrotem założyła kłódkę, w związku z czym zostały niejako uwięzione na cmentarzu.

– Szybko! – szepnęła Gwen. – Schyl się. Jedzie bez świateł, więc to pewnie gliniarz.

Isobel cofnęła się od bramy, rozglądając się za jakąś kryjówką. Zastygła wszakże, kiedy zdała sobie sprawę, że stoi tuż przed grobem Poego.

Nagrobek, ustawiony na kwadratowej kamiennej podstawie, kształtem przywodzący na myśl wielką figurę szachową, był wyższy od człowieka. W jedną ze ścianek wpuszczono ogromny brązowy medalion przedstawiający twarz Poego. Jego oczy, dwie głębokie dziury, zdawały się wbijać w Isobel spojrzenie, które w świetle reflektorków sprawiało zdjętego zgrozą.

To przypomniało jej scenę, którą pokazał jej Pinfeathers. Ostatnie chwile Poego wróciły do niej jak migawki z filmu grozy.

– Co ty wyprawiasz? – zachrypiała Gwen, pędząc w jej stronę. – Powiedziałam, żebyś się schyliła.

To mówiąc, pociągnęła ją za nagrobek. Gdy przycisnęły się plecami do zimnego kamienia, Isobel poczuła plecak wbijający się jej w kręgosłup.

A potem zacisnęła palce na ramieniu Gwen, wskazując na wydłużone, bliźniacze cienie, które kładły się w poprzek alejki. Obie natychmiast przykucnęły, a zarysy ich sylwetek na ziemi nasunęły się na siebie i upodobniły do garbatych cieni rzucanych przez nagrobki. Skulone, lekko kołysząc się na piętach dla złapania równowagi, słuchały, jak przed bramą zahamował samochód.

Smuga światła przecięła ciemność tuż obok. Niczym szperacz przesunęła się wzdłuż alejki i w górę kamiennego cokołu. Isobel przytuliła się do Gwen, chowając wysunięte wcześniej zza grobu ramię. Wstrzymała oddech, przekonana, że przyjaciółka robi to samo.

Nagle rozległ się szum dochodzący chyba z krótkofalówki. Przez zakłócenia przedarł się męski głos:

– Potrzebna pomoc w porcie.

Isobel nadstawiła uszu, zastanawiając się, czy to wezwanie wiąże się jakoś z jej zniknięciem. Nie miała wątpliwości, że tata zawiadomił już policję. Czy zdążył też zadzwonić do mamy?

– Zrozumiałem – odparł inny głos. – Sprawdzaliśmy okolice Westminsteru. Wciąż tu spokojnie, więc jedziemy.

Światło po raz ostatni omiotło cmentarz i się wycofało. Isobel poczuła, że Gwen powoli wypuszcza powietrze z płuc.

Sama również zaczynała się rozluźniać, gdy szum krótkofalówki znów zakłócił ciszę, by po chwili przynieść ze sobą urywek nuconej przez kobietę piosenki. Melodia, piękna i zapadająca w pamięć, popłynęła przez cmentarz, lecz buczenie silnika zaraz ją zagłuszyło, więc znikła, jakby ktoś nagle zamknął okno.

Isobel znała tę melodię. Znała tę kołysankę.

Prędko wystawiła głowę zza pomnika. Popatrzyła w stronę bramy i ujrzała, jak czerwone tylne światła radiowozu znikają w oddali.

Przytuliła skórzane etui do piersi.

– Słyszałaś?

– Tak – odszepnęła Gwen. – Ale cokolwiek się dzieje, na pewno nie odciągnie ich stąd na długo. Chodźmy, zanim pojawi się ktoś następny.

Z tymi słowy oderwała się od kamienia i wyszła na środek alejki. Isobel już miała ruszyć za nią, gdy coś na nagrobku Poego przykuło jej wzrok.

– Gwen, zaczekaj – krzyknęła, zapominając na moment o konieczności zachowania ciszy.

– Tsss… – syknęła Gwen. Isobel usłyszała jej pospieszne kroki. – Chodź, Isobel, paciorek za duszę zmarłego zmówisz sobie w normalnych godzinach przyjęć. Teraz musimy się schować!

– Nie, patrz – rzuciła Isobel. Przyłożyła dłoń do tablicy, sunąc palcami wzdłuż biegnącego łukiem, wykutego w kamieniu napisu:

VIRGINIA CLEMM POE
(15 sierpnia 1822 – 30 stycznia 1847)

– Jego żona – szepnęła. – Nie wiedziałam, że też jest tu pochowana.

– Cóż, przywitaj się, jeśli musisz – burknęła Gwen – ale spiesz się. Bo po pierwsze, jest zimno, po drugie, właśnie łamiemy prawo, a po trzecie, to na niej stoisz.

– Zmarła tak młodo – ciągnęła Isobel. – Nic dziwnego, że on ciągle był taki smutny.

– Tak, to doprawdy rozdzierające. Isobel, błagam! Czy mogłybyśmy chociaż przenieść się w jakiejś mniej oświetlone miejsce?

Isobel poczuła, że przyjaciółka znów łapie ją za ramię i ciągnie naprzód. Jednakże nadal nie potrafiła oderwać wzroku od imienia Virginii, podświetlonego żółtym blaskiem reflektorków.

Varen mówił, że na co zmarła? Na gruźlicę? No tak.

Pamiętała, że, gdy przygotowywali prezentację, kazał jej zapisać to na osobnej karteczce. Tyle że w czasach Poego chorobę tę nazywano „suchotami", bo powoli „wysuszała", wyniszczała organizm.

Varen powiedział też, że w dniu, w którym jej gruźlica się ujawniła, Virginia akurat grała matce i mężowi na fortepianie. Śpiewała, gdy nagle, nie wiadomo skąd, na jej dolnej wardze pojawiła się krew.

Śmierć Szkarłatna, pomyślała Isobel.

– Ej! – dała o sobie znać Gwen. – Idziemy.

Isobel odwróciła się wreszcie od nagrobka. Poprawiając paski plecaka, ruszyła w ślad za przyjaciółką po chodniku okrążającym ogromny kościół od jednej strony.

Chodnik ten zwężał się kawałek dalej, zagłębiając się między dwa szeregi kamiennych grobowców, które stały naprzeciwko siebie jak zwykłe domy przy małej uliczce.

Gdy zmierzały z Gwen w ich kierunku, mrok stopniowo gęstniał. Isobel zauważyła wmurowaną w czerwony chodnik białą, alabastrową tablicę z czyimś nazwiskiem. Okrążyła ją i szybko dołączyła do Gwen, która czekała już w cieniu grobowców.

Płatki śniegu połyskiwały gdzieniegdzie na spiczastych dachach kamiennych krypt. Isobel spojrzała na prowadzące do nich odrzwia – ozdobne, żelazne, osadzone na zawiasach płyty, które po otwarciu swobodnie mogły przepuścić do wnętrza trumnę. Wyglądały trochę jak drzwiczki staroświeckich piecyków. Albo lodówek w kostnicy. Zastanawiała się tylko, po co im w ogóle zawiasy, skoro i tak miały pozostać na zawsze zamknięte.

– Uważaj na ściek – rzuciła Gwen, wskazując pod nogi.

– Ściek?

Wciąż mając w ręku klucze przyjaciółki, Isobel wepchnęła etui z przyrządami ortodontycznymi po pachę i włączyła maleńką latarkę. Potem skierowała wątłą smużkę światła ku ziemi, gdzie odkryła betonowy odpływ, biegnący w chodniku między paroma grobowcami, które w przeciwieństwie do pozostałych stały bokiem do alejki. Nie ulegało wątpliwości, że „ściek" miał chronić okoliczne groby przed zalaniem w czasie deszczu.

Idąc wzdłuż cementowej rynny, dla lepszej orientacji przyłożyła dłoń do grobowca po prawej stronie.

Gwen parła naprzód tak zdecydowanie, że faktycznie musiała już znać drogę. Po chwili skręciła w lewo, znikając za jedną z krypt. Isobel pospieszyła za nią i znalazła się na małym dziedzińcu. Po prawej, obok starego, sękatego drzewa, widać było bramę wychodzącą na ulicę Greene.

– Tędy – szepnęła Gwen.

Nagłe skrzypnięcie sprawiło, że Isobel, odrywając wzrok od ulicy, zwróciła uwagę na osadzone w murze drzwiczki, które wiodły najwyraźniej do wnętrza kościoła. Ciemne szkło za żelaznymi kratami nie pozwalało dostrzec nic w środku. Natychmiast zrozumiała, że to wejście do wspomnianych przez Gwen katakumb.

Postąpiła krok w ich stronę, lecz przystanęła, zerkając ku tylnej części cmentarza, gdzie lekko pofałdowany teren pokrywały kamienne płyty oraz szeregi jeszcze większych i stojących bliżej siebie grobowców.

Przyglądając się tej masie nagrobków, uświadomiła sobie ze zdziwieniem, że nigdzie nie widać aniołów ani innych dekoracyjnych posągów. Żadnych serafinów ani płaczących kobiet z liśćmi wawrzynu. Żadnych lir ani nawet krzyży. Wszędzie tylko kamień i zaprawa murarska, marmur i granit. Nawet jak na cmentarz wyglądało to niezwykle ponuro.

– Isobel! – ponagliła ją Gwen, wychylając się przez drzwi w murze. – Idziesz czy nie? Pozwiedzasz sobie później.

Isobel popatrzyła jeszcze ku bramie prowadzącej na ulicę. Przejechał jakiś samochód, a potem dało się słyszeć coś w rodzaju szmeru zbliżających się głosów. Skoczyła więc ku Gwen, która cofnęła się, przepuszczając ją do wilgotnego wnętrza.

Pachniało jakby kredą i ziemią.

Gwen wzięła do Isobel latareczkę i poświeciła wokół. W przestronnym pomieszczeniu wznosiły się kolejne krypty, z podłoża, które na oko więcej miało wspólnego z kurzem niż z glebą, sterczały kamienne płyty.

– Tamto wejście – Gwen wskazała na umieszczone w przeciwległej ścianie drzwi, które wyglądały tak samo jak te, przez które weszły, i emanowały przytłumionym blaskiem, podświetlone od zewnątrz przez uliczne latarnie i światła w oknach budynków – wychodzi na tyły cmentarza, tuż obok kolejnego szeregu grobowców. Stamtąd już dobrze widać stary grób Poego. Ale pomyślałam, że do północy przeczekamy tutaj. Przy odrobinie szczęścia – oświadczyła, kierując światło latarki do góry, ku kamiennym łukom zasnutym pajęczynami – usłyszymy, jak Strażnicy Grobu wracają z kolacji.

Isobel spojrzała na wskazane przez przyjaciółkę drzwi i przesunęła się parę kroków w stronę sączącego się przez ich szyby blasku. Przystanęła w miejscu, gdzie światło trzymanej przez Gwen latarki przestawało rozpraszać cienie.

Choć wyławiała z ciemności ogólne zarysy pomieszczenia oraz sterczące tu i ówdzie groby, prawie w ogóle nie widziała, po czym stąpa. Mrok jak gruby dywan zasłaniał krawędzie kamiennych płyt i wiodące do grobowców stopnie.

– Która jest teraz godzina? – spytała, a jej głos odbił się echem pod sklepieniami.

– Chyba tuż przed dziewiątą – odparła Gwen. – Nie wiem dokładnie. Wyłączyłam telefon, żeby nie dało się sprawdzić, skąd dochodzi sygnał. Ty też, prawda?

– Zostawiłam komórkę tacie – mruknęła Isobel.

– To i lepiej.

Po tych słowach Gwen podciągnęła spódnicę i zawiązała ją w pasie, odsłaniając ciepłe spodnie, które miała pod spodem. Następnie ze stęknięciem opadła na ziemię i oparła się plecami o przód jednego z grobowców. Zaraz później poświeciła latarką na nazwisko wyryte powyżej zardzewiałych, żelaznych drzwi do krypty.

– Cóż, dobry wieczór… panie J. Meredith – powiedziała. – Mam nadzieję, że nie ma pan nam za złe tego najścia. Nie, nie, proszę nie wstawać. My nie dbamy o konwenanse. Ja jestem Gwen, a to jest Isobel. Poznajcie się, proszę. Isobel, to pan J. Meredith, panie Meredith, to Isobel.

Wyjąwszy czarne etui spod pachy, Isobel uśmiechnęła się sztucznie i lekko pomachała wolną ręką w kierunku grobu. Potem podeszła bliżej, zdjęła plecak i usiadła obok Gwen, po drugiej stronie metalowych drzwi.

Gwen westchnęła przeciągle, opierając głowę o kamień, podczas gdy Isobel otwierała plecak.

– Schowam narzędzia twojego taty.

– Gwen przewróciła oczami.

– Jakie narzędzia? – mruknęła. – Narzędzia to klucz francuski i młotek. Ortodonci używają przyrządów.

– Jesteś głodna? – Isobel poszperała głębiej w plecaku i wydobyła dwa batoniki musli.

– Zawsze – odrzekła Gwen, sięgając po jeden z nich i natychmiast rozrywając opakowanie. – Choć w sumie nie wiem, na ile to koszerne, tak jeść w katakumbach – dodała i odgryzła od razu pół batonika.

Isobel zaszeleściła papierkiem od swojego. Nie była głodna, ale wiedziała, że powinna coś przegryźć. Przeżuła pierwszy kęs, w ogóle nie czując smaku.

Przez dłuższą chwilę spokój zakłócało tylko ich chrupanie. Gwen wyłączyła latarkę i pomieszczenie pogrążyło się w ciemności.

– Jak myślisz, co robi teraz twój tata? – spytała Gwen.

– Skąd mam wiedzieć? – odparła Isobel i mimo że zjadła dopiero połowę batonika, szturchnęła przyjaciółkę, podając jej resztę. – Może składa zeznania na policji.

– Dzięki – rzuciła Gwen. Wzięła batonik i znów głośno zachrupała.

– Mam też wodę – oznajmiła Isobel.

– Na razie nie potrzebuję.

Przez jakiś czas milczały. Potem, gdy cisza zaczęła dzwonić w uszach, Isobel odezwała się ponownie.

– Założę się, że już zadzwonił do mamy – powiedziała cicho. – A ona w panice próbuje kupić bilet samolotowy. I załatwić kogoś do opieki nad Dannym.

– Hmmm – mruknęła Gwen.

– Cały czas o tym myślę – szepnęła znowu Isobel. – O tym, co im robię. O tym, jak strasznie muszą się czuć. O tym, co do siebie nawzajem mówią. O tym, co im przychodzi do głowy. – Przyciągnęła kolana do piersi i objęła je ramionami. – Czasem – podjęła – zastanawiam się, czy cokolwiek z tego w ogóle by się wydarzyło, gdybym mogła z nimi o wszystkim porozmawiać. To znaczy tak szczerze. Bo chyba niewiele by dało, gdybym powiedziała tacie o rzeczach, które widzę, o notatkach Varena i o książce Poego, i o krainie snów. W ogóle by mi nie uwierzył. I nie tylko dlatego, że to takie dziwne. – Urwała na moment. – Po prostu wcześniej, zanim poznałam Varena, nigdy taka nie byłam… Zawsze mogłam pójść do taty i opowiedzieć mu… o wszystkim. A on zawsze stawał po mojej stronie. Przynajmniej w naprawdę ważnych sprawach.

Znów zamilkła, opuszczając głowę na kolana.

Gwen się nie odzywała, lecz Isobel mówiła dalej, jak gdyby jej słowa wypływały z jakiejś wewnętrznej rany, która niepostrzeżenie zaczęła krwawić.

– Czemu? Co takiego jest w Varenie, że wszystko tak się zmieniło? – Odetchnęła głęboko i poczuła w ustach smak kurzu. – Może ciągnęła, postanawiając, że spróbuje sama sobie odpowiedzieć, skoro Gwen się z tym nie spieszyła – tata myślał, że powinien mnie przed nim chronić? Usiłuję to jakoś zrozumieć, ale trochę mi ciężko, bo przecież nawet nie dał Varenowi szansy, wiesz? Wystarczyło mu jedno spojrzenie, aby podjąć decyzję, że nie chce go koło mnie widzieć. Nikt nie chciał. Ani przyjaciele Varena, ani moi, ani nasi rodzice, ani nikt w szkole... Zupełnie jakby każdemu się wydawało, że we dwoje tworzymy coś w rodzaju... Czy ja wiem... Mieszanki wybuchowej, która zagraża otoczeniu. Myślę, że byłaś jedyną osobą, jedyną na całym świecie, której w ogóle nie przeszkadzaliśmy. Wiesz, Gwen?

Zero odpowiedzi. Isobel, zerknąwszy na przyjaciółkę, zdała sobie sprawę, że jej oddech brzmi podejrzanie równo.

Gwen spała...

Biorąc pod uwagę fakt, że przez cały dzień prowadziła samochód, a potem odbyła jeszcze rekonesans i pewnie stresowała się, czy znajdzie Isobel w porcie, należało przypuszczać, że przysnęła już po trzecim zdaniu.

I dobrze, uznała Isobel. Przecież i tak nie mówiła do niej. Nie do końca.

Odchyliwszy głowę, przymknęła powieki i z westchnieniem usadowiła się wygodniej.

Chodziło raczej o coś w rodzaju mowy pożegnalnej, którą kierowała do siebie samej. Czy też raczej do tej dziewczyny, którą kiedyś była i nieodwołanie być przestała; do dziewczyny, którą tata tak bardzo próbował utrzymać przy życiu – i nie zdołał.

Ale w sumie, pomyślała, uśmiechając się smutno, czy istniało lepsze niż cmentarz miejsce do żegnania umarłych?

27

TA, CO ZGASŁA TAK WCZEŚNIE

Delikatne skrobanie sprawiło, że otwarła oczy. Przesunęła wzrokiem po ciemnych zarysach grobów, ale nie wychwyciła żadnego ruchu. Teraz słyszała tylko wysoki, ostry świst wiatru smagającego mury kościoła.

Potarła jedno oko wierzchem dłoni. Obróciła głowę, by sprawdzić, czy Gwen nadal śpi, i stwierdziła, że przyjaciółki nie ma.

– Gwen, gdzie jesteś? – krzyknęła w ciemność, która zdawała się wyjadać kolejne sylaby prosto z jej ust.

Brak odpowiedzi.

Drżącymi rękami wymacała na ziemi pęk kluczy. Odszukawszy pośród nich breloczek w formie latarki, włączyła ją i skierowała strumyczek światła na plecak. Jej własny breloczek przyczepiony do przedniego suwaka błysnął drapieżnie. Przyciągnęła plecak bliżej i podniosła motyle skrzydełka, by spojrzeć na ukryty pod nimi zegarek.

Jego cienkie, czarne wskazówki wirowały dokoła tarczy, pospiesznie ścigając jedna drugą.

Czy to był sen? Niemożliwe. Nie mogła przecież zasnąć. Tylko na moment przymknęła powieki.

Delikatne nucenie, które nagle rozległo się obok, sprawiło, że wypuściła z rąk zarówno zegarek, jak i latarkę. Zerwała się na nogi i popatrzyła ku drzwiom, które wychodziły na tył cmentarza, a teraz stały uchylone.

Przyćmiony błękitny blask sączył się przez tę szczelinę, wytyczając ścieżkę po nierównym podłożu, pośród spękanych kamieni i przysadzistych krypt.

– G-Gwen? – zawołała Isobel jeszcze głośniej. I znów nie otrzymała odpowiedzi. Melodia, która zdawała się wydobywać z jakiejś bezdennej studni, wciąż snuła się między grobami.

Znowu ta sama. Ta sama co w samochodzie Varena, we śnie, który kończył się w różanym ogrodzie. Ta sama, która przedarła się przez szum radia w jej sypialni, tamtego wieczoru, gdy znalazła kurtkę Varena wiszącą na drzwiach szafy. Ta sama, która płynęła z telewizora w salonie rodziców, wtedy, nocą, kiedy odwiedził ją Pinfeathers, i ze skrzypiącego gramofonu w nierealnej księgarni. Ta sama, która nieco wcześniej rozległa się na cmentarzu.

Isobel ruszyła w kierunku dźwięku. Przystanęła wszakże, gdy jej buty dotknęły krawędzi błękitnej ścieżki wyznaczanej przez smugę sączącego się od drzwi porcelanowego blasku. Niezdecydowana, uwięziona we własnym wahaniu, zastanawiała się, czy zdobędzie się na odwagę, by pójść dalej.

Ale czy miała wybór?

Może, pomyślała, powinna spróbować się ocknąć. Gdyby tak, na przykład, krzyknęła? Czy Gwen by to usłyszała i czy zdołałaby ją obudzić?

Tymczasem nucenie za drzwiami przybrało na sile. Melancholijna, przeszywająca melodia wznosiła się i opadała w znajomym rytmie.

Pchana ciekawością Isobel przełamała strach i postąpiła krok w niebieskie światło, które zdawało się jeszcze potęgować panujący w katakumbach chłód. Ogarnęło ją przenikliwe zimno, zupełnie jakby jakiś duch postanowił wyjść jej na spotkanie, by obserwować, jak się zbliża.

Tylko ku czemu? Albo komu?

Niepewnie dobrnęła do drzwi.

Gdy tylko dotknęła ich dłonią, natychmiast bezgłośnie się otworzyły.

Zamiast pogrążonego w mroku cmentarza, który powinien się za nimi znajdować, ujrzała kolejne pomieszczenie, podobne do poprzedniego, tyle że dużo mniejsze.

Natychmiast zorientowała się, skąd dobiega nucenie: w głębi, twarzą do sufitu, leżała okryta całunem postać.

Nagrobek w kształcie otwartej trumny, do której prowadziło kilka schodków, znajdował się na środku pomieszczenia, tuż pod niebieskim witrażowym świetlikiem wmontowanym w kamienne sklepienie.

Szafirowe szybki filtrowały delikatną księżycową poświatę, która opływała wiotkie ciało ukryte pod śnieżnobiałą materią.

Kołysanka, niczym syreni śpiew, wiodła Isobel w głąb pomieszczenia.

Coś zazgrzytało jej pod butem, lecz nie zwróciła na to uwagi, pochłonięta widokiem Noków, których obtłuczone, pustookie twarze zdawały się zwracać ku niej ze swoich miejsc na półkach ciągnących się wzdłuż wszystkich czterech ścian.

Uświadamiając sobie nagle, dokąd trafiła, Isobel zastygła jak posąg.

Znała to miejsce. Znów była w krainie snów. W marmurowej krypcie z sarkofagiem kamiennej kobiety.

Wciąż słysząc dobiegające od niej nucenie, zerknęła w kąt, w którym poprzednio zastała błękitnowłosego Noka imieniem Scrimshaw, widzianego potem jeszcze w szpitalnej wizji ukazanej jej przez Pinfeathersa.

W kącie nikogo nie było – Scrimshaw, podobnie jak Pinfeathers, musiał się chyba poskładać z potrzaskanych skorup i zapewne włóczył się gdzieś po widmowym lesie.

Obejmując dłonią zawieszoną na szyi hamsę, Isobel zbliżyła się do sarkofagu. Pokonała schodki, a gdy stanęła nad okrytą całunem postacią, nucenie jęło zanikać.

Wyciągnęła drżącą rękę i złapała brzeg sztywnej tkaniny zasłaniającej kobiecie twarz. Drugą dłoń zaciskając mocno na talizmanie, powoli odsunęła całun.

Nucenie całkiem umilkło.

Spod materiału wyłoniła się dziewczyna ubrana w elegancką różową sukienkę, taką samą jak ta, którą ona, Isobel, miała na sobie w Ponurej Fasadzie.

Jęknęła, zastanawiając się gorączkowo, czy to, co ogląda, stanowi efekt jakiejś sztuczki, dziwnego przywidzenia.

Jasne włosy niby aureola okalały głowę leżącej. Delikatne loki tworzyły ramę dla bardzo znajomej, zbyt znajomej twarzy – jej twarzy.

Wypuściła z palców tkaninę, która ześlizgnęła się z sarkofagu, by rozlać się niby kałuża na schodach i jej własnych butach.

Atramentowe plamy zaczęły pojawiać się na różowej sukience, gorset i spódnica stopniowo czerniały.

Isobel obserwowała to z rosnącą zgrozą, niezdolna jednak odwrócić wzroku.

Dziewczyna nadal leżała na tym dziwnym katafalku, ze sztucznie różowymi ustami i zamkniętymi oczyma. Ukośne, cienkie zadrapanie znaczyło jej prawy policzek jak pasemko głębokiej purpury na skórze w odcieniu popiołu.

Przywiązany do sztywnych dłoni różową szarfą – tą samą, którą Isobel podarowała Varenowi – na piersi zmarłej spoczywał bukiet nieskazitelnie białych lilii. Ich nagle uwolniona dusząca woń wypełniła kryptę, nasycając stęchłe powietrze ohydnym cmentarnym zapachem.

Ziemistą szyję sobowtóra otaczał łańcuszek przytrzymujący bliźniaczą hamsę. Wisiorek połyskiwał w chłodnym świetle, aż jakaś płynąca po niebie chmura zasłoniła księżyc i opal w talizmanie zmatowiał jak mleko.

Isobel cofnęła się o krok, potknęła na schodach i niemal przewróciła.

Chciała rzucić się do drzwi, te wszakże znikły, zastąpione przez gładką kamienną ścianę.

– Nie! – krzyknęła Isobel, a jej głos odbił się wokół echem. Otwartymi dłońmi kilkakrotnie uderzyła w kamień znajdujący się w miejscu, gdzie jeszcze parę minut wcześniej stały otworem drzwi.

Uwięziona, znów zwróciła się twarzą ku sarkofagowi, lecz ten gwałtowny ruch sprawił, że całe pomieszczenie zawirowało. Zbita z nóg, upadła plecami na zimną jak lód posadzkę.

Młócąc powietrze rękami i nogami, odkryła, że znajduje się teraz w wąskiej przestrzeni ograniczonej ze wszystkich stron przez gładkie bloki marmuru.

Wrzasnęła, świadoma, że w takich warunkach nikt jej nie usłyszy. Jakimś przedziwnym sposobem została zamknięta w sarkofagu.

28

ZDEMASKOWANY

Obudziła się, ze świstem wciągając powietrze. W polu jej widzenia znalazły się krawędzie grobowców, które, przyczajone w mroku, wyglądały jak ponure stworzenia gotowe do ataku.

Gwen, oparta tuż obok o kryptę ze szczątkami J. Mereditha, zwieszała głowę na ramię i z otwartymi ustami lekko pochrapywała.

Isobel, nie wstając, obróciła się w stronę drzwi, które zaprowadziły ją do marmurowej krypty. Były zamknięte, a mętne od brudu szybki nie połyskiwały już widmowym błękitem, tylko zwykłą żółcią.

Czyli jednak śniła. Ale czy aby na pewno przestała?

Sięgnęła po latarkę i z uczuciem déjà vu ujęła w dłonie własny breloczek z motylkiem. Odpięła go od suwaka i odsłoniła zegarek, by sprawdzić, czy jego wskazówki wciąż wirują jak oszalałe. Nie, zachowywały się normalnie – najdłuższa okrążała tarczę w zwyczajnym tempie.

Uświadomiwszy sobie jednak, która godzina, Isobel poczuła w całym ciele nieprzyjemne mrowienie, a zimna, metalowa obudowa zegarka zaczęła ją parzyć w dłonie.

Duża i średnia wskazówka niemal się zlewały i obie dawno minęły dwunastą.

Była pierwsza pięć. Godzina i pięć minut po północy.

Isobel zerwała się na nogi, upuszczając klucze. Z lekkim brzękiem upadły na wierzch plecaka. Wsuwając zegarek do kieszeni i zostawiając Gwen, rzuciła się biegiem między grobami. Pędziła na oślep, nie dbając, czy się przewróci, w kierunku drzwi, za którymi, jak miała nadzieję, tym razem znajdował się cmentarz z dawnym grobem Poego.

Tylko co – jeśli róże leżały już na zwykłym miejscu? Co – jeśli się spóźniła? Jeśli Reynolds zdążył się tymczasem pojawić i zniknąć?

Odpychając te myśli, nacisnęła metalową klamkę i otworzyła drzwi. Zardzewiałe zawiasy skrzypnęły, zakłócając ciszę katakumb. Ponad progiem przetoczył się lodowaty powiew, wpychając do środka kłęby drobnego śniegu, który zmieszał się z poderwanym z podłogi pyłem, tworząc upiorne wiry.

Isobel obejrzała się na Gwen, która nadal spała, z podbródkiem wbitym w kołnierz i szalik otrzymany od niej na gwiazdkę, wyglądając z daleka jak czyjaś porzucona lalka.

Bojąc się, że zmieni zdanie i jednak obudzi przyjaciółkę, Isobel wypadła na zewnątrz.

Śnieg sypał na groby, powlekając je miękką pierzynką. Oblepiał też mury i zbierał się w rozczapierzonych palcach i w zgięciach koślawych łokci ogołoconych drzew. Kilka płatków zaplątało się w rzęsy Isobel, rozmazując jej widok. Zamrugała niecierpliwie. A potem, z całkiem bliska, dobiegły ją czyjeś głosy.

Przeplatany śmiechami gwar dochodził gdzieś zza węgła. Wysoki kobiecy chichot odbijał się od kamiennych płyt, kompletnie nieczułych na ten przejaw wesołości.

Isobel, ostrożnie stawiając stopy, weszła po ceglanych schodkach prowadzących do katakumb. Rozejrzała się na boki, by stwierdzić, że ma wokół siebie wysokie grobowce, po czym zagłębiła się w alejkę wiodącą między dwoma kryptami wielkości garażu. Nie chcąc się potknąć, rękami przesuwała po ich ścianach.

Przystanęła na końcu alejki. Ze swojego miejsca widziała zarys grobu Poego, taki sam jak na ziarnistym zdjęciu przedstawiającym Czciciela. Masywna i ciężka jak kamień milowy płyta stała między dwoma ośnieżonymi krzewami.

Mimo że z tej odległości nie dało się odczytać napisu, sylwetka kruka zdobiąca górną, zaokrągloną część płyty pozwalała się domyślać, jaka będzie treść inskrypcji.

Ponieważ krzewy zasłaniały dolną część grobu, Isobel nie umiała stwierdzić, czy róże już tam leżą. Natomiast ciągle słyszała ludzkie głosy, które od pewnego momentu przybrały na sile.

Skulona, ostrożnie wystawiła głowę zza grobowca, by stwierdzić, że za bramą wychodzącą na ulicę Greene kłębi się tłum.

Ludzie tłoczyli się jeden obok drugiego, dłonie w rękawiczkach zaciskając na żelaznych prętach bramy.

Większość ciekawskich miała na sobie grube kurtki, kaptury i czapki, paru jednak wystroiło się w długie wiktoriańskie peleryny. Przynajmniej jeden z mężczyzn paradował w cylindrze.

Znad wełnianych szalików unosiły się obłoczki marznących oddechów.

Niektórzy trzymali w rękach aparaty fotograficzne – ich obiektywy połyskiwały w świetle ulicznych lamp, a czerwone światełka, sygnalizujące, że część urządzeń jest już włączona, błyszczały w mroku jak szatańskie ślepia.

Isobel powoli się wycofała, świadoma, że jeden nieostrożny ruch ściągnie jej na głowę lawinę fleszy. Była pewna, że każdy z fotografów przeczesuje wzrokiem alejki między grobami, wypatrując choćby minimalnego poruszenia. Wszystko to razem napełniło ją pewną ulgą.

Oznaczało bowiem, że Czciciel Poego jeszcze się nie pojawił.

Niepokojące natomiast wydało jej się to, że obecność tak wielu aparatów fotograficznych, najwyraźniej oficjalnie dozwolonych, nie gwarantowała bynajmniej, że Czciciel zostanie uchwycony na zdjęciu – ostatecznie stało się tak tylko raz.

Jedno spojrzenie w stronę grobu Poego rozwiało wszakże jej wątpliwości w tym względzie: między ulicą a nagrobkiem teren lekko się wznosił, a zbudowane tam grobowce w dużym stopniu zasłaniały widok – dokładnie tak, jak twierdził pan Swanson.

Isobel nadstawiła uszu, gdy jeden z dobiegających zza bramy głosów, mocny baryton, wybił się ponad inne i jął recytować *Kruka*:

A kruk sterczał niewzruszenie na Pallady biustu scenie,
Rzekłszy jedno tylko słowo, jakby duszę zawarł w nim.
Ani słowa już nie wznieci, nieruchomym ślipiem świeci,
Aż szepnąłem: „On odleci, rzuci domu mego próg.
Zniknie za dnia jak nadzieje, rzuci mój samotny próg".
„Nevermore!", zakracze Kruk.

Mocno objęła się ramionami, próbując dodatkowo chronić się przed zimnem. Słuchając wiersza, patrzyła na grób Poego i zadawała sobie pytanie, kiedy i w jaki sposób pojawi się Reynolds. I czy powinna podkraść się bliżej nagrobka już teraz? Czy raczej czekać?

Zdawała sobie jednak sprawę, że kierunku, z którego przybędzie na cmentarz Reynolds, nie przewidzi. Zresztą nie miała żadnych podstaw, by zgadywać, jako że widziała go pokonującego granicę między światami tylko raz.

Zrobił to przy niej, gdy po raz pierwszy znalazła się w krainie snów. Stojąc pośród lasu, zacisnął dłoń w rękawiczce na niewidzialnej klamce i na jego milczący rozkaz w powietrzu zmaterializowały się drzwi, za którymi, gdy je otworzył, ukazała się sypialnia Isobel.

Choć wiedziała, że potrafi przedostawać się z jednej rzeczywistości do drugiej, wciąż nie rozumiała, jak mu się to udaje. Jeśli, tak jak twierdził, przejście między światami zostało zniszczone, jeśli droga z jednego wymiaru w drugi po prostu znikła, to dlaczego on sam kręcił się do woli w tę i z powrotem? Skoro ona nie mogła? Ani Varen?

Zmarszczyła brwi.

Bo Varen chyba jednak mógł. Przecież, tak samo jak Pinfeathers, niejednokrotnie już udowodnił, że istnieją inne sposoby powrotu do jej rzeczywistości.

Ostry wiatr zaświstał, przemykając między grobami. Zawył ponad głową Isobel, zasypując jej kryjówkę płatkami śniegu.

Isobel zadygotała. Odetchnęła głęboko, nabierając do płuc zimnego powietrza i powtarzając sobie, że wszystkie te pytania muszą poczekać. Na razie trzeba się było skupić.

Bez względu na to, kiedy i jak miał pojawić się Reynolds, należało trwać w gotowości.

Niemniej chwilowo nic nie zapowiadało jego przybycia, na które martwi i żywi zdawali się czekać pospołu. Tłum na ulicy Greene wciąż szemrał wesoło zza bramy, od czasu do czasu komentując wiersz deklamowany uparcie przez jednego z obecnych:

Mów, Proroku z piekła rodem!
Czyś jest bies, czy bestia z dziobem,
Czy Kusiciel, czy kurzawa śle cię tutaj na mój próg
– O! Sterany, lecz nietknięty! – na bezludny ląd zaklęty,
Na ten dom mój grozą zdjęty – mów mi prawdę, błagam, mów:
Czy jest balsam w Gileadzie, abym ją zapomnieć mógł?"
„Nevermore!", zakracze Kruk.

Znów odrobinę się wychylając, Isobel kawałek dalej, po prawej stronie, dostrzegła metalowe schodki. Prowadziły od tylnych drzwi kościoła na dziedziniec. Za podwójnymi, wysokimi i wąskimi drzwiami, wykonanymi w całości ze szkła, widać było kolejną grupę ludzi, której wcześniej nie zauważyła. W przeciwieństwie do marznących widzów zza bramy, ci przebywali w cieple, mając doskonały widok na grób Poego.

Zapewne należeli do wspomnianego przez pana Swansona komitetu, który miał za zadanie chronić Czciciela i nadzorować przebieg jego dorocznej wizyty.

Na ich czele stał brodaty mężczyzna w okularach, z wyglądu surowy, ale chyba dosyć sympatyczny. Podczas gdy reszta oddawała się za jego plecami beztroskim rozmowom, on wyraźnie się niepokoił. Co chwila wyjmował ręce z kieszeni, by nerwowo sprawdzać godzinę, albo zerkał w stronę ulicy Greene.

Isobel zachodziła w głowę, co też go tak niepokoi. Czy obawiał się, że Czciciel tym razem zawiedzie? Dopiero po jakimś czasie przypomniała sobie, co mówił pan Swanson na temat ludzi przeskakujących przez ogrodzenie i próbujących zakłócić rytuał.

Jak szybko mogli pojawić się ochroniarze? Pewnie szybko.

Jakiś głośny szmer przyciągnął jej uwagę z powrotem do grobu Poego. Na cmentarzu zapadła cisza, gdy widzowie za bramą zamarli, szeptem uciszając recytatora.

Kiedy szmer się powtórzył, Isobel skupiła się na krypcie stojącej po skosie od nagrobka.

Nie wierząc własnym oczom, patrzyła, jak tarasująca wejście do krypty kamienna płyta zaczyna dygotać, a potem stopniowo uchylać się do środka, z głuchym, podobnym do grzmotu odgłosem kamienia trącego o kamień.

Ze środka wydobył się nagły powiew, który dmuchnął na zewnątrz czymś białym, cięższym niż śnieg, gęstszym. Dziwny pył zmieszał się z tańczącymi na wietrze płatkami, a po chwili na dziewiczo białym progu zarysował się czarny but.

Serce Isobel podskoczyło. Wyprostowała się, czując, że szum własnej krwi zagłusza jej wszystkie inne dźwięki. Nie spuszczała wzroku z ciemnej postaci, która wyłoniła się z czarnego otworu. Przyczajony wewnątrz atramentowy mrok otulał ją miękko, niemal pieszczotliwie, jakby nie chciał jej wypuścić.

Wstrząśnięta Isobel stała jak wrośnięta w ziemię, trzęsąc się od stóp do głów tak mocno, że naszły ją wątpliwości, czy w ogóle zdoła się ruszyć.

Nie mrugając powiekami, patrzyła, jak zamaskowany mężczyzna ruszył ku tablicy na grobie Poego. Gdy wyszedł z krypty, ona, Isobel, cofnęła się głębiej w cień grobowców.

Płatki śniegu osiadały na szerokim rondzie jego czarnego kapelusza albo nikły na tle białego szala zasłaniającego dolną połowę twarzy. Wysoka i prosta sylwetka odcinała się złowieszczo od cmentarnego tła. Długi, sięgający niemal ziemi płaszcz falował wokół stąpających mocno stóp.

Mężczyzna szedł powoli, z pochyloną głową i kapeluszem nisko zsuniętym na oczy.

W połowie drogi przystanął, a Isobel aż zamarła. Przez moment się nie ruszał, nie podnosił głowy. W okrytej rękawiczką dłoni trzymał trzy róże o długich łodygach, dokładnie takie, jakie opisano w czytanym przez Isobel artykule. W drugiej ręce niósł butelkę brandy oraz szklankę.

Isobel jeszcze mocniej przywarła do ściany grobowca, pełna obaw, że Reynolds w jakiś sposób wyczuł jej obecność. Nie odrywając wzroku od ciemnej postaci, czuła, że przypływ adrenaliny za moment zmusi ją do działania.

Gdy Reynolds obrócił głowę ku jej kryjówce, wstrzymała oddech.

Czy ją dostrzegł? Czy mimo gęstych ciemności potrafił ją wypatrzyć?

Ujrzała, że powoli kiwa głową, wyraźnie i celowo. Z bijącym mocno sercem zastanawiała się właśnie, co robić, kiedy uniósł dłoń z różami do kapelusza. Dopiero wtedy zdała sobie sprawę, że wcale nie spogląda na nią, że wykonał ten gest z myślą o ludziach w kościele. To znak, pomyślała. Pozdrowienie, które sygnalizowało członkom komitetu, że to on. Jeden z nich.

Obejrzała się na szklane drzwi u szczytu metalowych schodów i zdążyła zauważyć, że brodaty mężczyzna w okularach unosi w odpowiedzi otwartą dłoń.

Zastanawiała się, czy członkowie komitetu widzieli, jak Reynolds wychodzi z krypty. Ze swojego miejsca raczej nie mogli. Z ich perspektywy musiało to wyglądać tak, jakby wyłonił się spomiędzy grobowców.

Zobaczyła, że uśmiechają się, niemal przyklejając twarze do szyby.

Wyglądali na podekscytowanych, wręcz mocno przejętych, w ich rysach dało się wyczytać niecierpliwe wyczekiwanie, jakby oto na ich oczach rozgrywał się pierwszy, dramatyczny akt sztuki.

Co by jednak zrobili, rozmyślała Isobel, gdyby dostrzegli to, co ona? Gdyby wiedzieli, tak jak ona, o postępkach tego człowieka, tego… czegoś, czymkolwiek był. Gdyby mieli świadomość, że tą samą dłonią, która teraz ściskała kwiaty rzekomo stanowiące wyraz pamięci o Poem, Reynolds przerwał nić jego krótkiego żywota.

Nie znali prawdy kryjącej się za pozorami. Tak samo jak Varen, igrali z czymś, czego nie rozumieli. I, tak samo jak on, nawet sobie nie wyobrażali, czym to grozi.

Isobel z trudem oderwała od nich wzrok i przeniosła spojrzenie z powrotem na Reynoldsa. Tyle że jej oczy prześlizgnęły się po nim ku otwartemu wejściu do krypty. I nagle uświadomiła sobie, że być może to jest ta szansa, o którą jej chodziło, jedyna nadzieja na przedostanie się do krainy snów. Na odnalezienie Varena.

Nagle zdała sobie sprawę, że nie może czekać, aż Reynolds odegra swoje jednoosobowe przedstawienie. Że potem nie zdąży go dogonić ani nie da rady ukryć swojej obecności przed kimkolwiek, łącznie z nim samym. Gdyby się zawahała, gdyby nie ruszyła od razu, korzystając z kilku sekund jego nieuwagi, potem byłoby za późno.

Na drżących nogach przesunęła ku skrajowi kryjącej ją ciemności.

Przykucnęła, szykując się do biegu.

Jednakże w następnej chwili popełniła fatalny błąd i zerknęła jeszcze raz na Reynoldsa, który właśnie przyklęknął na jedno kolano przed grobem, składając swój nieszczery hołd. Ten widok – widok kogoś, kto najpierw uśmiercił Poego, a teraz oddawał mu cześć na oczach masy naiwnych ludzi, którzy niesłusznie uważali go za najwierniejszego z wielbicieli talentu pisarza – sprawił, że coś w niej pękło. Czara się przepełniła.

Wspomnienie jego kłamstwa zapłonęło w niej żywym ogniem.

Jej mięśnie zadziałały niezależnie od jej woli, nogi wyprostowały się, niosąc ją na otwartą przestrzeń. Ostry wiatr kąsał odsłoniętą skórę. Isobel słyszała, jak świszcze w jej uszach, niemal zagłuszając okrzyki zaskoczonych widzów zza bramy.

Opętana przez wszystko to, co próbowała w sobie tłumić, przez wściekłość i frustrację, której nie pozwalała sobie czuć, teraz straciła kontrolę.

Cały zaśnieżony świat wokół znikł, a ona widziała już tylko ciemną sylwetkę kogoś, kto sam siebie nazywał Reynoldsem.

Zaabsorbowany rolą, którą odgrywał, zorientował się dopiero w ostatniej chwili. A wtedy było już za późno, by mógł się odsunąć albo sięgnąć po którąś z bliźniaczych szabel, które, jak wiedziała, zawsze przy sobie nosił.

Runęła na niego z wściekłym okrzykiem.

Butelka i szklanka wyleciały mu z ręki i roztrzaskały się o kamienną płytę.

Isobel usłyszała, że stęknął, gdy razem padali na jeden z wiecznozielonych krzewów.

Trzymała go za kołnierz, a zapach przegniłych róż wypełniał

jej nozdrza. Zacisnęła rękę mocniej, gdy potoczyli się dalej na zmarzniętą ziemię.

Używając całej swojej siły, zdołała utrzymać się na wierzchu. Głowa Reynoldsa z głuchym stukotem uderzyła o twardy grunt, kapelusz spadł i potoczył się w bok.

Isobel dyszała wściekle, Reynolds patrzył na nią zaszokowany.

– Isobel! – syknął.

Owszem, pomyślała, zaciskając dłoń w pięść, gotowa mu przyłożyć. To ja.

Czuła, że krew wrze jej w żyłach, gdy z rozmachem uderzyła go w osłonięty szalem nos.

W tym momencie pragnęła jedynie usłyszeć trzask łamanych kości. Ten się wszakże nie rozległ. Reynolds powstrzymał ją, łapiąc mocno za ramię i wykręcając je do tyłu.

Isobel stłumiła okrzyk bólu. Łzy spowodowane zresztą frustracją raczej niż fizycznym cierpieniem, napłynęły jej jednak do oczu. Chciała, by Reynolds zrozumiał, co zrobił. Chciała, by poczuł wszystko to, co ona. Chciała zemsty.

Zanim zdążył temu zapobiec, wolną ręką zerwała mu z twarzy biały szal.

Demaskując tego, przez którego straciła tak wiele.

29

W GROBIE

Reynolds natychmiast ją puścił. Zdumiona tym, co uczyniła, Isobel zsunęła się na ziemię i wycofała na czworakach. Dopiero potem wstała. Cały czas trzymała w ręku długi biały szal, nie pozwalając, by podmuchy wiatru wyrwały jej go z dłoni.

Reynolds również się podniósł, jego peleryna załopotała.

Miał zapadnięte policzki, wąskie, białe usta i zakrzywiony, spiczasty nos.

Nie był potworem. Nie był diabłem ani aniołem. Był tylko człowiekiem.

Patrzył na nią, a czarne, potargane teraz włosy, długimi pasmami okalały jego odsłoniętą twarz.

Choć wyglądał młodziej, niż Isobel się spodziewała, jego rysy zdawały się naznaczone piętnem wyniszczającego zasępienia. Tylko ono – jeśli nie liczyć nienaturalnie czarnych źrenic – sugerowało jego prawdziwy wiek. Choć młody wygląd i tak zaskoczył ją mniej niż fakt, że ta tajemnicza twarz okazała się zupełnie zwyczajna.

Czy to naprawdę był Reynolds?

I, w takim razie, po co się tak zasłaniał? Co próbował ukryć?

– Kim ty naprawdę jesteś? – usłyszała własny głos.

Mężczyzna nie odpowiedział. Stał naprzeciwko, zaciskając szczęki.

Mimo krzyków dochodzących zza bramy, Isobel bała się choćby na chwilę spuścić go z oczu.

Przeszywając ją oskarżycielskim spojrzeniem, wyciągał ku niej rękę, dłonią do góry, jak gdyby domagał się zwrotu szala.

Isobel nie zamierzała się wszakże zbliżać. Przeciwnie, jeszcze się cofnęła, zapadając się butami w śnieg.

– Oddaj mi to – wychrypiał ponaglająco Reynolds.

Jego wyciągnięta ręka zacisnęła się w pięść. Isobel widziała, że palce mu zadrżały, co dowodziło, że słusznie się domyśliła: jego pozorny, surowy spokój skrywał buzującą wściekłość.

Dziwnie było słuchać tego znajomego głosu, który brzmiał tak dojrzale, wychodzącego z ust kogoś, kto wydawał się taki młody. Zwodniczo młody, pomyślała. Ale zwodniczość stanowiła ulubioną broń Reynoldsa. Od początku grał znaczonymi kartami, a ona, Isobel, dobrze wiedziała, że nie wolno jej dać się wciągnąć w kolejną partię tej rozgrywki. Stawka była zbyt wysoka.

– Ej, ty! – dobiegło ich od strony kościoła.

Brodaty mężczyzna w okularach stał teraz na dworze, u szczytu metalowych schodów, przed szklanymi drzwiami, z latarką w ręku. Kierował jej blask ku nim dwojgu.

Gdy Reynolds uniósł ramię, żeby osłonić twarz, Isobel odskoczyła do tyłu. Zza pleców dosięgnął ją powiew, który różnił się od siekących śniegiem podmuchów ostrego wiatru.

Był chłodny, ale nie lodowany, przesycony ziemistym zapachem rozkładu, kurzu i butwiejących drzew. I róż. I atramentu.

Isobel szybko zerknęła za siebie.

Otwarta krypta, która znajdowała się tylko kawałek dalej, zdawała się na nią czekać. A przecież o to pierwotnie chodziło. Nie o zemstę na Reynoldsie. Nie o próbę zrozumienia, kim on właściwie był i dlaczego zrobił to, co zrobił. Chodziło wyłącznie o to, żeby odnaleźć Varena.

– Z drogi! – zawołał ktoś za bramą. – Ochrona! Odsunąć się!

Isobel wypuściła z dłoni szal Reynoldsa – opadł jej do stóp, wtapiając się w białe tło śniegu. Gdyby teraz skoczyła, może by się udało. Stała wystarczająco blisko krypty, aby Reynolds nie zdążył jej zatrzymać.

– Nie przedostaniesz się do niego – oświadczył, jak gdyby czytał jej w myślach. – Nie w ten sposób.

Brama prowadząca na cmentarz szczęknęła, spinające ją łańcuchy zadzwoniły.

– Naprawdę sądzisz, że uwierzę w cokolwiek z tego, co powiesz? – spytała Isobel.

– Powiedziałem ci to, co musiałem – odrzekł Reynolds. – Żeby chronić ten świat. Twój świat.

– Tak? – rzuciła Isobel, znów odrobinę się cofając. Jej serce, które już wcześniej biło jak oszalałe, jeszcze przyspieszyło, gdy Reynolds ruszył za nią. – Tak samo było z Edgarem? – ciągnęła, wychwytując wśród ciemnych fałd jego peleryny srebrny połysk jednej z szabel.

– Zrobiłeś to, co musiałeś zrobić, gdy leżał i błagał cię o pomoc? – Reynolds przystanął, ale twarz mu nawet nie drgnęła. – Twierdziłeś, że się przyjaźniliście – podjęła Isobel. – Zaczniesz mi teraz wmawiać, że nie skłamałeś? Ja widziałam, co się stało w szpitalu. Wiem, co zrobiłeś. – Nadal przesuwała się w stronę krypty, zwiększając dystans między sobą a Reynoldsem. Nie odrywała od niego wzroku. – Czymkolwiek jesteś… Bez względu na to, jakim potworem się stałeś… Na lepszy los nie zasługujesz.

Po tych słowach błyskawicznie się odwróciła i skoczyła ku krypcie.

W oddali narastało wycie policyjnych syren. Ludzie krzyczeli. Zawiasy bramy zgrzytały.

– Stój! – ryknął Reynolds.

Isobel pędziła w kierunku otwartego grobu, czując się tak, jakby zmierzała wprost w ramiona śmierci.

– Isobel!

Reynolds ją doganiał. Jego cień zaczął ją wyprzedzać, po czym znikł – chwilę przed tym, jak coś, konkretnie ręka, mocno chwyciło ją za kostkę. Potknęła się i przewróciła na brzuch, ze świstem wypuszczając powietrze z płuc. Śnieg natychmiast zaczął przesiąkać przez ubranie.

Wyciągnęła dłoń w poszukiwaniu czegoś, czego mogłaby się uchwycić. Jej paznokcie skrobnęły o próg krypty, podczas gdy palce Reynoldsa ciągnęły ją do tyłu.

– Nie! – zawołała.

Wykręcając się, zobaczyła, że Reynolds klęczy tuż za nią na śniegu. Jego ręka zaciskała się na jej kostce jak kajdanki. Isobel podkuliła wolną nogę i kopnęła, ale nie trafiła, gdy szarpnął ją ku sobie. Krzyknęła z bólu, kiedy twardy żwir przejechał po jej boku.

Potem, czując się jak szmaciana lalka, poleciała do góry i oto klęczała, mając Reynoldsa tuż przed sobą.

Potrząsając nią mocno za ramiona, zmusił ją, by na niego spojrzała.

– Posłuchaj – powiedział. – Jeśli przekroczysz tę granicę, umrzesz! A jeśli umrzesz w ten sposób, upodobnisz się do nas. Staniesz się takim samym bezdusznym potworem, za jakiego uważasz mnie!

Słuchała go półuchem, bo jej uwagę przykuł ruch za grobem Poego. Ponad ramieniem Reynoldsa widziała, jak zza nagrobnej tablicy wyłania się znajoma postać i nie mniej znajoma, widmowo blada twarz.

Gwen.

– Weź sobie moje słowa do serca, Isobel...

Isobel prędko spuściła wzrok, gdy Gwen pospiesznie ruszyła w ich stronę. Nachyliła się, złapała skraj peleryny okrywającej Reynoldsa, a gdy ten, klęcząc, obrócił się ku niej, zarzuciła mu materiał na głowę, jakby łapała królika.

– A ty weź sobie do serca to! – warknęła, zaciskając szczupłe dłonie na jego szyi.

Ryenolds natychmiast puścił Isobel, żeby się bronić. Gwen trzymała go z całych sił. Popatrzyła na Isobel przez szkła przekrzywionych okularów.

– Leć! – wrzasnęła.

Isobel z trudem stanęła na nogi, by natychmiast rzucić się w stronę krypty, choć Reynolds nadal wołał, by się zatrzymała. Jego krzyki dobiegały ją najpierw stłumione przez tkaninę, lecz po chwili, dokładnie w momencie, gdy Gwen cienko pisnęła, znów nabrały wyrazistości.

Isobel dopadła krypty i, nie zwalniając, przeskoczyła przez próg. Odniosła takie wrażenie, jakby kopnął ją prąd. Straciła czucie w kończynach, choć ciągle słyszała własne kroki na kamiennej posadzce.

Odwracając się, zaparła się dłońmi o kamienną, częściowo odsuniętą płytę, która miała blokować wejście do krypty. Potężny blok, o dziwo, nie stawiał oporu.

Przez zmniejszającą się szczelinę widziała cmentarz zapełniający się ludźmi. Był wśród nich brodaty mężczyzna z kościoła. Pojawili się też uzbrojeni policjanci. Gwen siedziała skulona za jednym z grobowców, przyciskając ramię do piersi. Płakała. Zaraz jednak zasłonił ją ktoś inny.

Reynolds biegł ku krypcie. Odrzuciwszy do tyłu pelerynę, wyciągnął jedną ze swoich szabel, która zazgrzytała nieprzyjemnie.

Isobel mocniej naparła na kamienną płytę, by jak najszybciej ją dosunąć.

Szczelina była już naprawdę bardzo wąska.

Isobel zwolniła nacisk, lecz kamień przesuwał się dalej sam.

Cofnęła się, gdy Reynolds stanął tuż przed wejściem do krypty.

Zobaczyła jeszcze jego oczy – czarne dziury wielkości monet – utkwione w niej z morderczym wyrazem. Później, z niskim łoskotem, kamienna płyta zatrzasnęła się na dobre, sypiąc na boki pyłem i piaskiem. Isobel zakasłała i po omacku ruszyła w głąb wilgotnego pomieszczenia.

Wyciągając na boki ramiona, wyczuła pod palcami ściany. Potem jej but zahaczył o coś twardego, zachwiała się i przewróciła na wznoszące się schody. Podpierając się drżącymi rękami, spojrzała ku górze.

Przez chmurę pyłu przebłyskiwało światło. Wpływało przez widoczne u szczytu schodów otwarte przejście.

Mrużąc powieki, Isobel dostrzegła opływającą framugi kaskadę zielonych pnączy. Wśród lśniących liści dało się zauważyć kwiaty, sennie zwieszające ciężkie główki.

Z jękiem dźwignęła się na nogi i ruszyła po schodach. Znalazłszy się na górze, rozgarnęła pnącza i znalazła się w okrągłej sali. Niezliczone purpurowe pąki zwisały z jej ścian, tworząc wraz z liśćmi i łodygami zasłonę tak gęstą, że niepozwalającą stwierdzić, co jest na zewnątrz.

Ginął pod nią też sklepiony sufit, choć w kilku prześwitach widać było czarne gałęzie i odrobinę fioletowawego światła.

Rozglądając się dookoła, Isobel pomyślała, że tych kwiatów muszą być tysiące, może nawet setki tysięcy – a każdy w dokładnie tym samym krwistym odcieniu czerwieni. Co więcej, wzdłuż ścian ciągnęły się rzędy innych róż, identycznych w barwie, lecz rosnących na długich prostych łodygach.

Ich oszałamiająca woń, silna jak zapach perfum z rozbitego flakonu, sprawiała, że Isobel kręciło się w głowie.

Marmurową posadzkę pokrywał dywan z czerwonych płatków, a otwierające się w ścianach łukowate przejścia prowadziły w głąb obrośniętych różami tuneli.

Mimo braku fontanny, Isobel miała pewność, że trafiła do miejsca, które znała ze snu. Do miejsca, w którym Varen obiecał na nią czekać.

W końcu się udało.

Postąpiła ku środkowi pomieszczenia, patrząc w stronę jednego z łukowatych przejść. Zaraz potem jednak zatrzymał ją dochodzący z tyłu skrzekliwy głos.

– A to ci niespodzianka – powiedział.

Radość Isobel rozwiała się bez śladu, zastąpiona natychmiast przez strach, który wręcz dławił w gardle.

– Nie spodziewałem się tutaj ciebie. Odcięłaś mojemu staremu przyjacielowi drogę powrotną, co? – spytał kwaśno głos. – A tak długo go szukałem... Od czasu, kiedy rozwalił mi... cóż, wszystko.

Isobel obróciła się powoli.

Scrimshaw siedział na ziemi koło wejścia, którym się tu dostała, i wyglądał dokładnie tak samo jak tamtej nocy, gdy spotkała go w błękitnej marmurowej krypcie. Tyle że tym razem był nie w kawałkach, lecz w całości.

Szczerząc do niej spiczaste szafirowe zęby, wstał i wyprostował swoją wychudzoną, wysoką sylwetkę.

Isobel patrzyła ze zgrozą, jak przykłada pazurzastą dłoń do nagiej piersi, tuż ponad miejscem, które, w przeciwieństwie do reszty porcelanowego ciała, wolne było od skomplikowanych wzorów i pokryte jedynie gęstą siatką pęknięć.

– Ale, jak widzisz – syknął przez podobne do piły uzębienie – prawdą jest to, co mówią. Że czas leczy rany.

30

PODWÓJNIE

Więc powiedz mi, co mam teraz zrobić – rzucił, zwracając ku niej głowę szybkim jak tik nerwowym ruchem.

Zamrugał, mocno zaciskając swoje ogromne czarne oczy, a potem otwierając je jeszcze szerzej niż poprzednio.

Isobel cofnęła się niepewnie. Rozchyliła usta, lecz nie zdołała wydobyć z siebie głosu. Gardło miała zaciśnięte z przerażenia.

Nok postąpił ku niej krok, później drugi. Jego czarne buty miażdżyły aksamitne płatki.

– Może, skoro nasz zamaskowany przyjaciel ostatecznie nie dotrzyma nam towarzystwa… ty zechcesz się ze mną zabawić.

– N-nie zbliżaj się – wyjąkała Isobel.

Zerknęła w lewo, szukając najbliższego wyjścia, najkrótszej drogi ucieczki. Gdy jednak wróciła spojrzeniem do Noka, aż podskoczyła, bo ten stał teraz tuż przed nią.

Zanim zdążyła choćby pisnąć z zaskoczenia, pojedynczy niebieski pazur wystrzelił do przodu jak ostrze sprężynowego noża, i zakłuł ją w szyję.

– Zamierzałem pobawić się w zemstę – oświadczył Scrimshaw, ujmując Isobel pod brodę i unosząc ku sobie jej twarz. Z tak bliska dokładnie widziała siatkę cieniutkich rys, które nadawały jego „ciału" wygląd chińskiej porcelany. – I może jeszcze się uda ciągnął powoli z namysłem. – Ostatecznie ty też tam byłaś. Ba, o ile dobrze pamiętam, to przez ciebie to wszystko się stało, czyż nie?

Isobel szarpnęła głową.

– Ja... Ja nie mam pojęcia, o czym mówisz.

Zabrał swój pazur, marszcząc brwi.

– Och, przestań. To żadna zabawa, jeśli ktoś nie wie, czemu się go patroszy, kiedy się go patroszy. Myśl! – nakazał i tym samym pazurem postukał ją w skroń.

Isobel odtrąciła jego rękę i znów się cofnęła.

Na twarzy Noka pojawiło się zniecierpliwienie, zastąpione jednak zaraz przez rozbawiony uśmiech.

– Nie ma co się tak złościć – rzekł Scrimshaw, przebierając cienkimi palcami. – Jeśli chcesz, trochę ci podpowiem.

Isobel milczała. Całą uwagę skupiła na najbliższym wyjściu, znajdującym się po prawej stronie. Gdy jednak zebrała się na odwagę i już chciała ku niemu skoczyć, Scrimshaw przesunął się i zagrodził jej drogę.

– Park – uśmiechnął się szeroko. – Na pewno pamiętasz naszą przebieżkę po parku. Isobel obróciła się i rzuciła ku innemu z wyjść.

Nie było to wszakże udane posunięcie. Natychmiast wyprzedziła ją czarna chmura, z której po chwili znów wyłonił się

Scrimshaw, by swoją kościstą postacią zablokować wlot do różanego tunelu, przy okazji strącając na ziemię trochę płatków.

Rozwarłszy ramiona, wsparł dłonie na pokrytych kwiatami ścianach, wyraźnie ubawiony tą jednostronną grą.

– Wtedy to się stało – oznajmił. – Kiedy już cię prawie miałem. Tuż koło miejsca, gdzie mieszkasz. – Po tych słowach przycisnął swoje szpony do warg w geście, który mówił: „Ups!". – Mieszkałaś. Nie pamiętasz?

Do Isobel nagle dotarło, że, podobnie jak poprzednim razem, kiedy rozmawiali w błękitnej krypcie, i teraz nawiązuje do tamtego wieczoru, gdy wraz z innymi Nokami przedostał się do prawdziwego świata i ścigał ją przez park niedaleko domu. Reynolds też się tam wówczas znalazł i najwyraźniej, przynajmniej wedle Scrimshawa, to on go wtedy tak poturbował.

Owszem, pamiętała. Pamiętała nagły trzask, który rozległ się dokładnie w chwili, gdy dobiegła przed dom.

Tyle że Nok mógł równie dobrze zmyślać. Może czekał na Reynoldsa, bo był z nim w zmowie? Może znów chodziło o to, by zbić ją, Isobel, z tropu? Nie wiedziała, co jest prawdą. Wiedziała natomiast, choć chwilami zdawała się o tym zapominać, że żaden z Noków nie potrafi jej fizycznie skrzywdzić.

Z tą myślą zanurkowała pod jednym z jego rozpostartych ramion. Gdy znalazła się w zakrzywionym tunelu, zmusiła się do utrzymywania spokojnego tempa, nie chcąc nadmiernym pośpiechem zdradzać swego strachu.

Usłyszała, że Scrimshaw się śmieje. Ten chrapliwy dźwięk, kojarzący się z chichotem upiornego klauna, napełnił ją lodowatym przerażeniem. Oznaczał, że Nok jej tak łatwo nie puści.

– Wiesz co? – zawołał za nią. Nie odważyła się przystanąć ani spojrzeć za siebie. – Podobno nie da się przebywać w dwóch miejscach jednocześnie. Ale z doświadczenia wiem, że to akurat nieprawda.

Znalazłszy się w miejscu, gdzie tunel się rozwidlał, Isobel poczuła na włosach mocniejszy powiew. Odgarnęła luźne kosmyki z twarzy, by stwierdzić, że w odgałęzieniu po lewej stronie gęstnieje ciemność. Scrimshaw zmaterializował się znowu: z namysłem stukał się w brodę spiczastym paznokciem.

– Ja osobiście znalazłem się tamtej nocy w co najmniej siedemdziesięciu ośmiu miejscach naraz – oświadczył. – Co do ciebie, to właśnie doszedłem do wniosku, że ciągle tylko zawadzasz. Powiedz, w ilu kawałkach ty chciałabyś skończyć? Spróbuję wziąć to pod uwagę, choć nie mogę obiecać, że ręka mi się po drodze nie omsknie.

– Nie jesteś w stanie mnie skrzywdzić – powiedziała Isobel, patrząc w jego czarne źrenice.

– Skrzywdzić? – żachnął się z udawaną zgrozą, składając dłonie, aż zadzwoniły stykające się szpony. – Nie, nie – szepnął. – Źle mnie zrozumiałaś, drogie dziecko. Ja nie chcę cię skrzywdzić. Ja chcę cię zabić. A to jestem w stanie zrobić.

Po raz kolejny zwalczając w sobie przemożną chęć zerwania się do ucieczki, Isobel odwróciła się do niego plecami, by pokazać, że mu nie wierzy, i skręciła w prawo.

I znowu wyprzedził ją czarny obłok. Scrimshaw pojawił się teraz tuż koło niej, uśmiechając się tak szeroko, że zygzakowata szczelina z boku jego głowy trochę się powiększyła.

Niezdolna dłużej hamować strachu, Isobel odruchowo cofnęła się w stronę tunelu po lewej stronie. Nie umiała jednak oderwać wzroku od płonących zdecydowaną czernią oczu Noka.

– No, tylko spróbuj mnie dotknąć – warknęła.

Zmierzył ją spojrzeniem od stóp do głów i przeciągnął ponad nią zakrzywionym paznokciem, jak gdyby zaznaczając w powietrzu jej wzrost.

– Twoja odwaga dobrze świadczy o twoim duchu, trochę gorzej o twojej inteligencji... – mruknął, opuszczając rękę. – Choć trzeba sprawiedliwie przyznać, że brak ci jednej podstawowej informacji. Musisz koniecznie coś zrozumieć, zanim przejdziemy do rzeczy. Chodzi o to, że ja – tu wskazał na siebie – jak może się już domyśliłaś, nie jestem taki jak pozostali. Jestem, powiedzmy, wyjątkowy. Jedyny w swoim rodzaju, niczym waza z epoki Ming pośród podróbek. – Zaśmiał się, odrzucając głowę do tyłu, po czym znów utkwił w Isobel wzrok. – Jestem, prawdę mówiąc, ostatnim przedstawicielem swojego gatunku – podjął. Nic mnie nie łączy z tym przybłędą, który tutaj utknął, tym, po którego tu przyszłaś. Tym, którego uwielbienie i tak dalej chroni cię przed resztą.

Isobel patrzyła na niego coraz mocniej wytrzeszczonymi oczami, wspominając swoją szpitalną wizję, w której Scrimshaw pojawił się nagle u wezgłowia Poego, sycząc mu coś do ucha. Poczuła, że krew stygnie w jej żyłach, gdy nagle coś sobie uświadomiła. Nogi się pod nią ugięły, jej płucom zabrakło powietrza.

Scrimshaw nie był Nokiem Varena. Nie mógł być.

Był Nokiem Poego.

Zaczęła się cofać: na każde dwa jej kroki przypadał jeden krok Noka. Przypatrując się jej uważnie, Scrimshaw zdawał się czekać na moment, gdy jej twarz zdradzi wreszcie ostateczne zrozumienie i wynikającą z niego zgrozę. Że tak się właśnie stało, poznała po tym, że znienacka przystanął.

Uśmiechnął się drapieżnie, co upodobniło go do piranii.

Uniósł dłonie do oczu, jak gdyby chciał je zasłonić swoimi długimi szponami. Ale wciąż na nią zza nich patrzył, nawet nie mrugając.

– Raz – rzucił. – Dwa.

Isobel skoczyła do tyłu, puszczając się biegiem między ścianami róż.

– Trzyyyyy. Tunel znienacka skończył się ścianą.

– Nie! – krzyknęła Isobel.

– Czteeery – liczył dalej Scrimshaw. – I jeszcze parę cyferek. I dziewięć, i dziesięć! – Zarechotał.

Isobel odwróciła się ku niemu, by stwierdzić, że tunel jest pusty, a w miejscu, gdzie spodziewała się Noka, widnieją w białawym pyle tylko odciski jego stóp.

Spiesząc z powrotem, niepewna już, skąd przyszła i w którą stronę powinna skręcić, czuła narastającą panikę.

Róże na ścianach zdawały się jej przyglądać, zwracając ku niej delikatne główki. Za rogiem Scrimshawa nie było, za następnym też nie. Idąc przed siebie, Isobel nie potrafiła pozbyć się wrażenia, że coraz bardziej zagłębia się w labirynt i brnie w zastawioną przez Noka pułapkę.

Słyszała jedynie stukot swoich butów o marmurową posadzkę, stłumiony częściowo przez cienką warstewkę wyściełających ją płatków zmieszanych z białawym pyłem.

Obejrzała się na własne ślady, zastanawiając się, czy powinna je jakoś zacierać, czy po prostu pędzić dalej. Wiedziała jednak, że Noka nie prześcignie. Gdyby Scrimshaw chciał ją zabić od razu, już by to zrobił. Najwyraźniej zależało mu na pogoni, na polowaniu. Panikując, dawała mu satysfakcję. Musiała się opanować. Musiała coś wymyślić, narzucić mu swoje reguły gry.

Wiedz, kiedy śnisz, napomniała samą siebie.

Sięgnęła do kieszeni kurtki. Wyjęła breloczek z zegarkiem i zajrzała pod skrzydełka zasłaniającego tarczę motyla. Czarne wskazówki wirowały jak szalone. Zapragnęła, by zwolniły i, ku jej zaskoczeniu, tak się właśnie stało. Podobnie jak płyta u wejścia do krypty, zastosowały się do jej woli.

– Chcę trafić do fontanny – powiedziała głośno.

Wskazówki natychmiast zadziałały jak igła kompasu, wskazując kierunek.

Isobel znów poderwała się do biegu. Po drodze sformułowała w myśli życzenie, by w kolejny tunelach nie było pyłu zdradzającego jej trasę.

Za zakrętem otworzyło się przed nią okrągłe pomieszczenie bardzo podobne do tego pierwszego. Tyle że odchodzące od niego, porośnięte różami korytarze miały absolutnie czystą marmurową posadzkę. Isobel ponownie zerknęła na zegarek. Jednomyślne wcześniej wskazówki teraz się rozdzieliły, zakręciły w różnych kierunkach, by potem znów zgodnie wskazać dziewiątą. W lewo!

Isobel usłuchała. Długim tunelem dotarła do kolejnej okrągłej sali. I tam, na samym środku, znalazła to, czego szukała: fontannę.

Wysoko ponad mosiężną głową posągu i jego zastygłym w łuk szalem wysklepiał się strop uformowany z róż oplatających żelazne żebra. Przez prześwity między kwiatami wpadał do środka wiatr, strząsając deszcz płatków.

Wszystko wyglądało dokładnie tak jak we śnie. Wszystko – z wy-jątkiem jednego.

– Varen? – zawołała Isobel.

Nie otrzymała odpowiedzi. Nie było go. Nikogo nie było. Ani niczego.

Zagryzła usta, wściekła na siebie, że tym krzykiem zdradziła, gdzie się znajduje.

Zerknąwszy na zegarek, stwierdziła, że wskazówki znowu wirują.

– Chcę znaleźć Varena.

Tym razem wycelowały w trzy różne strony. Co to oznaczało? Że każda z dróg poprowadzi ją do Varena? Czy że żadna?

I czemu nie było go w miejscu, w którym obiecał czekać?

– Mówiłem, że się zjawisz – odezwał się w pobliżu znajomy głos. – Ty też tak mówiłaś.

Isobel opuściła rękę z zegarkiem.

Ostrożnie podeszła do milczącej fontanny. Idąc wzdłuż ozdobnej barierki, znalazła Pinfeathersa dokładnie w tym samym miejscu, w którym siedział tamtego poranka, gdy wyprawiła się do dzielnicy Varena. Spuszczoną głowę trzymał w szponiastych dłoniach.

– Pin…?

– Ale nie powinnaś się była zjawiać – podjął i uniósł wykrzywioną gniewem twarz. – Choć oboje wiedzieliśmy, że to zrobisz, nie powinnaś była. – Wstał i ruszył w jej stronę. – Dlaczego – warknął – skoro i tak się przekonasz, że na to nie zasługujemy? Dlaczego, skoro nie mamy innego wyboru niż udowodnić ci, że jednak nie?

Isobel przełknęła ślinę i zaczęła się cofać.

Nie wiedziała, o co mu chodzi, lecz wściekłość jeszcze bardziej zniekształcająca jego okaleczone rysy stanowiła wystarczający sygnał, że on również, podobnie jak Scrimshaw, ma ochotę rozerwać ją na strzępy. I choć sam nie mógłby tego uczynić, coś jej mówiło, że zadowoliłby się patrzeniem.

Rzuciła się ku jednemu z wyjść, świadoma, że Pinfeathers błyskawicznie ją dogoni. Jednocześnie szukała w umyśle sposobu, żeby nad wszystkim zapanować, żeby zmienić bieg wydarzeń.

U wylotu tunelu, do którego się kierowała, pojawił się Scrimshaw. Isobel raptownie przystanęła i upuściła zegarek, który bezszelestnie zapadł się w pokrywający posadzkę pył. Obejrzała się za siebie i stwierdziła, że Pinfeathers szybko zmierza w jej stronę, połyskując czerwonymi szponami i wbijając w nią złe spojrzenie.

Zerknęła na Scrimshawa, który uśmiechał się coraz szerzej.

Wzięta w dwa ognie, patrzyła to na jednego, to na drugiego.

A potem Scrimshaw rzucił się na nią z rozczapierzonymi pazurami i przenikliwym skrzekiem.

Błyskawicznie odskoczyła, doskonale świadoma, że nic to nie da. Wiedziała, że któryś z nich dwóch i tak lada moment ją dopadnie, że Pinfeathers ją przytrzyma, a Scrimshaw przebije swoimi pazurami, spryskując płatki róż krwią.

Reynolds miał rację. Naprawdę czekała ją tu śmierć.

Zagłębiając się w jeden z tuneli, usłyszała z tyłu wściekły ryk, a potem trzask. Był tak głośny i niespodziewany, że przystanęła, choć całe jej ciało aż się rwało do ucieczki. Brzmiał jak odgłos tłukącej się filiżanki; jak pękanie kruchej cielesnej powłoki Noka.

Odwróciła się i ujrzała Pinfeathersa, który stał wyprostowany na środku okrągłej sali, podczas gdy pozbawiony ramienia i połowy torsu Scrimshaw klęczał nieopodal, w otoczeniu potrzaskanych skorup.

Gapiła się na niego w zdumieniu, on zaś powiódł wzrokiem dookoła, zatrzymując spojrzenie na własnym potrzaskanym ramieniu, tym, które zdobiła podobizna długowłosej syreny o lśniącym ogonie, by wreszcie podnieść oczy na niespodziewanego sprawcę tej katastrofy.

Oszołomienie na jego twarzy powoli ustąpiło demonicznej wściekłości. Otworzył usta, zawył i rozpłynął się w smugi atramentowego dymu. Gdy z powrotem zmaterializował się w swojej pierwotnej postaci, pędził już ku spodziewającemu się tego ataku Pinfeathersowi.

Kiedy znalazł się wystarczająco blisko, zamachnął się swoim jedynym ramieniem, ale Pinfeathers w ostatniej chwili przybrał formę fioletowawego obłoku. Scrimshaw przeobraził się więc z powrotem w czarną chmurę i te dwa kłęby dymu zwarły się w dwubarwną masę.

Wirowały opętańczo, jakby się siłując, i pomykały wokół pomieszczenia. Isobel przywarła do podłogi, gdy razem uderzyły o znajdującą się za jej plecami ścianę. Lawina czerwonych płatków zasypała posadzkę.

Z wijących się oparów, które wznosiły się aż pod różane sklepienie i zaraz gwałtownie opadały, strząsając kolejne fale czerwieni, co chwila wyłaniały się dwie zacięte twarze.

Isobel dźwignęła się na nogi i podbiegła do fontanny. Chwyciwszy się barierki, wodziła za walczącymi wzrokiem, wypatrując twarzy Pinfeathersa. Czy on… Czy on naprawdę… jej bronił?

Jeden z Noków – początkowo nie wiedziała który – nagle przyjął kształt ptaka. Łopocząc ogromnymi skrzydłami, zmienił kierunek ataku i rzucił się ku niej.

Krzyknęła i upadła na kolana, osłaniając głowę ramionami – w następnej chwili skórę na jej nadgarstkach i dłoniach przeorały ostre szpony. Szarpały ją bezlitośnie, wyrywając jej z gardła jęki bólu, które mieszały się z przenikliwymi skrzekami ptaka, dopóki nie pojawił się drugi.

W chmurze wyrywanych piór, pośród których migały ostre dzioby, oba wzniosły się do góry. Walcząc zaciekle, niemal zlewały się w jedno, by w końcu ze sczepionymi pazurami runąć ku podłodze. Rozdzieliły się w ostatniej chwili, a większy z nich niespodziewanym ruchem wyrwał mniejszemu skrzydło.

Ten mniejszy – wrona – zakrakał i rozpłynął się w fioletową chmurę, a potem z jękiem przybrał postać Pinfeathersa, któremu teraz brakowało jednego ramienia. Większy z ptaków, kruk, pomknął ku przeciwnikowi jak strzała.

– Za tobą! – krzyknęła Isobel, gdy Scrimshaw zmaterializował się za plecami chwilowo zdezorientowanego Pinfeathersa.

Ten odwrócił się błyskawicznie, uprzedzając atak.

Isobel usłyszała nieprzyjemne chrupanie, zupełnie jakby jakiś delikatny szklany przedmiot, owinięty w tkaninę, był właśnie zgniatany na miazgę. Kolejny chrzęst – i Pinfeathers runął na ziemię. Pod wpływem uderzenia połowa jego ciała zwyczajnie się rozsypała, tył głowy zapadł się jak skorupka jajka.

– Nie! – wrzasnęła Isobel, rzucając się ku leżącemu.

Zobaczyła, że jego oczy odpływają w głąb czaszki, zostawiając po sobie dziury tak samo puste jak ta, która ziała w jego policzku.

Scrimshaw podniósł wzrok znad swej ofiary. Utkwił w Isobel zmrużone oczy, które nie wyrażały dłużej makabrycznej wesołości ani tajemniczego rozbawienia, lecz jedynie najczystszą nienawiść.

– Ty – wysyczał. – To wszystko przez ciebie. Mam cię dosyć. Koniec tego!

Skoczył ku niej, ona zaś upadła do tyłu. Zanim zdążyła się odczołgać, Scrimshaw wyrósł nad nią jak wieża. Podniósł dłoń, błyskając pazurami. Mogła już jedynie zakryć twarz dłońmi i czekać, aż spadnie śmiertelny cios.

31
POKONANY

Cios jednak nie następował. Przez chwilę długą jak nieskończoność Isobel kuliła się na podłodze. Czy Scrimshaw czekał, aż na niego spojrzy? Czy chciał, żeby widziała, jak ją zabija? Nie zgadzała się na to. Nie zamierzała podnosić wzroku. Nie mogła dać mu tej satysfakcji i okazać lęku. Jej myśli – jej ostatnie myśl – skupiły się wokół Pinfeathersa i jego wysiłków, by ją ocalić.

Bez względu na to, czym był i jakich cierpień przysporzył jej wcześniej, teraz, przed chwilą, próbował ją uratować. Próbował, ale nie zdołał. Dlaczego?

Nie ruszając głową, zerknęła w stronę, gdzie leżał, pokonany i rozbity. Ale go tam nie dostrzegła.

Zostało po nim jedynie kilka odłamków.

Zaryzykowała spojrzenie w górę i zobaczyła, że Scrimshaw trzyma swą jedyną rękę przy własnej szyi, usiłując pozbyć się zaciśniętych na niej palców zakończonych czerwonymi szponami.

Dygocąc, patrzyła, jak szczelina w jego czaszce stopniowo się poszerza. Pod wpływem ucisku pojawiły się też kolejne. Szybko rozpełzły się po jego zaskoczonej twarzy niby cieniutkie, czarne żyłki.

Pinfeathers nie zwalniał uchwytu, aż niebieski Nok opadł na kolana.

Przez moment wydawało się, że przemówi, że spróbuje coś do Isobel powiedzieć, ale nie zdołał – jego szyja pękła wreszcie pod nieustępliwymi palcami Pinfeathersa.

Isobel pisnęła i rzuciła się w bok, gdy głowa Scrimshawa spadła mu z ramion i roztrzaskała się o podłogę zasłaną płatkami róż i białym pyłem. Potem powoli osunęło się na ziemię jego ciało.

Isobel, wstrząśnięta, gapiła się na pusty w środku tors. Przesunęła po nim wzrokiem, skupiając się na pięknych wzorach, które, mimo rozmiarów zniszczenia, uchowały się nietknięte. Przedstawiały wir wodny, kaskadę spienionych fal, kręte macki gigantycznej ośmiornicy. Był też okręt, który jednak przetrwał tylko w połowie – druga połowa odpadła.

Przypatrując się z bliska, Isobel zauważyła wśród tych morskich motywów coś w rodzaju miniatury: umieszczona tuż nad sercem, ukazywała młodą kobietę, namalowaną pod takim kątem, że widz odnosił wrażenie, iż dziewczyna ogląda się na coś przez ramię. Jej ciężkie powieki nie pozwalały dostrzec wpółprzymkniętych oczu. Czarne włosy, przedstawione bardzo starannie, spływały wokół głowy staromodnymi lokami. Isobel pomyślała, że zna ten portret, lecz zanim zdążyła się nad tym zastanowić, jej uwagę przyciągnął falujący cień Pinfeathersa.

Popatrzyła do góry i stwierdziła, że Nok wciąż nad nią stoi. Chwiał się i niepewnie rozglądał dookoła. Przyszło jej nawet do głowy, że może nie pamięta, co się stało, co właśnie zrobił ani jak bardzo ucierpiał.

Podniósł dłoń do szyi i jednym szarpnięciem rozsunął poły kurtki, obnażając pierś. Dotknął uszkodzonej partii tuż nad sercem – tego samego miejsca, które odbudowywał sobie tamtego ranka, gdy Isobel zastała go przy fontannie. Skrzywił się, gdy kilka odłamków spadło na marmurową podłogę.

– Przecież... Przecież ci mówiłem – wyrzucił z siebie ze świstem, niemal bezgłośnie, zupełnie jakby, na podobieństwo roztrzaskanej wiolonczeli, stracił zdolność do wydawania dźwięków. – Nie... Nie mówiłem ci?

Wciąż trzymając rękę przy dziurze, która ziała w jego klatce piersiowej, odsunął się od Isobel i od resztek Scrimshawa. Gdy się poruszał, wszystko w nim trzeszczało, jak gdyby zaraz miał się rozpaść na kawałki.

Isobel wsparła dłonie na pokrytej pyłem posadzce i już miała wstać, gdy powstrzymał ją głośny łoskot – to pękło jedno z jego kolan. Zaczął się przechylać na jedną stronę, a potem osunął się na ziemię. Ze stukotem wylądował na drugim kolanie. Jego tułów, nagle jakby zbyt ciężki, zachybotał się niczym pocięty pień drzewa.

Isobel, rzucając się naprzód, złapała go w ostatniej chwili. Jego ręka odpadła od piersi, przy okazji wyciągając z jej wnętrza kawałek jakiegoś materiału.

Mocno przytrzymując lekkie i bezwładne ciało, Isobel delikatnie ułożyła je na podłodze. Potem przyjrzała się paskowi lśniącej tkaniny, który spływał z jego klatki piersiowej na jej kolana.

Zmarszczyła brwi, widząc, że chodzi o różową szarfę. Jej szarfę.

Chwyciła ją i popatrzyła pytająco na Pinfeathersa, który wszakże gapił się na coś ponad jej głową.

Sama też zerknęła na posąg wieńczący fontannę.

– Pozwalasz jej wygrać – wychrypiał Nok. – Ułatwiasz jej zadanie.

Isobel przeniosła spojrzenie z powrotem na niego.

– Pinfeathers – powiedziała, chcąc zwrócić na siebie jego uwagę.

– Obecny – rzucił, wreszcie na nią spoglądając. – Choć nie w pełni. Wskazała na wstążkę.

– Skąd... Skąd ją masz?

Zacisnął powieki, jakby to pytanie go zabolało. Gdy je po chwili podniósł, zaczął poruszać ustami, usiłując wyartykułować odpowiedź.

– Sama nam to dałaś – szepnął, wykonał niezborny gest i odwrócił wzrok. – Poprosiłaś, żebyśmy to zatrzymali. Powiedziałaś, że to ważne. Nie pamiętasz?

– Ja... – Isobel potrząsnęła głową. – Ja dałam to Varenowi.

– Owszem – syknął Pinfeathers.

Zdezorientowana znów popatrzyła na szarfę, której jeden koniec tkwił w jej drżącej dłoni, drugi zaś wciąż krył się wewnątrz jego pustego ciała.

Zdała sobie sprawę, że tamtego ranka przy fontannie, wkładając na miejsce odłamki torsu, niejako zamurował szarfę w sobie. Ale skąd ją wziął?

– Księgarnia. – To słowo wypłynęło jej z ust, gdy tylko przyszło jej do głowy. – Wziąłeś wstążkę Varena z księgarni, prawda? Bo tam leżała. Mój sen był prawdziwy.

Zobaczyła, że jego oczy zwężają się w szparki.

– Ja... Ja ją wziąłem – potwierdził ostro.

– Czemu?

– Temu. – Gwałtownie zwrócił głowę w jej stronę, aż wszystko w jego ciele zatrzeszczało. Isobel wzdrygnęła się, gdy na jego twarzy pojawiła się kolejna rysa. – Chcieliśmy ją mieć.

– Ja... Ja nie rozumiem.

– Nie możesz nas zrozumieć. My nie rozumiemy sami siebie.

– Proszę – powiedziała – pomóż mi. Obiecaj, że mi pomożesz go znaleźć, a ja... A ja spróbuję poskładać cię z powrotem do kupy.

Zaśmiał się niskim, głębokim, niszczącym śmiechem. A gdy się śmiał, jego ciało znów zaczęło pękać, rysy na twarzy poszerzały się z każdą chwilą. Potem nagle zamilkł, jego twarz spoważniała. Uspokoił się chyba i ostrożnie przekręcił głowę z powrotem w kierunku Isobel, jak gdyby wiedział, że każdy ruch może się okazać jego ostatnim.

– Po to wróciłaś? – spytał. – Żeby spróbować nas naprawić?

Gdy tak na nią patrzył, bez cienia zwykłej złośliwości, wyglądał jak ktoś inny. Jak ktoś dobrze znany.

– Varen? – szepnęła Isobel.

Oczy, które już mu mętniały, powlekając się szklistą czernią, nagle znów się ożywiły. Isobel pochyliła się niżej, obejmując jego zimną twarz dłońmi.

– Powiedz mi, gdzie on jest – poprosiła rozdygotanym głosem. – Wiem przecież, że łączy was jakaś więź. Wiem, że ty wiesz, jak go odnaleźć.

Uniósł rękę do jej policzka, a ona tym razem nie cofnęła głowy przed jego pazurami.

– Wciąż tak wiele cię od nas dzieli, czirliderko – powiedział. – Choćby wydawało się inaczej.

– Powiedz mi, gdzie on jest.

– W domu – odrzekł ze swoim kalekim uśmiechem. – My jak zawsze jesteśmy w domu.

Po tych słowach jego ramię opadło. Gdy zderzyło się z podłogą, wywołało w całym ciele coś w rodzaju wibracji. Popękana twarz nie wytrzymała i rozpadła się wzdłuż najgłębszej z rys na dwoje. Czarne oczy natychmiast zgasły.

Isobel tępo wpatrywała się w resztki potwora, który kiedyś tak ją dręczył. Jednakże nie czuła ulgi. Przeciwnie, wyciągnąwszy z jego strzaskanej piersi różową szarfę, doznała przypływu żalu, myśląc, że wreszcie rozumie, czym był Pinfeathers.

Zwyczajnie i po prostu był częścią Varena. Wszystkie odniesione przez Varena rany, wszystko co, głęboko pogrzebane, przerażało nawet jego samego – wszystko to przyjęło kształt poczwarnego stwora, zrodzonego z wypartych myśli i uczuć. Myśli i uczuć, do których Varen nie przyznałby się nigdy nikomu, nawet samemu sobie.

Nokowie byli demonami, owszem, ale demonami bardzo osobistymi. Odłamkami duszy, jak wyraził się Reynolds. Z samej natury obdarzonymi przez to duszą.

Isobel spojrzała na rozbite ciało Scrimshawa, wiedząc już, czyj portret widniał na jego piersi. Portret Virginii, młodej żony Poego. Jego Lenory.

I tak samo jak Scrimshaw nosił na piersi miniaturę Virginii, tak Pinfeathers nosił ją, Isobel, w sobie.

Ale nie tylko on się zmienił – zmienił się też Varen.

Nie było innego wytłumaczenia. To dlatego Varen się nie pojawił. Dlatego zamiast niego pojawił się Pinfeathers. Stało się to, czego się obawiała. Sen o Varenie, ten, który rozgrywał się w księgarni, okazywał się prawdą. Poczuła na policzku coś ciepłego.

Marszcząc brwi, uniosła pokrytą pyłem dłoń do miejsca, którego Pinfeathers dotykał chwilę wcześniej.

Gdy spojrzała na swoje palce, zobaczyła smugę czerwieni.

Krew.

32
DOM SMUTKU

Isobel ostrożnie zawiązała szarfę na jednym ze swych drżących nadgarstków. Dotyk miękkiego materiału odrobinę ją uspokoił. Brnąc przez zaściełające posadzkę potłuczone odłamki Noków ku obrośniętej różami ścianie, starała się nie patrzeć pod nogi ani nie słyszeć odgłosów, jakie wydawały jej własne buty.

Przystanęła przed gęstą zasłoną różanych pnączy. Wyciągnęła dłoń i zacisnęła ją na nieistniejącej klamce, która natychmiast pojawiła się w jej palcach.

Jeden ruch i niewidoczne wcześniej drzwi stanęły otworem. Za nimi, zgodnie z tym, czego się Isobel spodziewała, rozciągał się cichy, szary las.

Niezliczone martwe drzewa odcinały się od lśniącego fioletem horyzontu. Postrzępione ołowiane chmury wisiały nisko na szarym niebie, splątane gałęzie rzucały siatkę cieni na pokryty pyłem grunt.

Pośród lasu ciągnęły się dwa szeregi staroświeckich latarni płonących fioletowym płomieniem.

Zafascynowana ich nieziemskim blaskiem, Isobel weszła między drzewa, zostawiając za sobą różany ogród. Jej buty zapadały się w gąbczasty pył.

Po obu stronach, poprzez gałęzie, widziała znajome, a jednak dziwnie zmienione domy.

Ich fasady były teraz w ruinie. Puste framugi okien i drzwi upodabniały je do poczerniałych czaszek bez oczu, z otwartymi w zgrozie ustami.

Świadoma, że za plecami ma fontannę, Isobel nie musiała zgadywać, gdzie się znajduje.

Wszystko się zgadzało.

Podobnie jak księgarnia, ulica Varena również miała swój senny odpowiednik.

Swoją posępną i pustynną wersję, pomyślała Isobel, przypominając sobie to, co Gwen przeczytała jej kiedyś o królestwie Lilith.

To dlatego znalazła Pinfeathersa pod fontanną tamtego ranka, gdy przyjechała tu – choć nie do końca tu – na rowerze Danny'ego. Nok mówił prawdę, gdy twierdził, że cały czas na nią czekał.

A czyż nie wspomniał, tuż przed tym, jak rozpadł się na kawałki, że Varen jest „w domu"?

Zerknęła ku domowi Varena. Przez gęste drzewa go nie widziała.

Ruszyła więc dalej, próbując nie zwracać uwagi na ranę na policzku.

Jednakże ból i myśl o tym, co się stało, nie dawały jej spokoju.

Pinfeathers…

Dotknął jej przecież tak delikatnie. Pieszczotliwie. Wiedziała już jednak, że zranił ją celowo.

W ostatniej próbie, by ją ochronić. By ją ostrzec.

By jej powiedzieć, że Varen…

Nie.

Przystanęła, odganiając te natrętne myśli. Zdawała sobie sprawę, że nie wolno aż tak bardzo przejmować się tym, co dzieje się w krainie snów. Groziło to zapomnieniem, co jest prawdą. Że jest prawdą. A prawdą było – nadal, mimo wszystko – to, co łączyło ją z Varenem.

Musiało być.

Szła teraz pustą ulicą. Powiał wiatr, po raz pierwszy od czasu, gdy opuściła ogród. Chłodny i ostry powiew przyniósł ze sobą znajomy zapach. Zapach kadzidełek, przypraw, zeschłych liści.

Imponująca fasada domu Varena pojawiła się w polu jej widzenia – kompletnie odwrócona i bardziej ponura, jak wszystko w świecie snów.

Jednakże ucierpiała mniej od innych budynków, które wyglądały tak, jakby ktoś obrzucił je granatami.

Choć czarne okna, owszem, nadawały jej chorobliwy wygląd. Przez szybki frontowych drzwi, przekrzywionych na zawiasach, nie przeświecał już złoty blask, lecz głęboka fioletowa poświata, kojarząca się Isobel z czerwonym pokojem, w którym zostawiła Varena podczas Halloween.

Najbardziej wszakże rzucało się w oczy coś innego: szczelina, która dzieliła dom na pół, biegnąca od dachu aż po fundamenty. Jedna strona budynku – prawa – stała prosto, prawie nieuszkodzona, lewa natomiast przechylała się w bok, łypiąc oknem na piętrze jak zdeformowanym okiem.

Isobel zatrzymała się między dwoma drzewami, które rosły w miejscu, gdzie powinien znajdować się podjazd. Spojrzała w górę, wypatrując wśród gałęzi okna sypialni Varena, i dostrzegła przemykający za szybą smukły cień. Tylko jej mignął, lecz rozpoznałaby go wszędzie.

– Varen – szepnęła i wbiegła na ganek.

Gdy jednak dotknęła klamki, zastygła, słysząc niespodziewany dźwięk. Muzykę. Muzykę fortepianową. Z wnętrza dobiegała stłumiona kołysanka.

Isobel zacisnęła dłoń na klamce. Poczuła, że metal zadrgał jej w palcach, rozległ się szczęk otwieranego zamka, a potem drzwi same się rozwarły – cicho i powoli.

W środku panowała ciemność.

Podobnie jak cały dom zdawała się pulsować życiem, utkana z tej samej substancji co mrok, który wirował pod sufitem w szpitalnym pokoju Poego i który znienacka wchłonął Varena w Ponurej Fasadzie.

Spośród fałd tej dziwnej ciemności wciąż sączyła się fortepianowa melodia.

Isobel zawahała się, niepewna, czy Lilith nie wabi jej w ten sposób w otchłań. Odruchowo zacisnęła dłoń na hamsie.

Ale nawet jeśli była to pułapka, to co? Czy istniał jakiś wybór?

Weszła do środka.

Natychmiast szczelnie otoczył ją mrok. Czuła, jak przesuwają się po niej widmowe macki, owijając się wokół jej ramion i nadgarstków i ciągnąc ją dalej.

Wszystko wokół znikło, nawet muzyka uległa zniekształceniu. Choć rozlegała się teraz bliżej, poszczególne nuty drżały i traciły wyrazistość, rozciągnięte tak, jakby dochodziły spod wody.

A potem cienie odstąpiły od Isobel równie gwałtownie, jak wcześniej ją oblepiły.

Cofnęły się niby gęsta mgła i zostawiły ją w holu domu Varena.

Czując na ramionach dziwny chłód, Isobel popatrzyła w dół i odkryła, że zamiast brudnych ubrań, zielonej kurtki Varena i ciężkich butów ma na sobie czarną suknię i czarne pantofle.

Łup! Ogłuszający huk drzwi, które zatrzasnęły się z tyłu, sprawił, że gwałtownie się odwróciła, by stwierdzić, że zamek sam się przekręca z ciężkim szczęknięciem.

Cofnęła się, a sztywna suknia zaszeleściła.

Podobnie jak różowa sukienka, którą założyła na imprezę w Ponurej Fasadzie, ta również składała się z odsłaniającego ramiona gorsetu i szerokiej, sięgającej kolan spódnicy. Pozbawiona jednak falban i koronek swojej poprzedniczki, wydawała się jej stylistycznym i kolorystycznym przeciwieństwem.

Isobel nie musiała wytężać pamięci, by przypomnieć sobie, gdzie ją wcześniej widziała: w swojej wizji, na zwłokach spoczywających w niebieskiej krypcie.

Własnych zwłokach.

Sięgnęła dłonią do twarzy i różowa szarfa, wciąż zawiązana na nadgarstku, musnęła ją po ramieniu. Zadrapnie pozostawione przez Pinfeathersa! Przecież takie samo znaczyło policzek umarłej z krypty!

Zniecierpliwione uderzenie w klawisze fortepianu brutalnie wyrwało ją z tych rozmyślań.

– Nie, nie, nie – odezwał się gdzieś z tyłu kobiecy głos. – Nie tak. Spróbujmy od nowa. Muzyka popłynęła od początku, a Isobel znów stanęła twarzą do odwróconego wnętrza domu.

Na wszystkich meblach wisiały białe pokrowce. Ciemne kotary zasłaniały okna.

Spod sufitu sączyło się fioletowawe światło wydzielane przez świecie umocowane w potrzaskanym żyrandolu, który wisiał przytrzymywany w powietrzu przez niewidzialną siłę.

Po prawej wznosiły się zniszczone teraz schody. Po lewej, jak pamiętała, były podwójne drzwi do salonu – obecnie przymknięte. Przez szparę między ich drewnianymi skrzydłami dało się jednak dostrzec krawędź fortepianu i czyjąś pochyloną nad klawiaturą postać. Podłoga zaskrzypiała, gdy Isobel ruszyła w tamtym kierunku.

Przejmująca melodia straciła rytm, zamilkła i odezwała się znowu.

Tym razem towarzyszyło jej miękkie nucenie.

Isobel podkradała się coraz bliżej, dopóki kątem oka nie pochwyciła jakiegoś błysku. Zdawał się dochodzić od strony obrazu wiszącego na ścianie tuż nad przykrytym serwetą stolikiem, na którym stał model szkunera z czarnymi teraz żaglami.

Przez chwilę odnosiła wrażenie, że obraz w złoconej ramie przedstawia wyłącznie czerń. Kolejny błysk przekonał ją jednak, że się pomyliła. Namalowana na obrazie błyskawica zamigotała, ukazując staroświecki statek walczący ze wzburzonymi falami. Nocne morze szalało, pojawiając się i znikając w rytm dobiegających z tła rozbłysków, podświetlających też czarne brzuchy ciężkich chmur. W tym otoczeniu statek wyglądał jak krucha łupinka.

Szczególnie długa seria błyskawic pozwoliła Isobel odczytać nazwę okrętu: Grampus.

Zaraz potem dochodzące z salonu nucenie przekształciło się w śpiew, a Isobel ponownie skupiła uwagę na podwójnych, lekko rozsuniętych drzwiach.

Szybko się do nich zbliżyła i przez szparę zajrzała do środka.

Zobaczyła dwoje smukłych rąk, które przemykały po klawiszach, wydobywając z nich melodię, która stapiała się w harmonijną całość z lekko drżącym głosem.

Zaśnij choć na chwileczkę,
By zbudzić się ze mną w snach
I nasze „zawsze" rozsypać
W wiecznego „nigdy" piach.

W bogato urządzonym i starannie wysprzątanym pokoju rozgrywała się widmowa scena. Staroświecki wystrój, majestatyczny fortepian, elegancka fioletowa suknia kobiety i połyskujący w jej włosach grzebień – wszystko to wyglądało dokładnie tak jak na ekranie telewizora tamtej nocy, gdy Isobel znalazła Pinfeathersa w salonie rodziców. A co do grzebienia... Identyczny widziała przecież w skrzynce schowanej pod schodami w Zakątku Nobita.

Na „długo i szczęśliwie"
Skryjmy się w powiek cieniu,
Za drzwiami, które wiodą
Ku nieskończonej jesieni.

Isobel przyłożyła dłonie do drewna i zbliżyła oko do szpary.

Będę przesiewać chwile,
Nim odpłyniemy w dal,
Nim osiąść nam przyjdzie na dnie
Wśród rozszalałych fal.

Potem kołysanka umilkła. Kobieta za fortepianem gwałtownie zwróciła głowę ku drzwiom, a jej zielone oczy zdradzały przestrach i zaskoczenie.

Isobel wstrzymała oddech.

Pianistka zesztywniała, zsunęła się na brzeg stołka i oparła dłoń na pokrywie, jakby szykując się do zamknięcia instrumentu. Jednakże gdy jej oczy spoczęły na Isobel, jej niepokój rozwiał się bez śladu, zastąpiony przez ulgę, a nawet zadowolenie objawiające się w łagodnym uśmiechu. Isobel widziała już wcześniej tę twarz – na wyblakłej, pogiętej fotografii.

– Cześć – powiedziała matka Varena, zwracając się do Isobel przez uchylone drzwi. – Nie bój się. Wejdź. Nie powinnam grać tak późno. Obudziłam cię? Chcesz posłuchać reszty? Dużo nie zostało. Zaśpiewam ci ostatnią zwrotkę.

Isobel zmarszczyła brwi, uświadamiając sobie, że raz już słyszała te słowa wypowiadane tym samym głosem. Razem z piosenką dobiegały z gramofonu stojącego w księgarni, gdy trafiła do niej we śnie.

Kiedy jednak kobieta odwróciła się do fortepianu, do Isobel zaczęło docierać, że cokolwiek się dzieje, nie dzieje się w czasie realnym. Tak jak w szpitalu, gdzie umarł Poe, była świadkiem czegoś, co rozegrało się dużo wcześniej.

Chodziło o coś w rodzaju… wspomnienia. Madeline położyła dłonie na klawiszach i otworzyła usta. Raz jeszcze muzyka wypełniła pomieszczenie.

I ramię w ramię, póki sił stanie,
Walczyć będziemy z tonią,
Tak ręka w rękę, przez udrękę,
Aż fale nas dogonią.

Poszczególne nuty odbijały się w Isobel silnym echem. Madeline przez moment siedziała bez ruchu, patrząc na klawisze tak, jak gdyby te zrobiły coś, czego się nie spodziewała.

– Sama nie wiem... – mruknęła jakby do siebie. – Może to za ponure, jak sądzisz? Zagram ci całość, od początku do końca, i wtedy mi powiesz, co myślisz.

I piosenka zabrzmiała znowu.

Isobel, wczepiając palce w mosiężne uchwyty, usiłowała rozewrzeć drzwi. Te jednak ani drgnęły. Zaparła się więc stopami w podłogę i spróbowała znowu.

Drewniane skrzydła niespodziewanie ustąpiły. Muzyka umilkła.

Madeline już w pokoju nie było.

Pomieszczenie wydawało się puste i zdewastowane, meble poniewierały się w nieładzie. Wytworne zasłony nieporządnie zwisały z karniszy nad czarnymi oknami. Przewrócony stołek leżał do góry nogami na podłodze, arkusze papieru nutowego zaścicłały podłogę.

Czarne nuty pstrzyły pięciolinie, słowa piosenki, wypisane eleganckim, okrągłym pismem, ciągnęły się poniżej.

Na wpuszczonych w ścianę półkach za fortepianem stały i leżały przewrócone ramki do zdjęć, choć tylko jedna z nich faktycznie zawierała fotografię. Pozostałe były ciemne jak okna w tym dziwnym pokoju, ta jedna zaś, owalna, ustawiona na środku, obramiała zdjęcie Madeline – powiększoną odbitkę portretu, który Isobel już znała z Zakątku Nobita.

Tyle że im dłużej przypatrywała się tej fotografii, tym bardziej ta zdawała się zmieniać.

Podeszła do półki i zdjęła z niej zdjęcie. Trzymała je przed sobą, przypatrując się twarzy sportretowanej na nim kobiety, która zmieniała się z chwili na chwilę, jakby nie potrafiła się zdecydować, w jaki sposób chce wyglądać.

A potem fotografia zaczęła zanikać, pochłonięta przez inną, która przedstawiała Isobel, z policzkiem przeoranym przez czerwone zadrapanie.

Isobel głęboko zaczerpnęła powietrza, gdy poszczególne elementy dookolnej przestrzeni – drzwi, hol, żyrandol – zaczęły skupiać się wokół niej, aż stało się jasne, że trzyma w dłoniach nie fotografię, lecz lustro.

– Wspomnienia – powiedział jakiś melodyjny głos za jej plecami. – To pajęczyny, w które łapie się umysł. Isobel odwróciła się i upuściła zwierciadło, które rozbiło się o podłogę z ostrym trzaskiem, rozpryskując się na boki.

Ta, która przemówiła, stała w wejściu do salonu, a jej jasna, spowita w luźne szaty postać wyraźnie rysowała się w drzwiach.

– Możesz próbować je odgarniać – podjęła Lilith, a jej ciemne usta poruszały się za zasłoną przejrzystej gazy. – Ale coś zawsze zostaje.

Isobel patrzyła na nią bez ruchu, cała zdrętwiała, pokryta gęsią skórką i zdjęta zgrozą, która wciąż jakby nie przedostała się do jej umysłu.

– Ty... Ty nie masz odbicia.

– A ty z kolei zdajesz się mieć dwa – odrzekła Lilith, uśmiechając się oszczędnie. – Przynajmniej w jego wyobrażeniu.

Isobel przełknęła ślinę. Wiedząc, że jej rozmówczyni ma na myśli Varena, zmusiła się do odpowiedzi.

– Gdzie on jest?

– Jest zajęty.

– Jeśli mi nie powiesz – rzuciła Isobel, robiąc krok w kierunku drzwi, krok w kierunku demona – i tak się dowiem.

– Proszę bardzo, próbuj – rzekła Lilith, też postępując do przodu, w głąb salonu.

Isobel, zaskoczona dźwiękiem, jaki stopy Lilith wydawały w zetknięciu z podłogą, popatrzyła w dół. I ze zgrozą stwierdziła, że spod przejrzystych szat demona wystają ogromne, czarne, ptasie łapy.

– Ale faktem pozostaje – podjęła Lilith – że nigdy ci się nie uda. Bo to, czego szukasz, już nie istnieje. Podobnie jak wkrótce przestaniesz istnieć ty.

Isobel patrzyła na nią, widząc, że z bliska wygląda jeszcze straszniej i mniej ludzko. Przy każdym kroku jej zakryte przejrzystym welonem rysy wyostrzały się, kości czaszki przebijały spod cienkiej warstwy ciała, usta odsłaniały spiczaste, podobne do igieł zęby. Nos znikł, zamieniając się w dwie dziury, oczy zapadły się jak dwie studnie.

Isobel cofnęła się, potykając się o przewrócony stołek koło fortepianu. Upadła między odłamki lustra, które błyskały, odbijając światło żyrandola z holu. Tyle że to światło, odbite w zwierciadle, nie było już fioletowe – było złote.

A najbliższy odłamek odbijał, poza blaskiem, coś jeszcze: czyjąś twarz.

Isobel pochwyciła spojrzenie tej osoby, ta zaś zastygła, z jasnymi włosami okalającymi jej twarz tak, jakby po rzeczywistej stronie lustra właśnie się po coś schylała. Tyle że w momencie, gdy Isobel rozpoznała te rysy jako należące do macochy Varena, duża czarna stopa zmiażdżyła pokazujący je fragment lustra.

Isobel spojrzała do góry, by zobaczyć pochyloną nad sobą wstrętną postać Lilith.

Unosząc dłoń do zasłon częściowo kryjących jej twarz, już nie tyle mleczno-, ile kredowobiałą, Lilith zerwała gazę szponiastymi palcami. Jej czarne włosy spływały na szkieletowate ramiona, by po chwili zacząć wypadać długimi pasmami.

Isobel rzuciła się do tyłu po usłanych szklanymi drzazgami deskach. Gdy jej plecy trafiły na krawędź półki, zacisnęła palce na hamsie.

Lilith zaśmiała się całkiem dziewczęcym śmiechem.

– Myślisz, że ten głupi talizman cię ocali? – spytała, wpijając spojrzenie w naszyjnik. Następnie wyciągnęła po niego dłoń.

Isobel trwała bez ruchu, choć serce waliło jej jak młotem. Przez moment obawiała się, że to coś, co przed nią stało, ten potwór, bo przecież nie kobieta, zerwie jej z szyi wisiorek i zgniecie go na proch.

Lilith wszakże zaczęła dygotać, jej dłoń zatrzymała się w połowie drogi. Potem jej palce zapłonęły żywym ogniem. Potworne rysy wykrzywił grymas bólu, gdy objęta płomieniem dłoń kurczyła się, zanim rozpadła się w popiół.

Oczy demona zwęziły się, smugi czerni pomknęły ku twarzy.

– To nie… – przemówiła Lilith, a jej głos nie brzmiał już bynajmniej dziewczęco. Brzmiał jak głos bestii, która w dziwny sposób nauczyła się mówić. – Nie muszę cię dotykać, żeby cię zniszczyć. Mam… inne sposoby.

Cofnęła się, jej szaty załopotały. Isobel patrzyła, jak wycofuje się przez drzwi, za którymi stał ktoś jeszcze: mężczyzna. Lilith okrążyła go, odmłodniałą dłonią przesuwając po jego klatce piersiowej. Znów piękna, obejrzała się przez ramię na Isobel.

– Cenny nabytek do mojej kolekcji, prawda, Gordonie? – spytała.

– Zabij ją. A potem, zanim się ocknie, zanim zrozumie, czym się stała, umieść ją na mojej starej kwaterze. Rozumiesz, co mam na myśli?

Po tych słowach znikła, zostawiając Isobel sam na sam z mężczyzną widzianym już wcześniej tego wieczoru. Tym samym, którego dziewczynie udało się zdemaskować na cmentarzu w Baltimore.

Zerwawszy się na nogi, Isobel usłyszała, że kawałki rozbitego szkła przyklejone do jej sukni i kolan opadają na podłogę. „Gordon" błyskawicznie wyciągnął swoje dwie szable. Wycelowane w Isobel srebrne ostrza zabłysły zimnym blaskiem.

33
MAD TRIST

Reynolds nie miał na sobie ani białego szala, ani peleryny i kapelusza. Zamiast zwykłych czarnych ubrań włożył tym razem ciemnobrązowe spodnie, skórzane buty i wystrzępioną szarą kamizelkę, spod której wystawała luźna koszula z długimi rękawami – strój z innej epoki.

Czarne, zaczesane do tyłu włosy lśniły w przyćmionym świetle padającym z przedpokoju. Fioletowawy blask kładł twarde cienie na tej i tak zaciętej, pozbawionej uśmiechu twarzy.

– Gordon, co? – rzuciła, patrząc na wymierzone w nią ostrze. – Ładne imię jak dla żmii. I tchórza.

– Żmije to sprytne stworzenia – odrzekł Reynolds. Czy też Gordon. – Niekoniecznie tchórzliwe.

Machnął groźne szablą; Isobel odskoczyła, metal ze świstem przeciął powietrze.

Spojrzała mu w oczy, zastanawiając się gorączkowo. Pierwsze i podstawowe pytanie brzmiało: jak zdołał ją do tego stopnia omamić? Choć chyba nie tylko ją – także innych swoich „przyjaciół", łącznie z Poem.

Ale dlaczego? Po co? W jakim celu?

Jeśli przez cały czas służył Lilith, to po co w ogóle ją, Isobel, „ostrzegał"? Dlaczego walczył z Nokami i ją ratował? Jeśli Lilith od początku chciała tylko Varena, jeśli to Varena potrzebowała, to w jakim celu Reynolds wplątał we wszystko osoby trzecie?

Nic się nie zgadzało.

Poza tym Lilith nie nazwała go Reynoldsem.

Oczywiście, Isobel zawsze podejrzewała, że to nie jest prawdziwe imię. Tylko dlaczego ukrywał swoją tożsamość? Czemu krył się pod szalem i peleryną?

– Ona nic o tobie nie wie, prawda? – spytała. – To znaczy o tym drugim tobie.

Opuścił ostrze ku ziemi i wbił je między deski podłogi. Zaśniedziała rękojeść zakołysała się na boki, gdy cofnął się w stronę holu. Wyjął drugą szablę i wskazał nią pierwszą.

– Weź ją – polecił.

Isobel zacisnęła ręce w pięści.

– Nie.

– Czy ją weźmiesz, czy nie – oświadczył, uginając nogi, wyciągając przed siebie broń, a wolną rękę zakładając za plecy – i tak będziemy walczyć.

– Ja nie zamierzam – odparła Isobel. Całkiem zresztą szczerze, tym bardziej, że już widziała Reynoldsa w akcji: śmigał szybki jak błyskawica i siał wokół zniszczenie.

Zważywszy, że ona sama z kolei nigdy nawet nie dotknęła prawdziwej broni, taki pojedynek nie byłby zbyt uczciwy. Nie miała szans i oboje o tym wiedzieli.

– Pokazałaś już przecież – rzucił – że bardzo chcesz ze mną walczyć. Tyle że teraz jestem w nieco lepszej pozycji. Przynajmniej stoję przodem. Bierz szablę.

Te słowa znów ją rozwścieczyły, przypominając zarazem, że Reynolds niezbyt się przejmuje kwestiami uczciwości. Albo słuszności. Że robi to, co mu akurat pasuje. Wszystko to, co mu akurat pasuje.

– Twierdzisz, że próbowałam wbić ci nóż w plecy? – warknęła.

– Uważam tę rozmowę za zakończoną.

– Ale ja nie!

– Przyjmij pozycję – ostrzegł. – Uderzę na „pięć".

Choć ręce same jej się wyciągały po szablę, bo tylko tak mogła próbować się bronić, nie miała zamiaru podporządkować się jego rozkazom. Już i tak zbyt wiele razy była posłuszna. Nie kwestionowała jego decyzji, wierzyła, gdy mówił, że są przyjaciółmi, i proszę – dokąd ją to zaprowadziło? Nie, tym razem nie zamierzała popełnić kolejnego błędu.

– Powiedz mi, dlaczego to robisz – zażądała.

– Bo dostałem rozkaz, żeby cię zabić – mruknął – i muszę ten rozkaz wykonać. Nikt mi jednak nie zabronił umożliwić ci obrony. Uznaj, że to akt dobroci. A teraz łap szablę.

– Dobroci? – sarknęła Isobel.

– Raz!

Popatrzyła na niego, potem przeniosła spojrzenie na tkwiące między deskami ostrze. Teraz naprawdę chciała po nie sięgnąć.

Znowu to samo, pomyślała. Pogrywa sobie. Nie daj się zamienić w marionetkę.

– Dwa.

Znów zerknęła na swego przeciwnika.

– Trzy – liczył beznamiętnie.

Ale czy na pewno beznamiętnie? Czy faktycznie wychwyciła w jego głosie dziwną nutę, czy tylko jej się zdawało?

– Ja... Ja nie umiem się tym posługiwać – rzuciła, by zyskać na czasie.

– I nie musisz umieć! – teraz naprawdę wrzasnął. – Gdybyś uważała, wiedziałabyś już, jak wszystko tu funkcjonuje! Wiedziałabyś, co robić. Cztery!

Choć nie miała pojęcia, kim jest ani co nim kieruje, nauczyła się już rozpoznawać, kiedy coś ukrywał.

– Przecież gdybyś chciał, dawno byś mnie zabił – powiedziała. – Czemu się powstrzymujesz?

– Nie zmuszaj mnie, żebym przestał – szepnął ostrzegawczo.

Pomyślała, że on chyba też się denerwuje, tylko czym? Czyżby pozwalał jej grać na zwłokę?

Skinął ku wbitej w podłogę szabli, która dopiero teraz znieruchomiała.

– W końcu przestanę – dodał i mówił teraz całkiem serio.

Przez cały czas uprawiał jakieś gierki. Skoro Lilith coś mu kazała, musiał spełnić jej rozkaz. W przeciwnym razie ryzykował... Czym?

Dochodząc do wniosku, że dość ma pytań i że nadszedł czas odpowiedzi, Isobel rzuciła się po szablę. Wyrwała ją spomiędzy desek obiema rękami i niepewnie skierowała w stronę Reynoldsa.

Może chodziło o spowodowany nagłym poruszeniem cień, lecz odniosła wrażenie, że dostrzega na jego twarzy uśmiech, a w oczach – wyraz dziwnego, mrocznego triumfu.

– Zaczynaj! – krzyknął.

Isobel zanurkowała i uderzyła.

Ostrza zabrzęczały, ale nie miała wątpliwości, że Reynolds specjalnie spowolnił swoje ruchy, żeby mogła nawiązać kontakt. Cofnął się, po czym z łatwością sparował jej kolejny cios. Atakowała raz po raz – ciągle z tym samym skutkiem.

Jej wściekłość narastała. Bawił się z nią jak kot z myszą. Drwił z niej, próbował udowodnić, że jest słaba i głupia.

Tyle że ona nie była słaba i głupia. Ostatecznie dotarła naprawdę daleko.

Nie ustawała w wysiłkach, które ciągle nie przynosiły żadnego rezultatu. Ostrza dźwięczały, gdy we dwoje z Reynoldsem wirowali po okręgu.

Wiedziała, że jego wciąż odwlekany atak w końcu nastąpi.

Zdyszana, na moment przystanęła.

Kątem oka dostrzegła, że namalowane na obrazie w przedpokoju fale pochłaniają zmaltretowany, stojący niemal pionowo okręt.

Gdy skupiła się znowu na Reynoldsie, było już zbyt późno, by się odsunąć albo zasłonić: ostrze jego szabli przeorało jej lewe ramię.

Syknęła, w swoim zaskoczeniu niezdolna nawet krzyknąć z bólu.

Podniosła drugą dłoń do rany i jej palce natychmiast pokryły się krwią.

– Tak to jest, jak się człowiek rozkojarzy.

Zacisnęła zęby i znów zaatakowała. Odskoczył z rozwartymi szeroko ramionami i ledwie uniknął jej cięcia, które jednak sięgnęło jego kamizelki, zostawiając na niej poziome rozdarcie.

Zastygli na moment, patrząc na siebie w obopólnym zdumieniu.

– Dalej – rzucił po chwili Reynolds i, machając szablą, zaczął spychać Isobel w kierunku drzwi wejściowych.

Isobel parowała jego uderzenia odruchowo, sama nie wiedząc, skąd wie, jak to się robi.

Gdzie nauczyła się walczyć na szable?

Przypomniała sobie to, co powiedział jej wtedy, gdy wydobył ją z grobu, w którym Śmierć Szkarłatna niemal pogrzebała ją żywcem.

Że mogła przejąć kontrolę.

Więc tak to działało w tym świecie.

Uniosła szablę i poczuła, że krew spływa jej wzdłuż ramienia, by na wysokości nadgarstka wsiąkać w zamotaną tam różową szarfę. Reynolds się zasłonił, ale zawirowała i cięła płasko, nisko, sięgając jego nogi tuż powyżej kolana.

Zgodnie z jej przewidywaniami nie zaczął krwawić. Niemniej był wyraźnie zdumiony. Z satysfakcją stwierdziła, że udało jej się go zaskoczyć. Uśmiechając się krzywo, zaatakowała znowu. Metal uderzył o metal i teraz to ona spychała swego przeciwnika w głąb wąskiego korytarza, który, jak pamiętała, prowadził do kuchni.

Zdziwiła się więc mocno, gdy zamiast w kuchni znaleźli się na dużym kamiennym tarasie.

Porywisty wiatr szarpnął ją za włosy, załopotał czarną sukienką. Z boku powiewała różowa szarfa.

Po lewej stronie szereg wyrzeźbionych w kamieniu twarzy obojętnie śledził rozwój wypadków. Zieloni ludzie, pomyślała Isobel, przypominając sobie swoją pierwszą wizytę w dzielnicy Varena.

Z drugiej strony ciągnął się rząd kamiennych kolumn.

W prześwicie między nimi zobaczyła fioletową błyskawicę rozdzierającą niebo na dwoje i ukazującą krawędź czarnego klifu, który opadał ku wzburzonemu morzu.

Tam właśnie, na samym brzegu, stał...

– Varen! – zawołała.

Zapominając o Reynoldsie, opuściła szablę i popędziła w tamtym kierunku.

– Var...

Reynolds natychmiast ją dogonił i, łapiąc mocno w pasie, drugą ręką przytknął jej ostrze do gardła.

– Mówiłem ci, że w ten sposób nic nie zdziałasz – wysyczał jej wprost do ucha.

Isobel wbiła mu łokieć w brzuch. Jęknął, ale jej nie uwolnił.

– Puszczaj! – wrzasnęła.

– Nic nie rozumiesz – odpowiedział.

– Nie! – zawyła. – To ty nie rozumiesz!

Trzymając szablę obiema dłońmi, z całej siły wbiła mu czubek broni w stopę. Natychmiast ją puścił. Odzyskawszy równowagę, pobiegła dalej.

– Nie! – krzyknął, wyrywając ostrze z nogi. – Isobel, posłuchaj!

– Nie zamierzam cię więcej słuchać!

Kulejąc, rzucił się za nią, a z każdym krokiem zdawał się odzyskiwać sprawność.

Isobel przypomniała sobie, jak w Ponurej Fasadzie Śmierć Szkarłatna przebiła Reynoldsa jego własnymi szablami, a on już po kilku sekundach ocknął się i osobiście wyjął sobie ostrza z piersi.

Co znaczyło, że nic go nie powstrzyma.

Ale może, pomyślała, dałoby się go czymś zająć na czas, którego potrzebowała, by przedostać się na klify, do Varena.

Skoczyła ku ścianie i przyłożyła dłoń do twarzy jednego z zielonych ludzi. Wyobraziła sobie, że jego powieki mrugają, i po chwili zamrugały naprawdę.

– Przestań – rzucił Reynolds. – Co ty wyprawiasz?

– Walcz – szepnęła Isobel do kamiennego mężczyzny, który natychmiast zaczął poruszać głową, sprawiając, że ściana częściowo się rozkruszyła i wyzwoliła ze swego wnętrza silne ramiona oraz umięśnioną klatkę piersiową. Zupełnie jakby reszta ciała zielonego człowieka tylko czekała na sposobność, by się wyrwać na wolność.

– Walcz zamiast mnie.

Zanim pierwszy z zielonych ludzi zdołał się w pełni wyswobodzić, Isobel pospiesznie powtórzyła całą operację z innymi. Obejrzała się za siebie dopiero wtedy, gdy dotarła do miejsca, gdzie balkon kończył się kamiennymi schodkami wiodącymi ku masywnym drewnianym drzwiom ozdobionym jakimś rodzinnym herbem.

Gargulce, uwolnione ze ściany, która ziała teraz szeregiem głębokich dziur, otoczyły Reynoldsa.

Było ich siedem, a każdy trzymał w piaskowcowej dłoni kij albo lancę. Niektóre uzbroiły się nawet w odkruszone od ściany kamienie.

Isobel rzuciła swoją szablę na posadzkę i kopnęła ją w stronę Reynoldsa, po czym skoczyła wreszcie ku drzwiom. Naparła na masywną klamkę, wpatrzona w herb przedstawiający parę rozpostartych ptasich skrzydeł, między którymi błyszczał napis: „USHEROWIE".

Dalej znajdował się słabo oświetlony korytarz. Gdy zatrzasnęła za sobą drzwi, pod jego sklepieniem rozległo się echo.

Z tyłu wciąż słyszała wołającego ją Reynoldsa, którego głos tłumiły momentami odgłosy walki. Tak czy owak było za późno.

Dłużej nie słuchała.

34
KRAWĘDŹ ROZUMU

Zwolniła trochę. Szybko rozejrzała się dookoła. Korytarz był zbyt długi, a sufit – zbyt wysoki jak na dom Varena.

W murach brakowało okien.

Na ścianach obitych ozdobną czerwono-złotą tapetą wisiały staroświeckie, wystrzępione na brzegach gobeliny przedstawiające średniowiecznych rycerzy i damy.

Posadzkę pokrywał gruby chodnik w perskie wzory, po bokach zaś stały wysokie gabloty pełne osobliwości, takich jak złote skarabeusze, egipskie krzyże i białe zwierzęce czaszki.

Kawałek dalej znajdowało się kilkoro podwójnych drzwi, a obok nich stały długie wąskie stoliki ze stertami książek oraz ciężkie krzesła o wysokich oparciach rzeźbionych w skulone sfinksy.

Napierającą zewsząd ciemność rozpraszało jedynie światło złotych kandelabrów w kształcie kobiecych postaci ubranych w powłóczyste szaty. W uniesionych rękach trzymały one świece. Isobel wiedziała już, że jakimś sposobem znalazła się w starym dworze albo zamku.

Zdezorientowana, zaczęła się zastanawiać, czy nie powinna – tak jak w różanym ogrodzie – wyczarować sobie nowych drzwi. Przywołując obraz klifu z Varenem stojącym na krawędzi, wyciągnęła przed siebie dłoń. Poplamiona krwią różowa szarfa zwisała z jej nad-garstka.

Nic się nie wydarzyło.

Isobel czekała cierpliwie, aż pojawią się przed nią drzwi, tak samo jak pojawiły się przed Reynoldsem w lesie, tak samo jak pojawiły się przed nią w podłodze Ponurej Fasady. Nic się jednak nie działo, powietrze stało nieruchome, jej dłoń pozostawała pusta.

Na końcu korytarza widać było schody.

Isobel pobiegła w ich stronę, a oczy postaci z gobelinów zdawały się ją śledzić. Kątem oka dostrzegła, że pozbawione twarzy kobiety z kandelabrów odwracają za nią głowy. Ignorując to, dopadła schodów i położyła rękę na eleganckiej drewnianej balustradzie, której czarna politura lśniła w mdłym blasku migoczących świec.

Po krótkim wahaniu, świadoma, że nie ma innego wyjścia ani też możliwości powrotu, ruszyła po stopniach w górę. Pomyślała, że skoro koncentruje się na Varenie, znajdzie go niezależnie od tego, w którym kierunku się uda. Tak funkcjonowała kraina snów. W każdym razie musiała w to wierzyć.

A gdyby nawet szukanie drogi na klify się przedłużało, istniała szansa, że gdzieś natrafi na jakiś punkt obserwacyjny, z którego znowu dostrzeże Varena i spróbuje zwrócić na siebie jego uwagę.

Na kolejnym piętrze znajdował się następny długi korytarz, taki sam, jak ten na dole. Isobel ruszyła nim przed siebie, lecz zatrzymała się, gdy zza gigantycznych hebanowych drzwi, których kilkoro widniało w ścianie, dobiegły ją stłumione dźwięki.

Początkowo słyszała tylko niewyraźny pomruk, później rozróżniła dwa męskie głosy, z których jeden zabrzmiał nagle głośniej.

– Jakże tego nie słyszeć? Słyszę ci ja, słyszałem już od dawna – jęknął w panice. – Słyszałem dawno, dawno, dawno. Przez tyle minut, tyle godzin, tyle dni! Słyszałem, lecz nie śmiałem... Biadaż mnie, nieszczęsnemu! Nie śmiałem, nie miałem odwagi mówić. Myśmy ją żywcem pochowali w grobie! Isobel zbliżyła do drzwi, by lepiej słyszeć dziwne słowa.

– Czyż nie mówiłem, że mam przeczulone zmysły? – podjął głos. – A teraz powiadam ci, żem słyszał pierwsze jej lekkie poruszenia we wnętrzu trumny. Słyszałem je od wielu, wielu dni, lecz nie śmiałem, nie miałem odwagi mówić. I oto tej nocy... Ten Ethelred, ha, ha!, to wywalanie drzwi u pustelnika i ten przedzgonny ryk smoka, i ten szczęk tarczy... Powiedz raczej: otwieranie trumny i zgrzyt żelaznych wrzeciądzów więziennych i jej rozpaczne błąkanie się w opancerzonym korytarzu podziemia. Och, dokąd uciekać? Nie przyjdzież tu zaraz?

Przestraszona Isobel przyjrzała się drzwiom, zastanawiając się, kto jest za nimi. Potem mocno przycisnęła ucho do gładkiej powierzchni.

– Nie biegnie, by mnie przeklinać za mój pośpiech? – zawodził głos. – Czyż nie słyszę na schodach jej kroków? Czyż nie rozróżniam ciężkiego, bolesnego dygotania jej serca? Szaleńcze! –

krzyknął nagle. – Szaleńcze! Ja ci powiadam, że ona stoi już przed drzwiami!

Wstrząśnięta Isobel odskoczyła do tyłu. Ktokolwiek to był, wiedział o jej obecności. Usłyszeli jej kroki na schodach! Tylko w jaki sposób?

Drzwi zadygotały i rozwarły się z ogłuszającym trzaskiem, pchnięte przez burzowy powiew, który w jednej chwili ogarnął też Isobel.

Znajdujące się za nimi pomieszczenie, odwrócone tak samo jak wcześniej hol i salon, było jednak Isobel znane. Miała przed sobą pokój Varena…

Poza dwoma wielkimi czarnymi oknami wszystko wyglądało tak, jak zapamiętała.

Jedno z okien, to, przez które kiedyś wykradali się z Varenem, gwałtownie się otworzyło.

Dziki wiatr z wyciem przemknął przez pokój i wypadł na korytarz za plecami Isobel.

Spojrzawszy do góry, Isobel zauważyła szczelinę, która, biegnąc przez cały sufit i potem w dół ściany ku podłodze, dzieliła pokój na dwie części. W środku nikogo nie było. W takim razie skąd wzięły się tamte głosy?

Porządnie zaścielone łóżko Varena stało pod jedną ze ścian, na której wisiał elektryczny kinkiet. Jego zakończone żarówkami ramiona w kształcie świec zamigotały, jakby nie chciały zgasnąć. Na wyłączonym gazowym kominku wciąż tłoczyły się butelki z zakurzonymi suchymi różami o bladoczerwonych płatkach. W rogu znajdował się mały telewizor wraz ze skromną kolekcją gier wideo.

Książki stały na półkach w idealnym porządku.

Szafa, w której Isobel musiała się kiedyś ukryć, była otwarta, pełna wolnych wieszaków.

Isobel postąpiła kilka kroków w głąb pokoju i usłyszała, że tynk na pękniętym suficie zaczyna się kruszyć i spadać na podłogę.

Podbiegła do otwartego okna, przez które dochodził szum wzburzonych fal. Wyjrzała w smutną pustkę krainy snów.

W oddali, na krawędzi klifu, stała ciemna, wyprostowana postać o czarnych, falujących na wietrze włosach.

Wreszcie...

Isobel wspięła się na parapet i już miała wyjść na znajdujące się na zewnątrz metalowe schodki pożarowe, gdy zatrzymał ją cichy kobiecy głos.

– Naprawdę mnie zaskakujesz.

Wiedząc już, kto to powiedział, nie odważyła się spojrzeć w tamtą stronę.

– Jeszcze nie wiem, jak przedostałaś się przez granicę między naszymi światami – podjął głos. – I zdecydowanie się nie spodziewałam, że dotrzesz aż tak daleko. Jestem pod wrażeniem twojej determinacji.

Isobel niechętnie zerknęła przez ramię na stojącą w progu kobietę. Lilith, znów piękna i częściowo przysłonięta woalami, spokojnie patrzyła na nią wielkimi, niemrugającymi oczyma.

– Trochę szkoda, że pokonałaś tak długą drogę i tyle się nacierpiałaś na darmo – powiedziała. – Bo gwarantuję ci, że on z tobą nigdzie nie pójdzie.

– Nie znasz go.

– Znam. Znacznie lepiej niż ty kiedykolwiek byś mogła. Na tyle dobrze, by wiedzieć, że to jest jego dom.

– To nie jest jego dom! – warknęła Isobel. – Ty nie jesteś jego domem.

– Obawiam się, że by się z tobą nie zgodził.

– Wiem, co zrobiłaś – odezwała się Isobel. – Albo co próbowałaś zrobić. Co mu pokazywałaś, żeby go do mnie zrazić... I co musiałaś mu mówić... I może myślisz, że on ci wierzy, ale to nieprawda.

– Czemu miałabym mu cokolwiek mówić, skoro sam wszystko widział?

– Nie obchodzi mnie twoje zdanie – ucięła Isobel, wychodząc na schody pożarowe. – Kiedy Varen mnie zobaczy – dorzuciła pewnym głosem – kiedy zobaczy, że po niego wróciłam, że dotrzymałam obietnicy, zrozumie, jak wygląda prawda.

– To idź – rzekła Lilith, uśmiechając się kpiąco. – Obie wiemy, że nie potrafię cię zatrzymać.

Nie tracąc więcej czasu na gadanie i nie oglądając się już za siebie, Isobel ruszyła po schodkach, by na samym dole zeskoczyć na płaską skałę. Wokół wznosiły się ruiny starych, przysypanych pyłem budowli o pustych oczodołach okien.

Obróciła się w stronę klifu. Choć chciała Varena zawołać, wiedziała, że przez ryk fal i świst wiatru i tak by jej nie usłyszał.

Stał tyłem do niej, widziała białego ptaka lśniącego na plecach jego długiego czarnego płaszcza.

Gdy zbliżyła się ku miejscu, gdzie urwisko zwieszało się nad wzburzonymi wodami jak wyciągnięty palec, zwolniła kroku.

Varen wciąż się nie ruszał, lecz odnosiła wrażenie, że wyczuł już za sobą czyjąś obecność. Wyprostował się jeszcze bardziej, usztywnił zwieszające się po bokach dłonie, a palce drgały mu tak, jakby chciały się zacisnąć w pięści.

Nie wiedział przecież, że to ona. Była jednak pewna, że gdy tylko na nią spojrzy, gdy jej dotknie i zrozumie, że to się dzieje naprawdę, wszystko natychmiast się zmieni.

– Varen! – zawołała.

Nadal się nie oglądał, a ona zaczynała się zastanawiać, czy to jakaś kolejna sztuczka, kolejne oszustwo. Potem jednak przypomniała sobie, że Pinfeathers nie żyje, że umarł, jeśli się można było tak wyrazić, i że w związku z tym nie było nikogo, kto mógłby się teraz pod Varena podszywać.

Zaryzykowała krok nad samą krawędź i znalazła się na wąskim występie, z którego Varen spoglądał na popielato-białe wody – tuż koło niego.

Nisko w dole fale rozbijały się o skały, łakomie liżąc ścianę klifu.

Czy już to kiedyś przeżyła? Gdzie i kiedy?

Wiatr jeszcze się wzmógł, jego ostre podmuchy porywały włosy Isobel do oszalałego tańca.

A ona wpatrywała się w Varena tak długo, aż w końcu zwrócił ku niej spojrzenie. Jego zaczerwienione, zapadnięte oczy wbiły się w nią z całą mocą.

Wszystko by dała, aby rozproszyła się wypełniająca je ciemność. Jednakże człowiek, który przed nią stał, był całkiem obcy i patrzył na nią jak na kogoś obcego.

Chciała go dotknąć, rzucić mu się na szyję, ale coś ją powstrzymało. Może strach, że jej dłonie przejdą przez niego na wylot, że ktoś, dla kogo pokonała tyle przeszkód, okaże się duchem.

Wtedy on, jak gdyby czytał jej w myślach, zwrócił się ku niej i wyciągnął ręce, dłońmi do przodu.

Uczyniła to samo.

Splótł swoje palce z jej palcami.

Poczuła zalewającą ją falę ciepła i ulgi tak czystej, tak słodkiej jak wiosenny deszcz.

Był prawdziwy. To było prawdziwe. Znalazła go. Mogła go dotknąć. Mogła go poczuć. Wreszcie byli razem. Wreszcie, wreszcie mogli zapomnieć o tym jałowym świecie i wrócić do domu.

– Wiedziałam, że to nieprawda – szepnęła. – Wiedziałam, że nie przestałbyś wierzyć.

Przyciągnął ją bliżej.

Pochylając się ku niemu, poczuła, że całuje ją w czoło. Gdy się odezwał, chłodny metal w jego wardze przesunął się po jej skórze, wywołując dreszcz.

– Ty...

Jego niski, cichy głos zawibrował w niej aż po obciągnięte cienkimi pantofelkami stopy.

– Ty myślisz, że jesteś inna.

Ścisnął ją mocno, zbyt mocno. Fioletowa błyskawica rozerwała niebo, piorun uderzył całkiem blisko.

Dom, pomyślała Isobel. Został trafiony piorunem. Słyszała, jak się rozpada. Zerknęła w tamtą stronę i stwierdziła, że faktycznie.

– Ale nie jesteś – oświadczył Varen, zwracając jej uwagę z powrotem na siebie. Isobel jęknęła, miażdżył jej dłonie. Z góry patrzyła na nią obca twarz, twarz pełna gniewu i – nienawiści.

– Ty – rzekł niemal bezgłośnie – jesteś taka sama. Jak. Wszyscy.

Był szybki. Zanim zdała sobie sprawę, co powiedział i że powtórzył słowa, które rzuciła mu kiedyś w gniewie, pchnął ją w bok.

Stopy zsunęły jej się ze skały.

Gdy runęła w dół ponad krawędzią klifu, odniosła wrażenie, że jest bezcielesna.

Bo on ją puścił.

Wiatr zaświstał jej w uszach jakąś smutną piosenkę.

Leciała w nicość i po chwili nie widziała już ani urwiska, ani jego.

Tylko różowa szarfa, zsunąwszy się z jej nadgarstka, łopotała chwilę wśród burzy, aż na zawsze znikła.

35

WE ŚNIE

Ujrzała go siedzącego samotnie w najdalszym rogu niewielkiego, ciemnego pokoju.

Ubrany w spodnie od dresu i jedną ze swoich szkolnych, pogniecionych koszul, Danny zajmował obite zielonkawo-niebieskim materiałem krzesło. Na opartej o ścianę głowie miał słuchawki, które podarowała mu na Gwiazdkę, w rozwartej bezwładnej dłoni połyskiwał wyświetlacz iPoda. Potargane i lekko przetłuszczone włosy tworzyły podobną do klosza zasłonę wokół zamkniętych oczu.

W pierwszej chwili poczuła niewytłumaczalną ulgę.

Oderwała wzrok od brata, gdy uświadomiła sobie, że nie wie, gdzie się znajduje. Ani jak się tu znalazła. Gdziekolwiek było to „tu".

Sam pokój wyglądał zwyczajnie. Na podłodze miał gładką wykładzinę, na niebieskich ścianach – jakieś mało wyraziste krajobrazy. W rogu buczał automat z napojami, obok stała lodówka. Na długim, czystym blacie widać było wielki ekspres do kawy, miseczkę z paczuszkami cukru i dwie wieże styropianowych kubków.

Isobel zmarszczyła brwi, wciąż nie mogąc zidentyfikować tego miejsca.

Usłyszała zbliżające się kroki i zerknęła za siebie. Przez szparę w drzwiach zobaczyła prosty korytarz, zalany światłem jarzeniówek odbijających się w białej, pokrytej linoleum podłodze. Skrzypiące kroki rozległy się tuż obok i przez korytarz szybkim krokiem przeszedł mężczyzna w niebieskim fartuchu, z podkładką do robienia notatek wetkniętą pod pachę.

Widok fartucha uświadomił Isobel, że to musi być szpital.

Tylko czemu razem z Dannym trafiła do szpitalnej poczekalni?

Skonsternowana i nagle przestraszona zbliżyła się do brata.

– Danny?

Ani drgnął.

Tak dziwacznie wygięty nie mógł przecież naprawdę spać! Oddychał jednak równomiernie i głęboko, jego klatka piersiowa unosiła się rytmicznie. Z bliska widziała też ciemne obwódki pod jego oczyma, których gałki niespokojnie poruszały się pod zamkniętymi powiekami.

Wiedziała, że skoro się tak poruszają, to Danny musi… śnić?

Jeszcze raz, z rosnącym niepokojem, rozejrzała się dookoła.

Bo to nie Danny śnił. Tylko ona.

To było jedyne wytłumaczenie.

Wszystko się zgadzało. Albo raczej, poprawiła samą siebie, właśnie nie zgadzało.

Po pierwsze nie miała pojęcia, gdzie jest ani jak tu trafiła. Nie pamiętała, co się stało wcześniej, czuła tylko, że coś podobnego już jej się kiedyś zdarzyło. Dawno, dawno temu. Choć kiedy – też nie pamiętała.

Grzebała w pamięci, szukając czegokolwiek, czego mogłaby się uchwycić, lecz nic nie znalazła.

Zaczęła więc gorączkowo rozglądać się za zegarem, który potwierdziłby jej teorię, i już po chwili wypatrzyła jeden wiszący na ścianie.

W napięciu czekała, aż wskazówki zawirują i wszystko się wyjaśni. Tyle że one w ogóle się nie poruszały. Jak gdyby ktoś wcisnął pauzę w grze komputerowej.

Ale przecież to musiał być sen. Dlatego się tak dziwnie czuła. Dlatego miała taką pustkę w głowie.

Dopiero gdy wskazówka minutowa odrobinę drgnęła, Isobel przeniosła wzrok na brata.

Jeśli to nie był sen, to o co, u diabła, chodziło?

– Danny – szepnęła.

Nie obudził się.

– Danny!

Gdzieś nad głową usłyszała szum zakłóceń.

Pod sufitem wisiał telewizor. Obraz na ekranie migał. Gdy się ustabilizował, pokój zalała blada poświata.

Ubrany w garnitur i krawat mężczyzna za biurkiem szczerzył się do kamery. Mówiąc, wysoko unosił gęste brwi. Siedząca obok niego blondynka ze starannie wymodelowanymi, jakby plastikowymi włosami zdawała się ćwiczyć w sztuce słuchania: złożywszy dłonie przed sobą, przechylała z uwagą głowę i uśmiechała się uprzejmie.

– ...dla fanów spragnionych wieści o Krukach z Baltimore – mówił mężczyzna. – Choć drużyna walczyła dzielnie, dostała porządne lanie od przeciwników z Pittsburgha, tracąc tym samym szansę na walkę o mistrzostwo w lidze zawodowej.

Kobieta, rezygnując wreszcie z pozy telewizyjnej Barbie, zwróciła się do kamery.

– Rick ma rację. Dziś rano całe miasto zdaje się otrząsać ze smutku po wczorajszej porażce. W okolicach stadionu jest Steve Crenshaw. Steve?

Isobel ze zmarszczonymi brwiami gapiła się w telewizor, który pokazywał teraz jakąś ulicę.

– Baltimore? – szepnęła do siebie.

Ogarnął ją lęk. Telewizor znów zaszumiał, a zaraz potem coś drgnęło pod powierzchnią płytkiego basenu jej pamięci, coś strasznego, co wiązało się z odpowiedzią na pytanie, dlaczego znalazła się w miejscu, w którym się znalazła.

Pochyliła się nad bratem, chcąc nim potrząsnąć.

– Danny! Obu…

Odskoczyła gwałtownie, gdy jej ręce przeszły przez niego na wylot. Wytrzeszczonymi oczami gapiła się na brata, który skrzywił się, a potem znów rozpogodził, wciąż pogrążony we śnie.

Postać astralna, pomyślała. Stała nad nim w postaci astralnej. Ale to znaczyło, że nie śpi, że ten pokój i jasny korytarz, i telewizor – wszystko było prawdziwe.

Ktoś wszedł do sali – kobieta ubrana na niebiesko, tak samo jak tamten mężczyzna z korytarza.

– Danny? – zawołała.

Natychmiast otworzył oczy i wlepił je w pielęgniarkę. Jej młoda, zatroskana twarz spięła się jeszcze bardziej.

Przechodząc przez Isobel bez mrugnięcia okiem, kobieta powiedziała:

– Danny, chodź teraz ze mną, dobrze?

– Czemu? – rzucił zachrypłym od snu głosem. – Co się dzieje? Znaleźli tego faceta, który przywiózł tu moją siostrę? Isobel z niepokojem popatrzyła na pielęgniarkę. Nie ulegało już wątpliwości, że jest przyczyną jakiegoś zamieszania. Ktoś ją w to miejsce przywiózł. Co mogło oznaczać tylko tyle, że...

– Posłuchaj – odparła kobieta. – Musisz teraz pójść ze mną. Rodzice cię potrzebują.

– Ale o co chodzi? – spytał Danny, wstając. Słuchawki i iPod spadły na podłogę. – Co się stało? Co z moją siostrą?

– Przewożą ją na oddział intensywnej terapii. Twoi rodzice cze...

Twarz Danny'ego się zmieniła.

– Nie! – krzyknął. – Dlaczego? Przecież wszystko było dobrze! Przed chwilą ją widziałem i wszystko było dobrze!

– Danny...

Pielęgniarka wyciągnęła do niego rękę, ale on odskoczył i popędził ku drzwiom.

Kobieta pobiegła za nim, wołając chłopca po imieniu.

Isobel ruszyła w ich ślady, lecz zatrzymała się nagle, bo coś jasnego, błyszczącego pojawiło się tuż przed nią. Popatrzyła w dół i ujrzała, że z jej piersi wydobywa się srebrna, zanikająca raz po raz nić.

Sięgnęła ku niej, a wtedy wszystko zawirowało i niespodziewanie znalazła się w innym szpitalnym pokoju, pełnym lekarzy i pielęgniarek ubranych w niebieskie fartuchy i maski.

Na środku stał długi stół, na którym leżał ktoś, komu z perspektywy Isobel widać było jedynie gołe stopy.

– Uwaga! – krzyknął jakiś głos, a potem rozległo się trzaśnięcie.

Światło w sali pojaśniało, ściany, szafki i hałasujące drzwi rozmyły się w oślepiającym blasku. Zostały jedynie te nagie stopy na długim stole i stłoczeni wokół ludzie.

Wiedząc już, co zobaczy – kogo zobaczy – Isobel powoli się zbliżyła. Lekarze i pielęgniarki, całkowicie nieświadomi jej podwójnej obecności, krzątali się jak mrówki.

Widoczna zza ich pleców posiniaczona dziewczyna na stole wcale, zdaniem Isobel, nie przypominała jej samej. Charakterystyczne zadrapanie na policzku stanowiło jednak niezawodny znak rozpoznawczy.

Isobel podniosła dłoń do twarzy. Choć pod palcami nie wyczuła rysy, przypomniała sobie znienacka okoliczności jej powstania.

Pinfeathers…

Obraz Noka pojawił się pierwszy. Potem wróciły wspomnienia z różanego ogrodu, i, jak na puszczanym od tyłu filmie, widok cmentarza z grobem Poego… I świadomość, że właśnie ten cmentarz był powodem podróży do Baltimore…

Równomierny pisk dochodzący od strony monitorów utrudniał myślenie.

– Uwaga! – znowu rozległ się czyjś okrzyk.

Lekarz ponownie przytknął elektrody do jej ciała, które natychmiast konwulsyjnie podskoczyło.

Na ten widok Isobel zaczęła się zastanawiać, czy chce wspominać dalej. I tak umierała… A może już umarła? Ale w jaki sposób? Co się stało?

– Straciliśmy ją – powiedział jakiś głos.

Straciliśmy…

Ona też coś straciła. Nie, nie coś. Kogoś.

Przed oczami stanęła jej blada twarz o czarnych oczach.

– Varen.

Oczywiście. To po niego się wyprawiła, to dla niego stoczyła walkę z Reynoldsem na cmentarzu. Wszystko po to, żeby sprowadzić go z powrotem do domu. Ale jeśli ona znajdowała się w tym miejscu, to gdzie był on?

Czy dała radę? Nie miała pewności. Coś jej umykało.

Zobaczyła, że pielęgniarki odłączają aparaturę od nieruchomego ciała.

Popatrzyła na swoją postać astralną, szukając wydobywającej się z piersi srebrnej nici, jednakże teraz nie widziała już nawet własnego zarysu, jak gdyby stopniowo rozpływała się w powietrzu, niby duch.

To się nie może tak skończyć, pomyślała. Musiała się przecież dowiedzieć, co z nim, czy wrócił. Po prostu musiała.

– Moment! – zawołała, zwracając się do mężczyzny, który zakrywał jej ciało białym prześcieradłem.

– Moment! – krzyknęła znowu. Światła w sali zamigotały i mężczyzna zastygł bez ruchu.

Isobel skorzystała z okazji. Zamknęła oczy i pospiesznie wyobraziła sobie srebrną nić.

Ale było za późno, czuła, że sama zanika. Otworzyła oczy i stwierdziła, że wszystko wokół rozmywa się w bezkształtną plamę.

A potem nagle coś poczuła.

Znów otworzyła oczy – tym razem te prawdziwe. Gwałtownie wciągnęła powietrze, łapiąc je, jakby była podtopiona. Gdy zobaczyła biel prześcieradła, zrozumiała, że z powrotem jest w swoim ciele.

Ból zalał ją jak lawa.

Choć i tak nie mógł się równać z tym, co przyszło potem.

Jęk, który wypłynął z jej wnętrza, przerodził się w nieludzki krzyk.

Już pamiętała.

EPILOG

Wszedł do różanego ogrodu przez drzwi w lesie. Powoli skierował się ku milczącej fontannie. Pod stopami chrzęściły mu skorupy pozostałe po Nokach. Walały się wszędzie dookoła.

To kawałki mnie samego, pomyślał.

Przystanął na moment, by spojrzeć na popękaną twarz leżącą wśród pyłu i płatków. Przez znajomą dziurę w policzku widział fragment marmurowej posadzki.

Odwrócił wzrok i ruszył dalej, lecz znów się zatrzymał, gdy podeszwa jego buta natrafiła na coś twardszego.

Coś, co srebrzyście połyskiwało.

Schylił się i podniósł z ziemi błyskotkę w kształcie motyla.

Dopiero gdy dotknął jego skrzydełek, zorientował się, że to zegarek. Czarne wskazówki wirowały wokół tarczy.

Zegarek był prawdziwy, bo nie rozpłynął się w nicość mimo wyraźnego rozkazu. Co za ironia, że takie cacko znalazło się w podobnym miejscu. Motyle, pomyślał Varen, obracając zegarek w dłoni, symbolizują przecież wolność i nadzieję, życie i pokój. A nic w tym rodzaju nie mogło przetrwać w krainie, w której się znajdował.

Ani w nim samym.

Ona, Isobel, musiała to tutaj zostawić.

Na samą myśl o niej poczuł ucisk w piersi.

Zamknął zegarek w dłoni, zdecydowany go zniszczyć, udowodnić sobie samemu, że chodzi o przywidzenie. Że Isobel wcale tu nie było. Że nie wróciła w to miejsce po niego, dla niego.

Że on sam nie zrobił tego, co – jak dobrze wiedział – zrobił.

Zegarek nie ustępował pod naciskiem jego palców, zimny metal parzył skórę.

Róże obrastające pomieszczenie zadrżały, a potem wszystkie naraz, wydając dźwięk podobny do szumu zeschłych liści, zaczęły szybko więdnąć, umierać, jakby liźnięte gorącym płomieniem.

Z góry posypał się popiół.

Varen rozwarł pięść i stwierdził, że błyskotka wciąż w niej jest. Nietknięta. Prawdziwa.

Popatrzył na figurę, która wieńczyła fontannę.

Krzyknął wściekle i kamienna postać natychmiast się rozpadła.

Upadł na kolana pośród pyłu i potłuczonych skorup. Skulił się i załkał, świadomy, że sam jest równie pustą skorupą.

PODZIĘKOWANIA

Chciałabym na początek podziękować Namracie Tripathi, która wydała tę książkę, wierzyła w Isobel i Varena od pierwszej strony i pomogła mi przedrzeć się przez kolejne wersje ich historii, wykazując się cierpliwością i gotowością, by towarzyszyć mi w spacerach po ciemnym lesie, nawet kiedy z kryjówek wyległy moje własne Noki.

Szczególnie serdeczne podziękowania należą się Emmie Ledbetter, której wnikliwość i spostrzegawczość okazały się nieocenione.

Mojej cudownej agentce, Tracey Adams, wdzięczna jestem za to, że wspierała mnie w tym przedsięwzięciu jak prawdziwa superbohaterka. Dziękuję też Joshowi Adamsowi i innym wspaniałym ludziom z Adams Litarary.

Valerie Shea i Jeannie Ng, moje redaktorki, też wykonały niesamowitą pracę. Nie wiem, jak robicie to, co robicie, ale robicie to świetnie, doskonaląc przy okazji efekty pracy innych – za co dziękuję.

Dziękuję przyjaciołom z Atheneum i z Simon&Schuster za wysiłek włożony w to, by ta powieść trafiła wreszcie na półki.

Fakt, że udało mi się napisać drugą książkę, zadziwia mnie i zarazem dodaje mi odwagi. Jako pisarka pokonałam długą drogę, co byłoby niemożliwe bez wsparcia moich przyjaciół, takich jak koleżanka po fachu, April Joye Cannon, która czytała kolejne wersje, rozdział po rozdziale, i nie ustawała w zgłaszaniu kolejnych uwag. April, spadłaś mi z nieba.

Mam też ogromny dług wdzięczności względem Megan Evans i Nicka Passafiume, zawsze gotowych mnie wysłuchać i podzielić się ze mną swoimi spostrzeżeniami. Dziękuję ponadto Jeannine Buhse, która amortyzowała wstrząsy; Grecie Smith, która wysłała mnie z powrotem pod fontannę; cudownej pod każdym względem Jacke Marrs; Jennifer O'Loughlin, która nieustająco dodawała mi ducha; Jackie Wiseman – za możliwość korzystania z gabinetu; i mojej mentorce Joyce McDonald, którą chciałabym jak najwierniej naśladować.

Dziękuję Michaelowi Luce (zwanemu też Freddiem Joe) za to, że zrobił ze mnie fachowego włamywacza, w związku z czym jestem teraz chyba trochę fajniejsza, niż byłam. Dziękuję mojej ukochanej przyjaciółce Susan Luce, za rady i wsparcie.

Na ostatnim etapie pracy nad tą książką miałam szczęście zetknąć się z najwspanialszymi kolegami po piórze, o jakich można by marzyć. Ich towarzystwu zawdzięczam bardzo wiele. Dziękuję Collyn Justus za wspólne pisanie w Quills Coffee i za boskie ataki histerii; Billowi Wolfe, Kurtowi Hampe, Katie McGarry, Colette Ballard i Bethany Griffin – za zaproszenie i za to, że przy każdym naszym spotkaniu staję się lepszą pisarką.

Podobnie jak w przypadku poprzedniej mojej powieści, tak i teraz kluczową rolę odegrało wyszukiwanie informacji. Dlatego chciałam ponownie podziękować stowarzyszeniu Poe Society z Baltimore; kustoszowi Domu Poego, Jeffowi Jerome'owi; Mary Jo Rodney; obsłudze Westminster Hall; pracownikom Muzeum Poego w Richmond. Dziękuję również Jeffowi Savoye'owi za cenne wskazówki udzielone mi na pewnym cmentarzu w Baltimore w czasie Halloween, a także tajemniczemu Czcicielowi Poego (kimkolwiek jest) za inspirację oraz za to, że tworzy historię i wzbogaca dziedzictwo.

Praca nad obiema powieściami sprawiła, że poznałam kilka wspaniałych czirliderek i choć sama nie potrafię wykonać różnych skomplikowanych figur, czerpię prawdziwą radość z ich oglądania. Dziękuję Chelsea Winburn, Callie Lynn Gartman i Carly Howcroft za szczegółowe wskazówki. Powodzenia, moje drogie!

Dziękuję swojej dobrej przyjaciółce, Jenny Haskell, za wyjaśnienia dotyczące narzędzi – o, przepraszam, przyrządów – ortodontycznych, jak również Ellen Haskell – za liczne informacje wzbogacające postać Lilith.

Z głębi serca dziękuję swojemu ukochanemu, Nickowi Davenportowi. To ty przez cały czas trzymałeś mnie za rękę, ratując przed wpadkami (choć, jeśli chodzi o ciebie, wpadłam po uszy już dawno).

Dziękuję Bogu, mojemu partnerowi i współautorowi wszystkich moich sukcesów, a także mojej wspaniałej rodzinie. Dziękuję mamie, za ciągłą pomoc, nie tylko w pisaniu, ale i w życiu. Jestem tym, kim jestem, dzięki tobie. Dziękuję ci za wszystkie lekcje – tańca, rysunku i tak dalej – na jakie kiedykolwiek mnie zapisałaś.

I na koniec dziękuję czytelnikom i fanom oraz księgarzom i bibliotekarzom, którzy udostępniają im moje książki. Dziękuję, że podążyliście za mną w mroki krainy snów. Dzięki Wam mogę robić to, co kocham.

SPIS TREŚCI